अम्बपाली

एक उत्तरगाथा

अम्बपाली

एक उत्तरगाथा

गीताश्री

वाणी प्रकाशन

वाणी प्रकाशन

4695, 21-ए, दरियागंज, नयी दिल्ली 110 002

फ़ोन : +91 11 23273167 फ़ैक्स : +91 11 23275710

शाखाएँ

अशोक राजपथ, पटना 800 004, बिहार

कॉफ़ी हाउस कैम्पस, महात्मा गाँधी मार्ग, इलाहाबाद 211 001, उत्तर प्रदेश

महात्मा गाँधी अन्तरराष्ट्रीय हिन्दी विश्वविद्यालय, वर्धा 442 001, महाराष्ट्र

सुल्तानिया रोड, मोतिया पार्क, भोपाल 462 001, मध्य प्रदेश

www.vaniprakashan.com
marketing@vaniprakashan.in
sales@vaniprakashan.in

Ambpali
by Geetashree

ISBN : 978-93-5518-138-1
Novel

प्रथम संस्करण 2022

मूल्य : ₹ 600

आर. टेक ऑफ़सेट प्रिंटर्स, दिल्ली-110032 में मुद्रित

वाणी प्रकाशन का लोगो मक़बूल फ़िदा हुसेन की कूची से

पितृव्य रामवृक्ष बेनीपुरी जी को श्रद्धा–स्मरण के साथ;
मेरी अम्बपाली अन्ततः उनकी ही अम्बपाली की
अनुगामिनी है, स्वाभिमान दोनों का बीजतत्त्व है।

हय धरती जे महावीर बुद्ध के, भेल जहाँ गनिका अम्बपाली
और जहाँ सबसे पहिले, गणतन्त्र के फूटल सुन्दर लाली
चमचम चमके रतन जहाँ पर, जइसे चमके रात दिवाली
राम के पैर से भेल पवितर, जे सुन्दर देस उहे वैशाली।।

(वैशाली की लोकभाषा बज्जिका के एक लोकगीत का अंश)

भूमिका

वैशाली-पुत्री के हृदय की कूक और हूक

अम्बपाली ही क्यों...??

—महात्मा बुद्ध और भगवान महावीर जैन की समकालीन आम्रपाली जिसके नाम को अभिशप्त माना गया। कोई नहीं रखता अपनी पुत्री का नाम उसके नाम पर, गणिका जो थी। सामन्ती मानसिकता की शिकार जिससे मनचाही ज़िन्दगी जीने का हक़ छीनकर उसे विलासिता की वस्तु बना दिया गया था।

—मेरे बाल्यकाल की नायिका जिसका सच हम से छुपाया गया। मुझे तलाश थी किसी ऐसी सशक्त नायिका की जिसने अपने समय को प्रभावित किया हो, उसका रुख मोड़ दिया हो; चाहे उसका कर्म कुछ भी रहा हो। मुझे उसका चरित्र नहीं, व्यक्तित्व पसन्द हो। चरित्र तो समाज गढ़ देता है, व्यक्तित्व हम ख़ुद बनाते हैं। अम्बा वैसी ही ही सशक्त स्त्री है जिसे मैंने तीन हज़ार साल बाद आधुनिक चश्मे से देखने की कोशिश की है।

—अम्बा के ज़रिये मैंने ख़ुद को जाना है। अब समझी कि मेरे स्वभाव में किसी के अधीन होना क्यों नहीं शामिल। अब समझ पायी कि मेरे भीतर किसी तरह की सत्ता पाने या बचाने का लालच क्यों नहीं बल्कि मेरी सारी लड़ाइयाँ आत्मरक्षार्थ, आत्मसम्मान और अपनी स्वतन्त्रता बचाने के लिए थीं। मेरी ज़बान इतनी तीक्ष्ण

क्यों है, इतनी भयहीन और कुण्ठारहित कैसे हूँ, विरासत में जो मिला है!

—मेरी अम्बपाली, आचार्य चतुरसेन की आम्रपाली से भिन्न है। वह मृदुलापि, कुसुमादपि, कठोरानि है। रामवृक्ष बेनीपुरी की अम्बपाली के क़रीब है भी, नहीं भी है।

—भाषा की कमियाँ रह गयी होंगी। क्षमा चाहूँगी। मैंने पाली, संस्कृतनिष्ठ हिन्दी रखने की कोशिश की है, उर्दू से यथासम्भव बचने की कोशिश की है। ऐसी हिन्दी का अभ्यास नहीं था। दिक़्क़तें बहुत आयीं। दो साल से अधिक का वक़्त लगा। इस बीच कुछ नहीं लिखा। मगर हिन्दी के कई नये शब्दों से, इतिहास से परिचित हुई। भाषा–सम्पन्न हुई।

—इसे लिखते हुए इतिहास और वर्तमान को जोड़कर समय को लाँघने की कोशिश की है।

—अम्बा जैसी सशक्त स्त्री पर इतिहास का रवैया अनुदार और साहित्य का रवैया उदार रहा है। इतिहास जिसे छोड़ देता है, साहित्य उसे गरिमा प्रदान करता है।

—मैंने अम्बा को न्याय दिलाने की कोशिश की है। पता नहीं, सफल हुई या विफल। आप पर छोड़ा और कुछ अम्बा पर। लिखते समय वह साथ रही।

—जब मैं लिख रही थी तब कुछ लोगों ने अप्रत्यक्ष रूप से प्रहार किया कि गड़े मुर्दे क्यों उखाड़े जा रहे हैं।

ये किताब ही जवाब है। किताब बोलेगी, हम क्या बोलें। इतिहास की क़ब्र से साक्ष्य ढूँढ़कर लायी हूँ।

—जब आचार्य चतुरसेन शास्त्री और रामवृक्ष बेनीपुरी अपनी–अपनी अम्बपाली की कथा लिख रहे थे तब देश आज़ादी के लिए संघर्ष कर रहा था और अंग्रेज़ों के चंगुल से छूटने के लिए तड़प रहा था। जब दोनों किताबें छप कर आयीं तब तक देश को आज़ादी मिल चुकी थी। देश को अंग्रेज़ी ग़ुलामी से मुक्ति मिली, लोकतन्त्र बहाल हुआ।

लोकतन्त्र का पाठ वैशाली ने ही तो पढ़ाया है देश और दुनिया को। लिच्छवि गणराज्य से बुद्ध को संघ बनाने की प्रेरणा मिली, देश को भी लोकतान्त्रिक व्यवस्था का महत्त्व पता चला। लेकिन हर व्यवस्था की कुछ ख़ामियाँ होती हैं जिसकी सज़ा जनता भुगतती है। लोकतन्त्र की अनिवार्य शर्त है, अनेकता में एकता। जहाँ एकता खण्डित हुई, लोकतान्त्रिक व्यवस्था अराजक हो जाती है। वैशाली का इतिहास इसका गवाह है।

–चौथी सदी के प्रारम्भ में फाहियान जब वैशाली आया तब तक अम्बपाली का विहार अच्छी दशा में था। वैशाली नगर के उत्तर में एक जंगल में बुद्ध के रहने का विहार था। नगर के दक्षिण में अम्बपाली का आराम–स्थल था और वहाँ से तीन मील दूर उत्तर–पश्चिम में एक स्तूप स्थित था।

–629 ई. से 645 ई. के बीच चीनी–यात्री व्हेन सांग जब भारत –भ्रमण के दौरान वैशाली आया तो देखा–पाया कि अम्बपाली नामक एक गणिका थी जिसका राजकीय महत्त्व था। जिसके जन्मादि का इतिहास 'मैन्युअल ऑफ़ बुद्धिज़्म' में लिखा है। सांग वैशाली को पयीशीली भी कहा है। गंगा पार करके वहाँ पहुँचा। उसने वहाँ आम्रवन और केले के बागान देखे थे। सांग के अनुसार इन वृक्षों का वैशाली के नागरिक बहुत सम्मान करते थे।

–सातवीं सदी के मध्य में आये चीनी यात्री व्हेन सांग ने अपने यात्रा–वृत्तान्त में वैशाली और वृज्जि संघ का उल्लेख किया है। उसने आम्रपाली के निवास स्थान, आचार्य विमलकीर्ति के उपदेश–स्थल, कूटागारशाला, आनन्द का अर्द्धांग स्तूप, चैत्य (Chapels) आदि स्थानों का महत्त्व बताया है।

–एक और चीनी यात्री इत्सिंग ने भी वैशाली के महत्त्व के बारे में लिखा है।

–मैं वृज्जियों की वंशज हूँ। वैशाली ज़िले की बेटी हूँ। सामन्ती परिवार और परिवेश से आती हूँ। मेरी कुलदेवी का नाम 'जीत परमेश्वरी' है। ये बौद्ध देवी मानी जाती हैं। ऐसी अनेक बौद्ध–देवियाँ

हमारे क्षेत्र में कुलदेवी के रूप में पूजी जाती हैं। कृपया मेरे इस बयान को किसी जातीय या कुल के अभिमान से जोड़कर न देखा जाये। मैं तो सामन्ती व्यवस्था की जड़ खोदना चाहती हूँ जो इतिहास में गहरे धँसी हुई है। आज भी स्त्रियाँ उस परिवेश में गुलाम हैं।

–जब मैं वैशाली पहुँचती हूँ तो सबके निशान मिलते हैं, सिर्फ़ अम्बा के नहीं। वो पवित्र सरोवर अभिषेक पुष्करणी मिलता है, कूटागारशाला मिलती है, ज़मींदोज़ हो चुका वैशाली का गढ़ मिलता है, स्तूप मिलता है। अशोक कालीन कई स्मृतियाँ हैं वहाँ। ग़ायब हैं तो अम्बा की स्मृतियाँ। उसके गाँव वाले भी उससे पल्ला झाड़ चुके हैं। अम्बारा गाँव के चौक पर एक छोटी–सी जगह है जहाँ स्कूल चलता है, उसे ही अम्बपाली का जन्म–स्थल बताते हैं। वहाँ एक मूर्ति लगी है, टूटी–फूटी–सी। साध्वी के वेश में अम्बपाली की मूर्ति जो सरकारी उपेक्षा का घोर शिकार है।

–अम्बारा गाँव का एक टोला है, आम्रपाली पंचायत। वहाँ जाती हूँ, राजपूतों के दबदबे वाला गाँव है। पता चलता है कि गाँव के दबंगों ने पंचायत का नाम बदलकर किसी स्थानीय ठाकुर के नाम पर कर दिया है। निशान ऐसे मिटाये जाते हैं। एक ठाकुर साब से मिलती हूँ, वो आम्रपाली पर बात करने से ही मना कर देते हैं। मानो अम्बपाली कलंक हों।

–जिला प्रशासन को सांसद का पत्र मिला था कि बुद्धा सर्किट में बुद्ध के साथ–साथ आम्रपाली की मूर्ति भी लगायी जाये। वो अभी तक लम्बित है।

–मुज़फ़्फ़रपुर ज़िला गजेटियर में अम्बपाली के जन्म–स्थान का ज़िक्र है।

–वैशाली के दरिद्र संग्रहालय में उस कालखण्ड के कुछ साक्ष्य हैं। कक्ष की एक दीवार पर टेराकोटा की खण्डित मूर्ति टँगी है। सरकारी गाइड बताते हैं कि अम्बपाली की यही एकमात्र मूर्ति मिली है। किसी यक्षिणी–सी दिखती है अम्बा। उसकी फ़ोटो लेने की मनाही है।

–इतिहास अम्बपाली के प्रति अनुदार है। संक्षेप में, उसे निपटाया गया, उसे बुद्ध के आभामण्डल में गुम कर दिया गया। अम्बा को भिक्षुणी बनाकर कोई उपकार नहीं किया गया। उसकी मुक्ति का रास्ता उस काल में कोई और नहीं था। उस काल की तमाम स्त्रियों की तरह उसे यही रास्ता सूझा। बुद्ध भी उससे कम प्रभावित न थे।

–ये मेरी अम्बा है, आज की स्त्री की प्रतीक। आधुनिक अम्बा। अमात्य (उस काल में कैबिनेट मन्त्री) अम्बा। जनपद कल्याणी अम्बा। राजनर्तकी अम्बा।

इतिहास से कम, लोकमानस और साहित्य से ज़्यादा सूत्र मिले हैं। कई ग्रन्थों और लोक कथाओं से कथा–सूत्र लेकर मैंने अपनी अम्बा गढ़ी है जिस पर मुझे गर्व रहेगा।

आभार के सिलसिले

आभार और अभिवादन उन सभी मनीषियों को जिनकी किताबों से कथा–सूत्र उठाये। उनकी सूची किताब के पिछले भाग में दी जा रही है।

–स्नेहिल आभार हमारे समय के चर्चित लेखक, छोटे भाई प्रभात रंजन को, जिन्होंने मेरी सुप्त आकांक्षा को जगाया, मेरे सपनों में रंग भरे। मुझे अम्बपाली के प्रति मेरे कर्तव्य की याद दिलायी। मुझे प्रेरित करके, उकसा कर हर सप्ताह लिखवाते रहे, हर क़िस्से पर विमर्श करते रहे।

–आभार मित्र द्वय वन्दना राग, प्रभात मिलिंद; समय–समय पर सलाह देने और मेरा मनोबल बढ़ाने के लिए।

स्नेहिल आभार मेरे जीवनसाथी की सहपाठी व मित्र और अब मेरी सखी ममता रानी को, जो वैशाली की यात्रा में सदा साथ रही। जिसकी ज़ुबान पर वैशाली का इतिहास विराजमान है। जो अम्बपाली के संग्रहालय के लिए तड़प रही है।

–वरिष्ठ कथाकार उषाकिरण ख़ान दी हृषीकेश सुलभ जी को कैसे धन्यवाद कहूँ कि ये दोनों तो मेरी प्राणवायु हैं साहित्य में।

और उन्हें जो हमेशा एक–से मिले, कभी न बदलने वाली मिट्टी के बने मित्र अरुण माहेश्वरी जी जिनका ज़ोर रहा इस पर।

वाणी की प्रखर वाणी प्रिय अदिति माहेश्वरी–गोयल ने सदा उत्साह बढ़ाया। ख़ूब स्नेह।

घर–परिवार साथ न दे तो एक शब्द लिखना मुश्किल। मेरे अलबेले साथी अजीत अंजुम और बेटी जिया तो अम्बपाली की बातें सुनते बोर नहीं होते थे।

और अन्त में...

आभार ज़िन्दगी...

वसन्त, 2021

–गीताश्री

वैशाली–पुत्री

अम्बपाली का आत्मगत

'हमारा जीवन अनवरत रुदन का एक लम्बा आख्यान है', थेरी अम्बा की स्मृति में ये वाक्य कौंधा और वह अकस्मात ठिठक गयी। जनपद की पूर्व राजनर्तकी पुष्पगन्धा ने एक ठण्डी उच्छ्वास के साथ उससे कहा था। उस समय अम्बा इस कथन का अर्थ नहीं समझ पायी थी। कुछ बातों के अर्थ कई वर्ष के बाद समझ आते हैं। वे बातें तब तक एक रहस्य के गुह्यकवच में छिपी रहती हैं जब तक कि मनुष्य उनके मर्मस्थल तक न पहुँच न जाये। पुष्पगन्धा उक्त संक्षिप्त कथन का अर्थ भी अब समझ में आ रहा था।

वैभवशाली वैशाली गणराज्य में यह शीत ऋतु के अवसान का एक चढ़ता हुआ पहर था और पतझड़ के उजड़े–उजड़े से दिनों के आने की अस्फुट पदचाप हवाओं में सुनी जा सकती थी...वृक्षों के पत्तों के झड़ने की शुरुआत के साथ–साथ यह स्मृतियों के फाहों के गिरने का भी मौसम था। भिक्षापात्र में स्थिर हो चुके जल में थेरी अम्बपाली ने अपना मुख देखा और वह चौंक गयी। यह कौन अपरिचित स्त्री है, जो स्थिर जल में दिख रही है–किसी उजड़े हुए उपवन जैसी। इस दीर्घ अवधि में उसने मुखमण्डल जल से धोया अवश्य था किन्तु उसे कभी ध्यान से निहारा नहीं। आज पहली बार किसी भिक्षा देने वाले ने उसके पात्र में दान के बदले जल डाल दिया था! सिर उठाकर देखा तो सामने एक सुदर्शन अधेड़ खड़ा था। वह उस जर्जर झोंपड़े का अकेला निवासी जान पड़ता था। झोंपड़े के आसपास का परिसर निर्जन था। वह दुबला–पतला सा पुरुष सम्भवतः चारिका पर निकली

भिक्षुणियों की आवाज़ें सुनकर बाहर निकल आया था। किसी पुरुष को अपने सम्मुख देखकर उसने झुके हुए नेत्रों के साथ भिक्षापात्र को आगे बढ़ा दिया था किन्तु न जाने क्यों उस अधेड़ को देख कर अम्बपाली के हृदय में एक टीस–सी उठी मानो कोई पक्षी अपने झुण्ड से बिछड़ कर अपना मार्ग भूल गया हो। जब हाथ के पात्र से जल छलका तो सिर उठा कर उसे देखा। अन्न की जगह उसे जल मिला था दान में। इसका तात्पर्य स्पष्ट था कि दाता इस बात से भिज्ञ था कि जब घर में खाने को कोई सामग्री न हो तो केवल जल भी भिक्षा के रूप में दिया जा सकता है। वह चौंक उठी। विवश होकर गृहस्वामी की ओर दृष्टि डाली। झुर्रियों से भरा चेहरा, बेतरतीब उगी हुई दाढ़ी–मूँछें, देह पर मलिन–पुराने वस्त्र जिन्हें मानो कई दिनों से धोया नहीं गया था। आँखें सूनी निर्जन वीथियों–सी जहाँ एक सन्नाटा पसरा हुआ था। उसे उस पुरुष का चेहरा परिचित–सा लगा। मानो वह कोई बहुत क़रीबी रहा हो। किन्तु इच्छा होते हुए भी वह कुछ पूछ नहीं पायी। वह संघ के कठोर नियमों से बँधी हुई थी। उससे कुछ दूरी पर अन्य थेरियाँ–चन्दा, सोमा, पूर्णिका इत्यादि भी खड़ी थीं जो अम्बपाली के साथ ही चारिका पर निकली थीं। उसके मन में एक हल्का–सा विचलन हुआ, इससे पहले कि वह कुछ पूछती और समझती, वह जर्जर काया झोंपड़े के अन्दर ओझल हो गयी।

थोड़ी देर तक अम्बपाली उसी तरह ठिठकी खड़ी रहीं जैसे आषाढ़ के सूखे दिनों में वायु का प्रवाह रुक जाता है। लौटने के लिए मुड़ी तो कानों में बाँसुरी की एक धीमी और सुरीली धुन रुक–रुक कर आती सुनाई पड़ी। उस धुन में एक विचित्र वेदना थी मानो किसी की साँस अटक रही हो...और कोई उस निश्चेष्ट में प्राण फूँकने की कोशिश कर रहा हो!

वैशाली को प्रकृति ने अपने उपहारों से मुक्तहस्त उपकृत किया था। पतझड़ के द्वार पर खड़ा होने के बाद भी पूरे जनपद के सौन्दर्य का यौवन अभी पूरी तरह से ढला नहीं था। निधिग्राम की निर्जनता में उन फूल–वनस्पतियों का एकान्त–लोक अद्‌भुत सुरम्यता उपस्थित कर

रहा था। सघन आम्रवनों में नेपथ्य से प्रतिध्वनित होता पखेरुओं का संगीतमय कलरव एक विस्मयकारी अलौकिकता का सृजन कर रहा था।

अम्बपाली ने अपने अन्तरतम में एक कम्पन अनुभव किया और एक क्षण भी वहाँ रुकना उचित नहीं समझा। उसे अपने मुख पर अधीरता का भाव नहीं आने देना था अन्यथा थेरी चन्दा के भाँप लेने का अन्देशा था। यद्यपि पूरे संघ को यह पता था कि अम्बपाली को सांसारिकता से एक अरुचि–सी हो गयी थी। थोड़ी देर बाद उसका चित्त शान्त हो चुका था। बाहर–भीतर का तुमुल कोलाहल पूरी तरह थम चुका था। भावनाओं का सारा कोलाहल तिरोहित हो चुका था। न बाँसुरी और न वीणा पर छेड़ी गयी कोई धुन और न मन में कोई विचलन। न नृत्य का आवेग और न श्रृंगार का बोझ। देह पर उतने ही वस्त्र थे जितने से उसे ढँका जा सके। अब न रेशम की कोई कोमलता थी और न किसी अन्य साज–श्रृंगार के प्रति मन में कोई आकर्षण। बस भिक्षुणियों की वेशभूषा और उतरे हुए केश...उसे स्मरण हो आया–उसकी देह पर वस्त्र से नाम पर जो आवरण शेष रह गये थे, उनका जनपद की इस ऋतु में कितना विस्मयकारी साम्य था!

अपने सौन्दर्य–बोध के साथ–साथ उसे संघ में प्रवेश के समय अपनी सारी प्रिय वस्तुएँ त्यागनी थीं। सबसे पहले स्वर्णाभूषण उतारे –ठीक उसी तरह जैसे शरद ऋतु में वृक्ष और वनस्पतियाँ अपने हरित पर्णों को उतार देते हैं, और जंघाओं तक लटकी स्वर्ण–झालरें, जिनमें उज्ज्वल मोतियों की लड़ियाँ भी थीं...काले–काले और घुँघराले केशों में नीचे तक लिपटे हुए स्वर्ण–माणिक्य की लड़ियों को धीमे–से नोच दिया–ठीक उसी तरह जैसे उपवन में भ्रमण के लिए आयी किसी रूपवान नवयौवना ने निष्ठुरता के साथ नये खिले हुए सुगन्धित पुष्पों को टहनियों से नोच लिया हो। विविध रंगी रेशम के अलंकारयुक्त परिधान उतार दिये–ठीक उसी भाँति जैसे किसी धनिक साहूकार ने अपने हीरे–जवाहरात भरी सन्दूक़ची की चाबी किसी निर्धन अपरिचित को सौंप दी हो। उसके पश्चात उसने अपनी प्रिय वीणा को हौले से छूकर हाथ जोड़े। सन्दूक़ में सँभालकर रखी हुई बाँसुरी

जो उसे बालसखा मदन ने स्मृति–उपहार में दी थी और अपने काले घुँघराले केश भी त्याग दिये। केश काटने के लिए उसने निरपेक्षता के साथ अपना मस्तक आगे बढ़ा दिया था। काले केश भी सम्भवतः तड़प उठे और कुछ पल के लिए मेघों ने भी आँखें मूँद ली थीं। ग्रीष्म की गरम हवाएँ अकस्मात ठण्डी पड़ गयी थीं। सिर्फ़ अम्बा ही शान्तचित्त और निर्विकार बैठी रही। केश उतरते रहे। एक–एक कर पेंचदार लटें ज़मीन पर गिरती रहीं। अम्बा ने उन्हें देखा तक नहीं। अपनी आँखें मूँद लीं। जैसे कोई बन्धन काट रहा हो। वह हर लट के कटने पर स्वयं को मुक्त महसूस करती रही। पूरा मस्तक केशविहीन होने के बाद ही उसने आँखें खोलीं। वे आँखें अब धरा की सबसे सौन्दर्यवर्णा राजनर्तकी और जनपद–कल्याणी की आँखें नहीं थीं अपितु एक बौद्ध भिक्षुणी की आँखें थीं जिनमें एक अबूझ विश्रान्ति का अथाह महासागर फैला हुआ था।

पृथ्वी पर गिरे उन केशों की लटों को उसने देखा भी नहीं था। उन लटों का ऋण ही उसने जीवनभर चुकाया था। उन्हें अपने से पृथक करते हुए वह उन्हें देखना भी नहीं चाहती थी। अपनी गोरी हथेलियों से उसने माथे को ढँक लिया। वहाँ अजीब–सी सनसनाहट उत्पन्न हो रही थी जैसे मस्तिष्क की शिराओं में रक्त का प्रवाह अकस्मात तेज़ हो गया था। उसे लगा मानो उसकी देह के रक्त की शुद्धि हो रही है। वहाँ से उठकर चली तो दिशाओं के रुख बदले।

उस बाह्य सौन्दर्य के परित्याग के बाद से उसने कभी दोबारा दर्पण नहीं देखा था। उसके जीवन में अब दूसरे लक्ष्य थे जिनको उसे प्राप्त करना था। उसके ऊपर एक बड़ा उत्तरदायित्व था–मगध से पराजित वैशाली में बुद्ध की स्मृतियों को सहेजने का महती उत्तरदायित्व। वैसे भी अम्बपाली अपने कर्तव्यों से कभी विमुख नहीं हुई। किशोरावस्था से लेकर भिक्षुणी बनने तक अपने सारे कर्तव्य निभाये। कर्तव्यों ने ही उसके पाँव बाँधे और वह निरन्तर बँधती चली गयी। उसका मन भी उसके वश में नहीं रहा था। केवल भिक्षुणी बनने का निर्णय ही उसका अपना निर्णय था। जीवन के समस्त पूर्ववर्ती निर्णय

औरों ने लिए थे। किन्तु, अब वह निर्द्वन्द्व और उन्मुक्त थी–किसी भी राग–द्वेष या मोह–कामना से पूरी तरह निर्लिप्त। अपने नये निर्णय के निर्वहन के संकल्प के साथ।

फिर जल में वर्ष–भर बाद अपना मुखड़ा...मुँड़े हुए सिर पर उगे हुए सघन केश के गुंजलक दिखे। उसे अपना मस्तक तपस्वी बुद्ध के समान लगा। मूर्तिकार उनकी जितनी भी मूर्तियाँ बनाते, उन सभी में वे साधना में लीन दिखाई देते थे और उनके माथे पर घुँघराले बालों का एक गुंजलक दिखता था। यह सोचते हुए उसके अधरों पर हल्की–सी स्मित उभर आयी थी। बुद्ध की याद आती तो अशान्त जल में एक थरथराहट–सी उठती। वह उन थरथराहटों को थाम लेती और फिर ध्यान में चली जाती है।

ध्यान इस मूर्त जीवन की सबसे सुन्दर अवस्था होती है, जब जिसे चाहे, उसे वहाँ पाया जा सकता है। जिससे चाहे, उससे संवाद किया जा सकता है। अन्धकार को प्रकाश में बदला जा सकता है। ध्यान के माध्यम से आत्म–संशय की स्थिति में भी जीवन के लिए आवश्यक निर्देशों और संकेतों की प्राप्ति सम्भव है। अनेक बार कोई आकस्मिक मार्ग भी निकलता है–अपनी आत्मा तक पहुँचने का मार्ग।

उस दिन ध्यान के पश्चात उसका मन भिक्षाटन के लिए निधिग्राम जाने का हुआ था। निधिग्राम पास का ही एक मनोरम गाँव था जो अपनी सघन अमराइयों के कारण अम्बपाली को बार–बार आकर्षित करता था। वह बौद्ध–विहार में एक वर्षावास बिता चुकी थी। दूसरे वर्षावास के आगमन में अभी विलम्ब था। यहाँ से फिर राजगृह की ओर प्रस्थान करने की उसकी योजना थी। अब यहाँ अधिक समय बिता पाना सम्भव नहीं था। इसीलिए विदा के पूर्व वैशाली के उन मार्गों को फिर से निहार लेना चाहती थी। उन्हीं मार्गों पर पैदल चलकर जाना चाहती थी जिन पर कभी रथों के पहिये धूलि उड़ाते थे, जहाँ हुल्लड़ मचाती नगर के तरुणों की टोली उसे व्यग्र–व्याकुल नेत्रों से देखती हुई पीछे छूट जाती थी। गर्वीली नायिका कभी पलटकर भी उनकी ओर नहीं देखती थी। रथ पर बैठी अम्बपाली के घने–घुँघराले केश हवा में लहराते तो आकाश में जैसे मेघ उतर आते थे।

भिक्षापात्र के थिर जल को वह अपनी आँखों के और समीप ले आयी थी। वह और ध्यानपूर्वक स्वयं को देखना चाहती थी। वह उस स्त्री–रूप को बिल्कुल नहीं पहचान पायी जो पात्र के जल में प्रतिबिम्बित हो रहा था। उसे अपने अप्रतिम सौन्दर्य का स्मरण हो आया। पात्र के जल की परछाईं थरथराती हुई फैल रही थी। अन्य थेरियाँ उससे दूर आगे–आगे चल रही थीं। वे सभी अम्बपाली के मन के उद्वेगों से अनभिज्ञ थीं। वे नहीं समझ पा रही थीं कि उसके क़दम क्यों लड़खड़ा रहे हैं...उनके पीछे–पीछे न आकर वह क्यों सघन बँसवारी (बाँस के जंगल) में घुस गयी है। वहाँ वह एक कटे हुए वृक्ष की जड़ पर जाकर धम्म से बैठ गयी और पात्र का पूरा जल एक ही साँस में पी गयी। सामने राजमार्ग गुज़रता हुआ दिखाई दे रहा था जिस पर किशोरवय की कुछ कन्याएँ आपस में ठिठोली करती चली जा रही थीं। अपने लम्बे केशों में उन्होंने पारिजात के फूल खोंस रखे थे। उन इठलाती, चुहलबाज़ी करती हुई किशोरियों के लिए ये उनके यौवन और उन्माद के दिन थे...साज–सिंगार और मनोकामना के दिन थे। वैशाली की कन्याएँ सचमुच सुन्दर और मोहक होती हैं, अम्बपाली ने मन ही मन मन सोचा।

आह...! वह फिर सांसारिक बातों के बारे में सोचने लगी। नहीं ...कदापि नहीं। उसे ऐसा करने का कोई अधिकार नहीं। उसके लिए तो अब यह मोह–माया सब स्मृतियों और वासनाओं के जाले हैं। उन्हें नष्ट कर देना चाहिए। किन्तु कैसे? अब तक तो वह भुलाये बैठी थी किन्तु यह कितना दुष्कर है...कितना सम्भवातीत! लेकिन उसने तो कठोर और संयमी बनकर संघ में प्रवेश पाया था। मन में आत्म मोह के कुछ अंश अभी भी बचे रह गये क्या!

उसने कच्चे बाँस की एक टहनी तोड़ी और उसे देर तक मुट्ठी में दबाये रखा, फिर उठकर चल पड़ी। तेज़ पवन! हवा के झोंके बँसवारी को झकझोरते रहे। उससे उत्पन्न होती सरसराहट दूर तक उसका पीछा करती रही। स्मृतियों का गट्ठर उससे सँभाले नहीं सँभल रहा था। नंगे पाँवों में नुकीले कंकड़ चुभ रहे थे। तेज़ हवा चीवर को

उड़ाये जा रही थी। आते हुए पतझड़ की हवा मतवारी और पागल होती है...वसन्त के प्रस्थान से बौखलायी हुई ऐसे ही बहा करती है। दबे हुए घाव टभकने लगते हैं। ठण्डी राख उड़ने लगती है। इससे मुक्ति का मार्ग है तो सही। उसे अपनी व्यथा की कथा लिख डालना बहुत आवश्यक लगा। दुखों से मुक्ति का यह अकेला सम्भावित मार्ग बचा था। सम्भवतः ध्यान और साधना का एक विकल्प लेखन भी हो।

वो पतझड़ की भोर थी और अभी सूरज की किरण ठीक से फूटी भी नहीं थी। भोर के उस नीम–अँधेरे से थेरी अम्बा का चित्त अशान्त और व्याकुल था। भीतर एक खलबली–सी मची हुई थी। अन्तरात्मा में मचे घमासान स्वयं ही निपटाये जा सकते हैं...या फिर तथागत की वाणी ही उन्हें शान्त कर सकती है। भोर की इस अप्रत्याशित बेचैनी और व्याकुलता तो अनचीन्ही–सी है। अम्बा को ध्यान की शरण में जाना होगा...एकमात्र मार्ग–मुक्ति के लिए ध्यान।

जल से हस्त–मुख प्रक्षालन कर वह तत्काल अपने आसन पर बैठ गयी। यह उसकी नित्य की दिनचर्या थी। जब ध्यान से उठती थी तो अपने चतुर्दिक एक आभा का अनुभव करती थी। मानो किसी गहरे सागर में डुबकी लगाकर लौटी हो...मूँगों–प्रवालों के रहस्यमय लोक का मौन विचरण करके लौटी हो।

जल के तल में पृथ्वी की तरह कुछ भी धुँधला नहीं होता है। जब–जब ध्यान में गयी, तब–तब या तो एक अलौकिक प्रकाश का पुंज समीप आया या सागर के अथाह तल का रहस्यलोक। यही सब बातें सोचती हुए वह ध्यान की मुद्रा में बैठ गयी। ध्यान में उसे एक सघन वन दिखा, चौड़े–चौड़े सूखे पत्ते, भरे रंगों के उड़ रहे थे। वायु का वेग उसे उड़ाये ले जा रहा था। आसन पर बैठे–बैठे उसकी देह हिली। फिर वही तेज़ प्रकाश। लेकिन वह पुंज नहीं था...एक लम्बी परछाईं–सी थी, बाँस की सूखी हुई, पतली...नुकीली डाली पड़ी थी भूमि पर। दिशाओं में कोई मन्त्र गूँज रहा था। अचानक बाँस की नुकीली डाल ऊपर की ओर उठी और वायु की पीठ पर कुछ लिखने लगी। फिर दूर एक शुभ्रवसना, अत्यन्त रूपसी स्त्री अकस्मात दिखी...

उसके दिखते ही हवा थम–सी गयी। वीणा की एक रहस्यमयी धुन उठी थी...कि बाँसुरी की करुण तान सुनाई दी। दोनों सम्भवतः एक साथ बज उठे। वह बेसुध होने लगी थी कि धीमे–धीमे सारा दृश्य लोप होता चला गया और एक अदृश्य अँधेरा छाने लगा।

"थेरी आम्बपाली...आपके प्रवचन की वेला हो गयी है।"

बाहर के संसार से किसी ने उसे पुकारा था। इस अँधेरे में उसकी साँसें घुटतीं, इससे पहले ही किसी ने उसे सम्बोधित किया था। एक झटके से वह उठी और अन्धकार की कारा तोड़कर बाहर निकल आयी।

अम्बा को दो थेरियाँ कुछ देर से निहार रही थीं, सिंहा और जयन्ती। मैत्री, सुमंगला, सोमा इत्यादि भी किसी–न–किसी बहाने निरन्तर आवाजाही कर रही थीं।

सिंहा उसके समीप बैठ गयी।

"आप कदाचित अस्वस्थ लग रही हैं थेरी अम्बपाली? यह अन्यमनस्कता कहीं आपकी भावातिरेकता के कारण तो नहीं है? मैं कोई सहायता कर सकती हूँ आपकी?"

अम्बा ने सूनी आँखों से उसे देखा। किन्तु कुछ बोली नहीं।

"आर्या अम्बा, मैं आपको यही कहकर बुलाऊँ? तथागत ने आपको यही कहकर पहली बार पुकारा था न! मुझे भी यह सम्बोधन भा गया था। आप अनुमति दें तो यही कहा करूँ आपको।"

"बताइए, क्या हुआ है आपको? कारण बतायें, मैं उसे गोपन रखूँगी, किसी और से नहीं कहूँगी। क्या आपका हृदय यहाँ उचाट हो गया है...? हम अपनी क्षुद्र वासनाओं का परित्याग कर और माया के कोमल तन्तुओं को काटकर मुक्त हुई स्त्रियाँ हैं। मुझे आशंका सता रही है कि क्या वैशाली के वैभव की सुन्दर स्मृतियाँ आपको झकझोर रही हैं...?"

अम्बा ने नपा–तुला सा जवाब दिया–"हमें अपनी कथा एक–दूसरे को सुनानी चाहिए। जिस तरह हम अपने प्रवचनों को लिपिबद्ध कर रहे हैं, उसी तरह से हमें अपनी–अपनी मुक्ति की गाथा खुद ही लिखनी चाहिए।

कोई और लिखे, हमें इसकी प्रतीक्षा नहीं करनी चाहिए। और, न ही हमें इस काम में विलम्ब करना चाहिए। मैं तुम्हारी कथा सुनना चाहूँगी थेरी सिंहा। सिंह सेनापति से बस उड़ती–उड़ती कथा ही सुनी थी। अब तुम अपनी कथा स्वयं ही कहो। जब चीवर और आसक्ति–मार्ग सिद्ध न कर सकें, शून्य में फैली अपनी आकृतियों और स्मृतियों का आख्यान ढूँढ़ना मुक्ति का पर्याय है, मुक्ति के लिए की गयी प्रार्थनाएँ हैं। जग दूसरों की कथाएँ अपनी आँखों से कहता है, हम अपनी अनुभूति से कहेंगे। अपनी मुक्ति–कथाओं के कथाकार हम ही होंगे।"

"आप तो वैशाली के इतिहास में सदा के लिए दर्ज हो चुकी हैं आर्या, जिसके घर तथागत भोजन करने आये। सनातन धर्म में विदित सहज प्रारब्ध नहीं था ये। पूर्व पीठिकाएँ थीं बोधिसत्व के निर्माण की प्रक्रिया की, ईश्वर सदृश्य कोई उतरा था त्याज्य कही जानेवाली स्त्रियों की कोटि में, ज्ञान और संघर्ष सिर्फ़ जिजीविषा की निर्मिति करते हैं, भोगा हुआ जीवन उसे रससिक्त करता है और फिर तर्कयुक्त वचन ग्राह्य हो जाते हैं, प्रबुद्धों के लिए भी जिन्हें आपने–अपने तर्कों से पराजित कर दिया। आपने एक गणतन्त्र को अपनी शर्तों पर चलाया। आप तो हम सबसे ज़्यादा सशक्त, स्वतन्त्र और मुक्त स्त्री थीं। आप वहाँ रहकर भी मुक्त हो सकती थीं, फिर भी आपने संघ की शरण ली...कोई तो बात होगी..."

अम्बा ने अपनी हथेलियाँ उसके माथे पर फिरायीं।

"कुछ कथाएँ सदैव अलिखित रह जाती हैं। वे या तो समय के क्रूर प्रहारों के आघात से विलीन हो जाती हैं, या उन्हें मिथ्या घोषित कर दिया जाता है। हम मात्र उन्हीं कथाओं को सुनते हैं, या सुनना चाहते हैं जिन्हें हम पसन्द करते हैं या जिन्हें हम स्वीकार कर पाते हैं। इतिहास को भी वही कथाएँ पसन्द आती हैं। स्त्री से सम्बन्धित कथाओं को इतिहास अपनी सुविधानुसार प्रच्छन्न कर प्रस्तुत करता है। मैं उन्हें सदा के लिए अंकित करना चाहती हूँ। ध्यानावस्था में आज मुझे यही बोध हुआ। चलो, प्रवचन की तैयारी करें। कोई युवा थेर आकर हमें आँखें दिखाये, इससे पूर्व हम अपने निर्धारित कार्य कर लें।"

दोनों वहाँ से उठकर सीधे अपने कक्ष में गयीं जहाँ उनको प्रवचन की सारी तैयारी करनी थी।

"मुझे संघ के कुछ नियम बहुत अखरते हैं आर्या...हम भिक्षुणियों के लिए इतने कड़े नियम! हमें युवा थेर भी निर्देशित और नियन्त्रित कर सकते हैं।"

"जब हम अपने ही भीतर प्रवेश कर जाते हैं...अपनी आत्मा के साथी हो जाते हैं...किसी भी सांसारिक दबाव या कोलाहल से परे चले जाते हैं...और कोई भी कटूक्ति...उपालम्भ...अथवा व्यंग्य हमारी त्वचा को स्पर्श कर निकल जाते हैं–यही साधना की सिद्धि है...यही मोह से मुक्ति का मार्ग है। हमारी मुक्ति कथाएँ अंकित रहें, शब्दों के साथ। ताकि पुरुष कल उससे नारी जीवन का सार ग्रहण कर सके है और आगे के युग में आनेवाली स्त्रियाँ मुक्ति का ध्येय। हमारी मुक्ति कथाएँ हमारा स्वयं का अष्टांगिक मार्ग होंगी।"

अम्बा ने उसे मुक्तिगाथा लिखने को उकसाया। सिंहा इन्हीं सोचों में डूबी अम्बा के साथ चलती रही–"एक दिन सुनाऊँगी थेरी अम्बा, आपको अपने भटकाव की गाथा। जीवन–मरण से जूझने की गाथा। मेरी कथा मेरे ही मुख से सुनना।"

उसके भीतर उसकी जीवन–कथा किसी काव्य की तरह गूँजने लगी।

स्वयं के जीवन, दुख और दुखों से मुक्ति की कामना तथागत का भी संकल्प था, हमारा भी होगा। यह संकल्प योजना का रूप ले चुका था। मुक्ति–गाथाएँ लिखने की योजना धीरे–धीरे भिक्षुणी–संघ में फैलती गयी। सिंहा ने जयन्ती को बताया और जयन्ती ने मैत्री को। मैत्री से सुमंगला माता को पता चला। संघ के प्रसिद्ध स्थविर सुमंगल की माता और वयोवृद्ध होने के कारण सारे भिक्षु–भिक्षुणियाँ उन्हें सुमंगला माता कहकर बुलाया करते थे।

सुमंगला को भी मानो संघ में एक ठौर, जीवन को एक नया उद्देश्य मिल गया हो। मानो स्मृति–कलश छलक उठा हो। अन्तर्मन का विष दबाये–दबाये वे नीली पड़ती जा रही थीं। वे किसी भी क्षण फूट पड़ने की मनोदशा में पहुँच चुकी थीं। उन्हें कोई मार्ग नहीं

सूझता था। किसी थेरी से अपनी व्यथा नहीं कह सकती थीं। संघ में नियम–अनुशासन और दिनचर्या बड़ी कठोर थी। वय ज़्यादा होने की वजह से उनकी ज़िम्मेदारियाँ भी अधिक थीं। नयी–नयी थेरियों को संघ के नियम बताने और उन्हें अनुशासित रखने जैसा उत्तरदायित्व भी उन्हीं का था। अपनी घर–गृहस्थी से मुक्त होकर वे शिक्षिका और उपदेशिका की इस नयी भूमिका को अच्छे से निभा रही थीं। गृहस्थी के जंजाल में फँसी रहतीं तो...

सुमंगला माता के मन के उद्‌गार फूट पड़े। सारा जीवन उपेक्षा और प्रताड़ना झेलते हुए वह कभी जान ही नहीं पायीं कि उनके भीतर एक काव्य–प्रतिभा भी छिपी है। उनके भीतर एक विदुषी बसती है जो अपनी व्यथा को शब्दबद्ध करने की क्षमता रखती है। उन्होंने अपनी जीवन की कथा काव्यात्मक भाषा में कही। व्यथा की अभिव्यक्ति का पहला माध्यम गान है...काव्य ही है...

सुमुत्तिका सुमुत्तिका, साधु मुत्तिकाम्हि मुसलस्स।
अहिरिको में छत्तकं वा पि, उक्खालिका मे देड्डुभं वा ति।।

"अहो,
मैं मुक्त स्त्री हूँ
मेरी मुक्ति कितनी धन्य है
पहले मैं मूसल लेकर धान कूटा करती थी
आज मैं उससे मुक्त हो गयी हूँ
मेरी दरिद्रावस्था के वे छोटे–छोटे भाँडे–बरतन
जिनके बीच मैं मैली–कुचैली–सी बैठती थी
और मेरा निर्लज्ज पति मुझे उन छातों से भी तुच्छ समझता था
जिन्हें वह अपनी जीविका के लिए बनाता था...
अब उस जीवन की आसक्तियों और गन्दगियों को
मैंने छोड़ दिया है
मैं आज वृक्ष–मूलों में ध्यान करती हुई
जीवनयापन करती हूँ

अहो,
सच की निवृत्ति थी विषादों के त्याग से
मन को समझाने के युग नये सन्ताप लेकर आये
कठोर नैसर्गिक विचारों से यह नदी पार की गयी
अब मैं कह सकती हूँ
मैं कितनी सुखी हूँ
मैं कितने सुख से ध्यान करती हूँ..."

सुमंगला माता का चित्त संघ में प्रवेश पाकर शान्त हो गया था। मन में जो भी विकार रह गये थे, वे भी मानो समाप्त हो गये थे। अब वे सच्चे अर्थों में निर्विकार हो चुकी थीं। संघ की ज़िम्मेदारियाँ निभाते हुए उन्हें ध्यान जितना ही सुख मिलता था। लेखन एक अलग समाधि होती है जिसमें अँधेरी और गुमनाम खाई में डूबकर प्रकाश–पुंज खोजना होता है। आत्मा पर पड़ी खरोंच का लेप है वह अपने को ढूँढ़ लेने, पा लेने का सहज मार्ग है। तथागत के मार्ग राजमहलों से निकले थे, थेरियों का जीवन–मार्ग अन्वेषण से। इस अवस्था तक कोई तथागत लेकर नहीं आते बल्कि वहाँ तक स्वयं पहुँचना पड़ता है।

अन्य थेरियाँ भी अब इस सत्य को समझने लगी थीं। सिंहा, जयन्ती और मैत्री को उत्कट प्रतीक्षा थी कि अपने ही आलोक में जगमगाने वाली थेरी अम्बा क्या लिखने वाली हैं। वे सबसे अलग लिखेंगी। उनका अनुभव–संसार सबसे अलग था। संघ में सारी स्त्रियाँ एक–दूसरे का इतिहास जानती थीं किन्तु इसको लेकर आपस में कोई भेदभाव या घृणा जैसा भाव नहीं था। कोई किसी के अतीत को नहीं कुरेदता था। अधिकतर स्त्रियाँ अपने नीरस घरेलू जीवन व सम्बन्धों से ऊबकर यहाँ आयी थीं। कुछ वैभव से आक्रान्त स्त्रियाँ थीं। कुछ रूपजीविताएँ भी थीं जो अपने यौवन के ढलने के बाद आश्रय ढूँढ़ रही थीं। सबको किसी–न–किसी वस्तु से अथवा स्थिति से मुक्ति का मार्ग चाहिए था। संघ उनकी मुक्ति का प्रथम मार्ग बना।

थेरी अम्बा की अगुवाई में यहाँ सबको अलग तरह की मुक्ति का मार्ग दिखा था। वह स्वयं भी प्रतिदिन ध्यान लगातीं और कुछ

लिखने का प्रयास करती। बँसवारी से लायी गयी पतली–सी टहनी को छील कर उसने कलम बनायी, भोजपत्र जुटाये और लिखने बैठी। उसके मन के महासागर में एक ऊँचा ज्वार उठा था।

उस पात्र में भिक्षा रूप में जल का स्मरण हो आया और मन में एक झुर्रीदार मुखड़ा तैरने लगा। वह पात्र में जल भर लायी। उस पात्र को लेकर आसन पर बैठ गयी। फिर दोनों हाथों से पात्र उठा कर उसमें कुछ ढूँढ़ने की कोशिश करने लगी...

उस जल में उसके अतीत का एक मुखमण्डल तैर रहा था। वह चौंककर पात्र पर झुकी तो जो छवि जल में तैर रही थी वह अन्तर्धान हो गयी। अपने अतीत को तो वह दो ऋतु पहले पीछे त्याग आयी थी।

क्या–क्या लिखे वह अपनी कथा में?...

उसके पास पराजित प्रेमों की कुछ कथाएँ हैं...अदृश्य हो चुके प्रेमियों के उच्छ्वास हैं...खण्डित हुए हृदयों के बिखरे हुए अवशेष हैं...अपने प्रेम के दारुण वियोग हैं...एक सामान्य से जीवन का असामान्य–सा उत्सर्ग है....वैभव का बखान है....सौन्दर्य का गुमान है... राष्ट्रप्रेम है, और वीणा के तार व बाँसुरी की तान है।

स्मृतियों का झोंका तीव्र गति से आता है। मनुष्य को वर्तमान से दूर ले जाता है। काल के पार जहाँ सारे झर चुके पुष्प भी अकस्मात सुगन्धित हो उठते हैं। और, इनकी विलोम स्थितियाँ भी होती हैं। सारी व्यथाएँ हरी–भरी हो जाती हैं। टीसने लगती हैं। दो कालों की तुलना का एक नया अध्याय प्रारम्भ हो जाता है।

पात्र में अब दो अलग–अलग कालखण्ड की घटनाएँ तैरने लगी हैं। उन कालखण्डों में एक छटपटाहट है। कभी अतीत तड़प उठता है।

अम्बा फूलों से बने विविध रंगों से लिखती है–

कभी काले हुआ करते थे मेरे बाल
मधुमक्खियों के छत्ते जैसे
घने और घुँघराले
सुगन्धित फूलों से भरी टोकरी की तरह
सोने की पिन से सजे और अलंकृत

उम्र के साथ इससे पशुओं के रोओं–सी
बासी गन्ध आ रही है
एक कलाकार की कलाकृति जैसी
मेरी मोटी, घुमावदार और रसीली गर्दन
उम्र के साथ ढल चुकी है नीचे
मेरी दीप्तिमान, गहरी, भावपूर्ण आँखें
खो चुकी हैं अपनी चमक
पतली पर्वत–चोटी की तरह मेरी नाक
एक सूखी लम्बी मिर्च है अब
अद्वितीय थे कभी जो मेरे कान
उम्र के साथ सिलवटें लिए
नीचे ढल चुके हैं
मेरे श्वेत और चमकते दाँत
पीले पड़ कर टूट रहे हैं
गहरे घने जंगल में कोयल की तरह
मेरी मीठी आवाज़ में
उम्र के साथ दरारें पड़ चुकी हैं
मेरे उन्नत, कुशाग्र, परिपक्व स्तन हो चले हैं
किसी खाली पुराने झोले की तरह
लुंजपुंज
झुर्रियों से भरी मेरी काया
अब कमनीय नहीं रही
देह की सच्चाइयाँ बदल चुकी हैं
मायावी वस्तुओं के इस ढेर को
राख होना ही था संवत्सर को
परिधि से बाहर होती ही एक दिन
मेरी यह अशान्त निवृत्ति
एक दिन तो खण्डित होना ही था
मेरा प्रव्रजन

मुझे तलाश है उसकी
जो क्षणभंगुरता से परे हो
जिसके लिए अन्त त्वरित प्रारब्ध नहीं हो
मुझे उस सत्य तक ले चलो, तथागत!

अम्बा अपनी लेखनी को विराम देती है। जल–पात्र में चेहरे ग़ायब हैं। बस स्वच्छ जल छलछला रहा है।

स्मृतियाँ अभी तक ताज़ा बनी हुई हैं। सारी विस्मृत वस्तुएँ... रूप–सौन्दर्य की याद आ रही है उसे। संसार को बताना है कि वह क्या थी और अब क्या हो गयी है। काल का प्रहार स्त्री को क्या से क्या बना देता है! उससे बचना असम्भव है। सहसा उसे अपने रूप का स्मरण हो आया। अंग–प्रत्यंग की स्मृतियाँ ताज़ा हो उठीं।

उनको याद करती हुई वह पुनः लिखती है...

मेरे नेत्र, दो नील मणियों–सरीखी दो पुतलियाँ थीं
जिनमें ज्योति थी
अब वे प्रभाहीन हैं
यौवन के सुन्दर शिखर तुल्य मेरी कोमल, सुदीर्घ नासिका
अब बैठ गयी है
चतुर शिल्पी द्वारा गढ़े गये कंकण तुल्य मेरे कर्ण थे
अब वे लटक गये हैं
कदली की कली के समान मेरी दन्त–पंक्तियाँ थीं
वे खण्डित होकर पाण्डु–वर्ण हो गयी हैं
मेरी वाणी वन–कोकिल की कूक सदृश थी
अब वह भर्रा गयी है, टूटने लगी है
मेरी ग्रीवा शंख के समान सुन्दर थी
वह भग्न हो चुकी है
मेरी बाँहें गदा की तरह सुडौल थीं
वे वृक्ष की डालियों की तरह दुर्बल हो गयी हैं
जिन उँगलियों में स्वर्ण मुद्रिकाएँ शोभती थीं
वे टेढ़ी–मेढ़ी और निर्बल हो गयी हैं

यहाँ तक आते–आते अम्बा रुकी। अपने यौवन–काल में भी उसने इतने गौर से स्वयं को नहीं देखा था। संसार सच कहता था, अम्बपाली अपूर्व सुन्दरी है। वैशाली में ऐसी अपूर्व सुन्दरी इससे पहले पैदा नहीं हुई। वह परीलोक से आयी कोई अप्सरा है। इन्द्र ने वैशाली पर विशेष कृपा की कि अम्बा को यहाँ भेज दिया। चौंधिया देने वाला सौन्दर्य जिसकी तुलना किसी अन्य स्त्री से नहीं की जा सकती थी. ..जिसके सौन्दर्य से खिंचे चले आये थे मगध सम्राट बिम्बिसार और डेरा डाल दिया था वैशाली में। कालान्तर में वैशाली–पुत्री चेलना के पुत्र, मगध सम्राट अजातशत्रु ने वैशाली को लूट लिया और अधेड़ अम्बा को अपनी सम्राज्ञी बनने का लोभ दे बैठा।

अम्बा की सुन्दरता ही उसकी दुश्मन बन गयी थी। किशोर उम्र से लेकर भिक्षुणी बनने तक। इतनी देदीप्यमान न होती तो क्या तथागत अपने शिष्यों को आँखें मूँद लेने के लिए कहते! क्या वे अम्बा का भोज–भात स्वीकार करते? अम्बा से तर्क–वितर्क करते? जब अम्बा उनसे मिलकर लौटती तो पीछे से अपलक उसे निहारते?

और,...सौन्दर्य ही उसकी सबसे बड़ी उपलब्धि रही कि हज़ार–हज़ार राजकुमारों के मुकुट उसके चरणों में लोटते थे।

कहाँ गया...उसका वह स्वर्गिक सौन्दर्य? काल सबके अभिमान को तोड़ देता है। उसके सामने कुछ भी स्थायी...कुछ भी अक्षत नहीं। काल ही एकमात्र सत्य है।

अम्बा ने हल्का–सा चीवर हटाकर अपनी छातियाँ देखीं। उसके मुख से एक आह निकल गयी। नृत्य के लिए श्रृंगार करते समय मदलेखा उन छातियों को कंचुकी से कस देती थी ताकि उनके भार से अम्बा झुके नहीं। वे अपनी जगह स्थिर रहें। दो उत्तुग शिखरों की तरह ऊर्ध्वगामी रहें। उसके ऊपर स्वर्णाभूषण रगड़ते तो शरीर में एक बिजली–सी फूटती। वह आनन्द में झूम उठती थी। लोलुप राजकुमारों और आसक्त सामन्तों के नेत्र उन शिखरों से हटते नहीं थे। इन सबसे लापरवाह अम्बा नृत्य की देवी बन जाती थी। उनकी लोलुपता को दैवी कामनाओं से भर देती थी।

आह...ये छातियाँ कहाँ बिला गयीं!

उसने लिखा–

सुनहरी मेरी त्वचा, सुनहरी–आभा मेरी, दमकती थी मैं
स्वर्ण–फूल–सी
अब वहाँ सिर्फ़ झुर्रियाँ ही झुर्रियाँ हैं
हाथी के सूँड़ की तरह मेरा उरु प्रदेश
पोपले बाँस की नली बनकर रह गया है
नूपुर एवं स्वर्णालंकारों से सुसज्जित मेरी जंघाएँ
शुष्क तिल के डण्ठलों की तरह हो गयी हैं
मेरे दोनों पैर रुई के फाहे की तरह कोमल और हल्के थे
आयु के प्रहार ने उन्हें सुखा दिया है
मेरा शरीर सुख का आगार था, आनन्द का केन्द्र था
काम का मन्दिर था
अब दुख का आलय है
जीर्ण–शीर्ण है किसी पुराने भवन की तरह
जो बिना देखभाल के खँडहर बन कर रह जायेगा
नष्ट हो जायेगा एक दिन
यह सब मिथ्या है, अमर्त्य है ईश्वर के वचन।

वह अपनी लेखनी को रोक देती है। फिर जो लिखा था उसे दोबारा पढ़ती है–आवेग में क्या–क्या लिख गयी! क्या भिक्षुणी के वेश में उसे अपने भूतकाल को स्मरण कर, अपने सौन्दर्य पर मोहित होकर काव्य लिखना चाहिए? इसके पहले किसी स्त्री ने अपने सौन्दर्य पर मोहित होकर लिखा हो–शास्त्रों में कहीं इसका वर्णन नहीं मिलता।

अम्बा के शुष्क अधरों पर एक हल्की स्मिति फैल गयी। वो पहली स्त्री है जो स्वयं अपने ही सौन्दर्य का बखान कर रही है। किन्तु यह सब वह क्यों लिख रही है...?

अपने आप से ही पूछा।

किसी कवि ने तो कुछ नहीं लिखा उस पर। चित्रकारों ने सम्मुख बिठाकर चित्र अवश्य बनाये। संगतराश ने भी लम्बी बैठकी

चाही थी, पर वह उसे उपलब्ध न हो पायी। आया तो था, शिष्या कम्या छाया के साथ एक तरुण कुम्भकार–कलाकार। मिट्टी के खिलौने बनाने वाला। सम्मुख बैठकर काली मिट्टी से उसका मुखड़ा बनाता रहा। काली मिट्टी के साँचे में ढलकर स्वयं को कहाँ पहचान पायी थी? बस घुँघराले बाल और बड़े–बड़े कर्ण–कुण्डल उभरकर आये थे।

वो कलाकार वापस नहीं लौटा, जाने किस भट्टी में पकाया होगा। मूर्ति बनी भी होगी कि पकते समय चटक गयी होगी?

इससे आश्वस्ति हुई कि संसार उसके जाने के बाद उसकी अनेक कथ कहेगा, उन कथाओं को तोड़–मरोड़ कर प्रस्तुत करेगा– अम्बा के सौन्दर्य का बखान अपनी कल्पना के आधार पर करेगा। उन सबके लिए मेरी यह कविता आधारभूमि बनेगी।

ये लो संसार वालो...

मैं वैशाली की नागरिक, राजनर्तकी, जनपद कल्याणी अपने सौन्दर्य का बखान स्वयं ही कर देती हूँ।

अन्य थेरियाँ अपनी दुखद गाथा लिखकर मुक्ति पा गयीं, मेरी मुक्ति अभी शेष है। मुझे अपनी स्मृति–वीथिकाओं में वैसे ही लौटना है, जैसे ग्रीष्म में लौटती है कोयल आम्रवन में। जैसे लौटते हैं वसन्त में पुष्प अपनी डालियों पर।

अभी बहुत–से दंश बचे थे। स्मृतियों के गहरे दंश। मैंने उन सभी दंशों को सँभालकर रखा था अभी तक।

हलचल प्रारम्भ हो चुकी है। सूने राजमार्ग पदचापों से भर गये हैं। स्मृतियों के अनेक रंग और आवाज़ें होती हैं।

मैं सुन रही हूँ। अपनी कथा...औरों की कथाएँ। कानों में वैशाली के नागरिकों का कोलाहल सुनाई दे रहा है। वे प्रसन्नता के मारे चीख़ रहे हैं। नगर की सर्वश्रेष्ठ सुन्दरी अम्बपाली का राजनर्तकी के लिए चयन हो चुका है। समूचा जनपद हर्षोल्लास में डूब गया है। और, उस घोषणा के साथ ही डूब गया है किसी का हृदय। बाँसुरी की तान मद्धिम पड़ गयी है। एक तारा डूबने की कगार पर है।

वसन्तोत्सव में एक शुभ मुहूर्त देखकर जनपद कल्याणी को पद की शपथ दिलाई जायेगी। नगर में उत्सव की मुनादी हो रही है।

नगर की सर्वश्रेष्ठ सुन्दरी के मुख पर हास्य नहीं, किसी वैरागी–सी एक उदास तटस्थता के स्वेद कण चमक रहे हैं। फागुन की हवा भी उसे शीतलता नहीं पहुँचा रही है। मन–ही–मन ठान लिया है, वृज्जि संघ के आगे सिर झुका दिया है किन्तु कथा वह ख़ुद लिखेगी।

वह लिच्छवियों की इस वैधानिक विलासिता का उत्तर अपनी ही शैली में देगी।

अम्बा के स्मृति पटल पर विचारों की अनेक रूपाकृतियाँ बन रही हैं। उसकी त्वरा से पूरे वैशाली जीवन का पुनरावलोकन हो रहा है। उसके विचार आवाहन करते हैं उस पूरे युग की केन्द्रीय संवेदना का। वह युक्तियुक्त निर्णय के पक्ष में नहीं परन्तु प्रश्न चहुँओर से आकर उसे घेरते हैं। सौन्दर्य के प्रतिरूप ने नख से शिख तक वासन्ती परिधान में दिव्यता के कई रूपक दिये, युग–प्रज्ञा की चुनौती स्वीकार करती हुई आती है पटल पर। स्मृति–गवाक्ष से स्त्री जीवन की स्वर्ण रश्मियाँ आती हैं, अम्बा आलोकित होती जा रही है। रश्मियाँ भाव का रूप प्रतिपल लेती हैं। झंकृत वीणा, स्त्री सौन्दर्य, आम्रवन, प्रेमी युगलों का बदला हुआ वेष, नृत्य की भंगिमाएँ, टूट–बिखरे इतिहास की रेत और वैशाली की भव्यता। स्मृतियाँ धीरे–धीरे बह रही हैं। अनुगमन की राह आसान नहीं। विगत और अनागत का सृजन एक दुरूह प्रक्रिया है। मेरे स्मृति–मानस! ओ री स्मृति...ठहर जा तनिक।

जनपद कल्याणी लोभ संवरण नहीं कर पा रही, रेखाचित्रों को सहेज कर परिदृश्य रचने का। सिर्फ़ वेशभूषा आलोकित नहीं करती स्त्रियों को, उनकी मेधा और त्याग करने की उनकी स्त्रियोचित प्रतिकार की क्षमता भी। सिर्फ़ वीणा के आरोह–अवरोह से जीवन को सुभाषित रखना आसान नहीं था।

मेरे प्यारे गणराज्य!

गणिकाएँ तुम्हारे राज्य की सीमाओं में शासन और समाज की उच्चावस्था में योजित होती रहीं। तुम्हें साधुवाद! मेरी संघ थेरी गाथा में रूपजीवा और बहिष्कृत स्त्रियाँ तथागत से संवाद में प्रयुक्त दिखाई पड़ेंगी। कितनी पीढ़ियाँ इतिहास के शमन के लिए आतुर रहेंगी, फिर भी उन्हें अपनी स्त्री मर्यादा पर गर्व रहेगा। आम्रवन में जगत् और शासकीय हिंसा से बहुत दूर, मिथ्या प्रवचनों और उद्‌बोधनों के विकल्प से आहत सामान्य जनों की आपाधापी में संघ की मर्यादाएँ विवादित होंगी। इस आत्मानुभूति को शत–शत प्रणाम!

राजकुमारी चेलना और संघ प्रमुख चेटक के शान्ति–सन्धि प्रस्ताव, विवाह की मर्यादा और राजतन्त्र की विस्तार की नीतियों पर वैवाहिक सम्बन्धों से रोक। इतिहास तुम्हें सत्य से दूर, मगध के राजा बिम्बिसार के प्रचण्ड तेज के साथ खड़ा दिखायेगा। युद्ध के आयुध प्रयुक्त नहीं होते संघ के धर्म–राज्यों के सम्मुख। किसी अकल्पनीय परिणाम की प्रत्याशा, शक्तियाँ, महत्त्वाकांक्षा के वशीभूत करती हैं। संघ के पास भी सहस्रों युक्तियाँ थीं युद्ध के विराम की। छोटे–छोटे अधिपतियों पर अपना रोष व्यक्त करनेवाले मगधराज आपका पाला उच्च संस्कार युक्त स्त्रियों की प्रज्ञा से पड़ गया। इतिहास कहेगा कि वास्तव में वृज्जि संघ की गणिकाओं ने आपके श्री की रक्षा की थी।

संघ के मर्यादा विवरण में आहूत मेरी सहभागी स्त्रियों, सोलह महाजनपदों के इतिहास में वैशाली को अमर करनेवाली रूपजीविताओं, अपने अतीत के सृजन और परिसंस्करण के लिए तुम उच्च मर्यादा के साथ स्मृति में रहोगी। बहिष्कृत जीवन की मिठास का आनन्द बाँटती हुई नगरवधुएँ, नगर के सांस्कृतिक सम्मान की रक्षा में उद्धत दिखाई देंगी, उन्हें इतिहास सम्मानित करेगा।

ओ विधि के रक्षको, ओ इतिहास के प्रणेताओ, ओ कुल और जाति की वंशावलियों के निर्माताओ...

गणिकाओं के इस सौन्दर्यशास्त्र का अवलोकन लिखो। उन्हें तथागत के उपदेशों की वाणी क़रार दो। जब एक बड़ा सामाजिक

तबक़ा सौन्दर्य और वासना का उपासक रहा, मर्यादाओं से स्खलित तब अथ से इति तक स्त्रियाँ थीं उनका वैश्विक समागम, संघ के प्रतिकूलन और प्रभंजनों का अंगीकरण। तथागत के मूल शुद्ध उपदेश पर आधारित था थेरी जीवन। वे स्थविरों के नारी विरोध के उन्माद का प्रतिकूल जवाब थीं।

पहरों जीवन साधना में लीन स्त्रियाँ दृश्य थीं, उन्नत समाज के नियमित होते जाने का। बौद्ध समागम में शुक्ल पक्ष की प्रतिपदा में अभिषेक करती ये स्त्रियाँ बिम्ब थीं, खगोलीय ज्ञान सम्पदा की प्रज्ञा का। उनकी ध्वनियाँ देखो, उनका विस्तार देखो और नागरीय सभ्यता में उनका उन्नयन। हमारे युग की स्त्रियों गर्व रहेगा तुम पर! तुमने अम्बा का शीश उच्च स्तर पर बनाये रखने में हमारी सहायता की।

जहाँ अनुगत राजा, क्षत्रप, माण्डलिक, गणपति, नगरसेढ, गृहपति, सामन्त और जानपद उपस्थित थे वहाँ अम्बा ने इतिहास रचा स्त्री प्रज्ञा का। धार्मिक विवाद को स्त्री उन्नयन मार्ग का स्थिर मार्ग बनाया। सोलहों ऋत्विक जब विधिवत महानुष्ठान में शामिल थे तो आर्यों के ज्ञान का प्रकाश स्तम्भ कहाँ था। पुरुष प्रज्ञा की हार हुई न। स्त्री ने काल का आवाहन सुना न, और उचित प्रत्युत्तर दिया।

दृश्य त्वरा से उभरते जा रहे हैं अम्बा की स्मृतियों में। महज़ स्वर्णाभूषणों से अलंकृता नहीं थीं स्त्रियाँ। प्रज्ञा और युगबोध ने अभिसिंचित कर रखा था उन्हें काम, क्रोध, लोभ, ऐषणा से बहुत ऊपर थीं हम। हमने समुद्र के अष्ट अद्भुत गुणों को स्त्री–आकार दिया और युग को परिभाषित किया।

प्रेम, देह के सारे रक्तबिन्दु और प्रत्येक श्वास स्त्रियों के निकास में है। सभ्यता के केन्द्र में अभिमुख हैं स्त्रियाँ। विहारों और संघ की गाथाएँ स्त्रियों की होंगी। सभाओं की हर्षध्वनियों पर कल तुम्हारा आधिपत्य होगा। मैत्री और शान्ति प्रस्तावों की नियन्ता तुम होगी। मगध राज्य और वैशाली संघ के सारे रूपक और प्रतिमान तुम्हारे होंगे। महाबलाधिकृत, श्रेष्ठ जनों से लेकर राजपुरोहित तुम्हारा यशगान करेंगे।

पौरुष की कैसी ऐतिहासिक प्रतीक्षा राजा चेटक!

राज्य–विस्तार की कैसी महत्त्वाकांक्षा मगध कुमार! नारी निषेध का कैसा शाश्वत विद्वेष स्थविरो!

पुरुषों की तुम्हारी दुनिया इतनी मलिन और क्लान्त क्यों?

नर्तक, चरण, वृन्द नपुंसक सभ्यता को कैसे परिभाषित करेंगे?

कला–मर्मज्ञ एक संघ की मर्यादा का निर्वाह कैसे कर सकते हैं? अग्निकुण्डों में हवि देनेवाले पुरोहित सैन्य नीति के प्रणेता कैसे हो सकते हैं? राजधर्म का पालन, स्त्री लोलुप समाज कैसे कर सकता है? रजत दण्ड से कांस्य घण्ट पर आघात करनेवाले हाथ युग मर्यादा का पालन कहाँ कर सकते हैं। जो मूल्य नहीं जानते, उनका मौलिक होना कहाँ तक सहज!

फिर उसके पास उसके खण्डित स्वप्नों के भग्नावशेष रह गये

अम्बा की तीर जैसी आँखें ही नहीं, वैसी ही तीक्ष्ण जिव्हा भी है!

"वैशाली और वृज्जि संघ के वासियो,

आप सब भलीभाँति अवगत हैं कि मेरे भाग्य का निर्मम फ़ैसला हो चुका है जिसमें मुझ अकिंचन कन्या की कोई भागीदारी, सहमति आवश्यक न समझी गयी। मैं संघ द्वारा आरोपित इस उत्तरदायित्व के निर्वहन के लिए आपके समक्ष खड़ी हूँ। आप सबके सामने संघ का निर्णय रखा जा चुका है। संघ का निर्णय अपने सिर–माथे पर रखते हुए कुछ बातें करना आवश्यक समझती हूँ। मैं नगर के मनोरंजन के लिए प्रस्तुत की गयी हूँ। मेरा जीवन यहाँ से सदैव के लिए परिवर्तित हो जायेगा। मुझे अपना भविष्य और अपना कर्म दिख रहा है।"

अम्बा की आवाज़ दरक रही थी। एक–एक शब्द जैसे भारी पड़ रहा हो।

"मैं यहाँ अपना भाग्य बदलने की कोशिश करने नहीं आयी हूँ। मैं यहाँ किसी की भ्रष्ट मानसिकता से मुक्ति की प्रार्थना करने भी नहीं आयी हूँ। न ही मैं सभा के माननीय सदस्यों के निर्णय की अवमानना करना चाहती हूँ। परन्तु मुझे लगता है कि आपके समक्ष कुछ तथ्य रखना मेरा कर्तव्य है जिन्हें महाराज अपने सम्बोधन में भूल गये।"

अम्बा थोड़ी देर रुकी फिर प्रारम्भ किया। अपनी हरेक बात पर बल दे रही थी ताकि नगरवासियों के मस्तिष्क में पूरी तरह प्रवेश कर जाये।

"मेरे यहाँ आने का कारण मेरा नगरवधू बनना नहीं है। आप और मैं, हम सब ये भलीभाँति जानते हैं कि पवित्र प्रवेणी पुस्तक

(प्राचीन वैशाली गणराज्य की आचार संहिता) के अनुसार अन्तिम निर्णय हो जाने के बाद उसका विरोध कोई नागरिक नहीं कर सकता। यह देशद्रोह और पाप दोनों माना जाता है। इसलिए मैं यहाँ आप सबके निर्णय के विरुद्ध जाने के लिए नहीं खड़ी हूँ। मैं अपना पक्ष रखना उचित समझती हूँ क्योंकि उसी पुस्तक ने हमें अर्थात वैशाली के प्रत्येक नागरिक को अभिव्यक्ति की स्वतन्त्रता दी है। मैं उसी अधिकार के अन्तर्गत कुछ शर्तें रखना चाहती हूँ।"

शर्त शब्द सुनते ही वहाँ एकत्र जनसमूह चौकन्ना हो गया। महाराज मनुदेव, गणाध्यक्ष, उगराजा, ताम्रभद्र सभी की भृकुटियाँ तन गयीं।

सबकी मनोदशा समझते हुए भी अम्बा कहती रही। उसकी वाणी अपना संयम खो रही थी।

"मैं चाहती थी, मेरा स्वयंवर होता और मुझे भी अपना साथी चुनने का सुअवसर मिलता। अन्य वृज्जि कुमारियों की तरह मैं भी कुलवधू बनती। किन्तु मुझे ये अवसर न मिल पाया। मैं आजीवन अविवाहित रहूँगी। मैं स्पष्ट कर देना चाहती हूँ कि कला कर्म के अलावा संघ मुझसे कोई और अन्य आशा न रखे। मैं कला के द्वारा राज्य की सेवा करती रहूँगी।

"मुझे यहाँ इस सभा में उपस्थित होकर तनिक भी उत्साह का अनुभव नहीं हो रहा।

"मैं यहाँ अपनी इच्छा से नहीं आयी हूँ बल्कि मुझे यहाँ आने का राजकीय आदेश दिया गया।

"संघ की इच्छा सर्वोपरि है। संघ के लिए अपने जीवन का उत्सर्ग करना हम लिच्छवियों का लक्ष्य है।"

वह रुक–रुक कर कहती जा रही थी। आज वह सब कुछ कह डालना चाहती थी। आकण्ठ भरी हुई थी।

मूल बिन्दु तक पहुँचने से पहले वह लम्बी भूमिका बाँधना चाहती थी। हृदय को कड़ा भी कर लिया ताकि जो वो बोले, उसे सुनने का धैर्य सब में आ जाये। भीड़ में से कुछ लोग ध्यान से उसकी बात सुन रहे थे जबकि कुछ लोग अपने ही ख़ुशी में मगन थे। उसके कष्ट से

उन लोगों का कोई मतलब नहीं था। प्रतीत हो रहा था कि जैसे वह बहरों के बीच वीणा बजा रही हो।

फिर भी वह बोलती जा रही थी–

"पुरुषों द्वारा स्त्री को तिरस्कार, निष्ठुर व्यवहार एवं इच्छापूर्ति की वस्तु मात्र समझना कोई नयी बात नहीं है। हर युग में ऐसी घटनाएँ हुई हैं जिनसे साबित होता है कि स्त्रियों को क्या समझा जाता रहा है। उनकी असहायता का सबसे अधिक लाभ पुरुष समाज ने उठाया है। उसके हिस्से का निर्णय तक लिया है। आज भी यही साबित हुआ है।"

"इसलिए जब मैं यहाँ असहाय खड़ी हूँ, एक ऐसे आदेश का पालन करने के लिए जिससे मेरे जीवन में भयंकर परिणाम होंगे और जिसके सम्बन्ध में मुझसे कोई परामर्श नहीं किया गया। अब किसी भी झूठी आशा की इच्छा मुझमें नहीं है। मैं सभा की घोषणा स्वीकार करूँगी परन्तु मेरी कुछ शर्तें हैं जिन पर अवश्य ध्यान दिया जाना चाहिए।"

भीड़ पर अपनी दृष्टि डालती हुई वह बोलती रही। कुछ क्षण के लिए ठिठकी।

राजा चेटक और राजा मनुदेव के चेहरे पर क्रोध स्पष्ट दिख रहा था। तभी ताम्रभद्र मुस्कुराते हुए उठ खड़े हुए।

अम्बा के साथ आयी पूर्व गणिका चित्रांगदा, उसका प्रहरी सोमदत्त दोनों आश्चर्यचकित थे, न जाने वह क्या कर रही है, और क्या कहने वाली है। सब अपने स्थान पर बैठ गये।

जाने क्या शर्तें अम्बा रखने वाली है। उपस्थित लोगों को उन शर्तों के बारे में जानने की उत्कण्ठा हुई। कुछ का तो मुख तनावग्रस्त हो गया और ललाट पर संशय की गहरी लकीरें दिखने लगीं।

निर्द्वन्द्व और निर्भय अम्बा ने जैसे सभा में धमाका किया–

"सर्वप्रथम मैं चाहती हूँ कि वैशाली का सप्तखण्डीय पुराना महल और मेरे भार के जितना स्वर्ण मुझे दिया जाये। मेरी राजकीय मर्यादा बनी रहे। मेरा आवास दुर्ग की भाँति सुरक्षित और स्वतन्त्र रहे। गणाध्यक्ष मेरे आवास पर आने–जाने वाले अतिथियों की जाँच–पड़ताल न करें।"

कुछ क्षण के लिए वह शान्त हुई। सबकी प्रतिक्रिया देखना चाहती थी।

इससे पहले कि सभा में हलचल मचती, कोई प्रतिरोध जताता, अम्बा ने हाथ उठाकर संकेत किया कि वे उसे और सुनें, शर्तें अभी समाप्त नहीं हुई हैं।

"दूसरी बात, मुझे यह अधिकार दिया जाये कि मैं अपनी इच्छानुसार अपने सहायक नियुक्त कर सकूँ। किसी भी प्रकार का आदेश या नियम मुझे मेरी इच्छा के विरुद्ध पालन करने के लिए नहीं कहा जायेगा।

"राज संहिता और दण्ड संहिता के सामान्य और पारिवारिक स्त्रियों पर लागू होने वाले उपबन्ध मुझ पर लागू नहीं होंगे। मेरे साथ किसी प्रकार का राजकीय या सामन्ती हस्तक्षेप नहीं चलेगा। कोई भी व्यक्ति बल प्रयोग नहीं कर सकता। चाहे वह नगर का आभिजात्य नागरिक हो या सामान्य नागरिक। अपना मोल मैं स्वयं निर्धारित करूँगी, उसमें संघ का कोई हस्तक्षेप स्वीकार्य नहीं होगा। मैं अपने इच्छित पुरुष से प्रेम करने के लिए स्वतन्त्र रहूँगी। इससे मेरे वैशाली के प्रति कर्तव्य में बाधा नहीं आयेगी।

"मैं प्रत्येक पूर्णिमा की रात को नृत्य प्रदर्शन करूँगी जिसमें वैशाली के सभी निवासी उपस्थित हो सकेंगे।" सभा के प्रत्येक सदस्य के नेत्रों में देखते हुए वह बोली।

एक सदस्य जब उसकी आँखों में न देख सका तो अपनी आँखें झुका लीं।

अम्बा आसानी से उन लोगों को छोड़ने वाली नहीं थी।

"और एक बात, मुझे मेरे व्यक्तिगत सुरक्षा सैनिक दिये जायें, जो वृज्जि सेना से स्वतन्त्र होंगे। ये सैनिक मेरे प्रति जवाबदेह होंगे तथा महल की चारदीवारी के भीतर सुरक्षा एवं क़ानून सम्बन्धी मामलों में मेरे आदेश का पालन करेंगे। पुराना महल वृज्जि सेना और उसके अधिकारियों के क्षेत्राधिकार में नहीं होगा।"

यही मेरी कुछ शर्तें हैं। अम्बा शान्त और अविचलित थी जबकि उसकी शर्तों को सुनकर भीड़ में हलचल प्रारम्भ हो चुकी थी।

उसके शान्त होते ही श्रोताओं से विभिन्न तरह की प्रतिक्रियाएँ आने लगीं। सभा सदस्यों के बीच भी अस्त–व्यस्त माहौल उत्पन्न हो गया। वहीं भीड़ में से 'निरर्थक', 'तर्कहीन' के साथ–साथ 'उचित बात है', एवं 'उसे जो चाहिए दे दो' जैसे सहमति–असहमति के मिश्रित स्वर सुनाई देने लगे।

"मेरी बातें अतिरेकी और तर्कहीन लग सकती हैं, परन्तु मेरी सुरक्षा एवं स्वतन्त्रता के लिए यह उचित एवं तार्किक हैं। वैशाली की जनपद कल्याणी, राजनर्तकी के रूप में मैं अम्बपाली, कोई ऐसी वस्तु नहीं बनना चाहती जिस पर कोई शक्तिशाली व्यक्ति इच्छानुसार अपने निर्णय आरोपित कर सके और जब चाहे मेरी देह और भावनाओं का सौदा कर सके। मैं क्रय–विक्रय का यह अधिकार अपने पास सुरक्षित रखना चाहती हूँ।

"यह सुनिश्चित करना चाहती हूँ मैं स्वयं को पुनः असहाय एवं कमज़ोर महसूस नहीं करूँ जैसी कि मैं अभी हूँ। आप जो त्याग मुझसे चाहते हैं, उसके सम्मुख यह एक छोटा–सा मूल्य है। जैसे ही मेरी ये शर्तें मान ली जायेंगी, मैं नगर की राजनर्तकी की ज़िम्मेदारी स्वीकार कर लूँगी।"

चेटक और मनुदेव की ओर देखते हुए वह आगे बोली–"यदि मेरी शर्तें आपको स्वीकार नहीं तो आप प्रसन्नता से सभा के आदेशों का पालन न करने के कारण मेरा सिर धड़ से अलग कर सकते हैं।"

मनुदेव की आँखों में क्रोध की ज्वाला भभक रही थी।

"अब मैं यहाँ से चली जाती हूँ ताकि आप अपना फ़ैसला ले सकें।"

सभा के सदस्यों को प्रणाम करने से पहले यह बोलकर, मंच से उतरी और अपने वाहन की ओर चली गयी।

वह अपने पीछे हतप्रभ और निःशब्द जनसमुदाय को छोड़ आयी थी। उसके पीछे–पीछे चित्रांगदा और प्रहरी सोमदत्त सिर झुकाये चलते रहे।

अम्बा की चाल में जो अकड़ थी, उससे मनुदेव हतप्रभ रह गये।

भीड़ में छिपकर खड़ा एक तरुण अपने चीवर से आँसू पोंछने लगा।

उसके मुँह से निकला—"हा, भद्रे अम्बा, मेरी साथिन...इतनी मामूली शर्तें...कुछ और भी माँग लेतीं, एक मामूली—सा स्थान, एक बिना नाम का सम्बन्ध जो सदा तुम्हारे साथ रहता, छाया की तरह, जिसकी बाँसुरी पर तुम लहरा कर पछाड़े खातीं।

"विस्मृत कर दिया ना, अम्बा...संघ सब कुछ देगा तुम्हें, तुम्हारे सामने सब के सिर झुकेंगे। तुम इस संसार की अद्वितीय स्त्री हो। सारे ऐश्वर्य तुम्हारे लिए हैं, सिवाय मेरे...हतभागा हूँ मैं..."

तरुण ने चीवर से मुख छिपा रखा था। सभागार के सबसे कोने में खड़ा था। काँपते हाथों से बाँसुरी को टटोला जो निष्प्राण—सी कमर में बँधी हुई थी। क्या अधरों पर बजेगी फिर से...किसे पुकारा करेगी...देवी अम्बपाली को या अंबी को...किसे...

वह तड़प रहा था। उधर सभा में असन्तोष फैल गया था। तरुणों, अधेड़ों और वृद्धों में बहस छिड़ गयी थी। एक तरुण उठा—"जो स्त्री वैशाली ही नहीं, सारी पृथ्वी से परे हैं, उसके लिए, उसके नियम भी उसकी तरह अलौकिक और असाधारण होने चाहिए।"

वृद्ध सामन्त उठे—"कृपया राज्य के युवा भावावेश में न आयें। यह भावुकता का समय नहीं, कठोर और उचित निर्णय लेने का समय है। हमें राज्यहित में विचार करके वार्तालाप करना चाहिए। हमारे राज्य पर पड़ोसी राज्यों की कुदृष्टि पड़ चुकी है। वे हमें नष्ट कर देना चाहते हैं, हमें पराजित करना चाहते हैं ताकि वे अपने राज्य का विस्तार कर सकें। अब तक हम अजेय हैं। हम सबसे अलग राज्य के निवासी हैं। हमें ये बात कदापि विस्मृत नहीं करनी चाहिए। हम एक स्त्री की शर्तों के आगे इतने दुर्बल और पराजित नहीं हो सकते।"

वृद्ध के इतना बोलते ही सभागार में सब शान्त हो गये। किसी के मुँह से बोल नहीं फूटे। राज्यहित के मामले में वैशाली के नागरिक समझौता नहीं करते थे। उनके लिए राज्य सर्वोपरि था। वृद्ध ने ठोस तर्क देकर सबको शान्त करा दिया था। किसी को इसका उत्तर नहीं सूझा। कुछ युवक इसकी काट खोज रहे थे।

चीवर में मुँह छुपाये एक कोने में खड़े बाँसुरीवादक से नहीं रहा गया। उसने सभा में मानो धमाका करते हुए पूछ लिया—

"आप लोग अम्बपाली पर अविश्वास करते हैं। इतना क्या अधिक माँग लिया। जिसका भाग्य राज्य लिख रहा है, वह अपनी मर्यादा के लिए शर्तें भी नहीं रख सकती। वृज्जि संघ तो अपनी स्त्रियों से ज़ोर–ज़बर्दस्ती नहीं करता, उनका आदर करता है।"

सब चौंककर उस तरुण की तरफ़ देखने लगे। तरुण वैशाली नगर का नहीं बल्कि कोई ग्रामीण लग रहा था।

अधेड़ गणाध्यक्ष राजा चेटक ने हस्तक्षेप किया–सभा में उपस्थित सभी युवाओं की तरफ़ देखते हुए जो अत्यधिक रोष में थे और चाहते थे कि किसी तरह अम्बपाली की शर्तें मान ली जायें। राज्य के सामन्त भी समझ रहे थे कि अम्बपाली की शर्तें न मानें तो गृहयुद्धछिड़ सकता है। इन्हीं युवकों के कारण अम्बपाली की ये दुर्दशा हुई है और अगर उसकी बातें न मानी गयीं तो राज्य में हालात बिगड़ सकते हैं। अम्बा ने सिर धड़ से अलग कराने का प्रस्ताव रख कर अपनी चाल चल दी थी।

संयत होकर उत्तर दिया–

"हम अम्बपाली पर अविश्वास नहीं करते हैं हम आपको विश्वास दिलाते हैं। किन्तु हमें वैशाली की सुरक्षा की भी चिन्ता है। कुछ नियम हैं, जो सबके लिए समान रूप से आवश्यक हैं अम्बपाली के लिए भी। हम भी यह मानते हैं कि वे निश्चित तौर पर एक अलौकिक स्त्री हैं, मगर क्या वह वैशाली की नागरिक नहीं है? क्या उसका दायित्व कुछ भी नहीं अपने राज्य के प्रति? क्या उसे भी राज्य की सुरक्षा की चिन्ता हमारी ही तरह नहीं करनी चाहिए? मैं आप लोगों से जानना चाहता हूँ।"

इससे पहले कि बाँसुरीवादक कुछ बोलता, सबसे आगे बैठा युवक ज़ोर से बोला–

"अम्बपाली ने अपनी स्वतन्त्रता हमारे लिए गँवा दी है। अपने जीवन का सर्वस्व समर्पित कर दिया है। वह क्यों मानेगी आपके नियम?"

गण संवाहक ने उठकर हस्तक्षेप किया–"हमें कोई रास्ता निकालना चाहिए। हम कुछ ऐसा करें कि अम्बा की स्वायत्तता बनी रहे ओर वह संघ और उसके नियमों के प्रति भी प्रतिबद्ध रहे।

एक नागरिक होने के नाते उसके हितों के बारे में सोचने का दायित्व हमारा भी है। हमने उसका जीवन माँग लिया है। हमें उसकी पीड़ा को समझना होगा। जो उसने गँवाया है, वो अमूल्य है। हमें उसका मान करना चाहिए।

"मैं सभा में प्रस्ताव रखता हूँ कि उसका प्रासाद सुरक्षित रहे, स्वतन्त्र रहे। उसके यहाँ जब भी सुरक्षा जाँच–पड़ताल की आवश्यकता होगी तो हम उसे पूर्व सूचित करेंगे। यही उसकी मर्यादा के अनुकूल है। हमें राज्य के अमात्य (मन्त्री) का दर्जा देना चाहिए। आज से वह जनपद कल्याणी के रूप में जानी जायेगी। उसके बलिदान को इतिहास इसी रूप में याद रखेगा। वह अद्‌भुत स्त्री हैं। हमें उसकी महत्ता को स्वीकार लेना चाहिए।"

क्षणभर के लिए सन्नाटा छा गया। आपस में कानाफूसी शुरू हुई किन्तु उपस्थित सभासदों में एक सहमति की स्थिति अवश्य बनने लगी थी। सबके मुख से आभास हो रहा था कि यह प्रस्ताव सबको पसन्द आया। एक राजनर्तकी को अमात्य का दर्जा। किसी भी नागरिक या स्त्री के लिए, नगर की तमाम गणिकाओं के लिए यह ईर्ष्या का विषय हो सकता था। युवक तो उछल पड़े। बाँसुरीवादक चुपचाप वहाँ से निकलकर पार्श्व में खड़ी अम्बा के पास गया। मुख वैसे ही ढँका हुआ था। उसने बाँसुरी को अपने वस्त्रों के भीतर छुपा लिया।

हौले से आवाज़ बदलकर फुसफुसाया–"देवी अम्बा की जय हो, जनपद कल्याणी की जय हो, भद्रे, आपकी जीत हुई, आपकी शर्तें मान ली गयीं।

"आपका नूतन जीवन फले–फूले! आप समृद्ध और यशस्वी हों!"

गहरे तनाव और शोक में डूबी अम्बा को लगा, ये आवाज़ कुछ पहचानी–सी है। सभा का कोलाहल और बढ़ गया था। अन्दर विचार–विनिमय का दौर चल रहा था। अम्बा पलटकर उस अजनबी, छद्‌म वेशधारी को देखना चाहती थी किन्तु वह तेज़ी से लपकता हुआ बहुत दूर निकल गया था।

अम्बा ने यह भी नहीं देखा कि उसने अपनी सबसे प्रिय बाँसुरी भी वहीं छोड़ दी थी। वह भीड़ से घिर चुकी थी। उसके जीवन का

एक नया अध्याय प्रारम्भ हो चुका था। जहाँ अतीत की सारी यादें नष्ट कर दी गयी थीं।

गणाध्यक्ष की आवाज़ सुनाई दे रही थी–"भद्रे, तुम दुश्चिन्ता दूर करो, उदासी परे हटाओ, नया सवेरा प्रारम्भ हुआ है, तुम्हारा कौमार्य बचा रहेगा। हाँ, तुम किसी एक को कभी अपना न सकोगी। विवाह के बन्धन में नहीं बँध सकोगी। संघ ने तुम्हारी सारी शर्तें मान ली हैं, अब तुम्हें राज्य की जनपद कल्याणी की तरह राज्य के साथ व्यवहार करना है। राज्य की चिन्ता अब से तुम्हारी भी चिन्ता हुई क्योंकि कुछेक राजकीय संशोधन के पश्चात तुम इस पवित्र संघ की सम्मानित सदस्या घोषित कर दी जाओगी। अब तुम बड़े पद की अधिकारिणी हो गयी हो जिसका मान–सम्मान रखना तुम्हारा उत्तरदायित्व है। जाओ, इस पद की शपथ की तैयारियाँ करो।"

वैशाली का वसन्त आ गया है।

अम्बा को सहसा विश्वास न हुआ कि इतनी आसानी से उसकी कठिन शर्तें मान ली गयीं। संघ के इतिहास में कभी ऐसा न हुआ था कि संघ किसी नर्तकी के सामने झुक जाये। वह तो चाहती थी कि उसे राजद्रोही करार देकर राज निकाला दे दिया जाये या बन्दी बना लिया जाये। हर दण्ड के लिए वह मानो तैयार थी। हर दण्ड बेहतर होता इस प्रकार प्रतिदिन मर–मर कर जीने की तुलना में। आश्चर्य चकित और द्वन्द्वों से घिरी अम्बा अपने प्रहरी के साथ डगमगाती हुई आवास की तरफ़ रवाना हुई। रह–रह कर उसे बाँसुरी की टेर सुनाई दे रही थी। हाथ थामे हुए साथ चलते–चलते चित्रांगदा ने मन का हाल पूछा। वह फूट–फूट कर रो पड़ी।

"मदन...गदन कुमार..."

"अम्बा...मदन भी तो संघ का सदस्य है, उसे अपने विलास–भवन में बुला सकती हो, जब चाहे।"

"देवी चित्रांगदा, उसके पास राजनर्तकी को देने के लिए स्वर्ण मुद्राएँ नहीं होंगी, सिर्फ़ बाँसुरी दे सकता है। दो कौड़ी की बाँसुरी। उसके पास और है क्या? वो...मुझे प्यार से अम्बा, अम्बालिके,

अम्बी, पाली, आम्रा पुकार सकता है...मुझे उँगली पकड़ कर मेले घुमाने ले जा सकता है...मेरे साथ वसन्तोत्सव मना सकता है...मगर वह मेरा मोल चुकाकर मेरे विलास–भवन में कभी नहीं आयेगा...

"मैं उसे काम–लोलुप, रूप–ग्राहक के रूप में बर्दाश्त नहीं कर सकती...देवी...वह कभी आनन्दग्राम से राजधानी वैशाली नहीं आयेगा ...कभी नहीं...वैशाली में उसकी अम्बा लुप्त हो गयी है...मैं अब देवी अम्बपाली हूँ...जनपद कल्याणी...समझीं आप...!"

विलाप करती हुई अम्बा, बेसुध–सी चली जा रही थी, बाँसुरी उसके पाँव से लगकर दूर जा गिरी थी। अपने वाहन तक पहुँचने के क्रम में अम्बा कई बार पथरीले पथ पर टकरायी, लड़खड़ायी, सँभली और तनकर वाहन पर सवार हो गयी।

चित्रांगदा जितनी उसके साहस पर चकित थी उतनी ही उसके मुख पर तेज़ी से बदलते हुए भावों से।

वह दूसरी तरफ़ नेत्र घुमाकर बुदबुदायी–"स्त्रियाँ कितनी शीघ्रता से प्रतिकूल परिस्थितियों से सामंजस्य बिठा लेती हैं।

आह...।"

वंशी-वीणा के सुर और स्मृतियों का दंश

आनन्दग्राम तथा उसकी पगडण्डी और वन–प्रान्तर एक गाँवभर नहीं बल्कि वह एक विस्मृति का लोक हैं। विस्मृति का लोक जहाँ सब कुछ भूल जाया जा सके। न दुनिया की याद रहे न दीन की। न यह लोक याद रहे न परलोक। आनन्द एक भावावेश है, चयनिके। यहाँ भावावेश टूटा, अपनी याद आयी, आत्मानन्द, ब्रह्मानन्द, परमानन्द–दो नाम दे दो, सबका मूल सूत्र एक ही है–भावावेश विस्मृति, बेहोशी, बेखुदी।

वैशाली का वसन्त। अमराइयों में बौर आने लगे थे। अम्बा अपने हरे–घने आम्रवन का भ्रमण करके लौटी थी। मन थोड़ा उचाट था। उसके भ्रमण के लिए कुछ ही स्थल थे जहाँ वह अपने एकान्त को प्रकृति के साथ बाँटा करती थी। एकान्त–चिन्तन किया करती थी। अपनी सूनी दोपहरी में उसे कोई साथी नहीं चाहिए था। उसे अपने एकान्त की तलाश थी जिसमें वह रम सके। कभी किसी निर्जन सरोवर के पास जाकर बैठ जाती, कभी अमराइयों के सघन वन में छिप जाती।

मदलेखा कहती थी–"देवी, इन दिनों आप एकान्त–रम्या हो गयी हैं।"

"देखो मदलेखा, वैशाली में वसन्त हमेशा बाहर ही बाहर आता है, कभी भीतर प्रवेश नहीं करता..."

मदलेखा बातों का आशय समझकर मौन रह जाती।

"तुम भी मौन–रम्या हो मदले..."

"जी देवी, आपके साहचर्य का प्रभाव है, भला इसके प्रभाव से कौन अछूता रहेगा।"

दोनों हँस पड़तीं और एक–दूसरे के अट्टहास में वसन्त ढूँढ़ने का असफल प्रयास करतीं।

वसन्त इन अट्टाहासों से बाहर रहा। अन्तस का मौन बाह्य वसन्त का मुखापेक्षी नहीं। उसकी ध्वनियाँ व्यथित करती हैं। वसन्त ऐसी ध्वनियों का निषेध चाहता था। अन्तस की ध्वनियाँ अगर मुखरित हों तो इतिहास में स्थान ले लेती हैं।

"मदले...एकान्त को सुना है कभी, जैसे मौन बोलता है वैसे ही एकान्त भी बोलता है...वे सारी बातें जिनसे हम बचना चाहते हैं...स्वयं को कर्णभेदी शोर में डुबो देते हैं। मेरा एकान्त भी मुझसे ऐसे ही प्रश्न पूछता है जिन्हें पूछने का किसी में साहस नहीं।"

मदलेखा उसे स्निग्ध नेत्रों से देखती रही।

"मेरा एकान्त मुझे अपने बाल्यकाल में ले जाता है, आनन्दग्राम की स्मृतियों में...जहाँ एक नन्हीं बालिका कुलाँचें भरा करती थी जिसे अपने अभावों में ही परम आनन्द आता था। जो बाँसुरी की टेर पर नृत्य कर उठती थी।

"वो देखो, बाँसुरी की तान सुनाई दे रही है...कौन है ये बालक... ओह...वृज्जि कुमार..., बजाओ न, रुक क्यों गये...ये मेरी आत्मा का संगीत है। दिवस–रात्रि, अर्द्धनिद्रा में भी, स्वप्न में भी इसे सुनती हूँ...बजाओ न..."

अम्बा के नेत्र दूर क्षितिज में अटक गये थे। इस सघन अमराई में किसी शुक–सारिका की चहचहाहट आ रही थी।

अम्बा के सुसज्जित कन्धे पर हौले से हाथ रखते हुए मदलेखा बोली–

"बहुत सुरीला है आपका एकान्त वृज्जि कुमारी, जो ये देता है, कोई नहीं दे सकता आपको..."

"आह...फिर से कहो...वृज्जि कुमारी...तुम भी तो हो...हम दोनों हैं, हमारे भाग्य में कितना अन्तर है।"

पीछे हाथ ले जाकर मदलेखा का हाथ थाम लिया अम्बा ने। मदलेखा की हथेलियाँ स्नेहिल ऊष्मा से भरी हुई थीं। अम्बा ने दीर्घ साँस खींची।

अनचाहे ऐश्वर्य, वैभव और आवभगत से ऊब चुकी थी देवी अम्बा। रात–दिन उसके आगे–पीछे छह–सात दासियाँ घूमा करती थीं। उसकी एक इच्छा पर सारी दासियाँ न्योछावर हो जाया करती थीं। अम्बा का शृंगार करने में उन्हें आनन्द आता। शृंगार, यौवन सौन्दर्य से परिभाषित नहीं होना चाहती अम्बा। सामान्य स्त्रियाँ सौन्दर्य गढ़ती हैं, उसे पूजती भी हैं, अम्बा इसके परे जाकर प्रारम्भ होती है।

प्रतिदिन शृंगार और मनोरंजन। वृन्द, चारण, नर्तक और मृदंग के साधक सौन्दर्य के उपासक थे। उनकी कलाएँ सौन्दर्य को चौगुणित करने के योजक थीं।

सारे दर्शक वाह–वाह करने वाले, मुद्राएँ लुटाने वाले, उसके साथ नृत्य के लिए मतवाले, एक झलक पाने को व्यग्र। सामन्तों और श्रेष्ठियों के पुत्रों के आगे नृत्य करती, उनका मन बहलाती अम्बा व्यथित रहने लगी थी। नित्य नये अभ्यागत आते, उसकी एक झलक पाने के लिए निहाल हुए जाते। उसे ये सब अरुचिकर लगने लगा था। सब कुछ कृत्रिम, दुखदायी और बनावटी।

आह...कोई नहीं समझता उसे। उसके मन–प्राण को। उसे क्या चाहिए। वह अपने प्रासाद की बन्दी होकर रह गयी है। उसे वापस चाहिए अपने बाल्यकाल का आनन्दग्राम। बाँसुरी की टेर, कोई अदृश्य पुकार...अम्बा...अम्बा...

वहीं बैठे–बैठे पलट गयी अम्बा, मदलेखा से लिपट गयी। मदलेखा ने उसे हौले से उठाया, रथ पर बिठाकर उसके विलास–भवन तक ले चली। एकान्त–रम्या के भीतर एकान्त ठोस होता चला जा रहा था। बाहर का प्रकाश आत्मा के अँधेरे को प्रकाशमान नहीं कर सकता। बाहर का शोर, भीतर के सूनेपन को नहीं भर सकता। एकान्त मनुष्य को अनेक प्रकार के विचारों से सम्पन्न अवश्य कर सकता है।

मदलेखा सिर्फ़ अपना कर्तव्य निभा सकती थी, कोई सलाह देने की स्थिति में नहीं थी। वह उसका काम था, सुरा परोसना। अम्बा के पात्र वही भरती थी। अम्बा की आहें भी तब वही सुनती थी। अपने प्रासाद तक पहुँचते–पहुँचते अम्बा ने निर्णय ले लिया। उसने मुनादी

करवा दी कि आसपास के ग्रामीण कलाकार उसके प्रासाद के प्रांगण में जुटें, उनकी कला का प्रदर्शन हो, कुछ वह भी अपना मनोरंजन करे, ग्रामीण कलाकारों को बढ़ावा मिले, उन्हें उचित पुरस्कार दे। अम्बा ने वैशाली के बाहर का संसार नहीं देखा था। लोक कलाकारों के बहाने वह आसपास और दूरदराज के जनपदों की कलाओं से परिचित होना चाहती थी।

भाँति–भाँति के लोक कलाकार जुटने लगे। अम्बपाली के निमन्त्रण को भला कौन ठुकराता जिसके सौन्दर्य का आलोक कई जनपदों में फैल चुका था। आसपास के युवक, राजे–महाराजे तक लालायित हो उठे थे। जब वह नगर की वीथिकाओं से गुजरती तो द्वार–कोष्ठों से, वातायनों से कुल ललनाएँ और कुलवधुएँ झाँका करती थीं। कई नगरों में अम्बपाली विख्यात हो चुकी थी। वह अन्य सभी गणिकाओं में सर्वश्रेष्ठ थी। वह कुलवधू तो न बन सकी मगर जनपद कल्याणी, नगर कल्याणी बनकर अवश्य प्रतिष्ठा प्राप्त कर पायी। वह इसलिए भी सम्मानित हुई कि उसे अपना कौमार्य सँभाले रखने का पूरा अधिकार प्राप्त था। उसे अन्य गणिकाओं की तरह दैहिक सम्बन्धों के लिए बाध्य नहीं किया जा सकता था। उसे अपने हृदय से चयनित पुरुष के साथ प्रेम करने की भी छूट मिली हुई थी फिर भी अम्बा का हृदय सूना पड़ा था, आकाश की तरह। एक अलौकिक उत्सर्ग के अभाव में कितना सूना! लोक कलाएँ शायद भर पायें उसके मन की नीरवता को।

कलाकार आने लगे थे दूरदराज से। प्रासाद का प्रांगण भरने लगा था। भिन्न–भिन्न कलाओं का नियमित प्रदर्शन भी होने लगा था। अम्बा नित्य सुबह, दोपहर उसका आनन्द लेने लगी थी। मन फिर भी नहीं बहलता था। प्रतिदिन सुबह वह प्रांगण में आकर अपने उच्च स्थान पर बैठ जाती। मनोरंजक कलाएँ भी उसकी चिर निराशा को दूर नहीं कर पा रही थीं। ऐसी ही एक उदास दोपहरी में वह बैठी उन कलाकारों को सुन रही थी।

अचानक दूर से वंशी की धुन सुनाई देने लगी। "आह...कौन बजा रहा है चयनिके, तनिक पता तो करो। कलाकार को मेरे सम्मुख लाओ। वह दूर क्यों है?"

वंशी की तान समीप आती चली गयी। हृदयबेधक वंशी का करुण स्वर सुनकर अम्बा की आँखों से अश्रुधारा बहने लगी। रोम–रोम पुलकित हो उठा। आनन्दग्राम की वंशी की ध्वनि स्मृति में कौंधने लगी।

"कौन है, इस वेला में जो करुणा की धारा बहा रहा है अपनी वंशी से...सामने आओ वंशीवादक..."

जनपद कल्याणी के सामने आनन्दग्राम का वही वंशीवादक मदन कुमार खड़ा था। सामने आकर उसने अम्बा के सामने सिर झुकाया और वंशी फिर होंठों से लगा ली। क्षणभर को नेत्र मिले, युगों–युगों तक की बातें हो गयीं।

ये कैसा हो गया मदन, ...अम्बपाली का बालसखा...उसके कैशोर्य के दिनों का हृदय–पुरुष। कहाँ गये इसके घुँघराले केश जिनमें मेरी उँगलियाँ उलझ जाया करती थीं। कहाँ गयी वह देहयष्टि, बलिष्ठ भुजाएँ, आह, ये कान्तिविहीन तरुण कोई और तो नहीं...यह कैसा रूप बना लिया है मदन...!

क्षणभर पहले जो उदासी भंग हुई थी, हृदय उत्फुलित हुआ था, फिर से विषाद से भर गया। अपने प्रथम पुरुष को जिसने उसके हृदय में प्रेम का प्रथम राग बजाया था, वह आज इस अवसन्न अवस्था में। वंशी की धुन पहले से ज़्यादा कारुणिक हो गयी है। उसमें अब पुकार नहीं बसती, एक हाहाकार है...रुदन है, विलाप है और किंचित अभाव का एक भाव है।

"बस करो कलाकार..."

हाथ उठाकर रोक दिया अम्बा ने। मदन ने आँखें ऊपर उठायीं। उनमें सूनी पड़ी आम्र वाटिका की परछाईं तैर रही थी।

इस मुलाक़ात के बाद अम्बा मन से वहाँ से अनुपस्थित रहने लगी थी। वहाँ पहुँचने लगी थी जहाँ मदन वंशी बजाकर उसे पुकार रहा था। वह कुलाँचें भरती हुई दौड़ लगा रही थी। तीव्र गति से पहुँचकर मदन से वंशी छीन ली थी उसने।

फिर शुरू हुई दोनों की छीन–झपट। हास–परिहास। वंशी जहाँ मौन होती है, वहाँ धड़कन और साँसें गाती हैं।

...या, वहाँ वीणा सुनाई देती है...वंशी के बाद अब यह वीणा के तार किसने छेड़ दिये।

"देवी..."

कोई मीठी पुकार उसे एक युग पीछे से वर्तमान में खींच लायी थी।

मदन कुमार को पीछे करके सम्मुख एक सुदर्शन वाद्य–कलाकार वहाँ आ खड़ा हुआ था। उसके हाथों में एक वीणा थी।

चपल नयन, सघन–परस्पर जुड़ी हुई भौंहें, स्मिति की मोहकता को छुपाती हुई मूँछें। अज्ञात कलाकार की मनमोहक छवि अम्बा के हृदय में गहरे धँस गयी। उसका परिचय जानने को उत्सुक हो उठी, संकोच ने सहसा होंठ सिल दिये। वीणावादन ने उसे मोहपाश में लिया या उस पुरुष की कलात्मक भंगिमाओ ने। अम्बा के हृदय से अनभिज्ञ वह कलाकार वीणा बजाता रहा। उसकी उँगलियों में जैसे बिजली–की सी चपलता भर गयी थी। जैसे–जैसे वह बजाता जा रहा था, वातावरण में मोहकता पसरती जा रही थी। उसकी उँगलियाँ जैसे स्वयं वीणा के तार बन गयी थीं। सुन्दर–सुघड़ उँगलियाँ जैसे थिरक रही थीं। चकित, मोहाविष्ट अम्बा कभी उँगलियों को देखती तो कभी वीणावादक को। वह चकित थी कि उन दोनों में किस पर मोहित हो उठी है। उसके व्यक्तित्व पर या उसकी भंगिमा पर। दोनों में अद्भुत आकर्षण है। कौन है ये कलाकार? किस जनपद से आया है?

बाहर वीणा का तूफ़ान, हृदय में आवेग का तूफ़ान। एक कसक–सी उठने लगी थी। संगीत का ऐसा वैभवपूर्ण जादू उसने पहली बार महसूस किया था। इस ध्वनि में वेदना नहीं, एक अनुराग है। आमन्त्रण है। थोड़ी देर पहले जो वेदना थी, अब वह तिरोहित हो चुकी थी।

वह वीणा की धुन में खोती जा रही थी। रक्तमज्जा में वीणा की ध्वनि पैठने लगी थी। उसमें कुछ पा लेने का उल्लास भरा था। किसी तिलिस्म को तोड़ देने जैसा उत्साह छलक रहा था।

उसके अंग–अंग में स्फुरण होने लगा था। उसे लगा कि कहीं हवा में तरंग बनकर बिला न जाये।

सहसा धुन बदल गयी। कानों में फिर वंशी की वही करुण–कातर पुकार आने लगी थी। स्वर धीमा था, मगर वंशी बज उठी थी। वेदना का प्रवाह फिर से उसके हृदय तक होने लगा था। वह संगीत के इस संचारी अतिक्रमण से उद्दीप्त हो उठी। क्षणभर में प्रीति, दूसरे क्षण में वेदना का प्रवाह। एक तरफ़ उजड़ा हुआ, स्याह, धुँधला अतीत, दूसरी तरफ़ अदम्य आकर्षण वाला कलात्मक वर्तमान। दोनों उसे खींच रहे थे। एक हृदय, दो अदृश्य मुट्ठियाँ उसे भींच रही थीं। एक तरफ़ वेदना कराह रही थी, दूसरी तरफ़ प्रीति खींच रही थी। उसने दोनों हाथ अपनी छाती पर रख लिए। हथेलियाँ धड़कनें भी सुनती हैं, प्रथम बार उसने महसूस किया। हथेलियों में वंशी और वीणा दोनों बज उठी थीं। एक तरफ़ अतीत का उजाड़, दूसरी तरफ़ वर्तमान का वैभव दोनों उसे बारी–बारी पुकार रहे थे। वह संगीत की लिपियाँ पढ़ सकती थी, उसकी भाषा को सुन–समझ सकती थी। उसे दोनों चाहिए। वेदना होगी तो कला में और निखार आयेगा। प्रीति होगी तो विलास–भवन में उल्लास का उत्सव होगा। उसे किसकी सबसे अधिक आवश्यकता है। आह...क्या हो रहा है उसके साथ।

"मदलेखा...मुझे सुरा पिलाओ...मुझे विस्मृति चाहिए..."

"विस्मृति कई बार स्मृति से ज़्यादा सुखद होती है। विस्मृति में आनन्द है। स्मृति में मरण है।"

मदलेखा ने कहा सुना। वहाँ का वातावरण संगीतमय हो उठा था। एक तरफ़ वंशी बजैया, दूसरी तरफ़ वीणावादक। एक हृदय को विदीर्ण कर रहा था, दूसरा विकल कर रहा था। किसे थामे देवी?

इस वंशी से तो बहुत पहले मुख मोड़ चुकी थी। अब वह पुनः क्यों उसे अपनी ओर खींच रही है? आनन्दग्राम की वंशी का उसके राजप्रासाद में क्या काम। वंशी तो आनन्दग्राम में ही छूट गयी थी। उसके विलास ग्राम में वीणा का स्थान बचा हुआ है।

इतना सोचते ही अम्बा की सुधि लौटी। तत्क्षण वह भूल गयी कि वह अपने विलास–भवन में नहीं, अपने प्रासाद के प्रांगण में खड़ी है। अपने स्थान से उठी और वीणावादक के अत्यन्त समीप जाकर नृत्य करने लगी। उसे कुछ स्मरण नहीं रहा। सिर्फ़ नृत्य था, वीणा थी और हज़ारों लोक कलाकार, जो इस अविस्मरणीय दृश्य को देखकर मुग्ध हो उठे थे। दो कलाओं का उत्कृष्ट प्रदर्शन अभूतपूर्व था। अम्बा को ध्यान ही न रहा, कब उसके काँधे से वान्सती वसन किधर गिरा। स्वर्ण आभूषण कब आपस में ही उलझ गये। वहाँ सिर्फ़ द्युति कौंध रही थी। मानो स्वर्ग की कोई अप्सरा साक्षात उतर आयी हो, कोई देव वीणा बजा रहे हों, जिसकी धुन पर शुक्रतारा चमक रहा हो। वीणावादक भी अपने में खोया हुआ था। धुन बदलने के लिए जैसे ही वीणावादक ने सिर ऊपर उठाया तो पूरा दृश्य देखकर अचम्भित रह गया। अचकचाकर उसने चारों तरफ़ देखा, सारी आँखें चमत्कृत होकर उसे देख रही थीं। उसकी धुन पर देवी अम्बपाली बेसुध नृत्य कर रही थी। उसने उँगलियाँ रोक लीं। अम्बपाली के आगे नतमस्तक हो गया। अम्बा का नृत्य भी थम गया। वीणावादक ने एक बार ज़ोर से उँगलियों से तार को छेड़ा। अम्बा ने एक बार उसे निहारा, हाथ जोड़े और पलटकर तीव्र गति से अपने भवन की तरफ़ बढ़ गयी। सारी दासियाँ उसके पीछे–पीछे। देवी ने आज उन्हें साथ चलने का आदेश नहीं दिया था। एक दासी उसका वासन्ती वसन लेकर दौड़ी उसके पीछे। अम्बा को मानो कोई सुधि न हो।

अलौकिक समारोह सम्पन्न हो चुका था। लोक कलाकार अपने सौभाग्य को सराह रहे थे कि उन्हें देवी अम्बा का नृत्य देखने को मिला। किसी ने लक्ष्य नहीं किया कि वंशीवादक कब वहाँ से प्रस्थान कर गया।

लोक कलाकारों की विदाई की घड़ी आ गयी थी। सबको यथोचित उपहार, पुरस्कारादि देकर विदा करने का प्रावधान किया गया था। अम्बपाली अपने हाथों से इसे सम्पन्न करना चाहती थी किन्तु उस दिन की घटना के बाद वह सामान्य मनःस्थिति में नहीं थी और

अगले दो दिवस चलने वाले समारोह में वह अनुपस्थित रही। ये दो दिवस वह दुविधा में जीती रही। एक तरफ़ वंशीवादक, उसका प्रथम प्यार, मदन कुमार जिसके साथ कुलवधू बनने के स्वप्न देखे थे। दूसरी तरफ़ एक अज्ञात वीणावादक। किसे भूले, किसे स्मरण रखे। किसे त्याग दे, किसे अपनाये। वंशी की करुणा की उपेक्षा नहीं कर पायेगी, वीणा का राग उसके रक्त में प्रवेश कर चुका है। उसे दोनों चाहिए।

"कैसे सम्भव है?"

अपने श्रृंगार कक्ष में लगे बड़े से दर्पण के पास खड़ी होकर स्वयं से पूछ रही है अपना मन्तव्य। क्या चाहिए उसे। उसे अपना साथी चुनने की स्वतन्त्रता है लेकिन देव ने उसे किस दोराहे पर लाकर खड़ा कर दिया है, जहाँ वह तय नहीं कर पा रही है कि किधर जाये। कभी वंशी बज उठती है तो कभी वीणा के तार झनझना उठते हैं। ऐसी वंशी संसार में कोई नहीं बजा सकता, न ही ऐसी वीणा कोई बजा सकता है। दो अनोखे कलाकार उसके हृदय में बस गये हैं। दोनों को अपने पास रोक लेना चाहती है। दोनों को एक साथ अपना लेना चाहती है। एक के साथ रोना तो दूसरे के साथ हँसना चाहती है। ये दोनों एक ही भाव तो हैं। कब रोते–रोते हँसी आ जाये, कब हँसते–हँसते अश्रु निकल आयें, किसे पता। करुणा की छाया में हर्षविभोर होने की कल्पना मात्र से वह सिहर उठी। परन्तु क्या वे दोनों मान जायेंगे! चलते समय वीणावादक को निहारा था, नितान्त अपरिचित चेहरा था। वैशाली जनपद का तो नहीं था। कौन है ये अज्ञात कलाकार। मामूली तो नहीं जान पड़ता। चेहरे पर जो तेज है, जैसी वेशभूषा है, वो राजसी मालूम पड़ती है! कैसे पता करे। दासियाँ कहीं उसका भेद खोल न दें। वीणावादक से एकान्त में मिलने को व्यग्र हो उठी थी।

विदा की घड़ी में चाहकर भी अम्बा, मदन कुमार से कुछ न बोल पायी। वह आया, देवी अम्बा से विदा उपहार लेकर चला गया। मदन ने देखा कि अपने वैभव के बोझ से दबी, जाने किस बात पर कसमसाती हुई अम्बा के नेत्रों में उसके लिए सिर्फ़ सहानूभूति झलक रही थी।

जब विदा की बारी आयी वीणावादक की। देवी अम्बा ने शान्त स्वर में पूछा–"आपका शुभ नाम, जन्म स्थान, परिचय इत्यादि जानने की अभिलाषा रखती हूँ।"

"देवी, क्या एक कलाकार को भी अपना परिचय देने की आवश्यकता होती है। अपरिचय के रहते ही आपने मुझ जैसे अज्ञात कलाकार के साथ नृत्य करके मुझे जो गौरव प्रदान किया, वह अपरिमित, अपरिभाषित, अव्याख्येय है। हमें परिचय की क्या आवश्यकता। हमारी कला ही हमारा परिचय हुई न देवी।"

"मैं तो स्वयं से भी अपरिचित हूँ देव, मैं ये हूँ ही नहीं, जिसे आपने जाना या पाया..."

अम्बा के रक्तिम अधरों पर ये बातें काँपती रहीं।

वीणावादक ने मुस्कुराते हुए अम्बा को देखा।

"तो फिर आप मुझे अपनी कला का गोपन ही समझा दें!"

अम्बा हठ कर उठी थी। वीणावादक ने देखा–अम्बा, उच्च कलाकार होते हुए भी मायाजाल में उलझी हुई स्त्री है, जो अपने वैभव–विलास के अँधेरे में भटक रही है। जो स्वयं को न समझ पाये, वह बड़ा दुर्भाग्यशाली होता है।

"कला का गोपन रहस्य यही है कि सर्वप्रथम हमें स्वयं को समझना होता है। कला अपने समीप आने और स्व–सुख के लिए होती है देवी।"

अम्बा उलझ गयी, इन गूढ़ बातों में।

"ये स्व–सुख क्या होता है देव?"

"आत्मसन्तोष और आत्मतृप्ति देवी. मैंने वीणा बजायी, आपने नृत्य किया, हम दोनों अपनी कला से सुखी हुए, स्वयं को तृप्त किया।"

"परन्तु ये तो स्वार्थ का मार्ग है, स्व–सुख, स्वयं को सुख पहुँचाने के लिए कला को माध्यम बनाना।"

"देवी, कोई भी ज्ञान पहले स्वानुभूत ही होता है, फिर विश्व को उसकी अनुभूति कराते हैं। प्रथम तो हम अनुभूत करते हैं उसे,

फिर उसे जनकल्याणकारी बनाते हैं। दूसरों की चेतना जगाते हैं। दूसरों को जाग्रत करने से पहले स्वयं को जाग्रत करना आवश्यक होता है...ये सामान्य–सा नियम आप अवश्य जानती होंगी देवी...मैं आपको व्यर्थ में बताने की कुचेष्टा कर रहा हूँ या आप मेरी परीक्षा ले रही हैं।

"देवी, हम तो माध्यम हैं दूसरों की चेतना जाग्रत करने के। आप एकान्त में नृत्य करतीं, मैं एकान्त में वीणा बजाता, तो ये सिर्फ़ स्व–सुख के निमित्त होता। हम दोनों ने एक–दूसरे के सम्मुख वादन–नृत्य किया और वहाँ उपस्थित समुदाय ने उसका आनन्द लिया। देवी के अलौकिक नृत्य से निस्सदेह उनकी चेतना जाग्रत हुई होगी।"

"आप अलौकिक वीणावादक हैं देव, आपका परिचय भी अलौकिक ही होगा।"

अम्बपाली की आवाज़ में कोमल आग्रह फूट रहा था। वीणावादक को आभास हो चला था कि देवी उसे रोकना चाहती हैं। देवी अगर उसे जान गयीं तो उसका जाना असम्भव हो जायेगा।

वीणावादक के क़दम लड़खड़ाये, थोड़ा आगे बढ़कर उदास अम्बपाली को खींचकर अपनी बलिष्ठ भुजाओं में भर लिया। अम्बा ने अपना सिर उसकी चौड़ी छाती पर टिका दिया। युगों तक वैसे ही आँखें मूँदे रहना चाहती थी। कोई आवाज़ उसका स्वप्न भंग न करे। वह उस क्षण वीणा हो जाना चाहती थी, वादक उसके तारों के साथ खेले, उसे छेड़े, कोई स्थायी राग बना दे उसे।

अम्बपाली का कपाल चूमते हुए वीणावादक ने कहा–"मुझे यहाँ आपकी कला खींच लायी थी, मुझे मेरा कर्तव्य बुला रहा है। मुझे लौटना होगा। मैं विवश हूँ..."

अम्बा ने अपनी पद्म पुष्प–सी हथेली से उसका मुँह बन्द कर दिया।

"संगीत ही हमारा परिचय बना रहे तो उचित। एक कलाकार के लिए अतृप्ति आवश्यक होती है देव। व्यग्रता बनी रहनी चाहिए, कुछ खोज की लालसा भी बनी रहे। जीवन को समतल नहीं होना चाहिए। देव, हमें विस्मृति और स्मरण, दोनों का अपने जीवनकाल में आनन्द उठाना चाहिए।"

इतना बोलते हुए अम्बपाली उससे अलग हुई जैसे पात 'अपने तरुवर से अलग होते हैं।

अम्बपाली के माथे पर अपने हाथ फिराते हुए वादक ने आशीष दिया और विदा हो गया। मूर्तिवत खड़ी अम्बा उसे जाते देखती रही। सान्ध्य के धुँधलके में उसके चिह्न दिखाई देने बन्द हो गये थे।

अम्बा बड़बड़ायी–"मैं, एकान्त–रम्या, आदि वियोगिनी, अतृप्त होने के लिए अभिशप्त हूँ देव!"

"विस्मृति और क्षमा। स्त्री के पास अन्ततः यही दो वस्तुएँ बची रह जाती हैं। एक साथ दो पुरुषों से प्रेम में विस्मृति और क्षमा के सिवा कोई उपाय नहीं मेरे सम्मुख। यह भी एक कला है देव।"

मदलेखा पीछे से आकर साँझ–बाती जला गयी। अम्बा देवी के प्रसाधन और सान्ध्य समारोह का समय हो चला था।

मदन कुमार ने जो बताया था, वह देवी को बताकर वीणावादक के सम्मोहन को नष्ट नहीं करना चाहती थी। उचित समय देखकर रहस्य को खोलेगी देवी के सामने।

जब आप विस्मृति की गुफा में जा चुकी होंगी तब बताऊँगी या आने वाले समय में आप खुद जान जायेंगी कि ग्रामीण वेश में कौन आया था, और ये भी कि इस पृथ्वी पर कौशाम्बी नरेश उदयन से बढ़ कर कोई वीणावादक नहीं है।

प्रेम उसका गन्तव्य नहीं हो सका, अभिसार उसकी नियति हो गया

अम्बा के जनपद कल्याणी के पद पर शपथ–ग्रहण के कुछ समय पूर्व की घटना है। पिता महानाम ने अम्बा को वैशाली के नाम कर दिया था। मात्र ग्यारह साल की अनिंद्य सुन्दरी किशोरी अम्बा इस पद के लिए चुन ली गयी थी। उसके शपथ ग्रहण में कुछ समय शेष था। महानाम और गणपरिषद् के बीच सहमति बन गयी थी। अम्बा को कुछ अवधि मिली थी, उस पद की, नृत्यादि तैयारियों के लिए। उसका बचपना समाप्त होने की प्रतीक्षा थी। जनपद कल्याणी के पद पर चुने जाने से पहले तक वह मदन कुमार और अपनी बाल सखी मधुलिका के साथ आम्रवन में डोला–पाती खेला करती थी। तू डाल–डाल, मैं पात–पात।

महानाम ने अपनी दत्तक पुत्री को वैशाली को सौंपकर कुछ समय माँगा था, ताकि अम्बा उस पद के लिए स्वयं को तैयार कर सके। पूर्व राजनर्तकी पुष्पगन्धा से उसे राजकीय जीवन पद्धति और शिष्टाचारों का भी प्रशिक्षण लेना था। उसका प्रशिक्षण प्रारम्भ हो चुका था। आनन्दग्राम छूट चुका था। अब वह वैशाली नगर की वासी हो गयी थी। मदन का साथ जाने किस पात पर छूट गया था। वह डाल–डाल करती हुई राज्य की सबसे ऊँची डाल पर बैठा दी गयी थी जहाँ साधारण नागरिकों का प्रवेश वर्जित था। वह राजनर्तकी हो चुकी थी। अब वह मामूली गँवई अम्बा नहीं थी जो मदन की बाँसुरी सुन कर धूल में लोट

जाया करती थी। पत्तों में छिप जाया करती थी। वह वंशी की धुनों में उसका नाम पुकारा करता था।

वही किशोरी अम्बा रातोरात युवा हो गयी थी। उसके सौन्दर्य की चर्चा राज्य की सीमा पार कर कई अन्य राज्यों में होने लगी थी। चर्चा पहुँची राजगृह अर्थात मगध सम्राट बिम्बिसार के रंगभवन में जहाँ सान्ध्यकालीन मनोरंजन की व्यवस्था हो चुकी थी। नृत्यांगनाएँ नृत्य करके आ–जा रही थी।

सुरा का दौर चल पड़ा था। महावीर, पराक्रमी, बलिष्ठ भुजाओं वाले सुदर्शन सम्राट बिम्बिसार स्वर्ण सिंहासन पर विराजमान थे। दो यवन कन्याएँ उनके दोनों तरफ़ चँवर डुला रही थीं। बिम्बिसार की वीरता के क़िस्से कई राज्यों में सुने–सुनाये जाते थे। मसलन जिसने अंग राज्य के शासक ब्रह्मदत्त को पराजित करके अंग को मगध साम्राज्य में मिला लिया...जिसने अस्सी हज़ार ग्राम–भोजकों की एक बृहद सभा बुलायी थी और अपने राज्य मगध का पुनर्गठन किया था...जिसके शासनकाल में शासन कार्य में राजा की सहायता के लिए अनेक महामात्य होते थे। इन महामात्यों की तीन श्रेणियाँ होती थीं–पहली सब्बधक अर्थात सामान्य मामलों के राज्य कर्मचारी, दूसरी सेनानायक महामात्य और तीसरी वोहारिक महामात्य अर्थात न्यायाधीश वर्ग। राज्य के सामान्य प्रशासन के पदाधिकारियों को सत्वात्थक कहा जाता था जिनके गान्धार देश के शासक पुष्कासीरिन से राजनयिक सम्बन्ध थे। अवन्ति के शासक चन्द्रप्रद्योत महासेन की चिकित्सा के लिए उन्होंने अपने राजवैद्य जीवक को भेजा। उन्हीं ने मगध साम्राज्य की राजधानी गिरिव्रज यानी राजगृह की स्थापना की। बिम्बिसार अपने पड़ोसी देश, राजसत्ताविहीन वैशाली को जीतने का स्वप्न देखता थे यद्यपि वह वैशाली को पराजित नहीं कर पाये थे। दो–तीन बार के प्रयास के बाद भी मगध की सेनाएँ गंगा को पार नहीं कर पायी थीं। वैशाली के लिच्छवियों के तीर इतने अचूक होते थे कि गंगा के उस पार खड़ी मगध की सेना तीरों की बौछार से घबराकर भाग खड़ी होती थी। वैशाली शूल बनकर हृदय में धँसा था।

उसे पराजित करने का कोई मार्ग नहीं सूझ रहा था। बिम्बिसार कोई कूटनीतिक मार्ग ढूँढ़ रहा था जिसके माध्यम से वैशाली को भरमा कर नदी पार कर ली जाये। नदी के तट पर जैसे ही बड़े–बड़े बेड़े तैयार होते, लिच्छवि सेना भाँप जाती और हर घर से उसके योद्धा निकलते, बेड़े को नदी पार नहीं करने देते थे। जलमार्ग पर लिच्छवियों की कड़ी दृष्टि रहती थी। मगध उनका शत्रु है, ये बात सारे नागरिक भली–भाँति जानते थे। वे यह भी जानते थे कि मगध की विजय होते ही उनका लोकतन्त्र ख़तरे में पड़ जायेगा और वे लोग राजसत्ता के अधीन हो जायेंगे। राजसत्ता के लोप होने के बाद ही वैशाली लोकतान्त्रिक देश बना था। वैशाली के अन्तिम शासक सुमति के पराभव के पश्चात वैशाली राजतन्त्र से मुक्त हो गया और फिर नागरिकों ने अपना संविधान बनाया, संघ बनाया और सबको बराबर के अधिकार मिले। बिम्बिसार को इतना ज्ञात हो चला था कि लिच्छवि किसी राजसत्ता को बचाने के लिए युद्ध नहीं करते बल्कि अपनी स्वायत्तता, नागरिक अधिकारों की रक्षा और अपने स्वाभिमान के लिए लड़ते हैं। मगध सम्राट में साम्राज्य विस्तार की अदम्य भूख थी। किसी भी प्रकार वे वैशाली को जीतना चाहते थे। उसके वैभव की इतनी चर्चा सुन चुके थे कि वे उतावले हो उठते, उनकी बलशाली भुजाएँ फड़कने लगती थीं। अपनी सेना के साथ वैशाली पहुँचें भी तो कैसे। नदी के अतिरिक्त वैशाली तक सीधे पहुँचने का कोई अन्य मार्ग न था। सड़क मार्ग से आने पर बीच में कई राज्य पड़ते थे, जिन पर विजय प्राप्त किये बिना वैशाली तक पहुँचना असम्भव था।

मगध सम्राट मन मसोसकर रह जाते। अपने सभासदों, महामात्यों के साथ इसके बारे में रणनीति बनायी जाती थी। वैशाली मानो उनके हृदय में बस गयी थी। जिसे हम चाहें, उसे प्राप्त न कर पायें तो हृदय में कसक बनी रहती है। सारा वैभव मिलने के बाद भी उस एक वस्तु की कमी रह जाती है जो बार–बार एक अभाव की तरह खटकती है जीवन पर्यन्त। फिर उन सारी सफलताओं पर वो एक अभाव भारी पड़ता है, सफलताएँ बेमानी लगती हैं।

बिम्बिसार के हृदय का शूल थी वैशाली।

कोई–न–कोई अतिथि आकर उनकी दुखती रग को और दबा जाता। जब से कौशल नरेश प्रसेनजीत, कौशाम्बी के राजा और काशीराज उनका आतिथ्य ग्रहण कर लौटे, वैशाली के साथ–साथ अम्बपाली भी उनके हिय का शूल बन गयी।

हृदय में एक ही राग बज रहा था। अम्बपाली...अम्बपाली... ब्रह्माण्ड सुन्दरी...अलौकिक सुन्दरी, सौन्दर्य की देवी...साक्षात देवी... पृथ्वीलोक पर सबसे विलक्षण सुन्दरी...उसका अपार्थिव सौन्दर्य... जिसका सौन्दर्यउसके जीवन का संकट बन गया है...वह किसी की परिणिता नहीं बन सकती...वैशाली के बाहर के राजा उसका भोग नहीं कर सकते...परिणय के बारे में सोचना भी असम्भव है...

स्वर्ण सिंहासन पर बैठे बिम्बिसार नृत्य–प्रमाद में मन नहीं लगा पा रहे थे। अगल–बगल उनके मित्र–सखा बैठे थे। रसिक राजा, पराक्रमी, विद्वान, महावीर बिम्बिसार को चिन्ता में डूबा देखकर उनके सखा मातुलि भी व्यथित थे।

सुबह ही महामात्य देवेन्द्र ने स्पष्ट रूप से बता दिया था कि वैशाली के वृज्जि संघ ने सर्वसम्मति से मगध को अपना शत्रु राज्य घोषित कर दिया है। अब सन्धि का मार्ग भी बन्द हो चुका है। मित्रता का हाथ भी वे नहीं थामेंगे।

अचानक बिम्बिसार ने नृत्य समाप्त करने का आदेश दिया। सारी नृत्यांगनाएँ लौट गयीं। देखते–देखते रंगमहल वीरान हो गया। मातुलि के कान में बिम्बिसार ने कुछ कहा और शान्त हो गये। मातुलि के मुख पर आश्चर्य के भाव प्रकट हुए। बिम्बिसार के मुख पर चपल–चंचल हँसी खेल रही थी।

"देवी, मगध की सेना वैशाली में घुस आयी है, भयानक मार–काट मचा रखी है। उनके लोग पहचान में नहीं आ रहे हैं। वे लोग हमीं लोगों में घुल–मिल कर हमारे लोगों की हत्याएँ कर रहे हैं। युद्ध की–सी स्थिति उत्पन्न हो गयी है। सभागार में सारे सामन्त जमा हो गये हैं।

युद्ध की रणनीति बनायी जा रही है, लेकिन तब तक मागधी सेना वैशाली को नष्ट कर देगी..."

परिचारिका सुमेधा मुख्य द्वार से दौड़ी चली आयी थी। देवी पुष्पगन्धा के राजप्रासाद में भगदड़–की–सी स्थिति थी। सारी दासियाँ और प्रहरी चिन्तित दिखाई दे रहे थे।

प्रासाद के एक प्रकोष्ठ में अम्बपाली नृत्य का अभ्यास कर रही थी। उसके पास भी यह समाचार पहुँचा। उसके पाँव थम गये। वीणा के तार बन्द हुए। अनिष्ट की आशंका से सबके हृदय काँपने लगे थे।

अम्बा को जब सारी बात पता चली तो उसके होश उड़ गये। दो दिन पूर्व लोक कलाकारों का एक नाट्य दल आया था, वैशाली में अपनी कला–प्रदर्शन के लिए, वे सब नक़ली कलाकार निकले। कलाकारों के वेश में मगध की सेना थी, जो कला–प्रदर्शन के बाद वैशाली में लूटपाट मचा रही थी। वैशाली और मगध के योद्धा युद्ध के मैदान में आमने–सामने आने वाले थे। इतना पास से कभी उनका सामना नहीं हुआ था। अब तक मागधी सेना नगर के प्राचीर के बाहर से तीर चलाती थी या गंगा के दूसरे तट से। नगर के अन्दर उनके घुस आने की यह प्रथम घटना थी। कलाकारों के पास बड़े–बड़े सन्दूक़ थे जिनमें वे अपने अस्त्र–शस्त्र लेकर आये थे। इस बार वे तीर और तलवार दोनों से लैस थे। उनकी तैयारी इतनी तगड़ी थी कि वे पराजित होते तो भी वैशाली में रक्त की नदियाँ बहा जाते।

अम्बा ने वैशाली के ऊपर मगध की काली छाया मँडराते हुए देख ली। उससे रहा नहीं गया। वह भूल गयी कि उसका स्थान विलास–भवन में है। उसका कार्य मनोरंजन करना है। उसे अभी स्वयं को बड़े पद के लिए तैयार करना है। युद्ध के समाचार के साथ ही अम्बा अपने तीर–तरकश के साथ युद्धभूमि की ओर निकल पड़ी।

उसे इस रूप में देखकर गण–परिषद् के सदस्य चौंके। लिच्छवि सेना ने देखा तो उसमें से एक सैनिक आगे बढ़कर आया–

"हम स्त्रियों को युद्ध में नहीं झोंक सकते। लिच्छवि के वीर अभी जीवित हैं, वे अन्तिम समय तक लड़ेंगे। आप वापस लौट जायें वृज्जि कुमारी...यहाँ आपकी आवश्यकता नहीं।"

दूसरा सैनिक बोला–"आपका प्रशिक्षण जिन कार्यों के लिए हो रहा है, आप उस पर ध्यान केन्द्रित करें। हमें अपना कार्य करने दें। ये कार्य स्त्रियों का नहीं।"

अम्बा ने हुँकार भरी–"वैशाली के वीरो, लिच्छवि कुमारों...

"आप हम स्त्रियों को भीरु समझने की भूल कदापि न करें। आवश्यकता पड़ने पर हम फूल बनती हैं तो शूल भी बनती हैं। हम जीवन को सुवासित करती हैं तो शत्रु के लिए विषकन्या भी बन ज़ाती हैं। हमारे हाथों में वीणा बजती है तो उन्हीं हाथों से तलवार की टंकार भी निकलती है। स्त्रियों का युद्धस्थल पर आना लज्जा की नहीं, गर्व की बात होना चाहिए। यह देश जितना आप पुरुषों का है उतना ही हम स्त्रियों का भी है। हम सबका स्वाभिमान एक–सा है। सिर्फ़ आप लोगों पर सुरक्षा का, जय–पराजय का भार लादकर हमे कायरों की तरह छिपकर घरों में नहीं बैठ सकते। हम भी आपके बराबर, आपके साथ लड़ेंगी और रणभूमि में प्राण त्यागेंगी। वैशाली के लिए प्राणों की आहुति देने से हमें वंचित नहीं किया जा सकता। जब सम्मुख शत्रु आन खड़ा हो तो ये नहीं देखते कि योद्धा स्त्री है या पुरुष। वीरता क्या आप पुरुषों की निशानी है, क्या हमारी नसों में वैशाली का रक्त नहीं है।

"मैं युद्ध करूँगी और मुझे कोई इस निर्णय से नहीं रोक सकता।

"जय वैशाली...जय वृज्जि संघ..."

अम्बा ने अपने अश्व को एड़ी लगायी, वह उसे तेज़ी से युद्धभूमि की तरफ़ ले गया। सारे सदस्य हक्के–बक्के उस तेजस्वी कन्या को देखते रह गये। योद्धा के वेश में स्त्री को देखकर वे सब अचम्भित थे।

पीछे से किसी युवा सैनिक ने ज़ोर से आवाज़ लगायी–"जय अम्बपाली..."

अम्बा ने मुड़कर नहीं देखा, उसे आवाज़ पहचानी सी लगी थी। मदन कुमार भी युद्धभूमि में उतर चुका था। इस समय उसका हृदय किसी मोह से नहीं काँपा था। इस समय वह रणचण्डी थी। अपने शत्रु के रक्त की प्यासी। उसका सिर काट लेने को उद्धत।

वह उसके कटे हुए सिर को अपने पैरो से ठोकर मारना चाहती थी। वैशाली की तरफ़ आँख उठाकर देखने का दुस्साहस कैसे किया उसने। उनके स्वप्न को दुस्वप्न में बदल देगी। वृज्जि संघ को दिखा देगी कि शौर्य और वीरता सिर्फ़ पुरुषों के आभूषण नहीं होते। स्त्रियाँ भी इस लायक होती हैं। अब तक स्त्रियों को युद्ध से वंचित रखा गया, कभी युद्ध में उतारकर देखते तो पता चलता। जो हाथ सिंगार कर सकते हैं वे तीर भी चला सकते हैं। जो नैनों से बाण चलाती हैं वो हाथों से भी बाण चला सकती हैं।

वैशाली में युद्ध नहीं हुआ। मगध के मुट्ठीभर सैनिक युद्धभूमि से भाग खड़े हुए। मानो वे पीठ दिखाने ही आये थे या परिहास के विचार से आये थे। क्या प्रयोजन था, ये कोई समझ नहीं पाया। सबने इसे अपनी तरह से देखा, समझा।

बिना लड़े ही वैशाली फिर जीत गयी। कोई पक्ष हताहत नहीं हुआ था। योद्धा जैसे गये, वैसे ही वापस आ गये। मागधियों ने युद्ध का अवसर ही नहीं दिया।

अम्बा एक मगध सैनिक का पीछा करती हुई युद्धभूमि से दूर निकल आयी थी। जिसे वह ललकार रही थी, वो युद्ध न करके सरपट भागा जा रहा था। उल्टे–सीधे रास्ते से। इस कारण वह मार्ग भटक गयी थी। युद्ध का कोलाहल थम गया था। उसे वापस लौटना था। लौटते हुए घना जंगल मिला, हल्का अँधेरा हो चला था। ठोकर लगी, उसका अश्व लड़खड़ाया और वह भूमि पर गिरने को हुई कि उसके पहले दो बलिष्ठ बाजुओं ने उसे थाम लिया। दो लोग और थे, तीनों कलाकार के वेश में थे। लगता था, कहीं दूर से चलकर आ रहे हों। बहुत थके मालूम पड़ते थे।

अम्बा ने हाथ जोड़ कर उनका अभिवादन किया।

बलिष्ठ पुरुष ने उसे बताया कि वे श्रावस्ती के लोक उत्सव से लौट रहे थे कि रास्ता भटक गये। वे अपने क़ाफ़िले से भी बिछड़ गये है। वे बनजारे हैं, घूम–घूम कर अपनी कला का प्रदर्शन करते हैं। आजीविका के लिए वे गीत–संगीत के प्रदर्शन पर निर्भर हैं।

अम्बा ने ध्यान से देखा, वह एक अत्यन्त आकर्षक पुरुष था। राजसी आभा वाला पुरुष जिसके नेत्र तीक्ष्ण थे। अम्बा उसे अपने साथ लेकर वैशाली चली आयी और राजकीय अतिथिशाला में उसके ठहरने की व्यवस्था कर दी। उसके सत्कार–सम्मान पर यथोचित ध्यान देने का आदेश दिया। बार–बार वहे उन आँखों का स्मरण करती और उसके हृदय में कुछ–कुछ हलचल होती। उधर तीक्ष्ण नेत्रों वाले उस पुरुष के हृदय का हाल भी अम्बा जैसा ही था। दोनों एक समान भावनाओं से होकर गुज़र रहे थे। अम्बा के बारे में जैसा सुना था, उससे कहीं अधिक सुन्दर पाया। इतना पवित्र सौन्दर्य, इतनी कंचन देहयष्टि, काले–घुँघराले घने केशपाश, खंजन नयन... इससे ज़्यादा उपमाएँ वह नहीं सोच पाये। उनका हृदय बार–बार सौन्दर्य की देवी को निहारने को व्यग्र हो रहा था। उनके साथ आये बालसखा मातुलि और अंगरक्षक कोई उपाय ढूँढ़ने लगे ताकि दोनों प्रेमियों का आमना–सामना कराया जा सके। बिम्बिसार अधीर हो उठे थे, मानो अम्बा न दिखी तो उनके प्राण निकल जायेंगे। एक ऐसा राजा जिसके आगे–पीछे अनेक सुन्दरियाँ डोलती फिरती थीं। कई रानियों से उनका अन्तःपुर भरा पड़ा था और वे सभी अनिंद्य सुन्दरियाँ थीं। उनके राज्य की राजनर्तकी भी अनुपम सौन्दर्यमयी थी फिर भी उनका हृदय डोल गया, मात्र अम्बा के सौन्दर्य के बखान सुनकर। सौन्दर्य के उपासक बिम्बिसार राजहठ ठानकर आये थे कि अम्बा सचमुच वैसी ही हुई तो उसका स्थान वैशाली नहीं, मगध का साम्राज्य होगा। अम्बा तो वैसी ही निकली, जैसा वर्णन उन्होंने सुना था। उनका आना सार्थक हुआ। अम्बा के सौन्दर्य ने उनकी नसों में प्रकाश भर दिया था जिससे उनका शरीर जगमगा उठा था। उसे अपने ही अंग–अंग से प्रकाश फूटता हुआ दिखाई देने लगा। रात के अँधेरे में जहाँ जाता प्रकाश वहाँ फैल जाता और अम्बा को देख लेते। अम्बा के जादू से उनका रोम–रोम प्रकाशवान हो उठा था। प्रेम की ऐसी अनुभूति उन्हें किसी और स्त्री के प्रति नहीं हुई। वह सिर्फ़ अम्बा के बारे में बात करना चाहते थे, सिर्फ़ उसकी बातें सुनना चाहते थे, उसी के गुणगान में रमा रहना चाहते थे।

मातुलि उनकी मनोदशा समझ रहे थे। उनसे नहीं रहा गया। वह बोल पड़े–

"उसके तीर–नयन देखें आपने! लेकिन सुना है उसकी जिव्हा भी बहुत तीक्ष्ण है राजन। जिसे देख ले, वो बिंध जायेगा। उन्होंने आपको बेध दिया है। आपका उपचार वही कर सकती हैं।"

मातुलि विहँस उठे।

मुँहलगा अंगरक्षक बोला–"महाराज, देवी अम्बा का सौन्दर्य ऐसा है कि उसका वर्णन हम सामान्य मनुष्यों के वश का नहीं है। हमारी तो आँखें चौंधिया गयी हैं। यह दैवी सौन्दर्य है, पृथ्वीलोक पर अनुपम है। इनके लिए आप जैसा वीर, पराक्रमी पुरुष ही उपयुक्त है।"

तीनों वार्ता करते हुए भूमि पर बैठे थे। बिम्बिसार उन्हें सुनते हुए भूमि पर छोटी–बड़ी लकीरें खींचते रहे। कभी तीर बनाते, कभी पुष्प बनाते, कभी आँखें...

मातुलि ने ध्यानपूर्वक देखा उन्हें। प्रेम में कैसे–कैसे वीर और पराक्रमी पुरुष भी धराशायी हो जाते हैं। प्रेम कैसे राजगद्दी से भूमि पर उतार देता है, जंगल–पहाड़ों की ख़ाक छनवाता है। प्राण हथेली पर लेकर, कुल–मर्यादा को विस्मृत कर राजा तक ख़तरा उठा लेते हैं। अपना गौरव तक मिटा डालने पर संकोच नहीं करते।

क्या सौन्दर्य का जादू इतना प्रभावी होता है। क्या जादू होता है इस एक भाव में कि राजा–रंक सब पर एक समान प्रभाव डालता है। मगधराज का अधिपति धूल से कौतुक कर रहा है। धूल से रेखाएँ खींच रहा है। कैसी तो मनोदशा हो गयी है! उतावलापन इतना कि अभी अम्बा को पटरानी बनाकर ले आये।

बिम्बिसार ने सिर उठा मातुलि को ध्यान से देखा, कुछ क्षण उसके मुख के भाव पढ़ने का प्रयत्न किया। कुछ–कुछ समझ में आया।

"मित्र, मेरे भ्राता! तुम्हारे ह्रदय में आशंकाओं और प्रश्नों के जो ज्वार उठ रहे हैं, मैं उन्हें समझ सकता हूँ।

"मैं उन सबका निवारण करने में अक्षम पाता हूँ स्वयं को। किन्तु इतना कहना उचित होगा कि अम्बा मेरी साँसों में समा गयी है।

मेरी नसों में रक्त बनकर संचरित हो रही है। मेरे हृदय की धड़कने वही है, मेरे कण्ठ की प्यास है, मेरे भुजाओं की शक्ति है, मेरे क़दमों की गति है, मेरी वाणी का ओज है। उसे अपने भीतर जाता हुआ देख पा रहा हूँ। वह मुझमें समा गयी है। हर क्षण अन्तर में धँसती जा रही है। सौन्दर्य एकमात्र कारण नहीं है, अम्बा जैसी बुद्धिमती स्त्री कहीं नहीं है। वह सौन्दर्यमयी है, किन्तु छुई–मुई नहीं है, वह तीक्ष्ण है, किन्तु भेदक नहीं है, वह अग्नि है, पर झुलसाती नहीं है। उसके पास जो मस्तिष्क साहस है, वह उसे अन्य स्त्रियों से भिन्न बनाता है। मैं स्वीकारता हूँ कि यहाँ मैं सौन्दर्यपिपासु की तरह आया था। अम्बा के पवित्र सौन्दर्य को देखने, उससे वार्ता करने और उसके गुणों की प्रशंसा सुनने के पश्चात मैं उसके लिए पागल हुआ हूँ। अगर वह सिर्फ़ सुन्दरता की देवी होती तो मैंने तुम्हें वचन दिया था कि उसे देखकर लौट आऊँगा, मैं अब तक लौट चुका होता। मैं अपने वचन से इसलिए पलट गया कि अम्बा सिर्फ़ बाह्य सौन्दर्यमयी ही नहीं, वह आत्मा से भी अतीव सुन्दरी है। किसी स्त्री के सौन्दर्य से मोहित होकर उसे भार्या बनाने का स्वप्न देखने वाला पुरुष परम मूर्ख और स्वार्थी–लोलुप होता है। ऐसे पुरुष स्त्री के सौन्दर्यविहीन होते ही उसके प्रति निरपेक्ष हो जाते हैं, उससे मुख फेर लेते हैं। अम्बा से मिलने के पश्चात मुझे ये विचार आया कि किसी स्त्री को उसके बाह्य सौन्दर्य से आँकना उचित नहीं बल्कि अन्याय है उसके साथ। अम्बा का सौन्दर्य उसकी आत्मा में है जो उसके पूरे व्यक्तित्व में झलकता है। वह आन्तरिक प्रकाश से दमकती हुई दामिनी है मित्र...

"और मैं उसके प्रति सम्मान प्रकट करता हूँ। आज से मैं, मगध सम्राट बिम्बिसार, अपने विचार परिवर्तित करता हूँ कि किसी स्त्री के मूल्यांकन का आधार क्या हो।

"मगध सम्राट बिम्बिसार सौन्दर्यपिपासु पुरुषों में शामिल नहीं होना चाहता, इतिहास उसे अम्बा का अनुरागी मानेगा, वो मुझे मिले न मिले।"

मातुलि चकित किन्तु प्रशंसा भाव से अपने सखा सम्राट को देखते रह गये। यह तो सचमुच प्रेम के सागर में गहरे डूब चुके हैं।

इन्हें कैसे उबारें। कैसे सँभालें। यह अनुराग मगध के राजपाट पर भारी न पड़ जाये, उनकी चिन्ता यह थी। बिम्बिसार कोई साधारण पुरुष तो थे नहीं। यह दो असाधारण लोग थे। जाने देवी अम्बा क्या सोचती हों। वे प्रेम का प्रतिदान देंगी या नहीं। गहरा प्रेम खींचता होगा, तो अम्बा को अवश्य खींचेगा। सुनते हैं, हृदय के तार अदृश्य होते हैं, लगन सच्ची हो तो स्वयं एक–दूसरे से जुड़ जाते हैं।

मातुलि के हाथ ऊपर की ओर उठे। वह ईश्वर तक सम्भवतः अपनी प्रार्थनाएँ प्रेषित कर रहे थे। अधरों पर काँपती हुई प्रार्थना आयी...कोई वैदिक मन्त्र बुदबुदा उठे।

आख़िर वह समय आ ही गया जिसकी तीन कलाकार मेहमान आतुरता से प्रतीक्षा कर रहे थे।

अगले दिन अम्बा ने उन तीनों अतिथियों को अपने पिता महानाम की उपस्थिति में बुलवा लिया और उनसे कला–प्रदर्शन के बारे में आग्रह किया।

अम्बा के राजनर्तकी पद के लिए शपथ लेने के कुछ दिन बाद ही ये सब घटित हुआ था। तीनों कलाकारों ने महानाम के सामने कला–प्रदर्शन किया। गौरवर्ण, सुदर्शन, बिम्बिसार ने दाढ़ी लगा रखी थी। बाल भी उलझे और फैले हुए थे ताकि पहचान छिपी रह सके। कला–प्रदर्शन के दौरान बिम्बिसार ने पूरा प्रयत्न किया कि अम्बा से आँखें न मिलें। वह अपने प्रति अम्बा की व्यग्रता टटोलना चाहते थे। वह सफल रहे। उपेक्षा सबसे अचूक अस्त्र होती है किसी का ध्यान खींचने के लिए। विशेषकर तब जब आग दोतरफ़ा लगी हो।

कला–प्रदर्शन के मध्य एक बार अम्बा के नैन से बिम्बिसार मिले। कोई विद्युत लहर–सी उठी और सीधे अम्बा की छाती में धँस गयी। बिम्बिसार ने ध्यान दिया था कि अम्बा का सारा ध्यान उनके ऊपर ही लगा था। वह उन्हें ही लगातार घूरे जा रही थी।

प्रदर्शन समाप्त होने के बाद महानाम ने दाढ़ी वाले कलाकार को अपने पास बुलाया–

"अगर तुम्हारी दाढ़ी, मूँछें हटा दी जायें, बिखरे हुए केश काट दिये जायें तो तुम एकदम मगध सम्राट की तरह दिखोगे। कौन हो तुम, किस नगर, राज्य से आये हो कलाकार?"

बिम्बिसार का नाम सुनते ही अम्बा के कान खड़े हो गये। क्षणभर में उसकी भृकुटि तन गयी। उसने तीक्ष्ण दृष्टि से उसकी ओर देखा। बिम्बिसार को लगा, वे नेत्र उसका शरीर भेद कर पार निकल गये।

"हम घुमन्तू हैं आर्य, हमारा कोई एक प्रदेश या नगर नहीं, अपने समूह से बिछड़कर वैशाली तक आ पहुँचे हैं, उस पार वे लोग हमारी प्रतीक्षा करेंगे। पावन वैशाली नगरी के गौरव, नियम, एकता के बारे में चर्चाएँ सुनी थीं। साक्षात देखने का सौभाग्य मिला, हम आपके आभारी हैं।"

बिम्बिसार विचलित हुआ मगर मनोभाव उजागर न होने दिये। हाथ जोड़कर महानाम और अम्बा का अभिवादन किया। महानाम उसकी विनम्रता से अत्यन्त प्रभावित हुए। अवसर देखते ही अम्बा ने पिता से कहकर कुछ दिनों के लिए तीनों मेहमानों के उनके महल की अतिथिशाला में रहने की अनुमति माँग ली।

मातुलि की धड़कन बढ़ी हुई थी। कहीं पहचान लिए गये तो सब के सब मारे जायेंगे। प्राण दाँव पर लग गये थे। महानाम ने आशंका जता दी थी। अम्बा के मुख पर भी सन्देह के बादल गहराये थे। कुछ दिनों का मेहमान बनाये जाने के पीछे कोई भेद अवश्य है। बिम्बिसार जहाँ अति प्रसन्न थे वहीं मातुलि और अंगरक्षक चिन्तित हो उठे थे।

उधर अम्बा के हृदय में सवाल उठ रहे थे। आख़िर अनुभवी पिता की आँखें धोखा नहीं खा सकतीं। क्या उन्होंने अनुमान के आधार पर कहा? क्या दो लोग एक जैसे दीख सकते हैं? इतना ज्ञात था कि पिता सात साल पहले जब मगध गये थे, वहाँ उन्होंने मगधपति को देखा था। वैशाली में उनके शौर्य की चर्चा की थी, साथ ही ये आगाह भी किया था कि वह वैशाली को मगध में मिलाने का स्वप्न पाले बैठे हैं। अवसर पाते ही मगध की सेना आक्रमण कर सकती थी इसलिए लिच्छवि सेना अपने प्राचीरों की सुरक्षा पर विशेष ध्यान देती थी

और गंगा नदी के उस पार से आने वाले बेड़े पर चौकसी करती थी। कहीं व्यापारी के वेश में मगध की सेनाएँ न प्रवेश कर जायें।

अम्बा ने कुछ दिन रोक लिया था। यह रोकना अकारण नहीं था।

कुछ तो उसके मन में चल रहा था। अपने मन को समझने–समझाने में लगी थी। जीवन तो पूरी तरह बदल चुका था। अब वह सप्तखण्डीय अट्टालिका की सम्राज्ञी थी। पुराने सारे संगी–साथी बहुत पीछे छूट चुके थे। कई–कई दासियों, परिचारिकाओं और सेविकाओं से घिरी हुई अम्बा विलास–भवन की क़ैदी होकर रह गयी थी। उसे राजनर्तकी बनाकर, जनपद कल्याणी का पद देकर एक सामान्य इन्सान के सारे अधिकार और सुख छीन लिए गये थे। नगर की विशिष्ट स्त्री पर समूचे नगर का अधिकार था। उसके पास तीन सत्ताएँ थीं–सौन्दर्य की सत्ता, स्त्री की सत्ता और इन दोनों के बलबूते पर राजसत्ता। वह कुछ भी पा सकती थी उनके दम पर। वह निरंकुश हो सकती थी। अपने वैभव के दम पर अपने लिए अनेक शक्तिशाली पुरुषों का क्रय कर सकती थी, किन्तु एक वस्तु क्रय नहीं कर सकती थी वह वस्तु थी प्रेम। विवाह करने का तो अधिकार उससे कब का छीना जा चुका था। वह एक ऐसी संघीय व्यवस्था की क्रूर शिकार थी, जहाँ गणिकाएँ राजसी ठाठ भोगती थीं, रूपजीविताओं को वैधानिकता प्राप्त थी। वैशाली के सामन्तों को अपनी शामें रंगीन करने के लिए गणिकाएँ चाहिए थीं, मनोरंजन के लिए नर्तकियाँ, रातें रंगीन करने के लिए रूपजीविताएँ। इसीलिए उन्होंने संघीय ढाँचे में इस पूरे कौतुक को वैधानिक बना दिया था। उसे यह सब कुछ नहीं चाहिए था। उसे जो चाहिए था, वह बार–बार उसकी चौखट पर आकर लौट जाता। और कितनी बार चोटिल होगी वह! एक बार फिर से उसका हृदय काँप रहा है।

जब से अम्बा ने वे तीक्ष्ण नयन देखे, उनमें ही उलझकर रह गयी थी। हृदय में अनेक प्रकार की आशंकाओं के बावजूद।

उसे झुंझलाहट हो रही थी कि वह दाढ़ी वाला कलाकार उसकी उपेक्षा क्यों कर रहा था। क्यों...क्या चाहता है? कुछ तो बात है...

ये नयन कुछ अलग से तो थे। सबसे अलग...उनमें कुछ ऐसा झलका था जिसमें एक अबूझ आमन्त्रण था। क्या किसी वस्तु की खोज में भटके हुए नयन थे?

इधर अम्बा अपनी उलझनों में थी, उधर बिम्बिसार अम्बा की विवशता को समझना चाहते थे। उन्हें जो ज्ञात हुआ उससे वह चौंक गये।

मातुलि ने बताया कि वृज्जि संघ की संविधान पुस्तक प्रवेणी में एक नियम है कि एक पुरुष के लिए यदि हज़ारों लिच्छवि लड़ रहे हों तो उस पुरुष को मार डालना चाहिए। यदि किसी सुन्दर स्त्री के लिए हज़ारों युवक एक–दूसरे को नष्ट करने पर तुल जायें, वह स्त्री कुमारी हो, तो उसे हज़ार युवकों की नहीं बल्कि सम्पूर्ण वैशाली की सम्पत्ति माना जाये। उसे एक पुरुष का मनोरंजन करने के स्थान पर पूरी वैशाली का मनोरंजन करने की धर्माज्ञा होगी।

इतना सुनते ही बिम्बिसार का रक्त तपने लगा।

वह उबल पड़े–"यह नियम तो अत्यन्त क्रूर, अमानवीय और अन्यायपूर्ण है। किसी स्त्री के प्रति कोई राज्य इतना क्रूर कैसे हो सकता है, मातुलि! ...हमारे यहाँ भी राजनर्तकियाँ होती हैं, हमने उन्हें समूचे राज्य के मनोरंजन के लिए नियुक्त नहीं किया है। वे जब चाहे पद त्याग कर अपना घर बसा सकती हैं। अम्बा जैसी सचेतन, साहसी स्त्री ने इस नियम का विरोध नहीं किया। कम–से–कम उसे तो विद्रोह करना चाहिए था।"

"वह नियमों से बँधी है राजन, न वह प्रेम कर सकती है न विवाह।"

"क्या प्रेम भी नियमों के अधीन होते हैं सखा, विवाह तो नियमानुसार ही होते हैं, मगर प्रेम...उसे कौन बाँध सका है भला।"

बिम्बिसार कातर हो उठे। उनके मुख पर नाना प्रकार के भाव आ–जा रहे थे। उसका मन हो रहा था कि तलवार उठाये और समूची वैशाली को नष्ट कर दे। न रहेगी वैशाली न यह नियम थोपा जायेगा। किसी स्त्री से उसके प्रेम करने का अधिकार छीनना तो अन्यायपूर्ण है।

मातुलि ने उसे किसी प्रकार शान्त किया। दोनों में इसी बात पर देर तक विवाद होता रहो।

दो दिन बाद ही अम्बा की ओर से बुलावा आया। अपने अतिथियों के साथ वह वन भ्रमण के लिए जाना चाहती थी।

मदलेखा, सुमेधा, रथी सोमदत्त और इन तीनों अतिथियों को लेकर वह वन की ओर चली। वैशाली से दक्षिण की ओर शालवन था, बहुत घना। वन में कई प्रकार के पशु–पक्षी भी थे। खूँखार पशु भी वन के अन्दर थे। अम्बा वन के बहुत भीतर नहीं जाना चाहती थी। वन के अन्दर एक छोटी–सी पहाड़ी के पास जाकर सब रुके और उतर कर इधर–उधर भ्रमण करने लगे। बिम्बिसार और अम्बा एक साथ थोड़ी दूर एक बड़ी–सी चट्टान के पास जाकर बैठ गये। जंगल का वातावरण बड़ा मनोरम था। हवाएँ सुगन्धित थीं। शरद ऋतु की आहट सुनाई देने लगी थी। छोटे–छोटे सरोवरों में जल भरा था, उनमें नीली, श्वेत, गुलाबी कुमुदनी खिल रही थीं। उन्हें दूर से टकटकी लगाये दोनों देख रहे थे। अम्बा कुछ बात करना चाहती थी। बिम्बिसार भी व्यग्र थे कि संवाद कहाँ से आरम्भ किया जाये।

मदलेखा, सुमेधा इत्यादि ओझल हो गये थे। बात करते–करते शायद दूर निकल गये थे। अम्बा छिप–छिप कर कनखियों से देख लेती, बिम्बिसार भी यही करता। एक बार दोनों एक–दूसरे को देखते हुए पकड़े गये, दोनों एक साथ हँस पड़े। हवा में सुरीली हँसी फैल गयी थी। अम्बा उठना चाहती थी, चट्टान से उठी और हवा के झोंके से लड़खड़ा गयी। बिम्बिसार ने हाथ बढ़ाकर सँभाल लिया। अम्बा को प्रथम बार उसका स्पर्श–सुख मिला था। हृदय से आवाज़ आने लगी–"तुम कौन हो पुरुष...घुमन्तू तो नहीं हो...?"

बात अधरों तक आते–आते रह गयी...अम्बा को कुछ समझ में आता, उसके पहले ही वह बिम्बिसार के कन्धों पर सवार थी। वो दौड़ते हुए पहाड़ी पर चढ़ रहा था, उसे कन्धे पर लादे। ऊपर एक वृक्ष के साये में बिठा कर पलटा और किसी पशु की गर्दन खच्च से उड़ा दी। जंगल में एक दहाड़ गूँजी थी। जब दोनों आपस में एक–दूसरे को

देख रहे थे, तभी बाघ दबे पाँव अम्बा की तरफ़ घात लगाये चला आ रहा था। उसके पहले हिरणों की भागती क़तारें, चिड़ियों और बन्दरों का शोर उन्हें सुनाई नहीं दिया। बिम्बिसार सावधान थे। उन्हें ज्ञात हो चुका था कि ख़तरे की इस घड़ी में उन्हें क्या करना है। सबसे पहले अम्बा को लेकर सुरक्षित स्थान पर भागे और वहाँ से पलटे, बाघ ने उछाल मारी, बिम्बिसार ने जाने कहाँ से खंज़र निकाला और खचाक से बाघ के गले में धँसा दिया। तड़प कर बाघ कुछ दूरी पर जा गिरा। भूमि पर पड़ा वह तड़प रहा था।

तब तक अम्बा बिम्बिसार के पास दौड़ कर आ चुकी थी। उसके बाजुओं से रक्त निकल रहा था। अम्बा चीख़ी। भय से वह बिम्बिसार से लिपट गयी थी। बिम्बिसार उसे अपनी छाती से चिपकाये खड़े रहे।

रथ के घोड़े दूर से हिनहिना रहे थे। रथि सोमदत्त आवाज़ लगा रहा था। सारे लोग दौड़ते हुए आ रहे थे।

अम्बा आँखें मूँदे–मूँदे अपने शयनकक्ष में पहुँच गयी थी। वहाँ तक उसे बिम्बिसार स्वयं लेकर पहुँचे। रथ में भी वह उनकी गोदी में सिर रख कर लेटी रही। वह अभी तक अनहोनी के भय से आक्रान्त थी। संकट तो कब का टल चुका था। वह आसन्न संकट को लेकर भयभीत थी सम्भवतः बिम्बिसार की उँगलियाँ हौले–हौले उसके घुँघराले केशों से खेल रही थीं। उन्हें लगा, चाँद आज उनकी जंघाओं पर सो गया है। चाँद की भाषा उसकी चाँदनी होती है...दूधिया चाँदनी। वह ख़ुशनसीब थे कि चाँद को छू सकता थे।

उस सान्ध्य वेला में अम्बा ने अपने विलास–भवन में एकल नृत्य प्रस्तुत किया, बिम्बिसार के लिए। सारे सामन्त मुख्य द्वार से ही लौटा दिये गये। उनमें रोष फैल गया था और नाना प्रकार की बातें होने लगी थीं। वे बलपूर्वक अन्दर नहीं घुस सकते थे क्योंकि अम्बा की शर्तों से वे बँधे हुए थे। नियम भंग करना वैशालिकों को नहीं आता था, सो वे लौट रहे थे मगर क्रोध से भरे हुए।

अम्बा को परवाह कहाँ। नृत्य करते–करते वह बिम्बिसार के पास जा बैठी।

"अजनबी...कौन हो तुम, घुमन्तू तो नहीं लगते...कहाँ से आये हो?"

बिम्बिसार अचकचाये। कहीं अम्बा को शक तो नहीं हो गया।

"तुमने आज मेरे प्राण बचाये, ये प्राण तुम्हारे हुए...अब तो सच बता दो..."

मदलेखा ने सुरा भर भरकर दोनों को पिलायी। बिम्बिसार मद में होते हुए भी सतर्क थे कि कहीं मुँह से सत्य न निकल जाये। चारों तरफ़ सुरक्षा प्रहरी घूम रहे हैं, उनके प्राण किसी भी क्षण जा सकते हैं।

अम्बा को हिचकी आने लगी थी। उसे बालसखा मदन कुमार के बाद पहली बार किसी से प्रेम हुआ था। इस प्रेम का परिणाम भी वह जानती थी इसीलिए इस रात भरपूर प्रेम को वह छक कर जी लेना चाहती थी। उसके लिए प्रेम का अर्थ बिछोह था। ऐसा हर बार होगा। जब–जब प्रेम होगा, उसे बिछोह मिलेगा।

बिम्बिसार अम्बा का साथ पाकर निहाल हो उठे थे। मन–ही–मन उन्होंने कई प्रण लिए। अम्बा के प्रति उनके मन में अथाह सम्मान–भाव जाग उठा था। अब तक कई राजकुमारियों को अपने प्रेम में बावरी बना देने वाले, गणिकाओं के साथ शामें रंगीन करने वाले एक राजा ने एक गणिका के सामने आत्म–उत्सर्ग कर दिया था। इस समय वह नृत्यमयी स्त्री को पटरानी के रूप में देखने लगे थे। उन्होंने सोच लिया था कि कुछ दिनों में ही अपनी पहचान उजागर करके अम्बा के सामने विवाह प्रस्ताव रख देंगे।

वह रात दोनों के जीवन की अविस्मरणीय रात थी। एक काँपती हुई सुनहरी लौ अपने दिये के तेल में डूबकर भभक उठी थी। वीणा के तार बजते रहे। वे दोनों सो गये किन्तु रात जगी रही।

वैशाली की सुकोमल हथेलियों पर कठपुतली-सा मगध का शौर्य

यह अब प्रतिदिन का नियम हो गया था–अम्बा पूरा दिन अपने अतिथियों के साथ मगन रहती। लेकिन साँझ ढलते ही बिम्बिसार के साथ आम्रवन चली जाती। वहाँ बाँसों के झुरमुट में दोनों एक–दूसरे से लिपटकर विचरते रहते। नगर में समाचार फैलने लगा था। मातुलि ने सावधान करते हुए बिम्बिसार को लौटने का परामर्श दिया। उधर मगध में हो रही राजा की अनुपस्थिति की चर्चा वैशाली तक भी आ पहुँची थी।

अम्बा के कानों में भी पड़ी। बिम्बिसार अम्बा को छोड़ कर जाने को सहमत न हुए। मातुलि ने उन्हें बहुत समझाया। एक राजा के कर्तव्य का स्मरण कराया। फिर भी वह हिले नहीं। उन्होंने मातुलि और अंगरक्षक को वापस मगध जाने का आदेश दिया।

राजा का अपने राज्य से बाहर जाना, वह भी किसी गणिका के मोह में पड़कर, समूचे राज्य और राष्ट्र के लिए घातक हो सकता था। राष्ट्र–संहिताओं ने राजा के उत्सर्ग, त्याग और उसके वैयक्तिक आचरण की विशद व्याख्या कर रखी थी। राजा बौद्ध–परिव्राजक नहीं हो सकता, प्रेम की याचना में राज्य और राष्ट्र का सम्मान नीचे नहीं गिरने दे सकता।

ये सारा विवाद चुपके से अम्बा सुन रही थी, उन तीनों को यह भान न हो सका। अम्बा कब चुपके से राजकीय अतिथिशाला में आकर

खड़ी हो गयी, उन्हें पता न चल पाया। अम्बा को पहले से ही शक था, अपने कानों से सत्य सुनकर लड़खड़ा गयी।

"ओहो, मागधी है यें...मगध के अधिपति...धिक्कार है, अम्बा तुम पर...तू देशद्रोही है, तूने एक शत्रु–राजा से प्रेम किया...वैशाली तुझे कभी माफ़ नहीं करेगी...अम्बा दण्ड भोगेगी, देशद्रोह का दण्ड...जनपद कल्याणी ने अपने देश को नीचा दिखाया...शत्रु से प्रेम करके...घात किया मैंने...घात सहा..."

अम्बा ने वहीं से ललकारा।

"झूठे, कपटी, ठग, कायर, स्वार्थी...तुमने छल से मेरा प्रेम और विश्वास प्राप्त किया। तुम्हें मृत्युदण्ड मिलेगा, मैं अपने पापों का प्रायश्चित करूँगी...तुम भी सुख–चैन से नहीं जी पाओगे..."

मातुलि और अंगरक्षक दोनों अवाक् हो गये थे।

अम्बा के नेत्रों से अश्रुधार निकल रही थी।

बिम्बिसार ने उसके समीप आकर उसकी बाँहें पकड़ लीं।

"छोड़ो मेरी बाँहें।"

उसने छुड़ाने का प्रयत्न किया किन्तु बलिष्ठ भुजाओं से निकल पाना असम्भव था।

"देवी अम्बा, आप मेरी बात सुनें। उसके बाद आप जो निर्णय लेंगी, मुझे स्वीकार्य होगा। आपका अपराधी हूँ मैं। मुझे अपना पक्ष रखने का अवसर दें। उसके बाद आप जो निर्णय लेंगी, वो हमें मान्य होगा..."

मातुल ने बीच में टोका–"नहीं राजन, आप ऐसा कोई वचन न दें। हम अभी यहाँ से निकल लेंगे। हमारी वापसी का बन्दोबस्त हो चुका है, देवी अम्बा से क्षमा माँग कर आप लौट चलिए...आपकी प्रजा आपकी राह देख रही है। वहाँ हाहाकार मचा हुआ है आपके बिना, लौट चलिए..."

बिम्बिसार ने मातुलि और अंगरक्षक को वहाँ से जाने को कहा। वह एकान्त में अम्बा से बात करना चाहते थे। अम्बा छटपटा रही थी, पकड़ से छूटकर भागना चाहती थी। वह सहायता के लिए चीख़ना चाहती थी। अचानक उसे बिम्बिसार भयानक शत्रु प्रतीत होने लगे।

"एक बार सुन लो मेरी बात, कहीं बाद में पछताना न पड़े कि सुन लिया होता तो अच्छा होता। कई पाप होने से बच जाते।"

बिम्बिसार गम्भीर हो उठे थे।

"मैं तुमसे अत्यन्त प्रेम करता हूँ अम्बा। तुम्हें अपनी महारानी बनाना चाहता हूँ। क्या तुम मेरे साथ मगध चलना चाहोगी...वहाँ की प्रजा तुम्हें हाथोहाथ लेगी, बहुत स्नेह देगी। तुम्हें बहुत मान–सम्मान मिलेगा।"

"रानियों की भीड़ में एक और रानी बनाकर रखने के लिए ले जायेंगे अम्बा को महाराज, अम्बा तो यहाँ बिना राजा के ही महारानी है, स्वप्न देखना बन्द कर दीजिए। वैशाली को पता है कि मगध उसका शत्रु–राष्ट्र है, यह सम्बन्ध किसी को स्वीकार्य न होगा, न मुझे, न वैशाली को। आप लौट जायें...आपके प्राण बख़्शती हूँ। आपने जनपद कल्याणी के प्राण बचाये, बदले में हम आपके प्राण वापस करते हैं...जाइए, लौट जाइए..."

एक झटके में अम्बा उनकी पकड़ से छूट गयी।

"हम स्त्रियाँ कोमलांगी अवश्य होती हैं किन्तु स्वाभिमान पर बन आये तो हमारे भीतर सौ हाथियों का सा बल आ जाता है...आप लौट जाइए...

"प्रेम तो हमने भी किया था आपसे, बिना परिणाम सोचे, बस इतना जानते थे कि एक दिन बिछोह होगा, मैं अपने नियमों से बँधी हूँ और आप ठहरे अज्ञात कुलशील पुरुष...हमें क्या पता था कि इतना बड़े देश का राजा हमारी छोटी–सी नगरी पर नियन्त्रण के लिए एक गणिका को अपना माध्यम बनाएगा। इतने ही वीर पुरुष थे, मागधी सेना इतनी ही पराक्रमी है तो युद्ध में हमें पराजित करते, प्रेम के रास्ते विजय प्राप्त करने की चाल क्यों चली...यह तो अधम मार्ग है...एक राजा को यह शोभा नहीं देता..."

"अम्बा..!" बिम्बिसार बौखलाया।

"इतना घटिया पुरुष नहीं हूँ मैं। यहाँ मैं एक राजा के रूप में नहीं आया था। एक याचक के रूप में आया था। देवी अम्बा के दर्शन करने। संसारभर ने तुम्हारी इतनी प्रशंसा की, तुम्हें देखे बिना

मुझसे रहा नहीं गया। मैं बस एक झलक देखकर लौट जाना चाहता था क्योंकि मुझे विश्वास नहीं था कि संसार में कोई ऐसी अपूर्व सुन्दरी भी हो सकती है जिसकी चर्चा अपनी सीमाएँ पार कर जाये। सत्य कहता हूँ...तुम्हें देखकर जितना प्रभावित हुआ, उससे ज़्यादा तुम्हें जान कर हुआ। तुम सौन्दर्य और विद्वता का अनुपम मेल हो...सिर्फ़ सौन्दर्य से प्रभावित होता तो बाहुबल से तुम्हें उठा ले गया होगा। मैं विदुषी, साहसी, स्वाभिमानी स्त्री को उसकी मर्ज़ी के विरुद्ध हाथ भी नहीं लगा सकता। मैंने अनेक स्त्रियों से सम्बन्ध बनाये, असंख्य रानियाँ हैं मेरी, अनेक स्त्रियों के दिल तोड़े, लेकिन तुम्हारे साथ ऐसा नहीं कर सकता। मैं अपना देश छोड़कर, अपना राजपाट दाँव पर लगाकर यहाँ सामान्य नागरिक की तरह पड़ा रहा कि कब तुम्हें भी मुझसे प्रेम हो, कब मैं विवाह का प्रस्ताव रख सकूँ और तुम्हें यहाँ से ससम्मान महारानी बनाकर ले जाऊँ। क्या ऐसा सोचना मेरा अपराध है?

"क्या मुझे तुमसे प्रेम नहीं हो सकता। क्या मैं तुम्हारे प्रेम के योग्य नहीं?

"ये लो ख़ंजर, तुम्हें अब भी मैं अपराधी लगता हूँ तो ये ख़ंजर मेरे सीने में उतार दो...या फिर मेरे साथ राजगृह चलो...मेरा प्रस्ताव स्वीकार कर मेरा जीवन धन्य करो अम्बा..."

बिम्बिसार ने अपने वस्त्र में छिपा ख़ंजर निकाला और अम्बा के सामने फेंक दिया।

"यह असम्भव है। यह सम्बन्ध कदापि न बन पायेगा। वैशाली ने मगध को शत्रु–राष्ट्र घोषित कर दिया है, यहाँ गृहयुद्ध छिड़ जायेगा। गैं नियगों से बँधी हूँ, विवश हूँ, मैं इस पद पर रहते हुए विवाह नहीं कर सकती। और इस पद से निश्चित अवधि तक त्यागपत्र भी नहीं दे सकती।

"आप लौट जायें मगधपति।

"वैशाली पर आधिपत्य जमाने का आपका स्वप्न अधूरा रह जायेगा, इसका पछतावा करिए।"

बिम्बिसार गिड़गिड़ाया–

"तुम समझती क्यों नहीं, मेरे सामने और कोई मार्ग नहीं था कि लिच्छवि और मागधी दोनों एक–दूसरे के क़रीब आ जायें। वैशाली पर राज करने का स्वप्न मैंने बन्द कर दिया था जब तुम्हारी चर्चा सुनकर यहाँ आया था। मैं चाहता हूँ कि वैशाली और मगध एक साथ हों, हम और ताक़तवर होंगे। मेरा स्वप्न बदल चुका है। चाहता तो उसी दिन अपने साथ मागधी सेना ले आता। मुट्ठीभर सेना आयी थी, युद्ध कहाँ हुआ...वह सब मेरे वैशाली में प्रवेश को लेकर रचा गया नाटक था। अगर सच में हम युद्ध पर आमादा होते तो उस दिन युद्ध भूमि में बहुत रक्तपात होता। और क्या सबूत दूँ मैं अपनी निष्ठा का...

"चलो मेरे साथ..."

बिम्बिसार ने अम्बा का हाथ पकड़कर साथ ले जाना चाहा।

"तुम नहीं चली तो फिर कभी लिच्छवि और मागधी एक नहीं हो पायेंगे। वैवाहिक सम्बन्ध दो राज्यों को बहुत बल देते हैं...मैं संघ के पास जाता हूँ, तुम्हारे साथ विवाह का प्रस्ताव रखते हुए ये बातें समझाता हूँ, तब शायद संघ के सदस्य समझ पायेंगे...

"तुम चाहो तो दो राज्यों को जोड़ सकती हो..."

बिम्बिसार ने अम्बा को अपने बाहुपाश में ज़ोर से कस लिया। उसके बाजूबन्द खुलकर नीचे गिर गये। उसकी संगमरमरी बाँहों पर उसने अपने अधर धर दिये। अम्बा का शरीर झंकृत हो उठा। किन्तु वह कमज़ोर कदापि नहीं होना चाहती थी। अभी रत्तीभर भी कमज़ोर पड़ी तो सब कुछ नष्ट हो जायेगा। वह अपने सुख के लिए अपने देश को ख़तरे में नहीं डाल सकती है न ही किसी शत्रु देश के राजा पर विश्वास कर सकती है। उसने बिम्बिसार को झटक दिया।

"इतनी निष्ठुर न बनो अम्बा...मैं तुम्हारे सामने एक याचक की तरह खड़ा हूँ, मेरा निवेदन स्वीकार कर लो, ऐसे मत ठुकराओ मुझे।"

"मगधराज!"

अम्बा ने अपने आँसुओं पर नियन्त्रण पाकर बोलना प्रारम्भ किया। उसके भीतर वैशाली की जनपद कल्याणी जाग चुकी थी। प्रेमिका अम्बा को उसने अपनी आत्मा में दबा दिया।

"हमारे प्रेम का क्या होगा अम्बा, तुमने कुछ सोचा है...मैं तुम्हारे बिना कैसे जीवन गुजार पाऊँगा।"

यदि "आपको सचमुच वैशाली पसन्द है और आप लिच्छवियों और मागधियों की एकता चाहते हैं? तो मैं आपको एक मार्ग बताती हूँ। आप उस पर चलकर दिखायें तो अम्बा यह जीवन आपके प्रेम में बिता सकती है। आपको मेरे विलास–भवन में अतिथि की तरह आने की अनुमति होगी। सदा स्वागत रहेगा।"

अम्बा किसी रहस्य का उद्घाटन करने जा रही थी। बिम्बिसार का हृदय काँपने लगा। जाने क्या कहने वाली है। उसका कहा टाल नहीं सकेगा।

"आप वचन दें राजन, मेरी बात का मान रखेंगे। आपको स्वीकार न हो तो फिर आप यहाँ से शत्रु के रूप में वापस जायेंगे।"

"वचन देता हूँ देवी, बस इतना ध्यान रखना कि मेरा हृदय अब मेरा नहीं रहा। वो आपको दे चुका हूँ, इसके अतिरिक्त आप जो कहेंगी, करूँगा।"

"एक राजा को इतना विनीत होना शोभा नहीं देता महाराज।"

"मुझे बार–बार महाराज मत कहो अम्बे, मैं तुम्हारा हृदय–सम्राट होना चाहता हूँ तुम मेरे प्राणों में बसी हो मेरे जीवन के कुछ सुन्दर और सर्वश्रेष्ठ दिन वैशाली में बीते हैं..."

अम्बा ने उसकी बात को बीच में काट दिया–

"आपको हमारे राजा चेटक की पुत्री चेलना से विवाह करना होगा। वैशाली से वैवाहिक सम्बन्ध ही मगध से शत्रुता मिटा सकते हैं, आपने सत्य कहा। मैं सहमत हूँ। किन्तु वो कन्या मैं नहीं हो सकती। इसके लिए आपको वैशाली की आर्य कन्या का वरण करना होगा। चेलना अत्यन्त सुन्दरी और विदुषी हैं। वे मेरी भगिनी जैसी हैं। उनका हृदय भी सुन्दर है। गुणों की खान हैं। उनसे विवाह सम्बन्ध के प्रस्ताव कई देशों से आ रहे हैं। वे राजकुल की भी हैं और आपके योग्य भी हैं। मैं एक साधारण कन्या हूँ जिसका बस लालन–पालन आर्यकुल में

हुआ। मुझे तो अपने असली कुल का भी पता नहीं। वैशाली ने मुझे बहुत ठाठ से पाला। इतना मान–सम्मान दिया। वही मेरी माँ, पिता, नाम, देश, जीवन, मृत्यु सब है। वैशाली बहुत ऋण है मुझ पर। मुझे मेरा कर्तव्य निभाने दें। सच्चा प्रेम कभी कर्तव्य की राह में बाधा नहीं डालता। वह तो मुक्त करता है।"

"क्या...???" बिम्बिसार चीख़ पड़ा।

"तुम मेरा सर्वनाश कर रही हो अम्बा...मैं अपने जीवन का बलिदान नहीं दे सकता...तुम मत करो विवाह किन्तु ऐसा अन्याय तो न करो, मैं वैशाली की किसी और कन्या से प्रेम नहीं कर पाऊँगा।"

"विवाह तो कर सकते हैं न। यह आपका ही सुझाव है, मान जाइए..."

"सम्भव नहीं अम्बा!"

"आप अपने वचन से मुकर रहे हैं...

"लौट जाइए, भूल जाइए वैशाली को। मगध सम्राट के लिए यहाँ के मार्ग बन्द हो जायेंगे, शत्रुता समाप्त करने की आपकी इच्छा मिट्टी में मिल जायेगी...हम दोनों अभिशप्त जीवन ढोयेंगे...

"मैं सदा ग्लानि में जिऊँगी कि मैंने एक शत्रु से प्रेम किया...शायद यही मेरे अन्त का कारण भी बने।"

"अम्बा...!!" बिम्बिसार कराह उठा। उसने अपनी सबसे छोटी उँगली से माणिक अँगूठी उतारी और उसे अम्बा की सुकोमल उँगली में पहना दिया। बाजूबन्द भूमि से उठाकर अपने वस्त्र में डाल लिया। उसने अम्बा का फिर से आलिंगन किया, माथा चूमा। अम्बा की देह काँप रही थी। वह किसी तरह स्तम्भ का सहारा लेकर खड़ी थी।

"देवी, आप राजा चेटक से विवाह की बात चलायें, ये आपकी ज़िम्मेदारी ठहरी। उन्हें मनाना आपका कार्य। मगधराज वचन देकर जा रहे हैं..."

अम्बा ने धीरे–से नेत्र खोले। उसका प्रेम फिर से दरवाज़े से लौट चुका था। दूर–दूर तक कोई नहीं था।

"आप विजयी हुए मगधराज। अम्बा की पराजय हुई। आपका प्रेम सच्चा था। मुझे क्षमा कर देना मेरे हृदय–सम्राट...मुझे तो प्रेम का शोक मनाने की भी अनुमति नहीं है..."

"लौट आओ..."

आख़िरी शब्द कण्ठ में घुटकर रह गये।

उसके हाथ से स्तम्भ छूट गया, वह चीख़ मारकर भूमि पर गिरने ही वाली थी कि कई दासियों ने आकर थाम लिया। वह उनकी बाँहों में अचेत हो गयी।

विवाह सन्धि-वार्ता

उस दिन जब वैशाली में भोर हो रही थी, कुछ विलासी सामन्त और युवक गणिकाओं और रूपजीविताओं की बाँहों से मुक्त होकर अपने गृह की ओर प्रस्थान कर रहे थे। कुछ ललनाएँ और पुरुष खेतों की तरफ़ सरपट दौड़ लगा रहे थे। नगर में हलचल प्रारम्भ हो चुकी थी।

किसी के लिए वह रात्रि विलासपूर्ण थी...किसी के लिए विषाद से भरी हुई। कोई चिन्ता में ही घुलता रहा रातभर। घण्टारपुरी के कांस्य घण्टे की टन...टन सुनकर दो लोग एक साथ चिहुँक कर जगे। रात्रि दोनों पर भारी बीती थी। अपने–अपने भव्य राजप्रासाद में दोनों चिन्तामग्न थे। दोनों की चिन्ताएँ एक–सी थीं। जनपद कल्याणी अम्बपाली को भोर की प्रतीक्षा थी। उन्हें गणाध्यक्ष के पास कुछ प्रस्ताव लेकर जाना था जिसमें वैशाली का हित शामिल था। गणाध्यक्ष राजा चेटक चिन्तित थे कि वैशाली की सुरक्षा ख़तरे में थी और मगध के जासूस, सैनिक भेष बदलकर वैशाली में घूम रहे थे। यहाँ की सुरक्षा–व्यवस्था का जायज़ा ले रहे थे। उन्हें ठोस सूचनाएँ प्राप्त हुई थीं और कुछ प्रमाण भी मिले थे जिस कारण उनकी चिन्ता और गहरी हो गयी थी।

प्रौढ़ चेटक का स्वभाव सबसे पृथक था। वे अम्बपाली का आदर –सम्मान करते थे मगर उसकी तरफ़ कभी अन्य विलासी सामन्तों की तरह आकर्षित नहीं हुए थे। उनकी पुत्री चेलना अम्बपाली की उम्र की थी, इस बात का उन्हें आभास था। अम्बपाली भी उन्हें बहुत सम्मान देती थी। उन दोनों का लक्ष्य एक था–वैशाली का हित सुरक्षित रहे।

उसे किसी भी तरह किसी शत्रु–राष्ट्र के अधीन होने से बचाया जाये। वृज्जि संघ की एकता बनी रहे और लिखित संविधान, प्रवेणी पुस्तक के अनुसार शासन चलता रहे। वृज्जि संघ के आठ कुल लिच्छवि, वृज्जि, विदेह, ज्ञातृक, भोग, उग्र, इच्छवाकु और कुरु में से सबसे अधिक प्रभाव लिच्छवियों का था जो हमेशा युद्ध के लिए सन्नद्ध रहते थे। राजा चेटक और अम्बपाली दोनों उसी कुल से थे। दोनों राज्य के सबसे प्रभावशाली पदों पर थे। एक गणाध्यक्ष थे तो दूसरी जनपद कल्याणी। अम्बा यदा–कदा राज्य से जुड़े किसी गम्भीर मुद्दे पर उनसे मन्त्रणा किया करती थी।

उस सुबह जब अम्बा उनके भव्य महल में पधारीं तो वे व्यग्र भाव से मिले। उन्हें बार–बार कोई आशंका घेर रही थी। देवी अम्बा अवश्य कोई गम्भीर मन्त्रणा के लिए आ रही होंगी। उनके भीतर एक संशय जगा–कहीं देवी अपने पद त्याग की आकांक्षा लेकर तो नहीं आ रही हैं। यह असम्भव आकांक्षा होगी जिसे वो कभी पूरा न कर पायेंगे। वे एक सामान्य स्त्री की तरह जीवन चाहती होंगी जो उन्हें इस जन्म में कदापि प्राप्त नहीं होगा। चेटक संशय में घिरे बैठे थे कि अम्बा पधारी। वही चकाचौंध से भर देने वाला रूप–यौवन मगर श्रृंगार रहित मुख। ऋतु बदल रही थी। वह पतली–सी रेशमी दुशाला ओढ़ कर आयी थी मानो किसी संगमरमर की मूर्ति को मूर्तिकार ने रेशमी आवरण ओढ़ा दिया हो। चेटक ने उन्हें सम्मानपूर्वक आसन दिया और उनकी ओर देखते रहे। समूचे प्रकोष्ठ में सन्नाटा पसरा हुआ था।

"वैशाली पर मगध का ख़तरा मँडरा रहा है देवी, मुझे इसकी चिन्ता हो रही है, मुझे लगता है हमें शीघ्र ही संघ की बैठक बुला कर कोई रणनीति बनानी चाहिए।"

चेटक ने सन्नाटा तोड़ा। वे अपनी तरफ़ से बातचीत प्रारम्भ करना चाहते थे।

"मैं समाधान लेकर आयी हूँ। आपकी अनुमति हो तो एक प्रस्ताव रखना चाहती हूँ। आप सोच–समझ कर उत्तर दें।

निर्णय आपको शीघ्र करना पड़ेगा, वैशाली का हित इससे जुड़ा है। इसके पश्चात आप संघ की बैठक बुला सकते हैं।

"आपके ऊपर सोलह महाजनपदों की सुरक्षा का भार है, इसलिए आप पर दायित्व हम सबसे अधिक है।"

"स्पष्ट कहिए देवी, क्या प्रस्ताव लायी हैं? अगर वैशाली का हित होगा तो मुझे प्रसन्नता होगी।"

"सोच लीजिए...आप इनकार कर सकते हैं मगर तब जब इसमें एक और व्यक्ति शामिल हो..."

"मैं समझा नहीं..."

चेटक असमंजस में पड़ गये थे। एक और व्यक्ति की बात से रहस्य का वातावरण बन गया था।

अम्बा मानो भावशून्य थी। उसके मुख से कोई भाव स्पष्ट नहीं हो रहा था।

"मैं सीधा–सीधा प्रस्ताव रखती हूँ...युद्ध की एक रणनीति होती है, शत्रु को अपना मित्र बना लेना। मैत्री अनेक प्रकार से हो सकती है। क्यों न हम मगध से वैवाहिक सम्बन्ध या कहें वैवाहिक सन्धि कर लें। वैशाली सदा के लिए सुरक्षित हो जायेगी। एक शक्तिशाली राष्ट्र का साथ मिलेगा, हम और शक्तिशाली हो जायेंगे।"

"देवी अम्बा...आपको पता है, क्या कह रही हैं आप?"

"आश्चर्य क्यों महाराज? मैंने कौन–सी नयी बात कह दी। आप ऋषि–मुनियों की, राजाओं की गाथा उठाकर देख लें, राजकुमारियाँ सन्धि के काम आती रही हैं।"

"आपका मतलब चेलना...?"

"जी हाँ, मैं प्रस्ताव देती हूँ कि आप राजकुमारी चेलना का विवाह मगध सम्राट बिम्बिसार से कर दें। सारे संकट का यही एकमात्र हल है। इनकार करने से पूर्व आप एक बार राजकुमारी चेलना से बात करें..."

"आपको मालूम है न कि नियमानुसार हम वैशाली की कन्याओं का विवाह राज्य से बाहर नहीं करते हैं। बाहर करना भी पड़े तो शत्रु से कदापि नहीं। हमारे आदर्श बहुत ऊँचे हैं। आप प्रतिज्ञा विस्मृत कर चुकी हैं।"

"महाराज, क्या आप चाहते हैं कि एक नर्तकी के लिए मगध सम्राट वैशाली पर चढ़ाई कर दें। उसे मिट्टी में मिला दें। क्या एक जनपद कल्याणी यह सब होते देख सकती है। हमारी सुरक्षा की चिन्ता इतनी गहरी न हो जाये कि हम अपने नागरिकों के अन्य हितों के बारे में सोच ही न सकें।"

"आप दुराग्रह कर रही हैं और इसका परिणाम आप जानती हैं?"

"बहुत चिन्तन–मनन के पश्चात मैं आपके सम्मुख बहुत आशा लेकर आयी हूँ। कदाचित आप मुझे निराश नहीं करेंगे।"

"अगर मैं मान भी जाऊँ, संघ या चेलना न मानें तो?"

"तो विवश होकर मुझे यह कार्य स्वयं अपने हाथों करना होगा। बिम्बिसार की सेना चढ़ाई करेगी और राजकुमारी चेलना को अपने संग ले जायेगी। मैं वचन देती हूँ कि मगध की सम्राज्ञी केवल राजकुमारी चेलना कुमारी ही बनेंगी, वैशाली पुत्री चेलना..."

कुछ देर दोनों चुप रहे। एक तीखा सन्नाटा वहाँ पसर गया था। बहस समाप्त हो चुकी थी। राजा चेटक निरुत्तर हो चुके थे। वे अन्तिम दाँव खेलना चाहते थे। कुमारी चेलना स्वयं मना कर दें या संघ का निर्णय सर्वोपरि है। अम्बपाली संघ के निर्णयों के विरुद्ध कदापि नहीं जायेंगी। अगर इतना साहस होता तो उनका अपना जीवन कुछ और होता। वे सामन्तों के मन बहलाव की वस्तु न बनी होतीं।

अपनी आन्तरिक भावनाओं पर नियन्त्रण पाकर चेटक ने कहा–

"आप सभागार में उपस्थित हों। संघ की बैठक होगी, वहाँ आप प्रस्ताव रखें।"

"राजकुमारी चेलना..."

अम्बपाली तुरन्त उनसे मिलना चाहती थी। उनकी व्यग्रता स्पष्ट झलक रही थी।

"पहले संघ से वार्ता करें, उसके बाद कुमारी चेलना से। उन्हें सोचने का कुछ समय दें।"

अम्बा उनकी मंशा भाँप गयी। वह जानती थी कि चेटकराज को इतनी शक्ति मिली हुई है कि वे स्वयं ये निर्णय ले सकते हैं किन्तु

वे लेना नहीं चाहते। बहुत बड़ा निर्णय है जिसमें वे संघ का हस्तक्षेप चाहते हैं। अपने ऊपर कोई कलंक नहीं लेना चाहते। वे इस निर्णय के परिणाम का आकलन नहीं कर पा रहे थे। वे चाहते तो संघ से विद्रोह करके कुमारी चेलना का विवाह बिम्बिसार से कर सकते थे। उनकी पुत्री का मामला है, राज्य से सम्बन्धित नहीं। अम्बा के पिता महानाम की तरह वे विवश कदापि नहीं कि संघ के सम्मुख सिर झुकाकर पुत्री की बलि चढ़ा दें। अवश्य चेटकराज के मन में कुछ और है...कोई कारण...

राष्ट्र अपनी स्वीकृतियों में अपनी प्रजा से त्याग माँगता है। सम्भावित ख़तरे आगाह करते हैं। कैसे उन्हें सीमाओं से दूर रखा जाये। राजतन्त्र की मूलभूत आधार नीति थी स्वीकार्यता व्यवस्था और प्रजा का राष्ट्रहित में त्याग। अम्बपाली ने राष्ट्र के सम्मुख उसकी मौलिकता की चुनौतियाँ खड़ी कर दी थीं। तर्कशास्त्र का आवाहन किया। पड़ोसी राज्य की दुर्धर्ष सैन्य शक्ति को कुन्द कैसे किया जाये। इसकी योजना राष्ट्र के सामने रखी। चेटक और चेलना के अस्तित्व की चुनौतियाँ भी थीं। राष्ट्र और संघ सँभालने का गुरुतर भार कैसे निर्वहन करता है राज्य, यह भी राष्ट्र के सामने आना चाहिए। काल और राजा चुनौतियों के विरुद्ध कैसे खड़े हो पाते हैं, उसकी विवेचना के अवसर प्रदान किये। जनपद कल्याणी ने राजधर्म और राजनीति के मौलिक आख्यानों पर भाष्य कहाँ राज्य को इसका प्रत्युत्तर देना था।

अम्बा विदा लेकर वहाँ से तीर की तरह निकल गयी। उसने बाहर निकलते हुए नहीं देखा कि ओट से कोई उसे सुन रहा है, देख रहा है। वह अनभिज्ञ लौट आयी। उसे दो दिन बाद प्रारम्भ होने वाले लोक उत्सव सब्बरत्तिबारो की अधीर प्रतीक्षा थी जिसमें नाच–गाना प्रमुख होता था। कुमारी चेलना कुमारी उसका नृत्य देखने अवश्य आयेंगी, तब उनसे एकान्त में वार्ता हो सकेगी। तब तक सम्भवतः चेटकराज उन्हें इस के प्रस्ताव के बारे में बता चुके होंगे। वे अवश्य उत्सुक होंगी। अम्बा को अभी दो कठिन पड़ाव पार करने बाक़ी थे। चेलना को मनाना और संघ से बहस, तर्क–वितर्क।

वैशाली में उत्सव की तैयारियाँ प्रारम्भ हो चुकी थीं। चेटकराज के यहाँ से वापसी के बाद अम्बा और अधिक उदास हो गयी थी। रात्रि–दिवस उसे चिन्ता घेरे हुए थी। बिम्बिसार का हठ, उसकी चुनौती...सुरंग खोदकर अपहरण करने की धमकी तक हँसते–हँसते दे गया था जो। उसकी सारी परिचारिकाएँ उदासी को भाँपकर चिन्तित थीं। उत्सव में वे सब अपनी अम्बपाली के साथ चहकना चाहती थीं। अम्बपाली की शिष्याएँ भी उसकी उदासी से हैरान थीं और हतोत्साहित भी। उसकी सबसे ख़ास दो शिष्याएँ, रत्नाकमल और कम्या, उसके पास आकर बैठ गयी थीं।

उन्हें देखकर अम्बा मुस्कुरायी।

कम्या का साहस बढ़ा। वह धीमे से बोली–"देवी, आपकी आमोदप्रियता समूची नगरी में विख्यात है। आप रोष में रहेंगी तो नृत्य प्रदर्शन पर असर पड़ सकता है, हमारे हौसले टूटेंगे...हम तो आपको देखकर दम भरते हैं।"

अम्बा ने अपना हाथ उसके सिर पर फिराया। रत्ना उसके पास घुटनों के बल बैठ गयी।

"क्यों न हम उत्सव से पहले सरकेशपुरी चलें, जहाँ आपका उपवन है, सरोवर है। आपके बिना वह उपवन सूना हो गया है। सरोवर का जल आपके केशों की प्रतीक्षा में है...आपकी लटों से टपकती हुईबूँदों से उसका जल थरथराता है..."

बस–बस नर्तकियों...तुमने काव्य प्रारम्भ कर दिया। बालिका हो अभी...तुम नहीं समझोगी राजनीति के दाँवपेंच। जब कला में राजनीति और प्रेम में शर्तें प्रवेश कर जायें तो दोनों का उद्देश्य और सौन्दर्य नष्ट हो जाता है।"

रत्ना को बीच में ही टोक दिया था अम्बा ने। दोनों अबोध किशोरियाँ टुकुर–टुकुर अपनी गुरु का मुख देखती रह गयीं।

"सुमेधा, प्रवेणी पुस्तक लाओ..."

अम्बा ने दोनों शिष्याओं को अभ्यास के लिए अलग कक्ष में भेज दिया। स्वयं संविधान की पुस्तक पढ़ने में तल्लीन हो गयी।

संघ का सामना करने से पूर्व अपनी तैयारी करके जाना चाहती थी जहाँ उसे कोई तर्क पराजित न करे, संविधान का हवाला देकर।

"एक नर्तकी देशहित के लिए श्रेष्ठ नागरिकों का मनोरंजन कर सकती है तो देशहित में उनसे बहस भी कर सकती है। जीवन गिरवी रखा है, विवेक नहीं। पंख गिरवी हैं, सपने नहीं। उत्सव के पश्चात मिलते हैं सदस्यो!"

प्रवेणी पुस्तक पढ़ते हुए अम्बा मन–ही–मन सोचती–विचारती रही। संविधान के नियमों को वह पहली बार इतने ध्यान से पढ़ रही थी। उसे पश्चात्ताप हो रहा था कि अब तक क्यों नहीं इतनी गहराई से पढ़ा। वैशाली की स्त्रियों को इसका पाठ अवश्य करना चाहिए। इसकी अलग पाठशाला बनायी जाये। अम्बा ने ठान लिया कि वह अपनी शिष्याओं को अलग से इसका पाठ पढ़ायेगी ताकि इसके नाम पर कोई उनके ऊपर अनावश्यक शर्तें न थोपे। वे कला के साथ–साथ संविधान की भी ज्ञाता बनें। तर्क–वितर्क में उन्हें पराजय का मुँह न देखना पड़े।

अम्बा ने पाठ पूरा किया और दोगुने उत्साह से तैयारियों में जुट गयी। समूची अट्टालिका गूँज उठी। जब मार्ग मिल जाता है तब उदासी का कोहरा भी छँट जाता है।

लोक उत्सव धूमधाम से मन रहा था। चारों ओर चहल–पहल थी। नगर की रौनक देखते बन रही थी। सभी सोलह जनपदों के नागरिक वैशाली में एकत्रित हुए थे। दो दिवसीय नृत्य–संगीत का आयोजन किया गया था। दिन नृत्य–संगीत में और साँझ मदिरा में डूब जाती थी। समूचा नगर आलोकित हो उठा था। गणिकाओं के भवन रातभर रोशन रहते। उनकी अट्टालिकाओं से घुँघरू खनकने और मृदंग की थाप, झालों के टकराने की आवाज़ें आतीं। मानो देर रात तक मदमस्त नर्तकियाँ, बेसुध होकर नृत्य कर रही हों। दोनों दिवस अम्बा के नयन तरस गये, मदन कुमार न आये। बाँसुरी वादकों ने मन मोह लिया था किन्तु उत्सव में मदन की बाँसुरी न सुनाई पड़ी।

अम्बा का हृदय कसक उठा। कहीं किसी अमराई वेणुग्राम के उपवन, किसी सरोवर के तट पर होगा बावरा। संघ की सदस्यता लेने के बाद भी कभी उसकी अट्टालिका में झाँकने तक न आया।

"एक बार वही पुरानी तान तो छेड़ जाते, कितने निर्मोही, प्रेमद्रोही हो मदन..." अपनी आह को दबाकर अम्बा कर्तव्य पथ पर बढ़ गयी।

उत्सव की भीड़भाड़ से अलग उसे कुमारी चेलना कुमारी की प्रतीक्षा थी। जो समारोह स्थल पर आने वाली थीं। सुमेधा, प्रभा और मदलेखा तीनों विशेष कार्य में लगी हुई थीं। मंच के पार्श्व में अम्बा का प्रकोष्ठ बना हुआ था, वहीं पर बहुप्रतीक्षित मुलाक़ात होने वाली थी।

चेलना के साथ एक समय ख़ूब खेली, घूमी थी अम्बा। अब दोनों पर कर्तव्य के पहरे हैं, बन्धन हैं। मिलना या बातें कम हो पाती हैं। लम्बे अन्तराल के बाद दोनों मिल रही थीं। दो बिछुड़ी हुई सखियाँ जब मिलती हैं तो सागर की लहरें ज़ोर से उठती होंगी। कुमारी चेलना को देखते ही गले लगाते हुए अम्बा ने अपने हृदय में उस कम्पन का आभास किया। चेलना को भी वही प्रतीति हुई। सुन्दर, सुकुमारी चेलना विवाह योग्य हो चुकी थीं। उनके पिता चेटकराज को उनके योग्य कोई वर नहीं मिल रहा था। वे दूसरे कुल में भी वर तलाश रहे थे। अपनी बहन त्रिशला का विवाह वे ज्ञातृक कुल और कुण्डलग्राम के राजा सिद्धार्थ से कर चुके थे। चेलना के लिए उन्हें वर की खोज थी जो चेलना की भी पसन्द और सहमति का हो।

कुमारी चेलना जब वहाँ सखि से मिल रही थी तो उन्हें पिता द्वारा सारी बातें बतायी जा चुकी थीं।

अम्बा ने नाज़ुक चेलना को अपने पास बिठाकर बिना भूमिका बाँधे सीधी वार्ता प्रारम्भ कर दी।

"अम्बा...तुम क्या चाहती हो, बस इतना बता दो। वैशाली का हित–अहित देखते हुए एक स्त्री अपना जीवन नष्ट कर चुकी है।"

"आप मगध सम्राट बिम्बिसार से विवाह का प्रस्ताव स्वीकार कर लें।"

"क्या वे विवाह प्रस्ताव लेकर आयेंगे मेरे सम्मुख या मुझे तुम्हारे माध्यम से अपनी सहमति भिजवानी होगी?"

कुमारी चेलना...!!

अम्बा उससे लिपट गयी। चेलना की दुर्बल देह पर अम्बा के आभूषणों और वस्त्रों का भार पड़ा। चेलना कराही।

"इसका अभ्यास कर लें कुमारी चेलना...आप एक शक्तिशाली राष्ट्र की महारानी बनने जा रही हैं।"

अम्बा उसे बिम्बिसार के बारे में बहुत कुछ बताने लगी थी, उत्साह देखते बन रहा था। चेलना मुग्ध होकर सुनती जा रही थी। बिम्बिसार का ऐसा रूप उसके सामने रखा कि वह चौंधिया गयी। उसके गुणों का ऐसा बखान किया कि चेलना मोहित हो गयी। उसके भीतर से संशय उठा कि एक शत्रु राजा से विवाह संघ विरोधी काम होगा।

अम्बा ने कहा–"वह कार्य आप मुझ पर छोड़ दें। संघ में मैं बहस करूँगी। उन्हें मानना पड़ेगा। मगधाधिपति लेंगी स्वयं मिलने आयेंगे, प्रणय निवेदन करेंगे। विवाह का प्रस्ताव भी देंगे। आप स्वीकार कर लेंगी तो वैशाली सुरक्षित हो जायेगी और शत्रु बिना युद्ध के पराजित।"

"ठीक वैसे ही अम्बा, जैसे तुम्हारे त्याग से वैशाली में गृहयुद्ध का ख़तरा टल गया, वैसे ही मेरी सहमति से मगध पराजित...क्या रणनीति है न सखी! हम स्त्रियाँ हमेशा राजनीति की भट्ठी में ऐसे ही झोंकी जाती रही हैं।"

"कुमारी चेलना...आप अस्वीकार कर सकती हैं..."

अम्बा के अधर काँपने लगे थे। आँख भर आयी थी। चेलना ने उसके मर्म को छू दिया था।

"कदापि नहीं, मुझे स्वीकार है...विवाह पूर्व मैं उनसे मिलना चाहती हूँ। अपने जीवनसाथी को एक बार मिलकर जानना, समझना चाहती हूँ। मेरी सहायता करो...करोगी न। पिता जी को मत बताना। मेरा ये कार्य तुम्हें चुपके से करना होगा।"

"मिलकर मेरी शिकायत तो न करेंगी..."

चेलना उठी, अम्बा के सवालों को वहीं छोड़ दिया। बस इतना कहा–

"मुझे तुम्हारे बिम्बिसार से प्रेम हो गया अम्बा। बिना मिले ही। जब प्रेम में डूबा हृदय किसी की चर्चा करे तो काठ का हृदय भी पिघल जायेगा। मैं तो एक स्त्री हूँ।

"मैं तुम्हारे प्रेम को उपहार समझकर स्वीकारती हूँ अम्बा...जिसे तुमने इतना प्रेम किया, वो कोई असाधारण मनुष्य होगा। मैं उसे वरण करने को उद्धत हूँ। उनसे मुलाक़ात की प्रतीक्षा है।"

"कुमारी चेलना..."

अम्बा दर्द में डूब गयी।

"वचन देती हूँ...उनके भीतर तुम हमेशा जीवित रहोगी। मैं तुम्हें वहाँ से बेदख़ल नहीं करूँगी।"

मुस्कुराती हुई कुमारी चेलना वहाँ से चली गयीं। अम्बा वैसे ही झनझनाती रही देर तक। प्रेम के दाँव हार चुकी स्त्रियाँ ऊँचे आदर्शों की शरण लेती हैं क्या? त्याग क्या छल है? संघ क्या इतना कमज़ोर है कि उसे विवाह की ओट लेकर अपनी सीमाओं की रक्षा करनी है? अगर विवाह का सम्बल राजनीति की आँच तेज़ करता है तो पुराणों और शास्त्रों की महानता और पुरुष के दावे झूठे हैं क्या? एक स्त्री अपने प्रेम के छद्म में दूसरी स्त्री को योजित कर रही है क्या सिर्फ़ संघ के सम्मान के लिए? संघ के अधिपति का पुरुष बिम्बिसार को सैन्य क्षमता से कुण्ठित नहीं कर सकता तो स्त्री का सहारा चाहिए?

यामिनी घायल सर्प हो चुकी थी। उसे एक तान की खोज थी। अपनी ऊर्जा के निषेचन के लिए आहूत करने वाली वेदी, नृत्य की मुद्राएँ, आक्रामक हो चलीं।

उस दिन अम्बा ने जो नृत्य किया, उसे देखकर नागरिकों की आँखें फटी की फटी रह गयीं मानो स्वर्ग से कोई अभिशप्त अप्सरा उतर आयी हो जो कलेजा काट कर ले गयी।

सभागार के बाहर कोलाहल का माहौल था। उत्सव की समाप्ति के बाद अलसाये हुए लोग इधर–उधर जम्हाइयाँ ले रहे थे। संघ के सदस्य भी किसी गम्भीर मन्त्रणा के पक्ष में नहीं दिखाई दे रहे थे।

जैसे ही चेटकराज ने उन्हें बैठक का प्रारूप बताया, वहाँ हलचल मच गयी। सब अस्थिर हो उठे। उनका आलस्य भाग गया और उनमें चपलता आ गयी। वे सब अम्बपाली से मुठभेड़ के लिए तत्पर हो गये थे। विदेह कुल के सदस्य शिवाली वैसे तो मृदु स्वभाव के थे किन्तु मगध के नाम पर उनका रक्त खौलने लगता था। संघ में लिच्छवि कुमारों की संख्या अधिक थी। समाचार फैलने लगा था। सुनते ही सब सभागार में एकत्र होने लगे थे। वे शोर मचा रहे थे। एक कुमार आगे बढ़कर चीखा–"क्या आठों कुल में कोई ऐसा योग्य नहीं जो राजकुमारी चेलना से विवाह कर सके। आप प्रतियोगिता का आयोजन करायें या स्वयंवर करायें, हम अपनी कन्या को किसी शत्रु से विवाह की अनुमति नहीं देंगे। जनविद्रोह हो जायेगा।"

दूसरा कुमार बोल पड़ा–"हम इसे देशद्रोह मानते हैं। राजा चेटक को अपना पद त्यागना। हम उन पर आरोप लगाते हैं। उनकी मंशा की जाँच होनी चाहिए। वे स्वयं को शक्तिशाली बनाना चाहते हैं, मगध जैसी साम्राज्यवादी ताक़तों के साथ मिलकर हमारे गणतन्त्र को नष्ट करने की अभिलाषा रखते हैं।"

तीसरा कुमार जोश में आकर बोला–"हम वैशाली में राजतन्त्र नहीं आने देंगे, चाहे हमें कोई भी मूल्य चुकाना पड़े।"

चेटकराज का मुँह सूख गया था। मानो अधर चिपक गये हों। सारे आरोप तीर की तरह उन्हें छेद रहे थे। जाने अम्बा कैसे झेलेंगी इन विष भरे बाणों को। ये उन्हीं का प्रस्ताव था, वे सहें। उन्होंने चुप्पी साध ली, अम्बा के आने तक।

इसी कोलाहल में अम्बपाली ने संथागार प्रवेश किया। सारा सभागार एक क्षण को शान्त हो गया। इससे पहले कि अम्बा कोई प्रस्ताव रखती, ज्ञातृक कुल के प्रतिनिधि ने कहना प्रारम्भ किया–"देवी, हमारी प्रवेणी पुस्तक की वह शपथ आप कैसे विस्मृत कर सकती हैं जिसमें कहा गया है कि मागधियों से सम्बन्ध रखने वाला लिच्छवि देशद्रोही समझा जायेगा। वृज्जि संघ द्वारा लिया गया यह निर्णय हमारे लिए अनुलंघनीय है। हमने मागधियों के तमाम प्रलोभन ठुकरा दिये, उनकी दृष्टि हमारे अगाध वैभव और सुख–साधनों पर टिकी है।"

विदेह कुल के शिवाली ने बीच में हस्तक्षेप करते हुए कहा–"हम स्वातन्त्र्यप्रिय लोग हैं, मागधी साम्राज्यवादी हैं। उन्हें सार्वभौम सत्ता की महत्त्वाकांक्षा है। हम उन्हें अपनी स्वतन्त्रता नहीं सौंप सकते।"

सारी सभा में अलग–अलग आवाज़ें उठने लगी थीं।

अम्बा ने हाथ उठाकर सबसे शान्ति की अपील की। उसके हाथ उठाते ही सभा ऐसे शान्त पड़ गयी जैसे उफनते हुआ दूध में ठण्डा जल डालने पर दूध शान्त पड़ जाता है।

"पूज्य सभासद, गणाध्यक्ष एवं लिच्छवि कुमारो!

"मैं जनपद कल्याणी, राजनर्तकी, महानाम पुत्री अम्बपाली परिषद् के समक्ष विशेष प्रस्ताव लेकर उपस्थित हूँ। मेरी बात सुन कर कृपापूर्वक विचार करें।

"आप सबकी बातों से ज्ञात होता है कि चेटकराज आपको सब कुछ बता चुके हैं और आपके उत्तर भी मेरी समझ में आ गये हैं। मैंने तरुण कुमारों के विचार सुने। अब मैं अपने वृद्ध, अनुभवी प्रतिनिधियों की, सभासदों की राय जानना चाहूँगी।

"इसके पूर्व मैं अपनी इच्छा जता देना चाहती हूँ। फिर हम उसके आलोक में बहस करेंगे। आप सबसे अनुरोध है, मुझसे बहस करें, चेटकराज को नहीं घसीटें। मैं बहस को प्रस्तुत हूँ आपके समक्ष। मैं आप सबकी सारी शंकाओं, संशयों का समाधान न दे सकी तो पीछे हट जाऊँगी। किन्तु आप सब धैर्य बनाये रखिएगा। बहस में सहमति–असहमति दोनों का बराबर सम्मान होना चाहिए। अन्त में हम सर्वसम्मति से एक राय पर पहुँचेंगे। मुझ पर इतना विश्वास अवश्य करेंगे कि जो अम्बा हँसते–हँसते अपना जीवन, अपना कौमार्य संघ की इच्छा पर भेंट चढ़ा सकती है ताकि वैशाली में एकता बनी रहे, वह कलह का कारण न बनेगी। वैशाली का अहित कदापि नहीं चाहेगी।"

शिवाली ने अम्बा को संकेत किया कि वह अपनी बात जारी रखे।

"जैसा कि आप सबको ज्ञात होगा कि हम चारों तरफ़ से शत्रुओं से घिरे हुए हैं और उनकी आँख की किरकिरी बने हुए हैं। हमारी शासन पद्धति बहुत से राज्यों के लिए अनोखी है। वे इसे नष्ट करके

राज्य सत्ता बहाल करना चाहते हैं। निरन्तर युद्ध से हमारा कभी हित न होगा। हम विजयी अवश्य होते हैं किन्तु हर बार हम कितनी क्षति उठाते हैं। हमारे राज्य का विकास उतनी गति से नहीं हो रहा है जितना अपेक्षित है। युद्ध सदा विध्वंस करता है। शान्ति सदा निर्माण करती है। हमें युद्ध नहीं चाहिए। इससे बचने का उपाय हमें ढूँढ़ना होगा। मुझे एक शक्तिशाली राज्य का साथ मिल रहा है तो हमें ये प्रस्ताव स्वीकार कर लेना उचित जान पड़ता है। मैं एक रणनीतिक किन्तु मांगलिक प्रस्ताव लेकर आयी हूँ, हमें राजकुमारी चेलना का विवाह मगध सम्राट बिम्बिसार से कर देना चाहिए।"

'कुरु' कुल के प्रतिनिधि ने तीव्र प्रतिवाद किया–हमारी प्रवेणी पुस्तक के अलग नियम–क़ानून हैं। हम क़ानूनसम्मत काम करते हैं। उससे हटकर हम किसी भी सन्धि को अस्वीकार करते हैं।"

अम्बा ने प्रत्युत्तर दिया–"श्रीमान, प्रवेणी पुस्तक हमें अपने स्वाभिमान को बचाते हुए किसी भी बड़े राष्ट्र से सम्बन्ध स्थापित करने की अनुमति देती है।"

एक नगरसेठ देर से सब कुछ सुन रहे थे। सभा के सदस्य होने के नाते उन्हें कुछ तो प्रतिवाद जताना ही था। उन्होंने बड़ी विनम्रतापूर्वक कहा–"देवी अम्बा, क्या आप स्पष्ट कर सकेंगी कि यह प्रस्ताव आपकी ओर से आया है या राजा चेटक की महत्त्वाकांक्षा जाग उठी है। यदि ऐसा है तो ये सभा तत्काल उन्हें पदच्युत कर सकती है।"

सेठ के मुख पर रोष परिलक्षित हो रहा था। उनकी अकड़ इतनी कि अपना रेशमी दुशाला झटके से कन्धे पर फेंका। उनकी उँगलियों में रंग–बिरंगे रत्नों की अँगूठियाँ चमचमा रही थीं।

यह सब देखकर अम्बा के अधरों पर व्यंग्यात्मक हँसी आयी। मन हुआ कि नगरसेठ की सारी सम्पत्ति रखकर उसे कंगाल बना कर वैशाली के उजड़े उपवनों में छोड़ आये। किन्तु उसका धैर्य अभी तक बना हुआ था। गणिकाओं के चरणों में लोटने वाले सेठों के मुख से बड़ी–बड़ी बातें सुनकर उसे जुगुप्सा होती थी।

चेटकराज बौखला उठे थे। उनकी आक्रामक मुद्रा देखकर अम्बा ने नगरसेठ को ललकारा–"लिच्छवियों के एक शक्तिशाली प्रतिनिधि को इतने हल्के में न लें श्रीमान। वे नागरिकों द्वारा चुने गये प्रतिनिधि हैं सिंहासन पर थोपे गये राजा नहीं हैं। चाहे तो चेटकराज अपनी पुत्री के विवाह का फ़ैसला स्वयं ले सकते हैं। ये एक पिता का अधिकार है जिसे परिषद् चुनौती नहीं दे सकती। वे मेरे पिता की तरह विवश नहीं हैं जो एक धिक्कृत नियम के सम्मुख झुक गये। गणाध्यक्ष ने गण–परिषद् की सहमति माँगी। ये उनका बड़प्पन है।"

शिवाली ने शान्ति से हस्तक्षेप करना चाहा कि इक्ष्वाकु कुल के प्रतिनिधि ने जैसे विस्फोट किया–"यह देशद्रोह हो या न हो मैं इसे गणद्रोह अवश्य मानूँगा।"

अम्बा का क्रोध फूट पड़ा–वो सभागार में उठकर घूमने लगी। एक–एक सदस्य, प्रतिनिधि के पास गयी। सबसे आँखें मिलाकर, हाथ जोड़कर वो कहती रही–"वैशाली को नष्ट होते देखना है या उसे सुरक्षित देखना चाहते हैं। मांगलिक रणनीति को स्वीकार करना है या सुरंग खोदकर मगध सम्राट उसे यहाँ से भगा ले जायें।"

कुछ सदस्य चिल्लाये–"क्या राजकुमारी चेलना विवाह के लिए प्रस्तुत हैं। हमें उनका मन्तव्य भी जानने की उत्सुकता है।"

अम्बा ने चेटकराज की ओर देखा–उन्होंने सहमति में सिर हिला दिया।

"मेरी पुत्री बिम्बिसार के प्रति आकर्षित हो चुकी है। उसे वैशाली के प्रति भी गहरी आस्था है। वह वचन देती है कि वैशाली की पुत्री मगध सम्राज्ञी बनने के पश्चात यहाँ का मान रखेगी, बाल बाँका न होने देगी।"

कुछ सदस्य चेटकराज को अवाक् होकर देखते रहे। चेटकराज जानते थे कि केवल अम्बा ही इन सब पर भारी पड़ सकती थीं। इन विभिन्न मत वाले सदस्यों को मनाना असम्भव कृत्य था। अम्बा कुछ भी सम्भव करा सकने की क्षमता रखती थीं। अम्बा की बातचीत से उन्हें अनुमान हो गया था कि वे पूरी तैयारी से आयी हैं और प्रवेणी पुस्तक का गहन अध्ययन कर चुकी हैं। वे सभी सभासदों के

एक–एक सवाल का उसी पुस्तक के श्लोक सुनाकर जवाब दे रही थीं। प्रत्येक अध्याय का नाम लेतीं और बतातीं कि अमुक खण्ड में अमुक श्लोक में ये बताया गया है।

शिवाली ने कई बार कहा कि प्रवेणी पुस्तक में ये कहा गया है, ये नहीं कहा गया है। अम्बा सबकी काट करती और पुस्तक का कोई श्लोक उद्धृत कर देती। कुछ सदस्य अचम्भित बैठे थे। एक नर्तकी के मुख से संविधान पुस्तक के श्लोक झड़ रहे थे और अर्थ भी वही बता रही थी।

चलते–चलते अम्बा ने कहा–"प्रवेणी पुस्तक का अट्ठारहवाँ खण्ड आज्ञा देता है कि प्रत्येक लिच्छवि को यह प्रयत्न करना चाहिए कि उनकी आपसी एकता नष्ट न हो, उनमें मतभेद उत्पन्न न हो। अलग–अलग होने से लिच्छवियों का महत्त्व समाप्त हो जायेगा। मैं एक लिच्छवि कन्या हूँ, मेरा कर्तव्य है कि मैं आप सब में एकता बनाये रखूँ।"

सभा विसर्जित हो गयी थी। अम्बा अपने प्रयास में सफल हो गयी थी। राजा चेटक की मनोदशा कोई पढ़ न सका। एक कुशल राजनीतिज्ञ अपनी मनोदशा इतनी कुशलता से छिपाता है कि उसकी मनोदशा पढ़ पाना किसी के लिए कहाँ सम्भव हो पाता है। वे एक शक्तिशाली राष्ट्र का सम्बन्धी बनने का स्वप्न देख रहे थे जिसका सम्राट उनके चरणों में झुक रहा है और पुत्री कुमारी चेलना बगल में सम्राज्ञी की तरह तनकर खड़ी है।

अम्बा सब समझ रही थी और सबको समझ रही थी। युद्ध और सन्धि में से चतुर लोग सन्धि ही चुनते हैं।

अम्बा ने एक बार फिर अपना सौभाग्य किसी को सौंप दिया था। उसका हृदय रिक्त और शरीर रोगी हुआ जा रहा था।

भाग्य के खेल निराले हैं। मनुष्य कितने भी प्रयास करे उसे बदलने के, भाग्य की अपनी चाल–कुचाल है। अम्बा का भाग्य भी करवट ले चुका था।

अभय कुमार की अभ्यन्तर-कथा

उस साँझ जब अँधेरा वैशाली के ऊँचे भवनों और अट्टालिकाओं पर उतर रहा था, तब विलासी सामन्त अपनी–अपनी मनपसन्द गणिकाओं के सान्निध्य के लिए मधुवन की ओर चले आ रहे थे। पूरा मार्ग रसिक तरुणों के हँसी–ठट्ठे और गणिकाओं के घुँघरूओं से गुंजायमान हो रहा था, लेकिन अम्बा के भवन में सन्नाटा छा हुआ था। बाहर प्रहरियों को आदेश पहुँच चुका था कि देवी सान्ध्यकाल का आज का आयोजन रद्द कर चुकी हैं, उनको ज्वर हो गया है। कुछ अवधि के लिए उनके समस्त कार्यक्रम रद्द किये जाते हैं। अपने बटुए में स्वर्ण मुद्राएँ लेकर आने वाले नगरसेठ निराश होकर लौट रहे थे। धीरे–धीरे अम्बा के बीमार होने का सामाचार फैल गया।

मदलेखा अम्बा के पास बैठी सुरा डालकर प्याला बढ़ाने वाली थी कि अम्बा रोक दिया।

"अब नहीं, अब कुछ महीने मुझे इससे दूर रखना मदले..."

मदलेखा ने अम्बा को चकित होकर देखा।

"देवी..."

"प्रभा को बुलाओ, उसे समझाना है कि अब कुछ मास के लिए सान्ध्य आयोजन बन्द होंगे। मैं अगले वसन्तोत्सव से नृत्य और मनोरंजन प्रारम्भ करूँगी।"

बोलते–बोलते अम्बा का जी मिचलाया, वह उठकर स्नानगृह में जाना चाहती थी, किन्तु इस प्रयास में उसने वहीं वमन कर दिया। मदलेखा वहीं से दासियों का नाम लेकर चिल्लायी–

"प्रभा, माधवी, चम्पा, सुमेधा...दौड़ो...देवी को कुछ हो गया है... वैद्य को बुलाओ..."

अम्बा ने एक हाथ से अपना पेट पकड़ा और दूसरे से मदलेखा को रोका–

"नहीं, वैद्य नहीं बुलाओ...मुझे कुछ नहीं हुआ है। शान्त हो जाओ, शोर मत मचाओ...मैं तुम सबको बताती हूँ..."

अम्बा थोड़ा सँभल कर बैठी। प्रभा आते ही साफ़–सफ़ाई में जुट गयी। तब तक दासियों ने अम्बा को सँभालकर उठाते हुए पर्यंक पर लिटा दिया।

"मैं सम्पूर्ण स्त्रीत्व की ओर बढ़ चली हूँ। मेरे भीतर नवांकुर पनप रहा है, यह मेरे प्रेम की निशानी है। इसे सहेजना, जन्म देना मेरा दायित्व है। तुम सबको ज्ञात होगा कि कुछ दिवस मगधाधिपति और हमने सहवास किया था, मधुर यामिनी बितायी थी...मन–प्राण से एक–दूसरे को अपना साथी मानकर। ईश्वर एकमात्र साक्षी थे हमारे प्रेम के। मेरी कोख में बच्चा भी उनकी मर्ज़ी से आया है। जब हम कुछ खोते हैं, उसी वक़्त हमें कुछ मिल रहा होता है। मैंने मगध सम्राट को सदा के लिए खो दिया। किन्तु वे कहाँ जा सके! जाते–जाते ख़ुद को मेरे भीतर रोप दिया। मेरा उनसे जन्म–जन्मान्तर का नाता बन गया।"

मदलेखा की रुलाई फूट पड़ी।

"पगली...रोती है। प्रेम पाने का ही नाम नहीं, खोने में प्रेम की दिव्यता महसूस होती है। तुझे क्या पता कि वहाँ उनकी तीनों रानियों में मेरा प्रेम बिखर रहा होगा। वे सब में मुझको ढूँढ़ते होंगे। हमारा प्रेम ईश्वरीय प्रेम था जो आत्मा से आत्मा को जोड़ता है।"

"देवी...फिर आपने उन्हें जाने क्यों दिया, रोक लेतीं...वे तो आपको कभी नहीं छोड़ते, आपने स्वयं उन्हें त्यागा।"

सुमेधा की आँखें छलक आयीं।

पर्यंक के चतुर्दिक दासियों ने अम्बा को घेर रखा था। कोई उसका माथा सहला रही थी तो कोई पैरों को दबा रही थी।

मदलेखा और सुमेधा ने दोनों हथेलियाँ दबा रखी थीं। उसकी सारी दासियाँ अम्बा से गहरा अनुराग रखती थीं।

अम्बा कभी उनमें भेदभाव नहीं करती थी, न ही स्वामिनी होने का अभिमान दिखाती थी। उनसे सहेलियों–सा सम्बन्ध विकसित किया था इसलिए हर गोपन बात उनसे साझा करती थी।

सुमेधा और मदलेखा ज़्यादा निकट थीं। वे उसे सलाह भी दिया करती थीं। सुमेधा बोल पड़ी–"देवी, क्षमा चाहती हूँ, जो दण्ड देना चाहें, दें, क्या आप निर्वाह कर पायेंगी इस दायित्व का। आपके ऊपर बहुत बड़ा भार है। वैशाली में हड़कम्प मच जायेगा। मगध सम्राट सुनेंगे तो उन्हें यहाँ आने से कोई रोक नहीं पायेगा। वे आपको बलपूर्वक ले जा सकते हैं। नये क़िस्म की शत्रुता पनप सकती है वैशाली और मगध के बीच। आपने भी तो उन्हें इसीलिए नहीं अपनाया कि मगध हमारा शत्रु–राष्ट्र है।"

"सुमेधा...अतिशीघ्र मगध सम्राट और हमारी राजकुमारी चेलना वैवाहिक बन्धन में बँधने वाले हैं। उस विवाह के पश्चात शत्रुता सदा के लिए समाप्त। तब तक इस समाचार को गोपन रखना है। तीन मास तक मैंने गोपन रखा। आगे तुम सबका दायित्व है कि गोपन रखो। मेरी सहायता करो, मेरे दिमाग़ में कुछ योजना बन रही है...ये भावुकता का समय नहीं है। हमें शान्त होकर कोई हल ढूँढ़ना होगा।"

मदलेखा ने अम्बा की हथेलियों को अपने कपोलों से छुआ लिया। "देवी...हम सब आपके साथ हैं। आप जो आज्ञा करें। हम सब आपके स्वास्थ्य और आने वाले शिशु के भविष्य को लेकर चिन्तित हैं।"

चंचल स्वभाव की प्रभा मचली–

"मैं पालूँगी शिशु को...मुझे दे दीजिएगा...मैं हूँ ना...मुझे सारे कार्य आते हैं...आप निश्चिन्त होकर अपना दायित्व पूरा कर सकती हैं देवी..."

अपनी काँपती हुई हथेलियाँ मदलेखा से छुड़ाकर प्रभा का सिर थपथपा दिया। प्रभा निहाल हो उठी। झट से अपनी हथेली, अम्बा के पेट पर ले जाकर सहलाने लगी। अम्बा की भी हँसी फूट पड़ी।

सुमेधा चिन्तित हो उठी।

"देवी...जिन नियमों के बन्धन के कारण आपने महारानी बनने का प्रस्ताव ठुकरा दिया, आप मातृत्व कैसे स्वीकार सकेंगी। आपका विवाह सामाजिक रूप से मान्य नहीं होगा। क्या शिशु को जन्म देने को लेकर आप गम्भीर हैं..."

"सुमेधा..."

अम्बा ने तनिक कराहते हुए कहा।

"कुछ भी मत सोचना। तुम्हें मेरी चिन्ता हो रही है, वैशाली के मान–सम्मान की चिन्ता हो रही है, एक नन्हे जीव की नहीं, जिसका मेरे गर्भ में आना कोई अपराध नहीं। शिशु अपने लिए गर्भ चुनते हैं, हम नहीं। देखो न...प्रेम की एक बूँद बच जाती है, वही तो जीवन बनती है, एक मनुष्य। स्त्री–पुरुष के प्रेम का प्रतीक। दो अनुरागी मिलकर प्रेम को जीवन देते हैं। यह शिशु, हमारे प्रेम का प्रतीक है। मैं इस प्रतीक को नष्ट नहीं कर सकती..."

"देवी, आप कुमारी हैं, लिच्छवि कुमारी...कुँवारी माँ होने का कलंक ढोना पड़ेगा "

मदलेखा भी चिन्तित हो उठी। सुमेधा शान्त हो गयी। देवी से अधिक बहस उसकी सीमा का अतिक्रमण होता।

"हत्यारी होने से अच्छा है कुँवारी माँ होने का कलंक ढोना। सामाजिक नियमों से हृदय के सम्बन्ध संचालित नहीं होते। मेरा हृदय नियमों का दास नहीं, मेरी कोख मुक्त है। और मैं अक्षत यौवना नहीं हूँ। कुँवारापन सामाजिक मान्यता है। तो मैं कहाँ रही कुँवारी..बिना प्रेम मैंने शरीर सुख लिया और दिया है। ये अलग बात है कि लोग मेरी पसन्द के रहे...चयन मेरा रहा। मैं अपने शरीर की स्वामिनी हूँ। लेकिन शरीर के अलावा मैं एक हृदय भी तो हूँ। सब शरीर को छूकर निकल गये। आत्मा को किसने छुआ? किसी ने सोचा...न मेरे पालने पोसने वाले पिता ने, न मेरे प्रथम प्रेमी ने, न समाज ने। इनमें से कोई भी मुझे बचा सकता था। सबने संविधान–पुस्तक के आगे, समाज के आगे घुटने टेक दिये। मुझे क्या मिला...सोचा है किसी ने?"

"अब मैं कह सकती हूँ...मैं सम्पूर्ण स्त्री हूँ, मुझे प्रेम और प्रेम का उपहार मिला।"

"देवी..."

मदलेखा कुछ बोलते–बोलते रुक गयी।

"कोई बहस मत कर...जब आवेग होता है प्रेम में तब सारे सामाजिक नियम धरे रह जाते हैं। सारी इन्द्रियाँ शिथिल पड़ जाती हैं। मैं अनुगत हो उठी थी, इन्द्रियों पर नियन्त्रण नहीं रहा। एक क्षण में पराधीन हो जाते हैं हम प्रेम में। प्रेम का दुर्वार आकर्षण, विवाह की वेदी का मुखापेक्षी नहीं होता और विवाह ही किसी स्त्री का अन्तिम लक्ष्य क्यों हो, बोलो, तुमने विवाह की बलिवेदी पर चढ़ती, बलि होती हुई स्त्रियाँ नहीं देखीं क्या...

"तुम सबसे निवेदन है, मेरी सहायता करो..."

सारी दासियों ने निरुत्तर होकर सिर झुका लिया।

इसके पश्चात अम्बा के महल का वातावरण ही परिवर्तित हो गया। प्रसव होने तक विलास–भवन बन्द कर दिया गया। अम्बा परदे में रहने लगी। उसका बाहर आवागमन बन्द हो गया। इस समाचार की कानोकान वैशाली में किसी को भनक न लगने दी गयी। सामन्तों ने अवश्य छानबीन करनी चाही लेकिन अम्बा की समर्पित दासियों ने सब सँभाल लिया। अम्बा के निजी वैद्य निरन्तर आते और उसकी देखभाल करते। बाहर पूछताछ करने वालों को टका–सा जवाब देते कि देवी अम्बा अस्वस्थ हैं, उपचार लम्बा चलेगा। मगर कानाफूसी किसके रोके रुकी है। वैशाली में चर्चाएँ प्रारम्भ होने लगी थीं।

अम्बा ने प्रसव से कुछ दिन पूर्व सबको बुलाकर एक प्रस्ताव रखा–

"महल के एक खण्ड में शिशु–सदन खोला जाये जिसमें अनाथ शिशु पलें। दासियाँ भी अपने बच्चों को शिशु–सदन में छोड़ सकती हैं। वे चाहें तो शिशु–सदन में कार्य कर सकती हैं। सारा व्यय भार अम्बा उठायेगी।"

मदलेखा और सुमेधा अम्बा की चतुराई भाँप गयीं। सप्तखण्डीय महल के एक भाग को आनन–फानन में शिशु–सदन में परिवर्तित कर दिया गया।

चर्चा फैल गयी, वैशाली की दासियों में उत्साह भर गया। जब वे काम पर जातीं तो उनके बच्चे गलत संगति में पड़ जाते थे। कुछ बच्चे अनाथ थे। नागरिकों ने समझा कि अम्बा बीमार हैं, इसलिए मन बहलाव के लिए शिशु–सदन खोलना चाहती हैं। सबने अपने हिसाब से अनुमान लगाया।

उधर ज्यों–ज्यों प्रसव का दिन समीप आता जा रहा था, अम्बा की धड़कनें भी बढ़ती जा रही थीं। जाने क्या होगा..पुत्र या पुत्री।

पुत्री हो या पुत्र, उसका राष्ट्र वैशाली कदापि नहीं होगा। उसे पिता के पास जाना ही होगा। बार–बार मोह घेरता, फिर हिय को कड़ा करती, सोचती कि इसी में बच्चे की भलाई है। वैशाली के लोग उसे कभी नहीं अपनायेंगे। रानी चेलना इसे सहन कर भी जायें, वृज्जि संघ विद्रोह कर देगा। चेलना और बिम्बिसार के विवाह समारोह में बड़ा उदर लेकर अम्बा नहीं जा पायी थी। बिम्बिसार की आँखें उसे ढूँढ़ती रहीं...

कई गणिकाओं ने वहाँ नृत्य प्रस्तुत किये, अम्बा की बीमारी के समाचार ने बिम्बिसार को विचलित कर दिया था।

बिम्बिसार को भला कौन रोक सकता था।

अपना पेट पकड़े, झरोखे पर खड़ी थी अम्बा। अन्दर से शिशु की हलचल मालूम पड़ती थी। वह पेट में तरंगें उत्पन्न करता रहता था, कभी–कभी मानो पैर चला रहा हो या गर्भद्वार की साँकलें खटखटा रहा हो...

अम्बा उससे बात करती–"बच्चे, आप जो कोई भी हो...पुत्र, पुत्री... समय पर ही बाहर आओगे...जल्दी मत मचाओ। बाहर कोई बहुत सुख नहीं है, भीतर तुम अधिक सुरक्षित हो...गर्भ के अन्दर, अँधेरे में तुम्हारा दम तो घुटता होगा...किन्तु सुरक्षित तो हो न...मेरे बच्चे...

"पुत्री हो तुम, तो तुम्हें अतीव सुन्दरी नहीं होना चाहिए। तेजस्वी होना चाहिए। ज्ञान अर्जित करना और संसार को इसके बल पर जीतना। अन्यथा यह संसार तुम्हारा भी सौदा कर देगा। मैं ऐसा नहीं होने दूँगी। तुम्हें अपना इच्छित जीवन मिलेगा, एक माता का वचन है।

"और जो तुम पुत्र हुए...

"तुम मनुष्यता के पक्षधर बनोगे मगध कुमार। एक नागरिक जो सदा मनुष्यता के पक्ष में खड़ा रहे। स्त्रियों के प्रति आदर रहे तुम्हारे मन में। उनके प्रति बराबरी का भाव बना रहे। मैं संस्कार देने के लिए तुम्हारे समीप न रहूँगी...इसीलिए अभी ही ग्रहण करो मेरा सन्देश..."

अचानक सुगन्धित बयार आयी। चौंककर अम्बा ने अपने पीछे देखना चाहा। वही चिर–परिचित सुगन्ध थी, जो विस्मृति के गर्भ में चली गयी थी। पीछे पलट न सकी। वह बलिष्ठ भुजाओं में जकड़ी जा चुकी थी।

"देवी, आप निरन्तर अन्याय पर अन्याय करती जा रही हैं मेरे संग। अब असह्य हो उठा है। आप आयीं क्यों नहीं। हमने आपको सन्देशा भी भिजवाया था। आपने खाली हाथ लौटा दिया। मैं वैशाली से रानी चेलना को लेकर कल सुबह निकल जाऊँगा। आपकी प्रसन्नता के लिए मैंने यह अन्याय स्वयं के साथ होने दिया। चेलना के साथ होने दिया...

"क्या आपके दर्शन के बिना लौट जाता...सोचिए आप...आपका प्रेम इतना निष्ठुर क्यों है?"

"कर्तव्य में बँधा हुआ प्रेम निष्ठुर ही होता है महाराज बिम्बिसार, आपको इस तरह छिपकर नहीं आना चाहिए था, कहीं पकड़े जाते तो, वैशाली में हम दोनों कहीं मुँह दिखाने लायक नहीं रहते।"

"चिन्ता मत करो अम्बा, प्रहरी पहरे पर तैनात हैं, सब जगे हुए हैं, बिम्बिसार को आपके प्रकोष्ठ में आते देखकर भी सब अनजान बन गये हैं, प्रेम का ताप उन्हें भी सम्मान करना सिखा गया है..."

"महाराज...!!"

अम्बा पुकारकर रह गयी। इस क्षण वह अनिर्वचनीय हो जाना चाहती थी। कोई विस्मृत गन्ध लौटी थी जो अन्तिम बार उसे मिली है, इसके बाद सदा के लिए यह गन्ध लुप्त होने वाली थी। भाग्य अपना–अपना। कुमारी चेलना के प्रति आश्वस्त थी। वो अम्बा और बिम्बिसार के प्रेम की गहराई जानने के बाद भी विवाह सम्बन्ध के लिए तैयार हो गयी थीं।

अम्बा को उन भुजाओं ने अपनी तरफ़ घुमाया। अम्बा घूमना नहीं चाहती थी। उसका मन था, बिम्बिसार पीछे से ही मिलकर लौट जायें। उन्हें देखकर कहीं उसका हृदय विद्रोह न कर बैठे। और शिशु के बारे में ज्ञात होते ही बिम्बिसार कोई फ़ैसला न कर बैठें। वह आतंकित हो उठी थी। वही हुआ, जिसका भय था।

घूमते ही अम्बा ने नेत्र मूँद लिए।

"आप भारी हो गयी हैं, देवी, स्वस्थ लग रही हैं।"

बिम्बिसार ने परिहास किया।

अम्बा के अधरों पर हल्की स्मिति आयी। उसे उन भुजाओं का खिंचाव भा रहा था। किसी क़िले की प्राचीर से भी ज़्यादा सुरक्षित भुजाएँ थीं, बलशाली भी। वह गर्वित हो उठी, अपने समय के सबसे बलशाली राजा की प्रेमिका जो थी।

बिम्बिसार दुशाला से ढँके उदर का उभार देख चुके थे। कुछ–कुछ पीछे से उदर तक पहुँची हथेलियों ने भी आभास करा दिया था। उन्होंने उदर से दुशाला हटाकर दूर फेंक दिया। स्वस्थ, उभरे उदर वाली, गर्भवती अम्बा उनके रामक्ष खड़ी थी। अम्बा ने हड़बड़ाकर हाथों से उदर का उभार ढँकना चाहा। बिम्बिसार ने वहाँ अपना कान लगा दिया। अन्दर से हलचल हुई, वह आह्लाद से भर गया। उदर को निर्वस्त्र करके उसने चूमना प्रारम्भ कर दिया।

वह कुछ बड़बड़ा रहा था, मानो गर्भस्थ शिशु से बात कर रहा हो...

"तुम मेरी सन्तान...मेरे प्रेम की निशानी हो, अम्बा के पास मेरी धरोहर...तुम जो भी हो...पुत्री या पुत्र, मैं गर्भ में ही तुम्हें वचन देता हूँ, तुम्हें मगध का उत्तराधिकारी बनाऊँगा...मेरे बच्चे, मगध सम्राट की सन्तान अनाथ नहीं पलेगी..."

"महाराज...!"

"ये कदाचित सम्भव नहीं।"

अम्बा अनाथ शब्द सुनते ही तड़पकर अलग हो गयी।

बिम्बिसार उठ खड़ा हुआ। अम्बा की बाँहें थाम लीं।

"देवी, असम्भव की बात न करें अब। आपके हठ के कारण सारे असम्भव कार्य सम्पन्न हुए। आपके सुझाव और हठ के कारण मैंने वैशाली से वैवाहिक सम्बन्ध जोड़ा। आपसे विलग हुआ। आपके विरह में जीना पड़ रहा है। आप नहीं जानतीं कि आपके बिना एक क्षण भी जीना, गवारा न था मुझे। अब आपकी नहीं मानूँगा। मुझे बाध्य न करें..."

"मैं आपके साथ नहीं चल सकती महाराज"

"मुझे मेरी सन्तान सौंप दीजिए देवी।"

बिम्बिसार गम्भीर हो उठा था। उसके नेत्र छलछला आये थे। वह अपनी एक हथेली उदर पर धरकर अन्दर से शिशु की धड़कन महसूसता रहा।

"ये नहीं हो सकेगा, मेरे पास एक यही तो अवलम्ब बचा है, सब कुछ तो खो चुकी हूँ मैं "

"मेरे पास क्या है अम्बा? चेलना के रूप में आपने कितना बड़ा दण्ड दिया है, आभास भी है आपको। हर क्षण वे मुझे आपका स्मरण कराती रहेंगी।"

"चेलना को उनके भाग्य का प्रेम मिलेगा एक दिन।"

"मुझे मेरे भाग्य का मिलना चाहिए, मुझे मेरी सन्तान सौंप दें।"

"सन्तान सिर्फ़ पिता की ही नहीं होती है, माता का भी उतना ही अधिकार होता है। बीज को वृक्ष के रूप में वही विकसित करती है, मुझे सन्तान की आपसे ज़्यादा आवश्यकता है राजन, आपकी तो सन्तानें हैं, रानी चेलना भी माँ बनेंगी...मेरा पास क्या रह जायेगा..?"

"अम्बा..हठ न करो..."

"राजन, मुझे कुछ समय दीजिए, मैं इसे जन्म देने के बाद इसके भाग्य का फ़ैसला करूँगी। मुझे सोचने के लिए समय चाहिए।"

"मुझे वचन दें, देवी...मैं आज यहाँ से खाली हाथ नहीं लौटूँगा, ये राजहठ नहीं है, पितृहठ है, उदार होकर निर्णय लें..."

बिम्बिसार अड़ गये। ये पितृहठ था। मातृहठ के समक्ष पितृहठ।

अम्बा क्या करती। बिम्बिसार के साथ पहले ही बहुत अन्याय कर चुकी थी। उसे इस बात का आभास था। वह हार गयी घुटने के बल मगधापति बैठे, अपनी सन्तान की भीख माँग रहे थे।

एक सुख और उससे छीना जा रहा था। एक–एक कर सारे सुख छीने गये। जिनमें सन्तान का त्याग सबसे बड़ा दुख होगा। अपने हिय को कड़ा किया।

"राजन!

"अनाथ होने की पीड़ा क्या होती है, आप क्या जानें। वो तो कोई अम्बा से पूछे। एक स्त्री से उसकी सन्तान माँगने का दर्द क्या होता है, कोई अम्बा से पूछे। जाइए...ये भी त्याग किया। मैं समझती हूँ कि शिशु को यहाँ पालना मेरे लिए अत्यन्त कठिन होगा। विवाह के बिना सन्तान कोई समाज नहीं स्वीकारता। मान्यता नहीं देता। मेरे लिए तो और कठिन। समाज हमारी सन्तान पर भी अपना ठप्पा लगाना चाहता है। जबकि आप मेरे हृदय–वर हैं। हृदय से आपका वरण किया था। मुझे मातृत्व का गौरव देने के लिए हृदय से आभार मगधाधिपति। मैंने अपने महल में शिशु–सदन की व्यवस्था करायी है। कुछ वर्ष उन शिशुओं के मध्य पल जायेगा। फिर मैं आपको सौंप दूँगी। मुझ पर भरोसा रखिए।

"एक शर्त है मेरी।"

बिम्बिसार शर्त सुनकर चौंका।

"आप उसे नहीं बतायेंगे कि उसकी माँ कौन थी। क्या करती थी। सुनने के बाद वह मुझसे और अपने आप से घृणा न करने लगे। इतनी विनती है कि मुझे इस सन्ताप से बचाइएगा।"

"अम्बा, मैं वचन देता हूँ कि तब तक उसे इस बारे में नहीं बताऊँगा, जब तक वह एक समझदार नागरिक नहीं बन जाता। उसे तक्षशिला भेजूँगा, उच्च शिक्षा के लिए। उसे स्त्रियों का आदर करना सिखाऊँगा। वो हमारे प्रेम की निशानी होगी, वो अत्यन्त समझदार होगी। आप हमारे प्रेम पर भरोसा रखें।"

बिम्बिसार विदा हो गये। रात्रि के अँधेरे में दूर जाते हुए अन्तिम बार देखा और हाथ जोड़कर अभिवादन किया।

कुछ ही महीने बाद अम्बा ने पुत्र को जन्म दिया। एक कुशल धात्री उसके लिए नियुक्त की गयी। शिशु–सदन में उसकी किलकारियाँ गूँजने लगीं। अम्बा पूर्ववत अपने कर्तव्य पथ पर अग्रसर हो राजनर्तकी

की भूमिका में आ गयी। वैशाली में बातें उठतीं और दब जातीं। अम्बा के रूप में और निखार आ गया था। उसके यहाँ नव धनाढ्य तरुणों की भीड़ और अधिक उमड़ने लगी थी। अम्बा ने अपने को सिर्फ़ नृत्य और गान तक सीमित कर दिया था। रूप के सौदागरों को वहाँ से निराशा मिलने लगी थी। संघ के सदस्य अम्बा की शर्तों में बँधे थे। उसकी इच्छा के विरुद्ध अम्बा को कोई छू भी नहीं सकता था। अम्बा अब सबके लिए शारीरिक रूप से अप्राप्य हो गयी थी। विलास–भवन के बाद उसका समय शिशु–सदन में अपने पुत्र एवं अन्य शिशुओं के साथ खेलते हुए बीतता था। धात्री को माता बुलाता था, अम्बा ने अपनी पहचान छुपा ली थी। पुत्र का नाम नहीं रखा, बिम्बिसार के ऊपर छोड़ दिया था। धात्री जब सप्तवर्षीय बालक को लेकर मगध पहुँची तो बिम्बिसार बाँहें फैलाये खड़े थे।

उसका माथा चूमा, उससे बातें कीं...वाक्पटु, निर्भय बालक पाकर धन्य हुए थे सम्राट।

अनाम बालक ने उस दिन पिता का दिया हुआ नाम पाया–अभय कुमार। अपने विलासी और उद्दण्ड पुत्रों से परेशान बिम्बिसार ने उसी समय अभय कुमार को उत्तराधिकारी बनाने की घोषणा कर दी।

अम्बा तक समस्त बातें पहुँचीं।

उँगली में पहनी हुई बिम्बिसार की निशानी, अँगूठी को चूम लिया।

जब वेदना ही संगीत बन जाये

"तुम भी भाग्य को मानती हो मदलेखा?"

"हाँ देवी, आपके भाग्य में ये सुरा होगी तभी आपके अधरों तक पहुँचेगी, अन्यथा आपके हाथों तक आते–आते टूटकर बिखर जायेगी। सब भाग्य की बात है।"

"प्रेम भी...?"

मदलेखा ने सुराही से सुरा प्याली में डालकर उसकी तरफ़ बढ़ाते हुए जवाब दिया–

"प्रेम भी आपके भाग्य में होगा तो आपके द्वार तक चलकर आयेगा देवी। आप देखिएगा, एक दिन ऐसा अवश्य होगा..."

अम्बा एकटक मदलेखा को निहारती है। सचमुच यह भाग्य की बात ही तो थी कि बाल्यकाल का साथी मदन कुमार और वह अज्ञात, मोहक वीणावादक जीवन में आये और फिर लोप हो गये। एक को तो राजनियमों ने छीन लिया, और दूसरा स्वयं चला गया। दोनों एक साथ उसके हृदय में प्रवेश कर गये थे। मदन कुमार तो बाल्यकाल से छिप कर बैठा था। उस दिन उत्सव में मदन अप्रत्याशित बड़ा हो गया था। बाँसुरीवादक के रूप में प्रकट हुआ, वह कैसा संयोग था जब वह एक अनिर्णय की स्थिति में पहुँच गयी थी।

दोनों के मुख नेत्रों के सामने नृत्य कर उठे। सुरा की प्याली गटागट पी गयी अम्बा।

मदलेखा ने प्याली को पुनः भरना चाहा लेकिन अम्बा ने रोक दिया।

"और नहीं मदले...मेरी तृष्णा, मेरे अभावों को और भड़का देती है। मुझे लगता था कि इससे विस्मृति का आनन्द मिलेगा। किन्तु धीमे–धीमे

अब मेरी स्मृतियों को लौटाने लगी है सुरा। कुछ स्मृतियाँ तो सुखद होती हैं कुछ अत्यन्त दुखद। मैंने तय किया है कि मुझे अत्यन्त दुख के क्षणों में नहीं पीना चाहिए। मेरा अनुभव कहता है, सुखद क्षणों में पियो, तब यह उत्प्रेरक का कार्य करेगी। अभी मैं अत्यन्त अभावग्रस्त, प्रेमविहीन मनोदशा में हूँ। इसे चखकर और उन्मादिनी नहीं बनना चाहती। जाओ, सान्ध्य समारोह की तैयारी करो। मैं कुछ क्षण एकान्त में बिता लूँ। कोलाहल में सारे रस हैं, एकान्त का आनन्द–रस नहीं।"

मदलेखा अपनी स्वामिनी की मनोदशा समझकर दुखी हो उठी। स्वयं को असहाय महसूस करने लगी। सबका मन बहलाने वाली देवी कितनी एकाकी हैं। उनका हृदय प्रेम के लिए अकुला रहा है।

देवी के हृदय की स्थिति वह समझ सकती थी। वह भूली नहीं थी कि कैसे देवी एक साथ दो पुरुषों के प्रेम में पड़कर अपना सुख–चैन गँवा बैठी थीं। देवी की अभिलाषा वह समझने लगी थी। उनके भीतर जो नारी बसती थी, वह प्रेम के लिए तड़पती थी। ऐसा कुछ था जो विलुप्त हो गया था उनके जीवन से, जिसे ढूँढ़ती थीं। उन्हें जो मिला, उसके बदले कुछ अमूल्य छिन गया था। वे सबकी थीं, उनका कोई अपना नहीं था। उनके ऊपर स्वर्ण मुद्राएँ लुटाने वाले असंख्य सामन्तों के मध्य प्रेम के लिए आतुर–आकुल कोई नयन न थे। बाँसुरी की पुकार में जो विरह था, वीणा के तार में जो अनुराग था, सब लोप हो चुके थे। तब से जीवन जैसे सूनी बगिया, बिना कोयल, बिना मंजर के कोई सूना आम्रवन, मानो बिना तरंग की नदी, बिना प्रकाश के कोई दीया। लोक उत्सव के बाद से देवी अम्बा को प्रफुल्लित कदाचित न देखा था। मदलेखा को लगता कि देवी को किसी अदृश्य पुकार की प्रतीक्षा थी, जो उन्हें भोग–विलास, मनोरंजन के संसार से दूर...बहुत दूर ले जाये। वैशाली के सामन्तों और श्रेष्ठिपुत्रों में से कोई अम्बा को न भाता था। वे सब अम्बा के साथ नृत्य करते, सुरापान करते, मन को बहलाते और अपने–अपने भवन को चले जाते। रात्रि के उस पहर में रह जाती एकाकी अम्बा–अपनी दासियों संग, कोई रात्रिगान गुनगुनाती हुई। देवी की आवाज़ में जो दर्द था, वो बहुत खींचता था उनकी दासियों को।

दिवस इसी गहन निराशा और उदासी में व्यतीत हो रहे थे।

उन्हीं दिनों वैशाली में हलचल हुई। तथागत एक बार फिर नगर में पधारे थे। उनके साथ उनके लगभग दस हज़ार शिष्य भी थे। नगर में जहाँ–तहाँ भिक्षु ही दिखाई पड़ते थे। वे प्रतिदिन नगर की वीथियों, भवनों और राजप्रासादों में भिक्षा माँगने जाते थे। भिक्षुओं के लिए कोई भेदभाव नहीं था कि वे किन भुवनों में जाते, किन में नहीं। उनके लिए सभी जन एक समान थे। चाहे राजा हो या निर्धन। कुलवधूएँ हों या नगरवधूएँ। भिक्षुक सर्वत्र फैल गये थे। एकदा, अतीव सुन्दर, कान्तिमय, युवा भिक्षुक अम्बपाली के द्वार पर भिक्षा माँगने पहुँचा। प्रथम बार अम्बपाली के द्वार पर कोई भिक्षुक आया था। वैसे भी अपने द्वार से कभी किसी याचक को खाली हाथ नहीं लौटाती थी। जहाँ तक सम्भव होता, अम्बा ख़ुद भिक्षा देने जाती। द्वार पर अनुपम सुन्दर भिक्षुक को खड़ा देखकर मदलेखा ने अम्बा को समाचार पहुँचाया। वैशाली में तथागत के आगमन की सूचना से अम्बपाली थोड़ी विचलित थी। उसके आम्रवन में उन्होंने अपना विहार बनाया था, इस सूचना से वह स्वयं को धन्य समझ रही थी। उसके जीवन की कुछ स्मरणीय और गौरवशाली घटनाओं में से यह भी एक दुर्लभ घटना थी। अम्बा अपना चीवर सँभालती द्वार की ओर भागी। हालाँकि उसके हाथ में दान देने योग्य कोई वस्तु नहीं थी किन्तु उस क्षण वह यह सोचती हुई भागी कि क्या पता स्वयं तथागत पधारे हों। वे भी भिक्षा माँगने जाते हैं, ऐसा सुना था। सुध–बुध खोकर अम्बा भिक्षु के सामने जाकर खड़ी हो गयी। भिक्षु ने अपना पात्र आगे बढ़ाया। अम्बा उस दिव्य पुरुष की आभा के सम्मुख थोड़ी देर के लिए चमत्कृत रह गयी थी। पीछे–पीछे कई परिचारिकाएँ भी आ चुकी थीं। उनके हाथ में कई प्रकार के अन्न थे...कच्चे अन्न। अम्बा ने हाथ पीछे करके उन्हें दूर ही रोक दिया। सब के क़दम वहीं थम गये। सिर्फ़ मदलेखा उसके साथ रह गयी। उसे भावुकता के झोंके में बह जाने वाली अपनी स्वामिनी को बचाना होता था। उसने धीमे–से अम्बा की हथेली थाम ली। वह उसकी मनोदशा समझ सकती थी।

वह कानों में फुसफुसायी–"देवी, ये तथागत नहीं हैं। उनके शिष्य हैं। आप भ्रम में न पड़ें।"

उस दिव्य भिक्षु के पीछे–पीछे कई और भिक्षु आ खड़े हुए। अम्बा ने किसी को ठीक से नहीं देखा। वह प्रथम भिक्षु को ही देखती रही। भिक्षु ने भिक्षापात्र आगे बढ़ाया। अम्बा अपने स्थान से थोड़ा आगे बढ़ी, "आपको देने लायक कोई वस्तु नहीं है मेरे पास। मैं खाली हाथ आपके सम्मुख आन खड़ी हुई हूँ। कृपया, आप मेरा दान ग्रहण करें..."

अम्बा के अधर भावातिरेक से कँपकँपा रहे थे। कपोल अनुराग से रक्ताभ हो उठे थे। उसके नेत्र पुष्करिणी सरोवर की तरह बन गये थे जिनमें रक्त कमल तैर रहे थे। जैसे द्वार चलकर सौभाग्य खुद आया हो। जन्म–जन्मान्तर की साधना का सुफल हो। उसके जन्मों की प्रतीक्षा का पुरस्कार हो।

"आप जो भी हों, मेरे द्वार से खाली हाथ न जाइए, मुझे ग्रहण करिए..."

"देवी, आप कोई वस्तु नहीं हैं, आप चेतन पदार्थ हैं, वस्तु की तरह स्वयं को दान करने के बारे में मत सोचिए, यह स्वयं के प्रति अन्याय है, अनुचित है..."

"मैं आपको स्वयं के सिवा कुछ नहीं दे सकती..."

"आप क्या चाहती हैं देवी...?"

उनके वार्तालाप को पीछे खड़े अन्य भिक्षु भी सुन रहे थे और वे चकित थे। वे नगर–नगर घूमते थे, कहीं भी ऐसा दृश्य न देखा कि कोई अतीव सुन्दरी, जो नगरवधू भी है, जो राजकुमारों और सामन्तों के सिवा आमजन को आँख उठाकर देखती तक नहीं, तह एक सामान्य भिक्षु पर मोहित हो जायेगी और एक वस्तु की तरह स्वयं को दान करने का आग्रह कर बैठेगी। उन्हें यह दृश्य असम्भव जान पड़ा। उन्हें सारा दृश्य, वार्तालाप अविश्वसनीय लग रहा था। कुछेक भिक्षुओं को यह वार्ता अनुचित जान पड़ी। वे लौट जाना चाहते थे। कुछ के हृदय में ईर्ष्या पैदा हो गयी।

अम्बपाली ने पीछे घूमकर अपनी परिचारिका सुलेखा से भिक्षा ली और सुदर्शन भिक्षु के पात्र में डाल दी और साथ में एक प्रस्ताव भी रख दिया–"आपको मेरा एक आग्रह मानना पड़ेगा। मेरा ये आग्रह तो न टालिए देव, तीन दिवस के उपरान्त वर्षा ऋतु प्रारम्भ होने वाली है, मैं चाहती हूँ, चातुर्मास आप हमारे प्रासाद में बितायें।"

इतना सुनते ही पीछे खड़े कुछ भिक्षु क्रोध में सुलग उठे। बिना भिक्षा ग्रहण किये, वे लौट पड़े। सुदर्शन भिक्षु अविचल वहाँ खड़ा रहा। वह अम्बपाली को जवाब देकर प्रस्थान करना चाहता था। कदाचित वह जानता था कि अतीव सुन्दरी, ऐश्वर्यशाली, प्रेमातुर किन्तु एकाकी स्त्री का निवेदन ठुकराकर जाने का परिणाम अनिष्टकारी भी हो सकता है।

भिक्षु बोला–"भद्रे, मुझे तथागत की अनुपस्थिति में आपके यहाँ प्रवास के लिए संघ–प्रमुख स्थविर से अनुमति लेनी होगी। बिना उनकी अनुमति के मैं कहीं भी प्रवास नहीं कर सकता। तथागत के वैशाली आगमन में अभी चातुर्मास बाक़ी है। उनकी आज्ञा के बिना मैं यहाँ प्रवास नहीं कर सकता। मैं असमर्थ हूँ देवी, मुझे क्षमा करें।"

भिक्षु लौट पड़ा। मितभाषी भिक्षु की बातें अम्बपाली के कानों में गूँजने लगीं। उस शाम उसका मन सुरा पीने का न हुआ। उसके भीतर किसी के लौट आने की चाहत और प्रतीक्षा दोनों जाग पड़ी थी।

अन्य भिक्षुओं के भीतर की ईर्ष्या उनकी वाणी से स्पष्ट प्रकट हो रही थी–"वह स्त्री चरित्रहीन है, नगर की गणिका है, सामन्तों और राजकुमारों के मन बहलाव का साधन है, राजनर्तकी है, वह रूपजीविता है, वह वेश्या है...कोई भिक्षु ऐसी स्त्री के पास कैसे रह सकता है..."

जिसके मन में जो आ रहा था, बोले जा रहा था। भिक्षु धैर्यपूर्वक सबको सुनता रहा। फिर बोला–"वह स्त्री कोई मामूली स्त्री नहीं है, वह वैशाली की जनपद कल्याणी है। नगर में उन्हें राजमन्त्री के समान प्रतिष्ठा मिली हुई है। वे इस गणराज्य की शोभा मात्र नहीं बल्कि अभिमान भी है और नगरवासी उन्हें श्रद्धा की दृष्टि से देखते हैं। उसने प्रेमपूर्वक मुझे अपने प्रासाद में प्रवास के लिए कहा तो मैंने

सहमति नहीं दी। मैंने कहा कि तथागत की आज्ञा से ही मैं वहाँ प्रवास कर सकता हूँ।"

भिक्षुओं ने बड़े ध्यान से सुदर्शन भिक्षु को देखा। एक–एक वाक्य उसने बड़े ही आत्मविश्वास से, सन्तुलित होकर कहा था। कहीं से भी स्खलन दिखाई नहीं दे रहा था। न वह स्त्री के प्रति अनुरक्त दिखा न ही वहाँ प्रवास के लिए आतुर। वह आमन्त्रण पाकर तटस्थ था।

तीन दिवस बाद सुदर्शन भिक्षु प्रसन्नतापूर्वक अम्बपाली के प्रासाद में प्रवास के लिए प्रस्थान कर गया।

इधर भिक्षुओं में भाँति–भाँति की कु–चर्चाएँ होती रहीं। उनकी आशंकाएँ निर्मूल नहीं थीं। उनका हृदय आशंकित था कि भिक्षु युवा है, सुदर्शन है और अम्बपाली उस पर आसक्त भी हो चुकी है। उसके प्रासाद का वातावरण अत्यन्त मादक होगा जहाँ सुरा बरसती होगी, लीलाएँ होती होंगी, नगरभर के रसिक जन वहाँ मनोरंजन के लिए आते होंगे, नृत्य–संगीत के वातावरण में कहाँ ध्यान की अवस्था हो सकती है। अम्बपाली के मादक सौन्दर्य और वैभव के सामने तो ध्यानभंग अवश्यम्भावी प्रतीत होता है। सारे नगर में भिक्षुक संघ सन्दिग्ध सिद्ध हो जायेगा।

एक वरिष्ठ भिक्षु बोल पड़ा–"अम्बपाली सौन्दर्यमयी है, उनका भवन क्रीड़ा–स्थल है। उसका चरित्र सन्दिग्ध है। उसके कारण नगर में विलासिता का प्रसरण हो रहा है। युवाओं को वह आकृष्ट कर लेती हैं। उसका प्रभाव हमारे भिक्षु–संघ पर न पड़े, हमें इसी बात की आशंका है।"

इधर सुदर्शन भिक्षु के प्रवास से अम्बपाली के राजप्रासाद का वातावरण बिल्कुल परिवर्तित हो गया था।

भिक्षु को एकान्त–प्रवास के लिए उचित स्थान और वातावरण मिल गया था। उसका ध्यान भंग न हो, इसके लिए वाद्ययन्त्रों को धीमा बजाया जाता था। चहलपहल कम कर दी गयी थी। अम्बा प्रतिदिन सुबह उधर से गुज़रती ताकि भिक्षु के दर्शन कर सके। वार्ता का सुअवसर खोजती किन्तु अवसर न मिलता। नगर में यह बात फैल

गयी थी कि अम्बपाली के प्रासाद में कोई भिक्षुक ठहरा है जिसके प्रति राजनर्तकी आसक्त हैं।

वर्षा ज़ोरों पर थी। नगर भीगा रहता। वृक्ष तेज हवाओं में झूमते तो पत्तों से वर्षा की बूँदें झरतीं। चारों तरफ़ प्रकृति हरी–भरी हो गयी थी। सदानीरा में जल उफ़ान पर था। सूर्य की किरणों और काली घटाओं के बीच लुकाछिपी चलती रहती। अम्बा अपने परकोटे पर बैठी अपनी नियति के बारे में सोचा करती। हथेलियाँ बढ़ाकर वर्षा की बूँदें मुट्ठी में भर लेती। कभी उन्हें पी जाती। कण्ठ तक जाते–जाते वे बूँदें लुप्त हो जातीं। प्यास मानो अधूरी छूट जाती। वह वर्षा की बूँदों के धुँधलके में बैठी अपने बीते दिनों को याद करती और तड़प जाती। कितना घटनाप्रधान जीवन रहा उसका! जीवन में कितने प्रेमी आये, और गये। कितनो ने उससे प्रेम किया, कितनों से उसने प्रेम करना चाहा। हर बार विफल रही। मदलेखा ने सही कहा था–"आपके भाग्य में होगा तो प्रेम चलकर आपके द्वार तक आयेगा। हर बार प्रेम ख़ुद ही चलकर आया, कभी तलवार लिए, कभी बाँसुरी तो कभी वीणा..."

लेकिन आख़िर क्यों एक भिक्षुक पर हृदय डोल गया उसका? किस अभाव की शून्यता को उसकी उपस्थिति से भरना चाहती है? ये जानते हुए कि जीवन शेष नहीं बचा। क्या सचमुच हृदय दे बैठी है...अपने आप को टटोलने लगती है अम्बा।

नहीं...अब प्रेम करने की हिम्मत कहाँ बची है। क्यों इसे अपने पास ले आयी? उसका प्रयोजन कोई जानता है क्या? एक भिक्षुक के लिए परीक्षण का समय है तो क्या उसके लिए नहीं है? एक बार एकान्त में संवाद करना चाहती थी कि जाने क्या सोचते होंगे वे उसके बारे में। आख़िर अम्बा है तो एक राजनर्तकी ही न, जिसकी सामाजिक स्थिति बहुत पवित्र और सम्मानित नहीं है। समाज की कसौटी पर वह अपवित्र स्त्री है। अपनी कला से मनोरंजन करना एक अपवित्र कर्म है समाज की दृष्टि में। वह उसे परिवर्तित नहीं कर सकती। वह रूपजीविता नहीं है, जनपद कल्याणी है, वह बाध्य अवश्य की गयी है इस कर्म के लिए लेकिन स्वर्ण मुद्राओं के बदले कभी उसने

अपना सौदा नहीं किया। जब–जब मन का साथी मिला, प्रेम किया तभी सर्वस्व न्योछावर किया। प्रेम हर अनैतिक सम्बन्ध को नैतिक बना देता है। प्रेम न हो तो वैवाहिक सम्बन्ध भी अनैतिक हो सकता है। समाज भले इस सत्य को मानने से इनकार कर दे। अम्बपाली जाने क्या–क्या सोचने लगी थी।

एक दिन भिक्षु उसे एकान्त में मिल गया। वह निहाल हो उठी। उसे संवाद करके अपना पक्ष स्पष्ट करना था। उस दिन वह स्वयं को वस्तु की तरह दान करने को क्यों कह रही थी, अब समझा सकेगी। जाने किस तरह उसके कथन की व्याख्या की होगी उसने। तथागत को भी पता चला होगा। क्या वे उसकी मनोदशा समझ रहे होंगे। अवश्य समझे होंगे तभी उन्होंने इतना बड़ा फ़ैसला लिया अन्यथा समाज की दृष्टि में इतना निन्दनीय कार्य कदापि न करते।

अम्बपाली को अपने सम्मुख पाकर भिक्षुक शान्तचित्त होकर अपने आसन पर बैठ गया और अम्बा को भी भूमि पर बैठने का संकेत किया।

अम्बा ने प्रश्न किया–

"देव, आपको सब कुछ ज्ञात था कि मैं कौन हूँ, इस नगर के नागरिक मेरे चरित्र के बारे में तरह–तरह की कुचर्चा करते होंगे। मेरा प्रासाद एक विलास–भवन है, आप ठहरे योगी, आपका काम ध्यान लगाना, हमारा काम ध्यान भंग करना। इस आक्षेप के बाद भी आपने यहाँ प्रवास का ख़तरा क्यों उठाया?"

भिक्षु ने कहा–"सिर्फ़ किसी स्त्री का चरित्र सन्दिग्ध नहीं हो सकता, जब तक कि उस नगर के नागरिकों का आचरण सन्दिग्ध न हो। इसके लिए समूची सामाजिक व्यवस्था ज़िम्मेदार होती है। क्या यह सम्भव है कि सम्भ्रान्त समाज में कोई स्त्री अकेली सन्दिग्ध हो जाये? क्या हम उन परिस्थितियों को अनदेखा कर सकते हैं या उस व्यवस्था को जो अपने मनोरंजन के लिए ऐसी विलासिता का नियमसम्मत प्रावधान करती है?"

भिक्षुक के तर्कों से प्रभावित हो गयी अम्बा।

"मैं आपसे कुछ निवेदन करना चाहती हूँ कि उस दिन जो कुछ मैंने कहा..."

भिक्षु मुस्कुराया।

"मैं समझ सकता हूँ देवी अम्बा। मैं जानबूझकर यहाँ आया हूँ, उसका भेद सिर्फ़ तथागत समझते हैं। आप भी एक दिन समझेंगी।"

"आप इतने एकान्त में क्यों रहते हैं? बाहर आपको पवित्र वातावरण ही मिलेगा।"

"देवी, अपने एकान्त में मैं ख़ुद भी नहीं हूँ, मेरे एकान्त में यह संसार ही ओझल है, मैं इस संसार का परित्याग कर चुका हूँ। एक–एक कर सब छोड़ा, एक भिक्षुक के एकान्त में कुछ नहीं होता...न सुख न दुख। दोनों को मैं बहुत पीछे छोड़ चुका हूँ। मैं सुख–दुख से निर्वासित नागरिक हूँ..."

"किसके लिए क्या उचित है देव, यह कैसे तय होना चाहिए?"

"ये हमें स्वयं समझना होगा। जैसे आप स्वयं समझती होंगी कि आपके लिए क्या उचित है। आप अभी अनेकात्म हैं, जब एकात्म होंगी तो स्वयंमेव समझ जायेंगी, एक बार आप तथागत के उपदेश सुनें, आपको कोई मार्ग अवश्य सूझ जायेगा।"

"परन्तु देव...मैं उस दिवस आपसे प्रेम निवेदन नहीं कर रही थी, मेरा हृदय रिक्त अवश्य है, वो प्रेम के लिए तड़पता रहा जीवनभर, परन्तु जब आपको देखा तो एक युक्ति सूझी...और मैं उसमें सफल रही।"

"वो कैसे...?"

भिक्षु चकित हुआ।

"मेरे लिए आप माध्यम भर हैं देव, मुझे सत्य तक पहुँचना था... और मुझे लगता है कि मैं पहुँच गयी हूँ।

"सत्य? कौन–सा सत्य...देवी?"

भिक्षु ने गौर से अम्बा को देखा। पहली बार इतना अनुपम, दैवी सौन्दर्य इतने निकट से देखने का सुअवसर मिला था। भिक्षुओं की ईर्ष्या, तथागत की शंका और स्वयं अपने मन की दुविधा, सब समझ में आने लगे। अब उसे अब समझ में आ रहा था कि वैशाली नगर क्यों पागल हो उठा है एक स्त्री के पीछे। अपने मन पर नियन्त्रण करते हुए भिक्षु ने अपना आश्चर्य फिर से प्रकट किया।

"मेरा सत्य अलग है, आप सबके सत्य से...जिसे मैं अब तक स्वीकार नहीं पा रही थी। और ये भी कि अपना सत्य स्वयं ही समझना आसान है। किसी अन्य के अनुभवों से सत्य की प्राप्ति कठिन ही नहीं असम्भव है।

"और सत्य यह है कि प्रेम कभी दान में नहीं मिलता। न दान लेने से न दान देने से। वह भाग्य की बात है। प्रेम पुरुषार्थ से हासिल होने की वस्तु नहीं है। प्रेम में दीनता और हीनता दोनों व्यर्थ के उपकरण हैं। और ये भी ज्ञात हुआ कि स्त्री को अपनी मुक्ति के लिए सदैव किसी पुरुष की आवश्यकता नहीं होती।"

"आपने दान की बात की थी, तब मुझे अचरज हुआ था आर्ये..."

"अगर आप मुझे दान में स्वीकार कर लेते तो भी मेरा कार्य सम्पन्न हो जाता। या तो आप मुझे संघ में प्रवेश दिलाते अथवा आप सदा के लिए मेरे साथ जीवनयापन करते। मैंने जीवन में असह्य दुख सहे हैं, मैं किसी भी मार्ग पर प्रस्थान से पूर्व अपनी शंकाओं का निवारण चाहती हूँ। मेरा ध्येय पूरा हुआ।"

भिक्षु थोड़ा अशान्त हुआ। उसके सामने पहेली–सी स्त्री खड़ी थी जो बहुत गूढ़ वार्ता कर रही थी। उसकी बातों में जीवन के कई सत्य उद्घाटित हो रहे थे।

"आप ध्यानमग्न हों...मेरे सान्ध्य समारोह का समय हो चला है। हम अपने–अपने कर्तव्य का निर्वाह करें।"

"आपको असुविधा हुई, क्षमा करें।"

अम्बा ने सिर झुकाकर भिक्षु को प्रणाम किया और वापस चली आयी। भिक्षु योग की तरफ़ मुड़ा, दूसरी भोग की तरफ़ अग्रसर हुई। दोनों के अपने कार्य थे। अनुमानतः दोनों एक–दूसरे को समझ गये थे।

भिक्षु मुस्कुराया–"जीवन में दुख भी सुख की तरह अनित्य है देवी, उससे क्या भय करना..."

अम्बा सुन न पायी। उसे मास के अन्तिम दिन की आकुल प्रतीक्षा थी।

तथागत का वैशाली आगमन और अम्बा का वीतराग

चातुर्मास बीत गया। इस बीच अम्बा यदा–कदा उसका समाचार स्वयं लेने आती और अभिवादन करके चली जाती। किसी प्रकार का कष्ट न पहुँचे प्रवास के दौरान, स्वयं देखभाल करती। भिक्षु लौट गया। एकाकी। उसे अनुमान था कि रहस्यमयी देवी अम्बा कुछ अनहोनी घटित करेंगी।

उस समय तथागत अम्बपाली की आम्रवाटिका में विश्राम कर रहे थे। उन्हें सूचना पहुँची। सारे भिक्षु अपने प्रवास से लौट रहे थे। सुदर्शन भिक्षु भी उनके पास आकर खड़ा हो गया। कुछ विचलित–सा दिखाई दे रहा था। कुछ भिक्षु इस परिवर्तन को ध्यान से परख रहे थे।

तथागत से सामना करने के लिए स्वयं को तैयार कर रहा था। उसे अनुमान था कि तथागत ने उसे वहाँ प्रवास की अनुमति देकर बहुत बड़ा ख़तरा उठाया था। इसके लिए उन्हें कुचर्चाएँ भी सहनी पड़ी होंगी। वह सकुशल लौट आया था। इस सुखद समाचार को देने के लिए वह व्यग्र था। विश्राम स्थल के बाहर हलचल होने लगी थी। आनन्द अपना गेरुआ चीवर सँभालते हुए बाहर आये। कई भिक्षु अपनी चर्या में लगे हुए थे। सुदर्शन भिक्षु कुछ कहने को मुख खोलना चाहता था कि पार्श्व से स्त्री स्वर सुनाई दिया।

"देवी अम्बपाली तथागत के दर्शन हेतु पधार चुकी हैं, अनुमति की प्रतीक्षा है।"

वैशाली में भगवान बुद्ध के आगमन का समाचार दावानल की भाँति फैल चुका था। वे दूसरी बार वैशाली पधारे थे। इस बार उन्होंने

अपने ठहरने के लिए अम्बपाली की आम्रवाटिका का चयन किया था। सबको चौंका देने वाली घटना थी। अम्बा स्वयं इस घटना को असामान्य मान रही थी और उसे सहसा विश्वास ही न हुआ। वैशाली एक विशालकाय भू–क्षेत्र है। घने जंगल इसके चतुर्दिक फैले हुए हैं। दो सदानीरा नदियाँ वैशाली से होकर गुज़रती हैं। भूमि उपजाऊ है, सभागार के समीप ही वसन्तोत्सव के लिए भी बहुत बड़ी भूमि है जहाँ कौतुक–क्रीड़ाएँ होती हैं। लोक उत्सव होते हैं, या राजकीय प्रतिस्पर्द्धाएँ आयोजित होती हैं। राजमार्ग के दोनों तरफ़ खुली ज़मीनें हैं, यानी डेरा डालने के लिए स्थानों की कमी नहीं वैशाली में। नगर से सटे कई ग्राम हैं, हरी–भरी वाटिकाओं वाले। प्रतिदिन भिक्षाटन के लिए भिक्षुकों की टोली इन्हीं ग्रामों में जाती है।

आम्र, बाँस और शीशम के सघन वन हर ओर हैं। सरोवरों की कोई कमी नहीं। पुष्करिणी राजसरोवर को छोड़कर कई अन्य सरोवर हैं जहाँ आम नागरिक जल–क्रीड़ा और दूसरे मनोरंजनों के लिए जाते हैं।

वैशाली में प्राकृतिक वैभव की भी कमी नहीं थी। प्रचुर प्राकृतिक सम्पदा होने के बावजूद तथागत ने अम्बपाली की आम्रवाटिका चुनी, ये समाचार आग की तरह पूरे जनपद में फैल गया था। सब चकित थे, सब ईर्ष्या से जल–भुन रहे थे।

अम्बपाली अपने हृदय का हाल जानती थी। उसकी अट्टालिका में एक भिक्षु का चातुर्मास अभी–अभी समाप्त हुआ है, लोग उसे सन्देह से देखने लगे हैं और उधर वैशाली में दूसरी बार तथागत पधारे तो कहाँ ठहरे। उसका ही बाग़ मिला। उसका रोम–रोम पुलकित हो उठा! सजग स्त्री अम्बा को इसके पीछे कोई संकेत दिखाई दे रहे थे। उसके हृदय में कई तरह के प्रश्न उठ रहे थे। क्या भिक्षुक के उसके भवन में प्रवास का इससे कोई सम्बन्ध है। क्या बुद्ध कोई सन्देश देना चाह रहे हैं, उसे या वैशाली को। कोई तो रहस्य है, अन्यथा किसी गणिका की आम्रवाटिका का चयन भला क्यों करते। यह असम्भव है कि बुद्ध को आम्रवाटिका के बारे में पता न हो। अपने असंख्य शिष्यों के साथ वे ऐसे ही नहीं किसी की भूमि पर डेरा डाल देंगे।

क्या तथागत तक अम्बपाली की कामनाएँ पहुँच गयी थीं और वे किसी दूरगामी योजना पर काम कर रहे थे। या वे स्वयं मिलना चाहते हैं अम्बपाली से। वे चाहते तो बुला भेजते। उन्हें संकेतों में आमन्त्रण भेजने की क्या आवश्यकता आन पड़ी। क्या वे वैशाली समेत समस्त संसार को कोई सन्देश देना चाहते हैं कि कोई भी कर्म अपवित्र या नीच नहीं होता जब तक कि वह किसी का अनिष्ट न कर रहा हो। यह जोखिम भरा निर्णय भी रहा होगा, उनके लिए। किससे पूछे। सीधे तथागत से पूछना अशिष्टता होगी। वह सिर्फ़ आभार प्रकट करेगी।

इसी उधेड़बुन में पड़ी अम्बा विलम्ब किये बिना बुद्ध से भेंट करने को उतावली हो गयी। उधर सामन्त, राजकुमार, नगरसेठ उनसे मिलने अपने–अपने रथ सजाकर आम्रवाटिका की ओर चल पड़े। सबके मन में अम्बपाली के प्रति सहज ईर्ष्या का बोध जा उठा था। सब में होड़–सी मच गयी थी। अम्बा भी अपने प्रासाद से भिक्षु को विदा करके आम्रवाटिका जाने को तैयार हो गयी।

वृज्जि संघ की राजनर्तकी अम्बपाली का भव्य रथ जब राजमार्ग से गुज़रता तो नागरिकों में उत्सुकता बढ़ जाती। दो घोड़ों वाले रथ के ऊपर वृज्जि संघ की पताका फहरा रही थी और उस पर सोने के तार से मछली की आकृति खुदी हुई। उसके साथ उसकी सबसे प्रमुख दासी सुमेधा भी थी।

अम्बा के आने की पूर्व सूचना बुद्ध तक पहुँच चुकी थी। अम्बा ने वाटिका के प्रवेशद्वार पर रथ से उतरकर दासी को अन्दर भेजा ताकि वह तथागत से मुलाक़ात की आज्ञा लेकर आ सके। वाटिका के मध्य में खुले स्थान पर बुद्ध एक ऊँचे आसन पर ध्यानमग्न बैठे थे। उनके समीप ही परम शिष्य आनन्द खड़े थे। नीचे भूमि के आसन पर कई शिष्य भी बैठे थे। सबकी वेशभूषा एक जैसी थी। बाल, दाढ़ी, मूँछें सब गायब। देह पर मात्र एक पीतवस्त्र चीवर। एक शिष्य निकट आकर अम्बा के आगमन की सूचना दे गया था। बुद्ध ने नेत्र खोल दिये।

आनन्द ने धीमे से कहा–"भगवन, अम्बपाली आपके दर्शन चाहती हैं।"

बुद्ध के मुख से हठात निकला–"अम्बपाली!"

"हाँ भगवन, वैशाली की राजनर्तकी।"

बुद्ध मानो इस क्षण इस भेंट के लिए अन्तरतम से तैयार थे। उन्होंने निर्विकार भाव से जवाब दिया–

"धर्म का मार्ग सबके लिए समान रूप से खुला है आनन्द।"

"लेकिन एक बात कहता हूँ, अम्बपाली के बारे में मैंने जितना सुन रखा है, मैं चाहता हूँ, उसके आने से पहले हमारे सभी शिष्य आँखें मूँद लें।"

आनन्द विस्मित हो उठे। आँखें क्यों मूँदना?

"तुम्हें आश्चर्य हो रहा है आनन्द?"

बुद्ध मुस्कुराये।

आनन्द ने प्रतिवाद किया–"हम भिक्षु हैं, कोई आये, कोई जाये, हम पर इसका असर नहीं होता है। हमारे बारे में ऐसा सोचना हम भिक्षुओं पर अविश्वास करने जैसा है, अपमानजनक न होगा यह?"

"यहाँ अपमान या अविश्वास जैसी कोई बात ही नहीं है आनन्द, हम तो धर्म के मध्यम मार्ग के अनुयायी हैं। हमें नहीं भूलना चाहिए कि सौन्दर्य में एक जादू होता है। जादू और कुछ नहीं, बस सम्मोहन होता है। हमें इससे बचकर रहना चाहिए। अपने प्राचीनकाल के ऋषि–मुनियों की ग़लती से सीख लेनी चाहिए कि किस तरह कठोर तपस्या में उन्होंने अपना जीवन होम कर दिया किन्तु एक झटके में अप्सराएँ आकर उनकी तपस्या मिटा गयीं। एक स्त्री की मुस्कान वर्षों की उनकी कठोर तपस्या पर भारी पड़ गयी। हमारे सामने तमाम उदाहरण हैं आनन्द।

"मध्यम मार्ग पकड़ो, मध्यम मार्ग।"

बुद्ध की गम्भीर वाणी गूँज रही थी।

सारे भिक्षुओं ने अपनी आँखें मूँद लीं।

"क्या मैं भी भगवन?"

"नहीं, तुम तो मेरी छाया हो, हम दोनों को इसकी आवश्यकता नहीं है।"

अम्बपाली को दूर से आते देखकर बुद्ध बोल पड़े–"देख रहे हो आनन्द, ऐसा रूप!"

"सत्य कहा भगवन, मैंने तो ऐसा रूप पहले कभी नहीं देखा था।"

"यह अलौकिक रूप है।"

बुद्ध के मुख से यह सराहना सुनकर आनन्द चौंके।

उनके मुख से निकला–"आर्या अम्बा, आप यहाँ!"

"आपके भिक्षु भली–भाँति लौट आये हैं। आपका विश्वास अक्षुण्ण रहे। वे हर एक परीक्षण पर खरे सिद्ध हुए हैं। उनके माध्यम से मैंने सत्य और मुक्ति की तलाश की...सुख–दुख के अनित्य होने को समझा। और, फिर मुझे भी इसी मार्ग पर चलते हुए आप तक पहुँचना था भगवन।"

अम्बा तो मानो प्रसन्नता के आवेग में झूम रही थी। वह जैसे कोई लम्बी वार्ता करने की तैयारी के साथ आयी हो। वह बहुत सादे वेश में वहाँ आयी थी। शरीर पर आवश्यकताभर आभूषण, कोई श्रृंगार नहीं। फिर भी अपनी दिव्य उपस्थिति से वातावरण में एक प्रकाश भर रही थी। उसके मुख पर आत्मविश्वास की गहरी दीप्ति थी। नेत्रों में तरलता और अधरों पर हल्की स्मिति। बिना श्रृंगार के भी स्त्रियाँ इतने दिव्य रूप में होती हैं। आनन्द तो कुछ और ही सोच बैठे थे कि कोई सुन्दरी गणिका होगी जो अपने मूल रूप में तथागत को लुभाने की चेष्टा करेगी और यहाँ से चोट खाकर जायेगी। किन्तु ये स्त्री तो अपूर्व निकली। बुद्ध से सुना था कि उनकी तपस्या के दौरान जो अप्सराएँ आती थीं, वे ऐसी ही होती थीं। दैवी आभा से भरी हुई, अतीव सुन्दरी।

सादगी के सौन्दर्य पर हतप्रभ थे आनन्द।

अम्बा किसी हंसिनी–सी चाल में आसन के क़रीब आयी और अभिवादन के पश्चात घुटनों के बल बैठ गयी।

"हर भेंट पूर्वनिर्धारित होती है आर्या अम्बा।"

बुद्ध ने हाथ उठाकर आशीष दिया।

"भगवन, मैं कृतार्थ हुई। सारी वैशाली में भगवन को मेरा ही आम्र–कानन पसन्द आया। मेरा अहो भाग्य।"

"आर्ये, तथागत के धर्म मार्ग में सभी प्राणी एक समान हैं। किसी प्रकार का कोई भेदभाव नहीं होता।"

आनन्द चकित होकर भगवान बुद्ध और अम्बपाली के संवाद को सुन रहे थे। उन्हें अविश्वसनीय लग रहा था। जिस तपस्वी ने अप्सराओं को न फटकने दिया अपने आसपास, निष्प्रभावित रहे, वे सिर पटक कर वापस स्वर्गलोक लौट गयीं, वो अपने इतने निकट किसी घोषित गणिका को बिठाकर कैसे सहजता से संवाद स्थापित कर सकते हैं। बुद्ध समझ से परे हैं।

"मैं जनपद कल्याणी, राजनर्तकी अम्बपाली...अपने सप्तखण्डीय राजप्रासाद का एक भाग भिक्षु–संघ को दान करती हूँ। और, अब से यह आम्रवन सदा के लिए बौद्ध–विहार के रूप में जाना जायेगा। मेरी तरफ़ से यह तुच्छ उपहार स्वीकार करके मुझे कृतार्थ करें तथागत।"

"कदाचित इतनी–सी बात के लिए आप ने यहाँ आने का कष्ट नहीं उठाया होगा आर्या अम्बा! सम्भवतः आपका प्रयोजन कुछ अन्य प्रतीत होता है।"

आनन्द भौंचक। यह सच में कोई असाधारण स्त्री है। बुद्ध ने उसकी भेंट स्वीकार कर ली और नया प्रश्न भी उठा दिया। जाने अब क्या माँग बैठेगी अम्बा इसके बदले। उनका हृदय कँपकँपाया।

"आपने उचित ही समझा है भिक्षुवर। आपसे अच्छा कौन जानेगा कि हर कार्य और विचार के पीछे कोई अप्रकट प्रयोजन भी होता है। मैं आपको अपने आवास पर भोजन के लिए आमन्त्रित करने आयी हूँ। मुझे इसका सौभाग्य मिलेगा, ऐसी अपेक्षा करती हूँ।"

"भिक्षु के लिए आमन्त्रण की आवश्यकता नहीं होती है आर्ये। नियमानुसार हम अनामन्त्रित जाते हैं और जो भी प्राप्त होता है, उसे ग्रहण करते हैं।"

अम्बपाली ने सिर उठाया। हाथ जोड़े रही। उसकी आवाज़ में एक बालसुलभ और हठपूर्ण अधिकार की अन्तर्ध्वनि थी।

"अम्बा का विश्वास भी अटल है भगवन, वह जो माँगेगी, उसे मिलेगा। मैंने वरदान माँगा है आपसे। वरदान देने में नियम भंग नहीं होते।

नियम से परे जाकर वरदान दिये गये, वरदानों की परम्परा में अनेक उदाहरण भरे पड़े हैं, आपसे क्या छिपा है। समाज और मानव जाति के अहित की आशंका के पश्चात भी वरदान दिये गये हैं। यह तो वरदान नहीं, अहैतुक सौभाग्य है मेरा।

"मुझे खाली हाथ नहीं जाना पड़ेगा, ऐसा विश्वास है।"

बुद्ध ने स्त्री–हठ सुनकर आनन्द की ओर देखा। आनन्द संवाद सुनकर दत्तचित्त हो गये थे।

उनके मुख से अम्बपाली के लिए साधु...साधु निकलते–निकलते रह गया। ऐसा वरदान कोई अद्‌भुत स्त्री ही माँग सकती है।

बुद्ध आनन्द की मनोदशा भाँप गये थे। वे धीमे से मुस्कुराये। वे मौन थे। मौन स्वीकृति होती है। अम्बा कृतज्ञता से भर उठी। अब की उसने सिर्फ़ हाथ नहीं जोड़े, बल्कि हाथ बढ़ाकर बुद्ध के चरण छू लिए।

बुद्ध अपने आसन पर अविचलित और अकम्पित बैठे रहे।

अम्बा ने आनन्द की ओर उन्मुख होकर आमन्त्रण दिया।

"भिक्षुवर, अम्बपाली अपने जीवनकाल में प्रथम बार भोजन पकाने जा रही है। अपने हाथों भोजन तैयार करेगी, भगवन के लिए, मेरी सदिच्छा है कि आप भी पधारें।"

आनन्द के मुख से बोल फूटे– "आर्ये, छाया अपने शरीर से कैसे अलग हो सकती है भला।"

इतना सुनते ही अम्बपाली के पाँव ज़मीन पर नहीं पड़े, उसे लगा कि वह सातवें आसमान पर विचरण कर रही है। धरती और गगन की दूरी क्षणभर के लिए मिट गयी है। लौटते हुए उसने देखा कि वहाँ उपस्थित सारे भिक्षुओं के नेत्र मुँदे हुए हैं। ऐसा क्यों भला। उसकी ओर देखना कोई अपराध तो नहीं। अब तक उसने इस ओर ध्यान ही नहीं दिया था। बुद्ध से संवाद के दौरान समूची सृष्टि ओझल हो गयी थी उसके लिए। भिक्षुओं के इस निर्विकार व्यवहार पर उसे घोर आश्चर्य हुआ। द्वार की ओर जाते–जाते वह पलटी बुद्ध की ओर। उसके नेत्र प्रश्नाकुल हो उठे थे। उसने पुनः बुद्ध की तरफ़ देखा।

मौन बुद्ध उसे अपलक निहार रहे थे और उनके अधरों पर कोमल मुस्कान खिल रही थी जैसे सरोवर में कुमुदिनी खिल उठती है।

उसे उत्तर मिल गया था। उसका अस्थिर चित्त शान्त हो चुका था। उसे सब कुछ मिल गया था। उसे वह वैभव मिल गया था जिसका बखान शब्दों में नहीं कर सकती थी। ऐसा प्रत्युत्तर तो आज तक किसी ने नहीं दिया था। राग–विराग एक साथ उसके हृदय में प्रवेश कर गये थे। अब वह अपने भीतर स्थिरप्रज्ञ होने लगी थी।

अपने उल्लास में अम्बा जब बाहर निकली तो वहाँ वैशाली के नागरिकों का अपार जनसमूह खड़ा था। वृज्जि संघ के राजा चेटक भी अपने गणराज्य के अमात्यों के साथ वहाँ उपस्थित थे। उपस्थित नागरिकों में अनेक कुलवधुएँ भी थीं जो बुद्ध के दर्शनार्थ वहाँ पहुँची थीं। अम्बा ने सबको एक विजित भाव से देखा और तीर की तरह निकल गयी, उसने बाज़ी जीत ली थी। वह समझ चुकी थी कि वृज्जि संघ बुद्ध को भोजन पर आमन्त्रित करने के लिए समूची ताकत लेकर जुटा हुआ है। लेकिन बुद्ध तो उसे वचन दे चुके। वह कदापि टल नहीं सकता। इनके हाथ में बुद्ध का इनकार आयेगा। अम्बपाली अकड़ती हुई अपने रथ पर आरूढ़ हो गयी और रथ में लगे अश्व राजमार्ग की ओर सरपट दौड़ पड़े। अचानक सामने से एक रथ ने आकर अम्बा के रथ का मार्ग अवरुद्ध कर दिया।

"क्या हुआ देवी, आप इतनी प्रसन्न क्यों हैं, आप इतनी मग्न हैं कि हमारे रथ के पहिए से आपके रथ के पहिये टकराते हैं, हम पर धूल उड़ाते हैं, अभी हम टकराते–टकराते बचे हैं, कोई दुर्घटना हो जाती तो...किस बात ने आपको इतना अभिमानी बना दिया है कि आप किसी को कुछ नहीं समझ रही हैं...?"

वे सब तरुण कुमार, अम्बा से चिढ़े रहते थे। उन्हें लगता था, एक गणिका होते हुए भी अम्बा उन्हें पर्याप्त मान–सम्मान नहीं देती हैं। हर समय अपने रूप के दर्प में डूबी रहती है। वे बौखलाये से रहते थे। राजमार्ग पर अम्बा के रथ को द्रुतगति में दौड़ता देखकर उनकी त्योरियाँ चढ़ गयी थीं।

उनमें से एक तरुण कुमार क्रोध में लाल–पीला होकर चीख़ा–"क्यों आम्रपाली, क्यों तरुण कुमारों के धुर से अपना धुर टकराती हो?"

"अम्बा..."

अम्बा प्रसन्नता के आवेग में अम्बा पुकार उठी। दूर तक उसकी सुरीली गूँज फैल गयी और उसकी प्रतिध्वनियाँ गूँज उठीं।

"भगवान बुद्ध ने मेरे यहाँ का भोज निमन्त्रण स्वीकार कर लिया है। पूरे संघ के साथ वे हमारे आवास पर पधार रहे हैं।"

"क्या...??"

सारे तरुण कुमार ज़ोर से चीख़ पड़े।

"तुम ये सुअवसर हमें सौंप दो। इसके बदले में हम तुम्हें एक लाख स्वर्ण मुद्राएँ दे सकते हैं।"

"आर्य पुत्रों...वैशाली की समस्त सम्पदा भी दे दोगे, तो भी ये सुअवसर, ये सौभाग्य मैं किसी को नहीं देने वाली हूँ।"

अम्बपाली हर्षोन्माद में थी। वो भला किसी की क्या सुनती। उसने अश्वों को तेज़ हाँकने को कहा।

गर्वोन्नत अम्बपाली अकड़ती हुई लिच्छवि कुमारों के सामने से धूल उड़ाती हुई चली गयी। वे दूर तक धूल के बादल देखते रहे। अम्बा का ऐसा रूप किसी ने नहीं देखा था। तब भी वह मद में इतनी चूर नहीं थी, जब राजनर्तकी के पद की शपथ लेते हुए अपनी शर्तें रख रही थी। समूची गण–परिषद् को जिसने चुनौती दे दी थी।

वैशाली की स्त्रियों में इतना साहस और विश्वास कहाँ से आता है?

यह आत्मविश्वास तो विरासत में मिलता है हमें।

हमारी परम्परा और इतिहास में स्त्रियों के आत्मविश्वास के क़िस्से भरे पड़े हैं।

थेरी अम्बा की तन्द्रा टूटी।

किन्तु काव्य लिखकर भी उसके हृदय को श्रान्ति नहीं मिली थी। भीतर एक अनन्त कोलाहल जैसा मचा हुआ था। स्मृतियों का जमघट–सा लगा था। अब बार–बार ये एक वाक्य कौंध था–

'ये सत्य है कि मामूली नहीं होतीं लिच्छवि कन्याएँ...!'

अब कहाँ रहीं वैसी लिच्छवि कन्याएँ! वह तो थेरी अम्बा है जिसे अभी यह अर्हता प्राप्त करनी है अपनी मृत्यु से पूर्व। संघ के लिए, बुद्ध के विचारों के लिए और धर्म मार्ग के लिए बहुत कर्म करने हैं। उसने विलम्ब से संघ में प्रवेश पाया, बहुत बहसों के बाद, बुद्ध को वाक्‌चातुर्य से परास्त करके, स्त्रियों के प्रवेश का मार्ग बनवाया। जो कार्य महारानी गौतमी, देवी यशोधरा न कर सकीं वैशाली की एक मामूली गणिका ने कर दिखाया। मामूली...यह शब्द उसे काँटे की तरह चुभा। वह मामूली होती तो क्या वैशाली उसे जनपद कल्याणी बनाता। मामूली होती तो क्या वह बुद्ध को भोज–भात के लिए मना पाती। मामूली होती क्या संघ में प्रवेश का रास्ता बना पाती। कदापि नहीं। मामूली होने का भ्रम तो कदापि नहीं रहा। न ही उसके पालनहारों ने मामूली समझा। न समझने दिया।

उसकी स्मृति में सुमना मौसी की सुनाई हुई प्राचीन कथा घूमने लगी जिस कथा ने उसके मस्तिष्क में अपने विशिष्ट होने का विश्वास भरा था...उसके सुदूर–गहरे अन्तरमन में। कई बार लगता कि वह राजकुमारी वह स्वयं थी, किसी पिछले जन्म में। जन्म–जन्मान्तरों से सम्बन्ध चला आ रहा है इस भूमि से।

वह कथा में डूब गयी...कितनी तल्लीन होकर मौसी सुनाती थीं वह कथा।

आज स्मृतियाँ दोहरा रही हैं उस कथा को...

...तब वैशाली में राजतन्त्र था। एक थी लिच्छवि राजकुमारी। राजकुमारी की सुन्दरता, विद्वता और वीरता की चर्चा समूचे नगर में होने लगी थी। रूपवती होने के साथ–साथ उसने राजकाज भी सीख लिया था और युद्धकला में भी निपुण हो गयी थी। उसका लालन–पालन राजकुमारों की तरह हुआ था। सभासदों राजनीतिक से मुद्दों पर बहस भी कर लेती थी और आवश्यकता पड़ने पर राजनीति भी कर लेती थी। लिच्छवि नरेश धनवर्मा उससे समय–समय पर सलाह भी लिया करते थे। लिच्छवियों के वंश की वह पहली राजकुमारी थी जो राजकाज में दक्ष थी और जिसे युद्ध–संचालन का कौशल भी मालूम था। वह बेहद निडर थी और अपने राज्य की सीमाओं को लेकर चौकस–चौकन्नी भी। ऐसी रूपवान–गुणवान बेटी को लेकर राजा बहुत प्रसन्न रहा करते थे, बस हरेक पिता की तरह उन्हें एक ही चिन्ता सताती थी कि बेटी के लायक वर कहाँ से ढूँढ़ें। कहाँ मिलेगा ऐसा लड़का जो एक वीर–विदुषी बालिका को सँभाल सके जिसका बचपन तीर–तलवारों से खेलने में बीता हो और बाक़ी समय पोथियाँ पढ़ने में। जो हर समय सीमा पर जाकर युद्ध लड़ने को उद्यत हो। जो राज्य के कठिन से कठिन मामले भी झट से सुलझाने की क्षमता रखती हो।

नगर में उसकी सुन्दरता और वीरता के बखान गाये जाने लगे थे। सबको लगता था कि एक दिन राजा राजपाट अपनी पुत्री को सौंपकर वानप्रस्थ को चले जायेंगे। राजा के मन में भी ये बात उठती थी। लेकिन वे आशंकित हो उठते थे, क्योंकि आख़िर वह एक लड़की

ही तो थी। वीरता और विद्वता का अद्‌भुत सुयोग। वह तर्क और तलवार दोनों से पराजित करने की क्षमता रखती थी। राजा चिन्ता में घुलने लगे कि कहाँ से इसके लायक वर ढूँढ़ा जाये। अपने पड़ोसी राज्यों में गुप्तचर भेजकर वहाँ के राजकुमारों का चरित्र पता लगवाना शुरू किया। सुन्दर राजकुमारों की कहीं कमी नहीं थी। लेकिन सब में कोई–न–कोई खोट निकल आता। राजा और चिन्तित हो जाते। अपनी बेटी और अपने राज्य को किसी ख़तरे में नहीं डालना चाहते थे। उनका राज्य सबसे अलग था जहाँ सारे फ़ैसले सभासद मिलकर करते थे। जहाँ राजा फ़ैसले थोपते नहीं थे बल्कि गणतन्त्र के लिए बनाये गये सात प्रकार के नियमों पर चलते थे। उन नियमों पर सारे लिच्छवि राजा चलते आये थे और आगे भी चलना था। यही बात उनके राज्य को अन्य राज्यों से अलग करती थी। वे एक ख़ुशहाल राज्य के राजा थे और एक परम सुन्दरी, विदुषी पुत्री के पिता भी थे। जिसके लिए सुयोग्य वर ढूँढ़ना उनके लिए चुनौती थी। वर ऐसा हो जो राजकुमारी को समझे, उसे मान–सम्मान दे, उसकी वीरता को आदर से देखे और उसकी विद्वता का मान रखे। सिर्फ़ राजकुमारी के रूप से प्रभावित होने वाला वर उन्हें नहीं चाहिए था। इसी चिन्ता में दिन बीतते गये। कोई रास्ता न सूझता था। राजकुमारी के अनुरूप वर ढूँढ़ना कठिन होता चला जा रहा था। राजकुमारी इन सब चिन्ताओं से मुक्त अपने को और गुणी बनाने में जुटी हुई थी। उसका पहला लक्ष्य अपना राजपाट, अपनी प्रज्ञा का सुख–दुख देखना, सँभालना था। उसने विवाह के सपने नहीं देखे थे। तरुणाई ने मन में कुछ फूल खिलाये थे जिन्हें वह अपने कर्तव्य के नीचे दबा देती थी। मन–ही–मन वो जानती थी कि उसके तेज को सँभालने लायक कोई साथी मिले तो वह क़दम आगे बढ़ाये। विवाह की चिन्ता पिता पर छोड़ दी थी।

इधर राजा की चिन्ता देखकर सभासद भी चिन्तित हो उठे। राजा ने अपनी चिन्ता के समाधान लिए एक बार एक सभा बुलायी। सभी मन्त्रीगणों, सभासदों के सामने अपनी चिन्ता रखी।

"आप सबको जानकर घोर चिन्ता होगी कि मैं किन कारणों से चिन्तित रहता हूँ इन दिनों। मैं एक राजा के साथ–साथ एक पिता भी हूँ। दोनों का कर्तव्य मेरे सम्मुख है। मैंने राजहित में ही अपनी पुत्री का लालन–पालन किया है, ताकि वह शासन व्यवस्था समझ सके, सँभाल सके, अपने दायित्वों के निर्वहन में विवेक से काम ले सके, इसलिए उच्च शिक्षा दिलायी। एक शिक्षित प्रशासक प्रज्ञा के हितों की बेहतर रक्षा कर सकता है। लेकिन एक समस्या मेरे सम्मुख आन पड़ी है, जिसके निवारण हेतु, उचित सलाह हेतु, आप सबसे मन्त्रणा करना चाहता हूँ। मुझे आशा है कि आपकी राय से मार्ग सूझेगा।"

लिच्छवि नरेश की विनम्रता के सब पहले से ही कायल थे। वे हमेशा सबको मान देते थे और राजकाज में पारदर्शिता बरतते हुए सबकी सलाह पर अमल करते थे। इसीलिए लिच्छवि गणराज्य की टक्कर में कोई दूसरा राज्य टिकता न था।

राजा की बात सुनकर कुछ पल के लिए सभा में सन्नाटा छा गया। सब सोच–समझ कर अपनी सलाह देना चाहते थे। मामला गम्भीर था, सलाह भी किसी मामूली इन्सान के लिए नहीं, एक अत्यन्त रूपवती, गुणवती राजकन्या के हित में देनी थी। सलाह भी ऐसी हो कि जो राजा की दृष्टि में उचित लगे, सब वाह–वाह कर उठें। सब अपने मन में गुणने लगे। एक से बढ़कर एक सलाह बरसने लगी–

एक मन्त्री ने कहा–"हमारी राजकुमारी अत्यन्त रूपवती हैं, उनके लिए हमें कोई रूपवान राजकुमार ही खोजना चाहिए। हमें दोनों की जोड़ी मिलानी होगी। विवाह में हमेशा जोड़ा मिलाना उचित होता है। एक का भी रूप कम हो तो दाम्पत्य में दरार आ सकती है। किसी के मन में हीन भावना घर कर सकती है। यहाँ बराबरी का बोध अत्यन्त आवश्यक है।"

महामन्त्री थोड़ी गम्भीर मुद्रा में बैठे थे। राजा ने उनकी तरफ़ प्रश्नवाचक नेत्रों से देखा।

महामन्त्री ने बोलना शुरू किया–"राजन, सुन्दरता ईश्वरीय गुण है, वीरता हमें अपने बल पर अर्जित करनी पड़ती है। सौन्दर्य सिर्फ़

स्त्री का देखा जाता है, वीर पुरुषों का नहीं। उनकी वीरता ही उनका सौन्दर्य है जिसके बल पर वीर पुरुष अपने दुश्मनों के स्वप्न में भी भय उत्पन्न कर देते हैं। वीर पुरुष इस पृथ्वी का सौन्दर्य और सुख–शान्ति बहाल रख सकते हैं। राजकुमारी भी वीर हैं, भयहीन हैं, युद्ध कौशल जानती हैं, हमें उनकी टक्कर का कोई वीर पुरुष ढूँढ़ना चाहिए ताकि वीरता का दम्भ दोनों में बराबर का रहे। कोई किसी से कम न पड़े।"

स्वभाव से शान्तिप्रिय एक मन्त्री ने अपनी बारी आने पर प्रस्ताव रखा–"लिच्छवि राजकुमारी के लिए ऐसा वर होना चाहिए, जिसके टक्कर का पुरुष इस भू–भाग में कम ही हों। उसे सर्वगुण सम्पन्न होना चाहिए जैसी हमारी राजकुमारी हैं। वैवाहिक सम्बन्ध बराबरी के हों तभी जीवन–रथ चलता है राजन।"

सभा में एक के बाद एक सलाह आती रही। सबके मत भिन्न–भिन्न थे। कोई रूप–सौन्दर्य पर ज़ोर दे रहा था तो कोई वीरता पर तो कोई धन–बल पर। किसी ने स्वयंवर प्रतिस्पर्धा आयोजित करने की सलाह दे डाली। एक बार की सभा में किसी एक सलाह पर राय न बन सकी तो कई बार ऐसी सभा बुलायी गयी। राजा की चिन्ता बढ़ती जा रही थी क्योंकि कोई भी सलाह उन्हें भा नहीं रही थी और न सारी सभा उस पर एकमत हो रही थी। एक की सलाह दूसरा व्यक्ति काट देता। उससे बढ़कर दूसरी सलाह देकर निरुत्तर कर देता। लगभग भ्रम की स्थिति उत्पन्न होती जा रही थी।

एक बार पुनः इस विषय पर विचार करने के लिए अन्तिम सभा बुलायी गयी जिसमें किसी–न–किसी निर्णय पर पहुँचना था।

समूची सभा में दो ही लोग थे अब तक जो चुप रहते थे। वे सबकी सलाहों पर मौन लगा जाते। एक विद्वान कनिष्ठ मन्त्री थे। आज उनके बोलने की बारी थी–"हमें ये नहीं भूलना चाहिए कि लिच्छवि राजकुमारी अत्यन्त विदुषी भी हैं। उनकी शिक्षा–दीक्षा के बारे में हम क्यों भूल जाते हैं। एक स्त्री के लिए उसकी शिक्षा उसके सौन्दर्य से बड़ी उपलब्धि होती है। वीरता भी एक गुण है किन्तु विद्वता सबसे बड़ा गुण है जो व्यक्ति को विवेकवान बनाता है।

सिर्फ़ वीरता और सुन्दरता के बल पर न सम्बन्ध चलते हैं न राज कायम रहता है। न प्रजा पर आप कोई छाप छोड़ सकते हैं। सुन्दर तो मूर्ख भी होते हैं, वीर तो अराजक भी होते हैं। मूर्खों का इतिहास नहीं बनता, अराजक भी विस्मृत कर दिये जाते हैं, स्मृति में विद्वता बनी रहती है। विद्वता की चमक इतिहास के पन्नों पर चमकती रहती है युगों–युगों तक। हमें ऐसा राजकुमार ढूँढ़ना चाहिए जो विद्वान हो, हमारी राजकुमारी ऐसे विद्वान के साथ ही सुखी रह सकेंगी।"

इतना बोलकर कनिष्ठ मन्त्री शान्त हो गये। उनका चेहरा तप गया था। उन्होंने सिरे से सौन्दर्य और वीरता दोनों को खारिज कर दिया था। सारी सभा मौन हो गयी। लिच्छवि नरेश ने समूची सभा पर उम्मीद भरी निगाह डाली। वे चाहते थे कि किसी एक सलाह पर आम राय बन जाये ताकि वे अपनी सुयोग्य बेटी के लिए सुयोग्य वर ढूँढ़ सकें। कई बार बैठकें हुईं और मत भिन्नताएँ उभरीं, बात न बन सकी। राजा सोच में पड़ गये–न जाने क्या लिखा है उसके भाग्य में। कन्याओं के अतिरिक्त गुण ही कई बार उनके मार्ग में बाधक बन जाते हैं। कभी किसी राजकुमार के लिए ऐसी सभाएँ न हुई होंगी। न इतनी चिन्ताएँ कि समूची सभा एक ही दिशा में समस्या का निदान ढूँढ़ने में लगी हो।

राजा की चिन्तन प्रक्रिया भंग करती हुई सभा में एक गहरी आवाज़ गूँज उठी। बेहद स्थिर, ठोस और निर्भय उस आवाज़ ने सबको अपनी ओर आकर्षित किया।

वे एक वयोवृद्ध सभासद थे जो इन दिनों सभा में कम ही बोलते थे। उनकी राय के लिए कोई व्यग्र नहीं रहता था। वे अब बीते युगों की बात हो गये थे। और, उन्हें भी अपनी उपस्थिति की बोझिलता का पता था। लेकिन इस बार बात कुछ ऐसे मोड़ पर आकर अटक गयी थी कि उन्हें बोलना पड़ा।

उन्होंने कहा–"महाराज, जिस कन्या के लिए हम वर ढूँढ़ रहे हैं, इतना विचार–विमर्श कर रहे हैं। जिस विषय पर सबने भाँति–भाँति के विचार प्रस्तुत किये। किसी को किसी के विचार पसन्द नहीं आये।

आप भी असहमत हुए। यहाँ सबको अपने विचार सर्वोपरि प्रतीत हो रहे हैं। आप सबके विचारों का सम्मान करते हुए मैं एक सवाल पूछता हूँ जिसमें मेरे विचार भी शामिल हैं। क्या आपने उस कन्या से उसकी राय पूछी है, उसकी पसन्द पूछी है जिसके लिए हम सभी वर ढूँढ़ रहे हैं। जो ख़ुद विवेकवान है, विदुषी है, जिसे अपनी आगे की ज़िन्दगी अपने वर के साथ बितानी है क्या उचित और न्यायसंगत न होगा कि आप उस कन्या से पूछें कि उसे कैसा वर चाहिए। किस तरह के पति का वह स्वप्न देखती है। हमें न उसकी पसन्द का पता है न उसके स्वप्नों और आकांक्षाओं का। मेरा मानना है कि शिक्षित कन्याएँ अपने लिए हम सबसे बेहतर निर्णय ले सकती हैं। हमें उन पर अपना फ़ैसला नहीं थोपना चाहिए। इस धृष्टता के लिए समूची सभा से क्षमा चाहता हूँ।"

वयोवृद्ध सभासद इतना बोलकर अपनी जगह पर बैठ गये। समूची सभा सन्नाटे में डूब गयी। इसके पहले कि कोई विवाद–प्रतिवाद होता, मन–ही–मन प्रसन्न होते हुए लिच्छवि नरेश ने घोषणा करके सबको चौंका दिया–"राजकुमारी सभा में उपस्थित हों।"

राजकुमारी सभा में चलने वाले विचार–विमर्श से अभी तक अनभिज्ञ ही थी। राजा ने उसे अपने पास बिठाया, स्नेह में भरकर पूछा–"आप यहाँ की राजकुमारी हैं, हमारी बेटी हैं, हर तरह से सुयोग्य हैं। हम आप में एक सम्पूर्ण स्त्री की छवि देखते हैं। हम ने किसी तरह से आपके पालन–पोषण में या कोई अन्य कमी कभी नहीं आने दी। अब समय आ गया है कि हम आपके भविष्य के विषय में बात करें। कुछ फ़ैसले करें। हम जानते हैं कि एक जनक के रूप में हमारे लिए ये फ़ैसला बहुत भावुक होगा, किन्तु जगत् की रीत यही है।"

राजकुमारी अपने पिता को हैरानी से देखने लगी। उसके कमल नयन विस्फारित हो गये थे।

"पुत्री, एक उलझन आन पड़ी है। आप ही सुलझा सकती हैं। हम सब कई दिन से यहाँ विचार–विमर्श कर रहे हैं, किन्तु एकमत नहीं हो पा रहे हैं। आपके लिए कैसा वर ढूँढ़ा जाये, स्वयंवर के लिए

क्या शर्तें रखी जायें? हम किस तरह के राजकुमारों को न्योता भेजें? आप ही बतायें कि आप जैसी सर्वगुणसम्पन्न कन्या के लिए कैसा वर चाहिए...सभा आपके विचार जानना चाहती है।"

राजकुमारी यह सुनकर थोड़ी सकुचायी, उसका गौरवर्ण चेहरा लज्जा से रक्ताभ हो उठा। अधर कँपकँपाकर रह गये। बोल न फूटे। पिता और सभासदों के सामने अपने विवाह के बारे में कैसे बोले। क्या बताये कि कैसे पति का स्वप्न वो देखती रही है। पता नहीं, सब लोग उसे क्या समझेंगे। उसने सोचा भी नहीं था कि एक दिन ऐसा भी आयेगा। अब वह बच नहीं पायेगी। वह कुछ देर चुप रही, भीतर ही भीतर साहस जुटाती रही।

उसे चुप देखकर सभी सभासद और राजा स्वयं आतुर हो उठे। राजा तो अपनी पुत्री की ख़ुशी के लिए किसी भी हद तक जा सकते थे। उनका बस चलता तो स्वर्गलोक से कोई देवता उतार लाते। सबने फिर से आग्रह किया।

आख़िर राजकुमारी ने हिचकते हुए अपनी बात रख दी।

"पिताजी, मुझे न सुन्दर पति चाहिए न कोई राजकुमार न महावीर योद्धा। ऐसे पति की कामना हरेक लड़की करती होगी। मेरा लक्ष्य सिर्फ़ पति खोजना नहीं, बेहतर इन्सान तक पहुँचना है जिसके हृदय में मेरे लिए, मेरी प्रजा के प्रति गहरा आदर भाव हो। जो मेरे रूप पर न्योछावर न हो बल्कि मेरे गुणों की क़द्र करे। मुझे बराबरी का मान दे। मुझे ऐसा पति चाहिए जो सबसे श्रेष्ठ और समर्थ कुल में जन्मा हो, उसके माता–पिता श्रेष्ठ हों, जिसका जन्म सबसे पवित्र स्थल पर हुआ हो, जो सबसे श्रेष्ठ धर्म को मानता हो।"

राजकुमारी की बात सुनते ही सारी सभा वाह–वाह कर उठी। राजा की उलझन थोड़ी बढ़ गयी। सबसे श्रेष्ठ होने की शर्त रखकर राजकुमारी ने कठिनाई में डाल दिया था। राजा और सभा तो अब राजकुमारी की बातें मानने को बाध्य थे। राजकुमारी अपनी शर्तें रख कर मुस्कुराती हुई वहाँ से प्रस्थान कर गयी।

स्वयंवर की तैयारियाँ शुरू कर दी गयीं।

सभी राज्यों में सन्देशा भिजवा दिया गया था, राजकुमारी की शर्तों के साथ। लिच्छवि राजकुमारी का स्वयंवर हो तो भला राजकुमार अपना भाग्य न आज़माना चाहेंगे। राजकुमारी के रूप–गुण के क़िस्से दूर–दूर तक फैल गये थे जिन्हें सुनकर दूर देशों से भी राजकुमार आये। स्वयंवर के दिन भारी भीड़ उमड़ आयी थी। सभी राजकुमार सर्वश्रेष्ठ प्रदर्शन के लिए तैयार होकर आये थे। सबको लगता था कि वे एक राजकुमारी का हृदय तो आसानी से जीत लेंगे। सबके सब अपने को किसी से कम नहीं समझ रहे थे। एक से एक वीर, धनवान, उच्च कुल के दावेदार वहाँ मौजूद थे। स्वयंवर में आये राजकुमारों को देखकर प्रजा भी चकित थी कि राजकुमारी के लिए वर चुनना निस्सन्देह कठिन होगा। सब एक से बढ़कर एक जो थे।

स्वयंवर सभा में लिच्छवि महाराज ने राजकुमारी की शर्त फिर से दोहरायी। स्वयंवर सभा में राजकुमारी अपने पिता के साथ बैठी थी। सामने सारे प्रत्याशी बैठे थे। सब एक–एक कर उठने लगे। अपनी श्रेष्ठता का बखान शुरू हुआ। हर प्रत्याशी अपने कुल का ज़ोर–शोर से बखान करता, सात पीढ़ियों तक के गौरव का गान करता, अपने जन्म स्थान को सबसे पवित्र घोषित करता और ख़ुद को सबसे श्रेष्ठ कुल का बताता। सभी प्रत्याशी एक से एक गुणवान थे। राजा ये सब देखकर अति प्रसन्न हो उठे थे कि उनकी पुत्री के लिए कितने श्रेष्ठ राजकुमार उपस्थित हुए हैं। मन–ही–मन पुत्री की सराहना करते रहे। राजकुमारी ने सबका गुणगान सुना, बखान सुना और स्थिर बैठी रही। उसे किसी ने प्रभावित नहीं किया। उसने किसी राजकुमार के गले में वरमाला नहीं डाली। राजकुमारों के सिर इस प्रत्याशा में झुकते और फिर निराशा से तन जाते।

सारे सभासद चकित थे कि इतने रूपवान–गुणवान, वीर पुरुषों में से कोई भी राजकुमारी को पसन्द क्यों नहीं आया? क्या कमी रह गयी? इसमें कई राजकुमार उच्च कुल के थे और जिनके पुरखे भी नामी–गिरामी थे। उनमें कोई कमतर न था। आख़िर राजकुमारी चाहती क्या हैं? उनकी इच्छा क्या है? राजा और रानी भी पछताने

लगे कि क्यों राजकुमारी को वर चुनने जैसा कार्य सौंपा? उसकी शर्तें क्यों मानी? अगर स्वयंवर विफल होता है तो उनकी घोर निन्दा होगी। उनका सिर झुक जायेगा। इसके बाद लिच्छवि कुमारी हमेशा के लिए कुँवारी रह जायेंगी।

स्वयंवर के लिए ऐसी भी शर्त कोई रखता है? श्रेष्ठता कैसे मापी जा सकती है? कोई और शर्त हो सकती थी जिसमें राजकुमार भाग लेते, कुछ अनूठा, अद्‌भुत प्रदर्शन करते। थोड़ी कठिन चुनौती होती तो भीड़ कम होती। कई राजकुमार बिना भाग लिए लौट जाते। स्वयंवर में भारी भीड़ तो न उमड़ती।

राजकुमारी ने उचित नहीं किया। स्वयंवर–सभा, विदूषक–सभा में बदलती जा रही थी। जिसे देखो वही अपने कुल का बखान किये जा रहा था। कोई गा रहा था, कोई मूँछों पर ताव दे रहा था। विचित्र दृश्य उत्पन्न हो गया था।

अचानक एक कोने से एक साधारण युवक उठकर बीच सभा में आ गया। साधारण वेशभूषा, ऊँचा क़द, गौरवर्ण, गठीला शरीर और मुख से दर्प टपक रहा था। बड़ी–बड़ी आँखें जिनमें आत्मविश्वास की चमक बाहर तक कौंध रही थी।

सारी सभा स्तब्ध रह गयी। कुछ राजकुमारों के ठहाके गूँजे। न राजसी वेशभूषा, न आभूषण, न पैरों में जड़ाऊ जूतियाँ, न सिर पर कोई राजसी ताज! जिस तरह वह सभा में आ खड़ा हुआ, वही सबके लिए चौंकाने वाली बात थी। कुछ मन्त्रिगणों को उसकी उपस्थिति अनुचित लगी। स्वयंवर सभा सिर्फ़ राजकुमारों के लिए थी, एक अनजान, बिन बुलाया साधारण अतिथि कहाँ से आन पड़ा? एक राजकुमारी के लिए ऐसे साधारण युवक की कल्पना भी राजा नहीं कर सकते थे। वहाँ सन्नाटा छा गया। फिर कुछ राजकुमार उसे देखकर ठहाके लगाकर अपनी झेंप मिटाने लगे। वे सब पराजित लोग थे जो अपने मुक़ाबले में उतरे एक साधारण युवक को देखकर सिर्फ़ हँस सकते थे। राजा तो वचनबद्ध थे, राजकुमारी की शर्तों से। राजकुमारी ने तो सबके लिए शर्त रखी थी, उसमें सिर्फ़ राजकुल के लोग ही शामिल नहीं

हो सकते थे, साधारण जन भी शामिल हो सकते थे। राजा ने अपनी तरफ़ से सिर्फ़ राजकुल को आमन्त्रित किया था। फिर यह युवक कौन है और सभा में कैसे आया? राजा के चेहरे पर अनेक सवाल आये और विलुप्त हो गये।

युवक ने अपनी बाँहें ऊपर उठायीं–सभा को प्रणाम किया, राजकुमारी की तरफ़ देखा, एक पल को दोनों की आँखों में बिजली कौंधी, युवक ने सिर झुकाया और फिर बोल पड़ा–

"मुझे पृथ्वी ने पाला है, गंगा में डूब गयी मेरी नौका और मेरा परिवार समाप्त हो गया। तब से मुझे लहरों ने सँभाला, पृथ्वी ने माता की तरह गोद दी, आकाश ने पिता बनकर छत दी और प्रकृति ही मेरा वास रही, यही मेरा कुल है। मैंने सभी धर्मों का पालन किया, पृथ्वी मेरा जन्मस्थल है। विभिन्न स्थानों पर पलता–बढ़ता रहा। प्रकृति में शरण पायी।

"मैं दावा करता हूँ कि मेरे माता--पिता, मेरा जन्म स्थल, कुल और धर्म सर्वश्रेष्ठ है।"

सभा में राजकुमारों का अट्टहास गूँजने लगा। सब मिलकर उस युवक का मख़ौल उड़ाने लगे। पड़ोसी राज्य के राजकुमार चन्द्रसेन ने अहंकार में भरकर उसे ताना मारा–

"आपकी कहानी अद्‌भुत है। अपने जीवन का थोड़ा और खुलासा करें, तनिक राजकुमारी जी को पता चले कि किस प्रकार आपका कुल, जन्म स्थान और माता–पिता श्रेष्ठ हैं। आपकी जीविका क्या है, ये भी बताने का कष्ट करेंगे। आप एक राजकुमारी के स्वयंवर में खड़े हैं महाशय, आप में इतनी चेतना तो होगी। यहाँ आने के लिए पहले पात्रता हासिल करनी होती है फिर यहाँ प्रवेश मिलता है। क्या ये बात आप भूल गये हैं?"

दूसरे राज्य के एक और राजकुमार बोल पड़े–"यहाँ आपको किसने अनुमति दी आने की, क्या आपके पास किसी ने आमन्त्रण भेजा था...?"

एक सभासद बोल पड़ा–"यहाँ साधारण मनुष्य का प्रवेश वर्जित है, तुमने यहाँ आकर दुस्साहस किया है युवक..."

उसकी बात बीच में ही काटते हुए वृद्ध सभासद ने कड़कदार आवाज़ में कहा—"राजकुमारी की इच्छा का आप सभी अनादर कर रहे हैं। मत भूलिए कि राजकुमारी ने साधारण जन के शामिल होने का निषेध नहीं किया था। आप सब उनकी शर्त को याद कीजिए जिसके अनुसार कोई भी शामिल हो सकता था जो अपने को श्रेष्ठ साबित कर सके...इस युवक को एक अवसर अवश्य मिलना चाहिए।"

युवक के चेहरे पर अपार शान्ति थी। वह दृढ़तापूर्वक सभा में खड़ा रहा। उसने बोलना प्रारम्भ किया—

"मैं जब गर्भ के अँधेरों से निकलकर बाहर आया, मैंने पाया कि पृथ्वी ने मुझे माता की तरह पाला—पोसा, हवा ने मुझे साँसें दीं, सूर्य ने मुझे ताप दिया, पृथ्वी की समस्त वनस्पतियों ने मुझे भोजन दिया जो सभी जीवों का आधार है। सूर्य महान है, उसके ताप से किसे इनकार है भला। वही जीवन का आधार है। जब हम पैदा होकर पृथ्वी पर आते हैं तो सबसे पहले हवा हमें साँस के रूप में मिलती है, सूर्य हमें ऊष्मा देता है। समस्त जीवों का जो आधार है, वही श्रेष्ठ होगा। पृथ्वी का बल सूर्य है, पृथ्वी की साँसें हवा है। मैं पृथ्वी को अपनी माता मानता हूँ और सूर्य को पिता। मुझमें सूर्य का वास है। पृथ्वी—सी धीरता है। मैं सूर्य—ताप से युक्त एक पुरुष हूँ।

"महानुभावों, माता का काम है शरीर प्रदान करना, उसका पोषण करना। हमारे शरीर का पालन—पोषण भोजन से होता है। पृथ्वी जो उगाती है हमारे लिए, हम उसे खाते हैं, शिशु से व्यक्ति बनते हैं। पृथ्वी ने मुझे शरीर दिया इसीलिए वह मेरी माता है।

"मेरी माता सभी माताओं में श्रेष्ठ है। मैं सदा उसके संरक्षण में रहता हूँ। वह अपनी सभी सन्तानों को एक समान मानती है, कभी उनमें भेदभाव नहीं करती। चाहे कोई अच्छा हो बुरा। वह अतीव सुन्दरी है क्योंकि घने वृक्ष, फ़सलें उसके वस्त्र हैं जिससे उसकी देह ढँकी रहती है। वह सदानीरा है, उसकी गोद में जीवन जल छलछलाता रहता है। समस्त प्राणियों के लिए उसका नीर उपलब्ध है। मैं ऐसी माता का पुत्र हूँ, जिसने मेरे भीतर उदात्त करुणा का

संचार किया है, निस्वार्थ भाव से सबके काम आना सिखाया है, मुझे क्षमाशील बनाया है और सहृदय भी। मैं सबकी रक्षा करने को तत्पर एक भूमिपुत्र हूँ।"

युवक बोलता जा रहा था, सारी सभा सन्न थी। उसकी धीर–गम्भीर आवाज़ सभा में गूँज रही थी और उपस्थित समुदाय पर मन्त्रों–सा काम कर रही थी। जैसे सब सम्मोहित हो रहे हों। सब अवाक् खड़े होकर उस युवक की वाणी को सुन रहे थे।

"पृथ्वी सबसे पवित्र स्थान है, जहाँ मेरा जन्म हुआ।

"महाराज, मेरा कुल, मानव–कुल है। बाक़ी सारे कुल मनुष्यों द्वारा निर्धारित किये गये हैं। उनका उद्देश्य देश, समाज को बाँटना है। ऊँच–नीच का भेद पैदा करना है यहाँ कोई करुणा, उदारता नहीं होती बल्कि वर्चस्व बोध होता है, उसे कैसे उच्च कुल कहा जा सकता है। मैं कर्म में विश्वास रखता हूँ। मैं संसार के प्रति अत्यन्त संवेदनशील हूँ। मेरे कुल का निर्धारण प्रकृति ने किया है। उसी ने मुझे अपार बलशाली और सामर्थ्यवान बनाया है। मेरा कुल ही श्रेष्ठ है।"

युवक कुछ पल के लिए रुका। उसने राजकुमारी की तरफ़ देखा–

"हे वीर विदुषी राजकन्या, मुझे अनेक लोगों ने शिक्षा दी, मेरी सेवा की, मुझे आश्रय दिया, मैं मानव–धर्म में विश्वास रखता हूँ जिसकी आस्था सिर्फ़ मनुष्यता में है, किसी पूजा–अर्चना में नहीं। मैं कर्म करता हूँ। अपने श्रम से जीविका चलाता हूँ।"

"अगर आपको मेरी स्थापनाओं पर विश्वास है तो मैं वचन देता हूँ कि मेरे रूप में आपको दुनिया का सर्वश्रेष्ठ प्रेमी मिलेगा जिसकी आस्था सिर्फ़ मनुष्यता में है और जो एक वीर, शक्तिशाली, विदुषी कन्या को मनुष्य रूप में स्वीकारने को उद्यत है। मैं आपके सामने इसलिए नहीं प्रस्तुत हुआ कि आप एक राजकुमारी हैं, बल्कि इसलिए कि आपने जो शर्तें रखीं थीं, स्वयंवर के लिए, वो कोई असाधारण स्त्री ही रख सकती थी। मैं आपका आशय समझ सका था।

"मैं एक असाधारण स्त्री का असाधारण प्रेमी बनना चाहता हूँ।"

युवक चुप हो गया। उसकी आवाज़ लरज गयी थी। प्रेम तक आते–आते वह अत्यन्त कोमल और मधुर हो उठा था।

राजकुमारी अपनी जगह से उठकर खड़ी हो चुकी थी। उसके साथ उसकी दासियाँ, सखियाँ, सहेलियाँ भी खड़ी हो गयीं। बाक़ी सब अपनी जगह पर बैठे रहे।

राजकुमारी ने गौर से युवक के चेहरे की तरफ़ देखा। माथे पर पसीने की बूँदें चुहचुहा रही थीं। युवक की बाँहें उत्तेजना में फैली हुई थीं। आँखों में प्रतीक्षा और संशय के बादल घुमड़ रहे थे।

युवक ने सभा को स्तब्ध हालत में देखकर दोनों हाथ जोड़े, और राजा का अभिवादन करके लौट पड़ा।

पीछे से आवाज़ आयी–

"ठहरो..."

वीणा के तार बज उठे थे युवक के मन–प्राण में। वह पलटा। राजकुमारी को उसकी सखियाँ थामे हुए चली आ रही थीं उसकी ओर। हाथ में वरमाला लिए हुए राजकुमारी ऐसे चलकर आ रही थी मानो किसी मन्त्र के गहरे प्रभाव में हो। दासियाँ पग–पग बलैया लिए जा रही थीं। सबके पाँवों से रुनझुन की झंकार सुनाई दे रही थी। राजा की आँखों में ख़ुशी के आँसू छलक आये थे। रानी अपने आँसू नहीं रोक पायी थीं।

बेसुध–सी वह युवक के मोहपाश में बँध गयी थी। उसके जीवन में सर्वश्रेष्ठ घटित हो चुका था।

युवक ने सिर झुका दिया।

वेदना के प्रेमिल धागे

अम्बा प्रेम तो कई बार गँवा चुकी थी। प्रेम द्वार पर आकर लौट जाता रहा था। दो असाधारण का मेल कथा में सम्भव हो सका था। जीवन तो निचाट सूना रह गया था।

"थेरी अम्बा..."

"प्रवचन का समय हो गया है।"

सामने दो थेरियाँ विमला और सिंहा उसे पुकार रही थीं।

"विमला, क्या तुम भी अपने सौन्दर्य को, अपने अतीत को, उसी तरह याद करती हो, जिस तरह इन दिनों मैं विह्वल हो रही हूँ।"

सिंहा वहीं भूमि पर उसके पास बैठ गयी। विमला भी क्षणभर के लिए ठिठक गयी–"भिक्षुणियों के लिए अपना बीता हुआ कल स्मरण करना उचित नहीं। उनके सामने अब केवल एक मार्ग शेष बचा है–वह मार्ग है धर्म का मार्ग...मुक्ति का मार्ग। शेष सारी आकांक्षाएँ अब व्यर्थ हैं। हम अपने कल को बहुत पीछे छोड़ आये हैं। हम सबका अतीत बहुत कारुणिक और भयावह है, उसका स्मरण करके फिर से पीड़ा के पहाड़ पर चढ़ना उचित नहीं होगा।"

"क्यों नहीं विमला, तुम बताओ सिंहा...?"

"अब तो हम सब छोड़ चुके, हम सब मुक्त हैं, संसार के जंजालों से। क्या तुम सचमुच स्वयं को मुक्त पा रही हो या अपने अतीत से भाग रही हो। अगर अतीत गौरवशाली होता तो क्या उसी तरह पीछा छुड़ा लेतीं?"

सिंहा का स्वर उदास था।

"यहाँ जितनी भी थेरियाँ हैं, उनको छोड़कर जो राजप्रासादों से आयी हैं, सबका पिछला जीवन कितना नारकीय रहा है! हम क्यों उस नरक को याद करके झुलसें? आज हम मुक्त हैं, कोई चिन्ता नहीं, कोई अपना नहीं, कोई माया–मोह नहीं। बन्धन मुक्त जीवन कितना उन्मुक्त होता है! आह...अब मुझे आनन्द आ रहा है।"

विमला ने ठण्डी श्वास भरी।

"हम सब अपनी कथा कहें एक–दूसरे से...शायद मुक्त हो सकें। जो जाले बच गये हैं हमारी आत्मा पर अतीत के, उन्हें लिखकर, एक–दूसरे को बताकर क्यों न हम मुक्त हो जायें?"

अम्बा ने सबको लिखने की प्रेरणा दी।

"अपनी कथा ख़ुद कहो थेरियो! जो भुगता है उस सबको लिपिबद्ध कर डालो। स्त्रियों को इतिहास हमेशा ओझल रखता है। संघ में वैसे भी हमारे अधिकार कम हैं। हमारे लिए नियम कड़े हैं। भिक्षुओं के प्रति नियम उतने कड़े नहीं हैं। हम स्त्रियों से ख़तरा हर युग में, हर समाज को, हर धर्म को रहा है। पुराकथाएँ सुन लो, विश्वास आ जायेगा।"

विमला ने कहा–"मैं संक्षेप में अपनी कथा लिखूँगी। मैं भी इसी जनपद की रूपजीविता थी किन्तु मेरे पास आपकी तरह गौरव गाथा नहीं है थेरी अम्बा। मैंने छोटा–सा काव्य लिखा है। आपको सुनाना चाहती हूँ। सुनेंगी, प्रवचन के बाद? रात्रि विश्राम से पूर्व?"

अम्बा ने आश्चर्य से उसे देखा। संघ में सारी स्त्रियाँ एक समान दिखाई देती हैं। किसी की जाति, कुल, पूर्व पेशा किसी बात का पता नहीं चलता। कोई भेदभाव नहीं है। सबके लिए नियम एक समान हैं।

वह उत्सुक हो उठी उसकी कहानी सुनने के लिए। सिंहा की कथा तो अम्बा कुछ–कुछ सुन चुकी थी। उसके भटकाव की कथा जनपद में लोकप्रिय थी। सिंह सेनापति परेशान रहा करते थे, अपनी प्रिय भगिनी–पुत्री के भटकाव को लेकर। किन्तु विस्तार से अपनी कथा, जो बिल्कुल विश्वसनीय हो, सिर्फ़ भोक्ता ही बता सकता है। कोई दूसरा लिखेगा, वह मात्र सूचनात्मक होगी। उसमें भोक्ता की भावनाएँ, पीड़ा, उसके द्वन्द्व नहीं होंगे।

स्त्रियों की कथा उन्हीं की जुबानी सुनने के लिए किसी ख़ास परिवेश की आवश्यकता होती है। परिवेश तैयार हो तो कथा को आत्मसात करने का अनुग्रह भी होता है। कोई युग कब स्त्रियों को अपनी बात कहने का अवसर देगा–जब स्त्रियाँ ज्ञान, दर्शन, त्याग, समर्पण और राष्ट्र प्रेम में पुरुषों से भी श्रेष्ठ हों। कथाएँ उनकी सुनी जाती हैं जिन्होंने सार्वजनिक जीवन में अपनी श्रेष्ठता के लिए संघर्षों से मार्ग बनाया हो। अम्बा नेतृत्व कर रही थी श्रेष्ठता का। अम्बा ने वो मानक तर्क, ज्ञान और जनपद–प्रेम से तैयार किये। जगत् सुनेगा मेरी श्रेष्ठता की कथाएँ, मेरी अन्विति में शामिल तमाम स्त्रियों की कथाएँ।

अम्बा ने बारी–बारी से दोनों को काव्य–कथा सुनाने के लिए तैयार किया।

रात्रि आयी, भूमि पर चटाई बिछाकर तीनों उस रात्रि आस–पास लेटीं। उन्हें एक–दूसरे की कथा जो सुननी थी। सिंहा ने बालसुलभ चपलता से पूछा–

"क्या आप वह कथा बतायेंगी कि कैसे आपने तथागत को वाक्युद्ध में पराजित किया। एक बार नहीं दो बार। आप कैसा महसूस कर रही थीं। हमें आपके हृदय का हाल जानना है थेरी अम्बा।"

अम्बा अँधेरे में मुस्कुरायी। दूर स्तम्भों पर जलता हुआ दीप थोड़ा भभका। स्मृति प्रकाशवान हो उठी।

विमला ने कथा प्रारम्भ की–

"माते, आज आप मेरा इतना श्रृंगार क्यों कर रही हैं। मुझ पर इतनी साज–सज्जा शोभती नहीं है। मैं आपका मन्तव्य जानना चाहती हूँ।"

कुमारी विमला ने अपनी माता के म्लान चेहरे को देखा जो उस समय कान्तिविहीन हुआ जा रहा था। उसे अकुलाहट हुई कि माते मुझे सज्जित करते हुए क्यों विकल हुई जा रही हैं। सब कुछ तो था माते के पास। अपार धन–सम्पदा, स्वर्णाभूषण और ऊँची अट्टालिका। नगर के अनेक श्रेष्ठ जन सान्ध्य वेला में पधारते थे और माते गायन–नृत्यादि प्रस्तुत कर उन सबका मनोरंजन करती थीं।

कुमारी ने उनका हाथ रोक दिया–

"माते, आपको बताना पड़ेगा। आज क्या है? कोई उत्सव है जो हमारे प्रासाद को इतना सजाया जा रहा है? बताइए न..."

वह ठुनकने लगी। उसकी युवा और सुकोमल आँखों में एक दीप्ति उभरी।

माते एकदम मौन थीं। विमला बोल उठी–"ऐसे वस्त्र तो रोज़ सान्ध्य वेला में आप पर शोभते हैं। मैं तो अपने सादे वस्त्रों में ही प्रसन्न रहा करती हूँ। मुझे कभी आपको देखकर लालसा न हुई कि आपकी तरह सिंगार करूँ।"

माते के नेत्रों को देखा जो उफन रहे थे। सदानीरा जब वर्षा ऋतु में ऐसे ही उफनती तो वैशाली के लोग भयभीत हो उठते थे। तटबन्ध टूटने के भय से सबके चेहरे पर पीत छायाएँ उभर आती थीं। मछुआरे भयभीत हो जाल पेड़ों पर टाँग देते थे। यहाँ तो माते के नेत्रों में उफान आ रहा है। वह ज़ोर से माते से चिपट गयी।

कुमारी विमला देर तक भीगती रही, सदानीरा का जल झर–झर बह रहा था।

माते ने ख़ुद को संयत किया। परिचारिका के नेत्र भी गीले हो आये थे। उसने पार्श्व से आकर अपनी कोमल हथेली माते की पीठ पर रख दी।

"अब तुम्हें प्रतिदिन सान्ध्य वेला में ऐसे ही साज–सिंगार करना पड़ेगा पुत्री, मेरा समय समाप्त हो गया है। आज से तुम्हारा समय प्रारम्भ होता है। तुम्हें सारा दायित्व परिचारिका सुगन्धा बता देंगी। इनकी हर बात गौर से सुनना–मानना तुम्हारा दायित्व है।"

"माते..." विलाप कर उठी विमला।

"आप मेरी जननी हैं, मेरा आदर्श नहीं।"

"पुत्री, जीवन की आवश्यकताएँ, परिस्थितियाँ सारे आदर्श विस्मृत कर देती हैं। अभी तक जिस वैभव में तुम पली हो, वो आदर्शों के मूल्य पर ही अर्जित किये गये थे। सदा स्मरण रहे, योग्यता से ज़्यादा वैभव हमेशा मूल्यों की भेंट चढ़ाकर ही पाये जाते हैं।"

छटपटा उठी कुमारी।

सुगन्धा, शाम के समारोह के लिए आवश्यक निर्देश देकर कुमारी को प्रासाद में ले आयीं। नगर के सबसे बड़े श्रेष्ठीपुत्र सुमन्त पधारने वाले हैं।

साँझ होने में देर थी अभी। बाहर चहल–पहल की आहटें सुनाई देने लगी थीं। कुमारी की माता लीला देवी, वैशाली की एक रूपजीविता थीं। इस गणराज्य में राजनर्तकी पुष्पगन्धा के बाद जिसके रूप की चर्चा सबसे ज़्यादा थी वह लीला देवी ही थीं। उनके यहाँ आने वालों में सम्भ्रान्त लोग अधिक थे।

वैशाली की इस छोटी–सी बस्ती मधुवन में सिर्फ़ गणिकाओं की अट्टालिकाएँ थीं। मधुवन सान्ध्य वेला में रमणीय हो जाता था। अट्टालिकाओं में प्रकाश झिलमिला उठते थे। उनके स्तम्भों में बँधी मशालें जल उठती थीं और नगर के युवा, अधेड़ और बूढ़े आसपास मँडराने लगते थे। ढोलकों की थाप बाहर तक सुनाई देती और कोई सुरीली आवाज़ भी, दर्द में डूबी हुई, अँधेरे को बेधती हुई। नगर के सम्भ्रान्त, श्रेष्ठी–जन, नगरसेठ, सभा के सदस्य साधिकार अट्टालिका में घुसते थे।

मधुवन क्षेत्र में प्रवेश करते ही पहली अट्टालिका के बाहर खम्भे से चिपकी एक नन्ही–सी बच्ची नियमित ये तमाशे देखा करती थी। उसे कौतूहल होता। उसे सब कुछ विचित्र लगता। वह कभी इसका हिस्सा नहीं बनना चाहती थी। माते उसे अधकासी की कथा सुनाती थीं। अधकासी, काशी की वह कन्या थी जो अपनी मर्ज़ी से गणिका बनना चाहती थी। नगर के सबसे धनाढ्य व्यवसायी की पुत्री अधकासी, जिसने अपने पिता को स्पष्ट बोल दिया था कि उसे गणिका बनना है, वैवाहिक जीवन में प्रवेश नहीं करना चाहती। पिता बड़े चिन्तित हुए। कोई पुत्री कैसे अपने पिता से इस तरह वार्ता कर सकती है और कैसे अपनी इच्छा से गणिका व्यवसाय का चयन कर सकती है। पुत्री गणिका के काम को घृणित नहीं मानती थी। व्यथित और चिन्तित पिता ने पुत्री की इच्छा को देखते हुए एक चतुर उपाय ढूँढ़ निकाला और समूचे नगर में ढिंढोरा पिटवा दिया कि जो कोई उनकी पुत्री के बदले में काशी के मोल जितना

धन देगा, उसी को अपनी बेटी की देह सौंपेंगे। समूची काशी में हलचल मच गयी। कई धनाढ्य मन में आकांक्षा पाले बैठे थे, मगर इतना धन कहाँ से लायें। किसी के पास इतना धन न था कि वह काशी का मोल लगा पाता। पिता की चतुराई काम आयी। उन्हें पूर्व में ही भान था कि ऐसी घोषणा सुनकर कोई नहीं आयेगा। वही हुआ। योजना काम कर गयी। कोई नहीं आया।

इधर पुत्री को पिता की इस चतुराई के बारे में ज्ञात हुआ तो वह बहुत व्यथित हो गयी। हठ पर अड़ी हुई पुत्री ने अपनी अलग घोषणा करवा दी नगर में कि जो कोई आधे काशी के जितना मोल चुकायेगा, वो उसके साथ गणिका बनकर चली जायेगी। कालान्तर में उस कन्या का नाम ही अधकासी पड़ गया।

विमला की माता उसे क़िस्से सुनातीं ऐसी ही गणिकाओं के। गणिका बनाना था अम्बपाली की तरह जिसके गुणों की हर कोई क़द्र किया करता, जिसके कौशल और कला की प्रशंसा में स्त्री–पुरुष कभी थकते न थे। वह जनपद कल्याणी जो थी।

विमला को माता की गायन–वादन मण्डली में सबसे प्रिय वह युवक माधव लगता जो शाम को नृत्य के समय गाने के लिए गीत लिखा करता था। कई बार छिपकर देखा, वह कोने में बैठा कुछ–कुछ भोजपत्र पर लिखा करता था। पास जाने का कभी साहस न हुआ परन्तु माधव के चेहरे पर जो तेज देखती, वह समझती, लिखना शायद सबसे रोमांचक काम होगा। तरुण बेचैनी से पहलू बदलता, कभी लेट जाता, कभी झुका रहता घण्टों। बेसुध–खोया–खोया–सा। उसकी एकाग्रता तब भंग होती जब मण्डली का कोई उसके पास जाकर कुछ कहता। वह ध्यान से उन्हें सुनता। सहमति में सिर हिलाता और फिर सबसे बेख़बर होकर मोरपंख उठा लेता। उस वक़्त उसका मुख देखने लायक होता। कुमारी को लगता–एक दिन कोने में बैठकर वह इसी तरह कुछ लिखना चाहती है। माता की तरह न नाचना चाहती है, न किसी को रिझाना। एकबारगी मन हुआ तरुण के पास जाकर पूछे–क्या लिखते रहते हो। एक दिन पहुँच ही गयी।

युवक ने चौंककर उसकी तरफ़ देखा, उसके मुँह से बोल फूटे–

"इस रंगमहल में कौन हो देवी,
किस लोक से चली आयी हो,
कैसा ये मेला है जग का,
कैसी ये तरुणाई है।"

माधव ने उसे हाथों के संकेत से दूर जाने को कहा जबकि उसका मन हुआ, वहीं पास बैठकर दो पंक्तियाँ इसमें जोड़ दे...

"सुख–वैभव के स्वप्नलोक में पलना,
चमक–दमक का मेला है,
ये मेरी नहीं, इनकी–उनकी अमराई है।"

मन की बात मन में ही रह गयी। उसके मुख से फूटने वाली पहली कविता मन में ही घुटकर रह गयी। होंठ काँपकर रह गये। माधव अपने गीतों में खो गया। हर शाम उसे एक नया गीत रचकर मण्डली को देना होता था।

उसे माधव पर अतिशय क्रोध आया। वह पास जाना चाहती थी, वह उसे दूर भगा रहा था। वह उसकी शिष्या बनना चाहती थी, वह अपने में बेसुध था। जिसमें वह खुलकर अपने को व्यक्त कर सकती थी, वह संसार उससे छूट गया था। इस भवन–भुवन में कौन सुनेगा उसकी आकांक्षा को।

कुमारी चिहुँक गयी। परिचारिका ने साधिकार आवाज़ दी थी। उसे जाना होगा।

नयी ज़िन्दगी, नया काम और अनजाने लोग। परिचारिका समझा रही है कि ये उनकी परम्परा है जिसका पालन करना ही होगा। वह कुछ और नहीं कर सकती।

एक रूपजीविता, द्वार पर खड़ी एक वेश्या को किस तरह व्यवहार करना चाहिए, उसे देह की भाषा में निष्णात होना चाहिए।

"परम्परा के अनुरूप आपके कौमार्य भंग का उत्सव तय हो चुका है कुमारी!" इतना बोलते ही परिचारिका सुगन्धा का मुख लाल हो उठा था। उसके भीतर दर्द की जाने कौन–सी चट्टानें थीं जो दरक रही थीं।

कुमारी शिथिल क़दमों से उसके साथ चल पड़ी। लम्बे गलियारे को पार करते हुए बार–बार कुमारी को लगता वह कहीं दूर भाग जाये। सदानीरा नदी में छलाँग लगा दे। इससे पहले कि वह किसी परम्परा का हिस्सा बने, वह आम्रवन में ही छिप जाये। डाल–पात खेलते हुए कितनी बार छिपी थी वह, कोई ढूँढ़ नहीं पाता था, जब तक वह ख़ुद कुहुक कर न बोलती न थी। कोयल की आवाज़ में कूकती थी और पकड़ी जाती थी।

अब भागकर कहाँ जाये। इस नगर के बाहर का संसार उसे मालूम नहीं। उसके पास मुद्राएँ नहीं, कोई अन्तरंग सखा भी नहीं। कोई शुभचिन्तक भी नहीं जो उसे यहाँ से दूर ले जाये। एक–एक पग उसे भारी मालूम हो रहा था।

बैठकखाने के पास पहुँची तो क़दम थम गये। समूची वादन मण्डली अन्दर प्रवेश कर रही थी। सबसे आख़िरी व्यक्ति रुक गया। वह माधव था।

उसके हाथ में कुछ मुड़ा हुआ–सा था जिसे कस के पकड़ रखा था।

कुमारी से नेत्र मिले। उन नेत्रों में कोई चिट्ठी–सी थी, मानो वह वहीं ठिठका हुआ, कुमारी की प्रतीक्षा कर रहा था। द्रुत गति से कुमारी ने उनके सामने से क़दम बढ़ाये। उसे देखकर कुमारी को उन्माद हुआ। चित्त में शान्ति मिली। गर्वीली होकर, थोड़ा अकड़कर उसने उसे देखा। भीतर से मुक्ति के लेन–देन का प्रथम आभास हुआ। उसने कृत्रिम मुस्कान के साथ नये जीवन को स्वीकार कर लिया।

प्रातः जागी तो उसके जीवन की ऋतुएँ बदल चुकी थीं। लीला देवी न्योछावर हुई जा रही थीं।

उनके हर्ष में डूबे स्वर कक्ष में शोर कर रहे थे–"पुत्री, मैं अत्यन्त प्रसन्न हूँ। देखो, श्रेष्ठीपुत्र क्या–क्या न दे गये हैं। हमारा जीवनयापन आराम से होगा। तुमने सब कुछ अच्छे–से सँभाल लिया है। आज तो उनसे भी बढ़कर महानुभाव आ रहे हैं। उन्होंने सन्देशा भिजवा दिया है। मैं अब आराम कर सकूँगी। मैं थक गयी हूँ।"

"परम्परा से थकान होने लगी माते आपको?"

उनींदी आँखों से माते को देखते हुए कुमारी ने पूछा।

"कुमारी...!!"

"आपने तो जीवनभर के लिए झोंक दिया मुझको...क्या आप जानती हैं कि मैं इससे अलग भी कोई कला जानती हूँ। मैं उससे जीवनयापन कर सकती थी। अगर मैं भार थी आपके लिए तो मैं गृहस्थी बसा सकती थी। क्या कमी है मुझमें, मुझे कोई अन्तरंग सखा मिल जाता माते, इस वैभव से उचित होता कि किसी विपन्न साथी का हाथ थाम लेती। परम्परा के नाम पर आप मेरी बलि तो न चढ़ातीं।"

"कुमारी..."

लीला देवी ज़ोर से चीख़ीं।

"धृष्टता कर रही हैं आप। हम आपकी माता हैं। हमारे प्रति भी आपका कोई कर्तव्य है या नहीं। आप जानती हैं कि गणिकाओं से कोई ब्याह नहीं करता, चाहे वैशाली हो या राजगृह या पाटलिपुत्र। उज्ज़यिनी से लेकर कलिंग तक जहाँ भी आप चली जातीं, आपकी छाया आपका पीछा नहीं छोड़ती। कम–से–कम हम वैशाली की गणिकाएँ जनपद कल्याणी तो हैं, प्रतिष्ठा तो पाती हैं। देवी अम्बपाली ने तो हमें और प्रतिष्ठा दिलवायी है। आप उस ऊँचाई को प्राप्त करने की कोशिश करें। और हाँ, एक सत्य जान लीजिए कि हमारी अनुमति के बग़ैर हमें कोई छू भी नहीं सकता। हाँ, हम मुद्रा कमाने के लिए ये काम करती हैं। हमारा काम है ये, हम अपने काम से मुद्रा कमाते हैं, किसी से भिक्षा नहीं माँगते। आप एक बार इस काम में आ गयीं, फिर कभी बाहर नहीं जा पायेंगी। मुक्ति का मार्ग नहीं है इसमें। बाहर जाने का मार्ग नहीं होता।"

"मुझे एकान्त चाहिए...आप अविलम्ब प्रस्थान करें। मैं इस समय कोई संवाद नहीं चाहती। मुझे चिन्तन–मनन का समय दें। मैं जो कुछ घटित हुआ है, उस पर विचारना चाहती हूँ। जब तक मैं कुछ न कहूँ, आप कुछ तय नहीं करेंगी मेरे लिए। कृपया प्रतीक्षा करिए..."

कुमारी ने माते को हाथ जोड़कर प्रणाम किया।

क्लान्त–मुख लिए, अचरज से भरी हुई लीला देवी वहाँ से लौट गयीं।

इस भीरु और अल्पभाषिणी कन्या में इतना साहस कहाँ से आ गया? एक रात में इतना कटु बोलना कैसे सीख गयी?

देर तक कुमारी अपनी शय्या पर अन्यमनस्क–सी पड़ी रही। जीवन में मानो सारे लक्ष्य समाप्त हो गये थे। एक अयाचित लक्ष्य की तरफ़ ढकेल दी गयी थी जिसमें प्रवेश का मार्ग होता है, निकास का नहीं। जितना सोचती, तड़पती जाती। कुछ लिखना चाहती थी। सब कुछ लिख देना चाहती थी। उसने परिचारिका को पुकारा

"माते को बोल देना, अब मैं जब कहूँ, तभी मेरे लिए सान्ध्य समारोह करें और जिसे मैं चुनूँ, वही आयें...मैं इस पर उनसे संवाद करने को उत्सुक नहीं हूँ। थोड़ी देर मैं शब्द साधना करना चाहती हूँ, कोई ध्यान भंग न करें।"

सुगन्धा ने उसके हाथ में कुछ पकड़ा दिया। एक छोटा–सा वसन–टुकड़ा था।

लिखा था–

"सखि, परमार्थ बिताये दिवस–काल
लौकिक सुख को नहीं चाहता थामना
निज जीवन में नहीं कोई स्वार्थ–साधना
ढँक लिया है तिमिर ने मेरे मन को
कदाचित मैं नहीं स्वप्न–भीरु
मैं अस्वतन्त्र, असमर्थ की क्यों करूँ कामना..."

इस छोटे–से टुकड़े को पढ़ते हुए आँखें मूँद लीं। काजल पिघल कर बहता रहा नेत्रों के किनारे पर।

कुछ दिवस ऐसे ही बीते। अट्टालिका में शान्ति छायी रही। लीला देवी अपने कक्ष में सिमट गयी थीं। बाहर से कुमारी के लिए अनेक कुमारों के, धनाढ्यों के सन्देशे आये, वे परिचारिका से उसके कक्ष तक भिजवा देतीं। एक दिवस उन्होंने दर्पण में ख़ुद को निहारा। वे अपने को ही नहीं पहचान पायीं।

कुमारी ने माधव को ढुँढ़वाया। गायन–वादन मण्डली खाली हो गयी थी। माधव का कहीं पता न चला। मण्डली के लोग अलग–अलग अट्टालिकाओं में काम पा गये थे। इसी उदासी में कुछ मास बीते तो परिचारिकाओं ने कुनमुनाना प्रारम्भ किया। सब की सब अट्टालिका की आसन्न विपन्नता से भयभीत हो गयी थीं। मुँडेरों और झरोखों पर कपोतों की कुर–कुर ज़्यादा ही बढ़ गयी थी जिसे सुन–सुन कर परिचारिकाओं का हृदय काँपने लगा था। एक दिवस साहस करके एक परिचारिका ने कुमारी को आगाह किया। कुमारी मन बना चुकी थी। परम्परा और मुद्राएँ दोनों उसे खींच रही थीं। अट्टालिका एक बार फिर से गूँजने लगी।

देवी अम्बपाली भिक्षुणी बन चुकी थीं। उनके पीछे–पीछे मधुवन की अनेक गणिकाएँ भी, सामान्य स्त्रियाँ भी गृह–त्याग कर चुकी थीं। वैशाली में अनेकानेक लोग भिक्षु–संघ में प्रवेश पाने के लिए उतावले थे। अपना घर–द्वार त्याग कर लोग संघ की ओर उन्मुख हो रहे थे। वैशाली पर आक्रमण की भी आशंकाएँ थीं। नगर का समूचा दृश्य बदल चुका था। सान्ध्य वेला में अपने धनाढ्य रसिकों की प्रतीक्षा करती हुई कुमारी विमला अर्थात देवी विमला झरोखे पर बैठकर बाहर के दृश्य देखना पसन्द करती थी। उस साँझ भी वह वैसे ही बैठी थी। उसे बरसभर बीता था, गणिका बने हुए। पहले मधुवन में सिर्फ़ रसिकों की टोली घूमा करती थी। उनके अश्व आते–जाते दिखाई देते थे या घोड़ेगाड़ियाँ। देवी की आँखों ने जो कुछ देखा, वह सहसा विश्वास न कर सकी। सुन्दर, गठीला शरीर, सिर मुँड़ाए हुए, कन्धे पर उत्तरीय, छोटी धोती घुटनों तक की, सफ़ेद झक्क वसन पहने, हाथ में भिक्षापात्र लिए एक दिव्य पुरुष धीमी–धीमी गति में दक्षिण दिशा की तरफ़ चला जा रहा था।

सुगन्धा को ज़ोर से पुकारा...

"ये देखो, अद्भुत दृश्य, भगवान बुद्ध भिक्षाटन के लिए चले जा रहे हैं।"

"देवी, ये महात्मा बुद्ध नहीं हैं, वे आजकल राजगृह में निवास कर रहे हैं। ये तो हमारे नगर के भिक्षु–संघ के स्थविर महामौदगल्यायन हैं।"

सुगन्धा पास में ही बैठी थी। वो मुग्ध भाव से भिक्षु को देखने लगी। देवी विमला के नेत्रो में एक परछाई सदा के लिए अंकित हो गयी।

"सुगन्धा, इनके बारे में सब कुछ पता करो, यह कब निकलते हैं, कहाँ–कहाँ जाते हैं भिक्षाटन के लिए, यथाशीघ्र पता करो..."

बोलते हुए देवी की आँखें मोहक हो उठी थीं। सुगन्धा अनुभवी स्त्री थी। नेत्रों की भाषा पढ़ते–देखते–समझते अधेड़ हो चली थी। उम्र की ढलान पर वह मुखमण्डल के एक–एक भाव पकड़ लेती थी। उसे चिन्ता हुई। देवी व्यर्थ के कामों में लगा रही हैं उसे।

"देवी, पता करने की क्या आवश्यकता। सबको मालूम है कि देवी अम्बपाली के आम्रवन में इनका विहार है। वहीं निवास है सारे भिक्षुओं का। कूटागारशाला में नियमित आते हैं भिक्षा के लिए। नियमित अलग–अलग दिशाओं में जाते हैं भिक्षाटन के लिए। इनका पीछा करना कठिन है देवी।"

"कल हमें आम्रवन विंहार के लिए जाना है, हमारे जाने का प्रबन्ध करो..."

उस साँझ देवी ने सान्ध्य समारोह स्थगित कर दिया। बस वह वीणा सुनना चाहती थी। दूर से उसकी ध्वनि आती रहे। वह अपने सुगन्धित कक्ष में जाकर शय्या पर लेटी रही। मोरपंख निकालकर कुछ लिखने की चेष्टा करती रही। कुछ न लिख पायी। शब्द मानो रूठ गये हों।

उस रात्रि देवी ने एक गाढ़ा और अबूझ स्वप्न देखा। स्वप्न में गन्ध और लय थी और पलायन भी।

एक बड़ा–सा सन्दूक़ है, उसके पास खड़े हैं महामौदगल्यायन। उनके मुखमण्डल पर प्रसन्नता दिखाई दे रही है।

बाहर से चम्पा–गन्ध आ रही है, मन्द–मन्द समीर के साथ। चिड़ियाएँ मधुर गान गा रही हैं। तरुवर हिलोरें ले रहा है।

"यही हैं...यही हैं मेरे स्वप्न–पुरुष...मेरे आकांक्षा–पुरुष। हृदय पुरुष। मुझे आपसे मिलन की आकांक्षा है..."

अपने को ध्यान से देखती है। वह भी किसी की काम्य स्त्री हो सकने लायक है। चम्पई–स्त्री जो अपनी ही आभा में दमकती है बस कलंक ने उसे स्याह बना रखा है। उससे मुक्ति चाहिए। उसकी मुक्ति यही है। स्थविर मना नहीं कर पायेंगे। उन्हें वापस गृहस्थ आश्रम में आना पड़ेगा। मैं वापस लेकर आऊँगी...

देवी को अपने ऊपर अभिमान हुआ। नगर के बड़े–बड़े वणिकों को अपने आगे झुकाने वाली स्त्री के लिए एक सुन्दर भिक्षुक कहाँ कठिन है। सामना तो होने दें, इनकार न कर पायेंगे। वह दौड़कर उनके शरीर से लिपट जाना चाहती है। उनके भिक्षापात्र में स्वयं को डालना चाहती है।

अचानक कुछ आवाज़ें गूँजने लगती हैं–

"बुद्धम् शरणम् गच्छामि...संघम् शरणम्..."

नींद झटके से खुल जाती है। वह नेत्रों को फाड़–फाड़ कर उनमें प्रकाश भरने की कोशिश करती हैं। भोर का सपना था। सच होकर रहेगा...वह काँप गयी।

हिम्मती, दुस्साहसी देवी कहाँ मानने वाली थी। प्रातःकाल सुगन्धा को साथ लेकर वो आम्रवन विहार करने पहुँच ही गयी। वह समय भिक्षुओं के भिक्षाटन पर निकलने का था। संघ स्थल से दूर वह उस मोड़ पर खड़ी थी, जहाँ से मार्ग पास के गाँवों में जाता था। भिक्षुओं की क़तारें निकलीं। देवी सबको एक–एक कर देखती जाती। जैसे ही महामौदगल्यायन दिखे, वह घोड़ागाड़ी से उतरकर उनकी तरफ़ चल पड़ी और मार्ग रोक कर खड़ी हो गयीं। भिक्षुक उसकी धृष्टता पर मुस्कुरा उठे। देवी निहाल हो गयीं। यह उसके जीवन का दूसरा सर्ग था। पहला सर्ग माधव का था, जो अधूरा रहा। इस दूसरे सर्ग को कदापि अधूरा न रहने देगी। भिक्षु के सामने रूप, वैभव, लावण्य से भरपूर एक स्त्री खड़ी थी, मार्ग रोके।

"स्थविर, क्या आपको इन हवाओं में मेरे आर्त्तनाद की प्रतिध्वनियाँ नहीं सुनाई देतीं...?"

बोलते हुए देवी ने पलकें मींच लीं।

"आप मुग्धमती, स्वैरिणी–सी मान–मर्यादा मत भूलिए। मैं आपके जीवन और उसके अभावों को समझ सकता हूँ।"

"मैं विवश हूँ स्थविर..." वह विकल हो उठी। उसे दोनों बार प्यार किसी निष्ठुर से ही क्यों हुआ। उसके अश्रु बहने लगे।

"आप उन्मादिनी हैं, यह प्रेम शरीरी है, मात्र आकर्षण। हम जिससे वंचित रहते हैं, वह हमें सदैव खींचता है देवी। हम उसे बहुधा प्रेम समझ बैठते हैं। प्रेम गुणों से विकसित होता है, उसके ध्यान से स्थिरता आती है। हम असांसारिक रहकर भी प्रेम में निवास कर सकते हैं। आप प्रेम प्रदर्शित कर रही हैं, यह प्रदर्शन की वस्तु नहीं, आन्तरिक गुण है। एक भिक्षुक से ऐसा आचरण अमर्यादित है देवी।"

"मुझे भी संघ में प्रवेश चाहिए, मैं इस जीवन से ऊब गयी हूँ महामना, मुझे अपनी शरण में लें।"

वह काँप रही थी। सुगन्धा ने आकर फिर से थाम लिया।

"स्थविर..." सुगन्धा के अधर काँपे।

"इन्हें मार्ग से गृह की ओर ले जाओ देवी। ये भटक गयी हैं। इन्हें संघ में भी प्रवेश की अनुमति नहीं मिल सकती जब तक अपने विकारों पर ये नियन्त्रण नहीं पा लेतीं।"

"कोई तो मार्ग होगा स्थविर कि देवी को शान्ति मिल जाये, अगर संन्यास से ही इन्हें सुख मिलता हो तो आप क्यों बाधक बन रहे हैं?"

सुगन्धा गिड़गिड़ा रही थी और शिकायत भी कर रही थी।

"मैं एक मार्ग सुझाता हूँ, पहले देवी उस पर चलें, फिर हम इनके संघ प्रवेश पर विचार करेंगे।"

"ये नियमित धर्मोपदेश सुनें। उस पर विचारें। मैं फिलहाल इन्हें उपासिका के रूप में दीक्षित करता हूँ..."

"मैं इन्हें सुनाता हूँ, आइए, कहीं बैठते हैं, देवी सुनें।"

"को नु हासो किमानन्दो निच्चं पंजलिते सति।
अन्धकारेन ओनद्धा पदीपं न गवेसथ।"

"धम्मपद में दिये गये इस श्लोक का तात्पर्य है कि यह हँसना कैसा? यह आनन्द कैसा?

जब नित्य ही चारों ओर आग लगी है। संसार उस आग में जला जा रहा है। तब अन्धकार में घिरे हुए तुम लोग प्रकाश को क्यों नहीं खोजते?"

देवी विमला की अप्रत्याशित सुधि लौटी। नेत्र नीचे करके हाथ जोड़ लिए। सपने का पहला और आख़िरी हिस्सा कौंधने लगा। धर्मोपदेश से भरे सन्दूक़ के साथ खड़े महामौदगल्यायन और अन्तिम हिस्सा, सारी छवियाँ लुप्त होने के बाद एक प्रकाश का वृत्ताकार टुकड़ा पृथ्वी पर बचा रहता है।

"इसी प्रकाश की खोज करते हैं हम सब जीवनभर। यही प्रकाशवृत्त जीवन का पूरा सर्ग है। उसे वहीं तक पहुँचना है।"

स्थविर वहाँ दोनों देवियों को बुद्ध के मुख्य उपदेश सुनाते रहे।

वहाँ से लौटते हुए दोनों की काया और हृदय बदल चुके थे। अब विमला देवी एक दीक्षित गृहस्थ शिष्या के रूप में दीक्षित हो चुकी थी। कठिन परीक्षा में उनके गुरु ने उन्हें डाल दिया था। काजल की कोठरी में रहना था, बिना काजल का बिन्दु लगे।

वह ध्यान और साधना की उच्चतम उपासिका थी। वह जानती थी कि स्थविर उसकी परीक्षा ले रहे हैं और जब तक पात्रता प्राप्त नहीं करती, उसके लिए संघ का प्रवेश असम्भव है। अन्य गणिकाओं के लिए जितना सुगम था, उतना देवी विमला के लिए नहीं। वह प्रेममार्गी जो थीं। अब उन्हें ध्यानावस्था में कुछ मास बिताने थे। एक वर्षाकाल बीते तब महामौदगल्यायन उन्हें स्वयं संघ में प्रवेश कराने ले जायेंगे।

"ओह...तो आपने इस प्रकार संघ में प्रवेश लिया?"

अम्बा ने लम्बी साँस भरकर पूछा विमला से।

"हाँ देवी अम्बा..."

विमला का मुख तप रहा था। मानो ज्वर से उठी हो। मध्य रात्रि हो चुकी थी। किसी की आँखों में निद्रा के संकेत नहीं थे।

"काव्य लिखेंगी न। उसमें ज़्यादा करुणा–रस का संचार होता है। कम शब्दों में ज़्यादा, हृदय को कम्पित कर सकने की क्षमता सिर्फ़ काव्य में है। हम कथा–काव्य का संकलन तैयार करेंगे। हमारे बाद बौद्ध धर्म के साथ–साथ उसे भी पढ़ा और समझा जाये। हमारे बाद की स्त्रियाँ पढ़ें कि हमारी स्थिति हर काल में एक–सी रही है। सम्भवतः वे कुछ सबक सीख सकें।"

विमला ने छोटा–सा दीया जलाया और मोरपंख उठाया। जिस ब्राह्मी लिपि को वो लगभग विस्मृत कर चुकी थी, उसमें उसकी वाणी फूट पड़ी–

"रूप–लावण्य से, सौभाग्य और यश से मतवाली हुई,
यौवन के अहंकार में मस्त,
मैं अज्ञानी,
अपने को कितना गौरवमय समझती थी,
गहनों से शरीर को सजाये हुए,
मैं अनेक तरुण युवकों का आकर्षण बनती थी,
वेश्या–गृह के द्वार पर सतर्क दृष्टि से,
बैठी हुई मैं,
व्याध के समान जालों का निर्माण करती थी,
लज्जा–शर्म को छोड़कर मैं कपड़े उतारकर नंगी तक हो जाती थी,
वही आज मैं मुँड़े हुए सिरवाली हूँ, चीवर–वसना हूँ,
वृक्षों के नीचे ध्यानरत हुई,
मैं अवितर्क ध्यान को प्राप्त कर,
बिहरती हूँ,
देवी और मानुषी कामनाओं के सभी बन्धन मेरे उच्छिन्न हो गये,
सब पापों को मैंने दूर फेंक दिया है,
आज मैं निर्वाण की परम शान्ति का अनुभव कर रही हूँ,
मैं निर्वाण–प्राप्त हूँ,
परम शान्त हूँ।"

अब अपनी कथा कहो थेरी सिंहा

जिस भोग–विलास के पीछे वो भाग रही थी, जिस कामासक्ति के वशीभूत होकर उसमें आकण्ठ डूब जाना चाहती थी, जिसके कारण उसे किसी भवन की कुलवधू भी बनना पड़ सकता था उससे उसका जीवन परिवर्तित हो सकता था। तब वह स्वाधीन स्त्री न होती, न ही स्वयं से कोई निर्णय ले सकती थी। फिर ये स्त्रियाँ संघ में कैसे आयीं...क्यों आयीं...सब कुछ तो था उनके पास...क्या वैवाहिक जीवन का हश्र यही होता है, तो फिर एकाकीपन ही क्या अनुचित है?

"देवी अम्बा, इतनी दीर्घ कथाएँ सुनकर कदाचित आप ऊब गयी होंगी? कितना धैर्य है आप में?"

सिंहा चुपचाप अम्बा के साथ बैठी अब तक थेरियों की गाथाएँ सुन रही थी। अब उसकी बारी थी। अम्बा चाहती थी कि थेरियाँ कहे अपनी गाथाएँ। वे अपनी व्यथा को काव्य में दर्ज करें। वह इस सत्य से भिज्ञ थी कि कथा और काव्य दीर्घजीवी होते हैं। तथागत के जीवन से जुड़ी चमत्कारिक घटनाएँ कथा बनकर उन तक पहुँचती थीं। वे कथाएँ दीर्घजीवी होंगी।

"सिंह सेनापति की न्यारी भगिनी सिंहा, आप तो अपने मातुल के जीवन की शुक्र तारिका थीं। सदा अपने पास रखते थे अपनी प्रिय भगिनी को। मैं दीर्घ कथाएँ बाल्यकाल से सुनती रही हूँ। स्त्रियों के शौर्य की कथाएँ, जिन्होंने मुझमें साहस भरा, धैर्य भरा और जीवन के दुखों में ढाढस भी बँधाया।

"आप कथा शुरू करें सिंहा...वैशाली में आपकी कथा छन–छन कर सुनाई पड़ती रही है। सत्य सिर्फ़ आपको ज्ञात होगा। मैं सत्य को प्रत्यक्ष अनुभव करना चाहती हूँ।"

यह समय थेरियों के आपसी वार्तालाप का समय था। संघ के बाहर भूमि पर बैठी, विमला, सुमंगला माता, सिंहा और अम्बा। वे एक–दूसरे को अपनी गाथाएँ सुनाया करती हैं। एक–दूसरे के संघ में प्रवेश को लेकर कौतुहल व्यक्त किया करती हैं।

सिंहा ने अपनी कथा प्रारम्भ की–

"आप सबको ज्ञात होगा कि वैशाली का वातावरण दिनोदिन भ्रष्ट होता जा रहा था। इसे लेकर मातुल सिंह सेनापति चिन्तित रहा करते थे। उन्हें सैन्य संगठन का दायित्व सौंपा गया था। मगर सैन्य संगठन में कई अड़चनें आ रही थीं। नगर के तरुण कामुक और विलासी हो गये थे। उन्हें अपने नगर की सुरक्षा की रत्तीभर भी चिन्ता नहीं थी। उनके मन–प्राण देवी अम्बा समेत अनेक गणिकाओं के विलास–भवन के बन्दी हो गये थे। नगर के श्रेष्ठिजन भी नगर के विकास के लिए धन देने को तैयार न हो रहे थे, गणिकाओं और रूपजीविताओं के ऊपर धन लुटाने में उन्हें समस्या न थी। सिंह सेनापति गहरी निराशा में डूबते चले जा रहे थे। संथागार में हुई बैठक के बाद वे बाहर निकले। द्वार पर कुछ क्षण के लिए ठिठके, पीछे मुड़कर देखा। प्रासाद के ऊपर लाल पताका लहरा रही है, जिसके ऊपर सिंह की उजली मूर्ति अंकित थी। सिंह एक पैर ऊपर उठाये हुए मानो आक्रमण के लिए तैयार हो। उसे देखकर सिंह सेनापति ने ठण्डी साँस भरी। क्या वैशाली की पताका ऐसे ही लहराती रहेगी। नव–तरुण इसकी सुरक्षा कर पायेंगे, इसकी मान–मर्यादा बचा पायेंगे। जिस क्षिप्र गति से नगर पतनोन्मुख हो रहा था, दूसरे राज्यों के गुप्तचरों ने वेश बदलकर नगर की परिक्रमा शुरू कर दी थी, नगर की सुरक्षा में सेंध लगने की ख़बरें आने लगी थीं, वैशाली के सुरक्षा प्रमुखों की चिन्ताएँ भी बढ़ने लगी थीं।

संथागार से सीधा अपने भवन पहुँचे। भीतर से बहुत व्यथित थे। उन्हें किसी ऐसे स्थान की खोज थी जहाँ जाकर वे कुछ देर शान्ति

पा सकें। स्थिर चित्त होकर नगर और नगरवासियों के बारे में सोच सकें। सदानीरा का तट याद आया। वर्षा ऋतु प्रारम्भ होने में तीन ही दिन शेष बचे थे और सदानीरा ऋतु की आहट से ही भर आयी थी। आम्रवन भी सूने हो गये थे। वृक्षों पर आम्र नहीं थे। अम्बपाली के विशालकाय, मनोरम आम्रवन में बुद्ध पधार चुके थे, अपने असंख्य शिष्यों के साथ। नगर में घूमते हुए भिक्षुक दिखाई देते थे। सिंह सेनापति की लालसा हृदय में ही रही कि वे बुद्ध के प्रवचनों में शामिल हो सकें। अपने भवन के बाहर बैठे, क्लान्त मुख सिंह सेनापति को पार्श्व से एक मधुर आवाज़ आयी–

"मातुल, मैं एक निवेदन करना चाहती हूँ आपसे। आज्ञा दें।"

वह उनकी सबसे प्यारी, पुत्री से अत्यधिक प्रिय भगिनी सिंहा थी। उन्हें अत्यन्त प्रिय होने के कारण उसका नामकरण भी अपने नाम पर कर दिया था।

सिंहा ने अपने मातुल के मुखड़े पर निराशा के प्रगाढ़ भाव देखे। वह चिन्ताकुल हो गयी संकेतों में पूछ बैठी–"क्या हुआ?"

सिंह सेनापति अपनी मनोदशा बता न सके। सिंहा अप्रत्याशित रूप से बोल पड़ी–"मेरा निवेदन है कि आप मुझे अपने साथ महावन कूटागारशाला ले चलें जहाँ तथागत का निवास है, जहाँ वे वृक्ष की घनी छाया में बैठकर सबको उपदेश देते हैं। मैंने नगर में उनकी चर्चा सुनी है, मैं उनसे श्रवण–सुख और दर्शन–लाभ दोनों हेतु व्याकुल हूँ।"

मातुल ने चकित होकर अपनी भगिनी की तरफ़ देखा। सिंहा युवा हो चुकी थी, उसके गृहस्थ आश्रम में प्रवेश का समय भी आ चुका था। नगर की चिन्ता में वे अपना घरेलू दायित्व ही भूल बैठे थे। एक तरुणी को उपदेश सुनने की ललक क्यों जागी। सेनापति पर नगर की सुरक्षा का भार है, वे चाहें भी तो भिक्षु–संघ में प्रवेश नहीं ले सकते। नगर को संकट में छोड़कर भिक्षु बनना, सर्वथा अनुचित लगा उन्हें। वे एक बार तथागत के सम्मुख बैठकर उनका उपदेश सुनना चाहते थे। भगिनी सिंहा ने उन्हें प्रेरित किया और वे उसके साथ उसी व्यग्र मनःस्थिति में कूटागारशाला पहुँच गये जहाँ तथागत अपने

शिष्यों को उपदेश दे रहे थे। सेनापति ने उन्हें झुक कर अभिवादन किया और वहीं भूमि पर बैठ गये। सिंहा उनके सम्मुख नहीं गयी। उसने छिपकर उनके दर्शन किये। वह प्रवचन सुनने की आकांक्षी थी। सिंहा की मनोदशा अनूठी हो चली थी। ऐसे मनोहारी दृश्य की कल्पना भी नहीं कर सकती थी। थोड़े–से उच्च आसन पर बैठे एक दिव्य पुरुष जिनके चारों ओर प्रकाशवृत्त बन रहा था। इतना सुदर्शन, तप के कारण प्रकाशमान मुख, शरीर पर पीत वसन। जैसे चहुँओर कोई दैवी आभा फैल रही हो। सारे शिष्य आँखें मूँदे ध्यान में लीन थे। सिंह सेनापति की तरफ देखते हुए तथागत ने कहा, जिसे वे पहले भी अपने प्रिय शिष्य आनन्द से कह चुके थे।

तथागत बोले–"सेनापति, वैशाली अपने नियमों में बँधी हुई है, सब कुछ सुचारु रूप से चल रहा है, राज्य में स्त्रियों और वृद्धों का बहुत सम्मान होता है, नियमित सभाएँ होती हैं, न्याय व्यवस्था में आपका पूरा विश्वास है, परम्परा और आदर्शों पर चलते हैं, साधु–सन्तों, भिक्षुओं का सम्मान करते हैं, उन्हें सुरक्षा प्रदान करते हैं, आपस में पूर्ण सहमति बनाकर ही राजकाज चलाते हैं, ऐसी वैशाली के सेनापति को भला किस उपदेश की आवश्यकता महसूस हो गयी।"

सेनापति कृतज्ञ भाव से भर उठे। तथागत ने जो पाँच मुख्य बातें बतायी थीं, उन पर वैशाली खरी तो उतर रही थी मगर शनैः–शनैः ह्रास होता चला जा रहा था। भोग–विलास में उनकी वैशाली डूब गयी थी। स्त्रियों में गणिका बनने का लोभ बढ़ रहा था, उनकी संख्या में बढ़ोतरी हो रही थी। तरुण अपना समय उनके भवनों में बिताने लगे थे। उन्हें भय हो रहा था कि एक दिन वैशाली पराधीन हो जायेगी। मगध साम्राज्य के गुप्तचर सूचनाएँ एकत्र करने में जुटे हुए थे।

सेनापति को चिन्तित देखकर तथागत उन्हें उपदेश देने लगे। सिंहा ओट में खड़ी मौन हो सुनती रही।

उसकी आत्मा में वह आवाज़ उतरने लगी–वो सुध–बुध खो बैठी। तथागत कह रहे हैं कि सब कुछ अपने अन्दर है, वहाँ खोजो। अँधेरा भी, प्रकाश भी। वह आत्मस्थ होने लगी। उसे अपने अन्दर गहन

परिवर्तन महसूस होने लगा। मातुल उसे थामकर ले चले। उनका चित्त शान्त हो चुका था। तथागत अपने विश्राम कक्ष में जा चुके थे। शिष्य भी अपने कार्यों में जुट गये। सिंह सेनापति मन–ही–मन चिन्तन–मनन कर रहे थे कि आगे उनकी नीतियाँ क्या होंगी। सिंहा इन सबसे बेख़बर किसी और लोक में जा चुकी थी। उसने देववाणी जो सुन ली थी। अब वो सिंहा नहीं थी जो उपदेश सुनने से पहले थी। उसने जो दैवी आभा के दर्शन किये, उस पर मोहित हो उठी थी। उसे समूचा संसार निस्सार जान पड़ा। सब व्यर्थ है, ये गृह–संसार, ये सम्बन्ध। वैशाली की स्त्रियों की तरह वह अपना जीवन गृह में नहीं झोंकेगी, वह अपने भीतर प्रकाश की खोज करेगी ताकि अपने अस्तित्व के मायने समझ सके।

कौन है वह, क्यों उत्पन्न हुई है, क्या है उसका जीवन, सारे प्रश्न उसे आठों पहर आकुल करने लगे। उसका चित्त अशान्त हो उठा। अपने चारों तरफ़ उसे गहन अन्धकार दिखाई देने लगा था जिसमें समाती जा रही थी। वह छटपटा उठी। अपने जीवन का अर्थ ढूँढ़ने लगी। उसे अपने अन्तर्मन के प्रकाश तक पहुँचना था, यही उसका अभिष्ट हो गया था। उसके अन्तर्मन में विचारों के द्वन्द्व उठने लगे–क्यों है, क्या है, कैसे है...कहाँ है वह प्रकाश जिससे एकाकार हो सके। उसके भीतर किसी पुरुष के प्रति अनुराग क्यों नहीं जन्मता। ऐसा वैराग्य भाव क्यों उत्पन्न हो गया। तथागत के समीप नहीं जाती तो क्या वह भी सामान्य ज़िन्दगी बिता सकती थी। किसी भवन में कुलवधू बनकर जाती, गृह बन्दी बनकर अलिन्दों से झाँकती और स्वर्णाभूषणों से लदी रहती। क्या चाहिए जीवन से। उस क्षण लगा कि वह तथागत के समीप जाकर बैठ जाये–कहे, "मुझे अपनी शरण में ले लीजिए। मुझे सांसारिक जीवन में रुचि नहीं है। आपके दर्शन और श्रवण के बाद आन्तरिक संसार की रूपरेखा परिवर्तित हो चुकी है।"

बहुत वैभव में लालित–पालित सिंहा स्वयं को कठोर तप के लिए तैयार कर चुकी थी। वह विरक्त होती चली गयी संसार से। बुद्ध ने संघ के द्वार अभी स्त्रियों के लिए खोले नहीं थे। इन दिनों वे अपने

चातुर्मास प्रवास के लिए वैशाली में ठहरे थे। अम्बपाली के आम्रवन में उनके ठहरने से समूचे जनपद का तापमान बढ़ गया था। ऐसी भी चर्चा उठ रही थी कि देवी अम्बा भी विलासी जीवन परित्याग करने की दिशा में चिन्तन कर रही हैं।

देवी अम्बा तो सर्व–समर्थ हैं, वे रास्ता ढूँढ़ लेंगी। परन्तु उसका क्या...एक मामूली–सी कन्या, अपने जीवन में माया के तन्तुओं को काटकर निकल भागना चाहती है। इस बनावटी संसार से उसका हृदय उचट–सा गया था। उपदेश सुनने के बाद से उसकी उद्विग्नता बढ़ती चली जा रही थी। वह गृह त्याग कर कहीं किसी आश्रम में जाकर तपस्या करने को उतावली हो उठी। तथागत की भाँति ही बिना किसी को बताये वह अपने पथ पर चल देना चाहती थी। कोई न रोके, न टोके। कोई सम्बन्ध पथबाधा न बने।

परन्तु उसके क़दम रह–रह कर ठिठक जाते। कुछ मास तो उसने अपने गृह में विरक्त होकर बिताये। उसके नेत्रों में तथागत की जो रूप कान्ति बस गयी थी, वह नेत्र मूँदने पर भी विलग नहीं होती थी। उसे उनकी वाणी सुनाई देती। वह समाधिस्थ हो जाती। इसमें उसे आनन्द की अनुभूति होने लगी। मन्त्रसिक्त वाणी, जिससे प्रकाश निकलता है। वह वाणी उसे शुचिता बोध से भर देती। वाणी की निर्मल छाया उसे सारे कलुष से दूर ले जाती।

और एक दिन सिंहा ने गृह त्याग दिया। उसे विरक्ति और साधना के दौरान आभास हो चला था कि वह गृहस्थ आश्रम के लिए नहीं उत्पन्न हुई है। उसे आत्मिक शान्ति चाहिए। वह अपनी खोज में थी। जैसे तथागत ने स्वयं को ढूँढ़ा, वह भी अपने को ढूँढ़ेगी। जब वैशाली से दक्षिण दिशा की तरफ़ चली तो उसे पता न था कि उसके पग किस अरण्य की तरफ़ ले जायेंगे। पहले उसने सदानीरा को निहारा। नाविक से आग्रह किया कि जब तक वह आदेश न दे, नाव खेते रहें। सदानीरा बहती रही, सिंहा की नाव चलती रही...उसे दिशा नहीं मालूम, उसने घने वन को देखकर नाविक को वहीं तट पर उतारने को कहा। नाविक को कुछ मुद्राएँ दीं और वन के अन्दर

बेख़ौफ़ घुसती चली गयी। नाविक हैरान, अकेली कन्या को वन के अन्दर गमन करता देख आशंकित हो उठा। किन्तु वह अपरिचित कन्या थी, उसके बारे में किसे बताता। नाव लेकर वापस चल पड़ा।

वन में सिंहा चलती चली गयी, निर्भय, निडर होकर। भाँति–भाँति के वन–पशुओं की आवाज़ें भी उसे भयभीत नहीं कर रही थीं। अन्दर जाकर उसे खाली कुटी मिली, जहाँ छोटा–सा तालाब भी था। उसमें रंग–रंग के कमल–पुष्प खिले थे। कुटी खाली पड़ी थी। मालूम पड़ता था, किसी तपस्वी ने बनायी होगी, साधना पूरी होने पर त्याग कर चला गया होगा। सिंहा ने वहीं रमने की ठान ली। अपने साथ लाया हुआ थोड़ा–सा सामान, अपने वसन उसने कुटी में रखे और तालाब के पास आकर विचारमग्न हो गयी।

ऐसे ही किसी एकान्त में तथागत ने तप किया होगा। आह, कितनी शान्ति है, सुकून है, निर्मल हवा, हरे–भरे वृक्ष। फूलों से भरी क्यारियाँ। हिंस्र पशु भी होंगे, मगर उसे तनिक भय न हुआ। रात्रि का पहर था, वन–वृक्षों के पत्ते हिलने बन्द हो गये थे। शायद निद्रा–निमग्न हो गये थे। ऐसी अनेक रात्रि–दिवस उसने वन में बिताये। वन एकदम निर्जन था। जनशून्य। यदा–कदा हिरण या गायें दीख जातीं। उज्ज्वल–धवल खरगोश दीखते। उसके बालों में जटाएँ पड़ने लगीं। वह वन–मार्गों पर भटकने लगी। वह वीतरागी और अपरिग्रही जो थी जिसे किसी वस्तु से, संसार से राग न था, न ही किसी वस्तु का संचय करने की अभिलाषा थी। वसन के नाम पर सिर्फ़ मेखला पहनती, चीवर डालती। कंचुकी का परित्याग कर दिया था। वह एकान्तिक जीवन में प्रवेश कर चुकी थी। वन ही उसका संसार और वृक्ष उसके मित्र थे। हवाओं से श्वास लेती, वृक्षों से फूल–फल लेकर आहार बनाती। कन्द–मूल उपजाने भी लगी। अन्न का पूरा परित्याग कर दिया था। एक भिक्षापात्र हमेशा अपने पास रखती। यही पात्र उसे उस देव–वाणी से जोड़े रखता। वह नित ध्यान करती। उस प्रकाश को खोजती, अपने भीतर जिसकी बात तथागत ने की थी।

किसी प्रकार दो वर्षा ऋतु उस वन में बितायी। तीसरी वर्षा ऋतु आयी तो उसे वर्षा की बूँदें बाण समान चुभने लगीं। सब कुछ निरर्थक

लगने लगा। दो वर्ष का कुछ भी हासिल न हो सका। एक बार वह तालाब के पास देर तक बैठी, श्वेत कमल को निरखती रही। हाथों से जल को मथा। दो पुष्पों को एक साथ देखकर हृदय में कुछ तरंगें उठीं। हाथों से जल को हिला–हिला कर उन्हें एक–दूसरे से दूर कर दिया। बीच में साफ़, स्वच्छ जल था जिसमें वह अपनी छवि देखकर मुग्ध हो उठी। शरीर पर पड़े वसन भी जीर्ण–शीर्ण अवस्था में थे। जल में सब कुछ साफ़–साफ़ दीख रहा था। उसके नेत्र सूखे–सपाट हो गये थे। घनी केशराशि में जटाएँ झूल रही थीं। दोनों हाथों से अपने कपाल को, गालों को स्पर्श किया, खुरदुरे हो गये थे, हथेलियों को चुभ रहे थे। ठीक से अपने को पहचान नहीं पा रही थी सिंहा। प्रकृति के कठोर अनुशासन में रहते हुए सारी सुख–सुविधा, साज–सिंगार सब विस्मृत हो चुका था। सरोवर के स्वच्छ जल में अपनी छवि निहारते ही उसके हृदय में प्रेमानुभूति हुई। साधना–मार्ग की कठोरता का भास हो चुका था। अब तक उसके चित्त को शान्ति नहीं मिली थी। विचित्र–सी व्यग्रता घेरे रहती। ध्यान लगाने की चेष्टा करती, चित्त अस्थिर हो उठता। वन के शुरुआती वर्ष तो आनन्द में बीते थे। द्वितीय वर्ष से अकुलाने लगी। जिस संसार को, जिस भुवन को छोड़ आयी थी, वहाँ लौटने का मन नहीं हुआ। कदाचित वह जानती थी कि उस भुवन में अब उसका स्वीकार कठिन है। जाने नगरवासियों ने क्या सोचा होगा। उसकी गणना नगर की विलासी स्त्रियों में न उसकी गणना होने लगी हो। विलास...सोचते ही वह सरोवर–तट से उठ पड़ी।

ये क्या होता है, इससे तो नितान्त अनभिज्ञ है। जिस आयु में भोग–विलास की तरफ़ उन्मुख होती, तब तक जीवन से विरक्ति ही हो गयी।

अब क्या उसे इस जीवन के चयन का पश्चात्ताप हो रहा है, उसकी दमकती हुई रूपकान्ति का जब क्षय हो चुका है। सोचते–सोचते वह स्वेद से भीग गयी। आन्तरिक संसार में कुछ परिवर्तन की आहट सुनाई देने लगी थी।

नहीं, नहीं...मैं जीवन को एकांगी, नीरस भाव से नहीं बिताना चाहती...मुझे भी भोग चाहिए। मुझे भी भाँति–भाँति के वस्त्राभूषण चाहिए,

मुझे शृंगार करना है। किसी अदृश्य के प्रति वह एकात्म बोध से भर उठी। मुखमण्डल दमक उठा। सोचने मात्र से उसकी छवि बदल गयी। कटिप्रदेश में बँधी हुई जीर्ण–शीर्ण मेखला सरकी जा रही थी। दोनों हाथों से अपने वक्षस्थल दबा लिए। एक वृक्ष के तने से टिक कर नेत्र मूँद लिए। अपने आन्तरिक संसार में आनन्द को खोजना चाहती थी, उसे महसूस करना चाहती थी। उसकी स्मृति में कौंधने लगीं वे तमाम सखियाँ, स्त्रियाँ, उनकी ठिठोली, चन्द्ररात्रि में जो स्वयं चन्द्रकिरणें ओढ़ लिया करती थीं। प्रेमानुभूति से जिनका मुखड़ा रक्ताभ रहा करता था। वासना में सुख है...संसार इसी से संचालित होता है। कब तक भागेगी और कहाँ तक भागेगी। अपनी शारीरिक कामनाओं पर विजय कैसे पाये। हृदय संचालित करे जिस भाव को, उस पर नियन्त्रण पाना अत्यन्त दुष्कर होता है। सुख का एक ठोस माध्यम उसका अपना शरीर है, हृदय है। हृदय लेन–देन का काम है। इसे पाने के लिए किसी को देना पड़ता है। सम्भवतः दो हृदयों का परस्पर विनिमय है प्रेम। इस घने वन में कोई विनिमय सम्भव नहीं। दो वर्ष बीते, किसी की पदचाप न सुनाई दी। ये भी पता न चला कि आसपास कोई नगर है भी या नहीं।

सम्भवतः वह नगरों के पास जाने से बचती रही है। उसे भय था कि नगर फिर से उसे अपने पास रख लेता। उसे खींच लाता वापस सांसारिक जीवन में जिससे वह पलायन कर वन में आ गयी थी। उसे वैशाली वापस नहीं जाना। वैशालिकों के प्रश्नों का सामना नहीं कर पायेगी। वह सचेतन हुई। नये तरह से जीवन का सामना करने को स्वयं को तैयार करना था। जीवन अब खोज बन गया और कामनाएँ बलवती। आत्मा में झाँकने का प्रयास करने लगी। वहाँ उसे नूपुरों की ध्वनि सुनाई दे रही थी। आत्मा की झिरियों से से प्रकाशपुंज प्रवेश कर रहा था, सिंहा ने तत्क्षण अपने नेत्र खोल दिये। इस काल में, ऐसी मनोदशा में किसी तीक्ष्ण प्रकाश को अपनी आत्मा के अँधेरे का हरण नहीं करने देना चाहती थी। जब जाग उठी है तृष्णा तो उसे पूर्ण करने का दायित्व भी उसका ही है।

और फिर सिंहा के वन–वन भटकाव की दारुण कथा यहाँ से प्रारम्भ होती है। कामनाओं का आवेग उसे अनजान नगरों की तरफ़ ले चला। अपनी पर्णकुटी को उदास छोड़कर एक दिन वह निकल पड़ी। उसे जीवन–रस की तलाश थी जो किसी पुरुष की उपस्थिति, उसके बाहुपाश में मिल सकता था। वह वन की चारों दिशाओं के नगरों में भटकने लगी। नगर वाले उसकी विचित्र वेशभूषा देखते, उसे साध्वी समझते, कोई जोगन समझता और श्रद्धा से सिर झुका देता। उसने अपनी वेशभूषा बदलने का प्रयास किया। नगरवासियों के साथ घुलना–मिलना चाहा। जटाएँ कटवा दीं, वस्त्र बदल लिए। फिर भी वह एकाकी रही। भटकते–भटकते जिस नगर में पहुँची, वहाँ कोई सिद्धपीठ जैसा था, जहाँ कुमारी बालिकाओं को देखते ही चरणों में लोट जाते थे। सिंहा जैसे ही उस नगर में पहुँची जो चारों तरफ़ से घने वन से घिरा हुआ था, सान्ध्यकाल तरह–तरह के वन–पशुओं की चहलकदमी बढ़ जाती, नगरवासी अपने घरों में घुस जाते। दीया–बाती जलने के बाद वहाँ मार्ग पर कोई भी दृष्टिगत नहीं होता। अपने घरों में क़ैद नगरवासियों ने जब सान्ध्य के झुटपुटे में एक दिव्य युवती को देखा तो श्रद्धा से भरकर पुकार उठे–

"देवी...देवी" की गूँज उठी और समूचा मार्ग श्रद्धालुओं से भर गया। उसे आदर समेत पीठ रूपी इमारत के पास ले गये और बैठने को आसन दिया।

"साक्षात देवी आयी हैं नगर में...अब नगर के दुर्दिन समाप्त हो जायेंगे।"

नगरवासी तरह–तरह के प्रलाप कर रहे थे। देवी की अर्चना कर रहे श्रद्धालु अचानक मौन हो गये जब सब ने सिंह की दहाड़ सुनी। शक्तिपीठ वन के क़रीब था। सान्ध्य वेला में कोई वहाँ नहीं जाता था। वन–पशु वहाँ विचरण करने आते थे। किन्तु देवी के अप्रत्याशित आगमन ने सबको साहस से भर दिया था। सिंह की दहाड़ से भीड़ में थोड़ी हलचल तो हुई किन्तु कोई हिला नहीं। कोई भगदड़ नहीं हुई। स्त्रियाँ थोड़ी भयभीत दिखाई दे रही थीं।

मुख्य पुजारी आगे बढ़कर देवी के चरणों में लोट गया।

सिंहा हड़बड़ाकर पीछे हटी।

अब तक उसे भटकते हुए पाँच वर्ष बीत गये थे। हर जगह इसी तरह स्वागत होता था। वह जितना सामान्य दिखने की कोशिश करती, लोग उसे वापस उसी जोगन की खोह में ढकेल देते। वह चाहती, कोई उसे प्रीतिकर लगे, कोई अनुराग से देखे। उसकी स्त्री को पहचाने, आगे बढ़कर उसका हाथ थामे, एक बार पूछे तो सही कि देवी...तुम कौन हो, तुम्हें क्या चाहिए, इतनी अल्पायु में वन–वन, नगर–नगर क्यों भटक रही हो। ऐसी क्या विपत्ति आ पड़ी है कि एक कुँवारी कन्या को भटकना पड़ रहा है। ये सब छोड़कर लोग कुछ और पूछते हैं। लोग अपने लिए आशीष चाहते हैं। सब जैसे बेहाल हों जीवन से। सब मानो तंग आ चुके हों। सब के सब परेशानियों से घिरे हुए जीव द्रष्टव्य होते थे। सबको अपनी समस्या का समाधान चाहिए था। इन्हें क्या पता कि अपने ही हृदय से पराजित एक युवती पाँच सालों से मारी–मारी फिर रही है। वैशाली में होती तो सम्भवतः मातुल सिंह सेनापति किसी सेठ–पुत्र से ब्याह चुके होते। वह वहाँ राज कर रही होती, स्वर्णाभूषणों से लदी हुई, दासियों से घिरी होती। तब तो इन्हीं स्थितियों से विरक्ति हो गयी थी। तब तो सुख–विलास का बन्दी बनना स्वीकार्य नहीं हुआ।

सुविधाओं के नकार से भटकाव प्रारम्भ होता है।

तब कहाँ समझ पायी थी अपने हृदय को। तरुणाई तो अब आयी है। तरुणाई का आभास तो तब हुआ जब सरोवर के दर्पण में अपनी छवि देखी और मुग्ध हो उठी। इतने रूप–यौवन को साधना–मार्ग पर ले जाने का वह अनुचित समय था। पहली बार अन्तर में कामासक्ति जागी थी। पहली बार इसके लिए हृदय बेचैन हुआ था। वह अपने हृदय की बात सघन वन की शान्ति में ही सुन पायी थी। अब मदनोत्सव का अवसर आने वाला है।

उसे किसी तरह बचकर वैशाली जाना ही होगा। अनजान नगर का रवैया देख लिया। वो क्या बनना चाहती थी, लोगों ने उसे क्या

समझा और क्या बना दिया। कोई उसकी आत्मा में झाँकने को तैयार न था, सबको अपने दुखों से मुक्ति चाहिए थी। सब अपने लिए आराध्य ढूँढ़ रहे थे। कोई देवी या देवता चाहिए जिसके आगे सिर झुका सकें, अपने दुखों का पिटारा खोल सकें। मुक्ति का मार्ग पूछ सकें।

अपनी सोच में डूबी हुई सिंहा आसन पर जड़–सी बैठी रही। वन से सिंह की दहाड़ और तीव्रतर होती जा रही थी। सामने खड़ी भीड़ निर्भय थी। सिंहा वन में दो वर्ष काटकर आयी थी, उसे किसी की दहाड़ से भय नहीं लगता था। लेकिन ये अट्टालिकाओं में बसने वाले प्राणियों की भीरुता कहाँ लोप हो गयी थी। सिंहा सब के बारे में सोचकर काँप उठी। सिंह आया तो यहाँ क्या दृश्य होगा। पता नहीं कितने लोग मृत्यु को प्राप्त हों। सिंह किसे उठा ले जाये। उसने अनायास हाथ उठाया। सबको लौट जाने का संकेत कर रही थी। सबने फिर सिर झुका लिया। सिंह की दहाड़ के आगे उनकी निडरता को देखकर सिंहा चकित रह गयी।

सिंहा का मुख तपने लगा था। उसे कुछ सूझता न था। किंकर्तव्यविमूढ़ हो गयी थी। उसने पीठ की तरफ़ घूमकर सिर झुकाया। पीछे झाड़ियों में ज़ोर से उछल–कूद की आवाज़ आयी, मानो कोई चीज़ उछल रही हो और फिर शान्त पड़ गयी हो। सिंह की दहाड़ सुनाई देनी बन्द हो गयी थी। सिंहा समझ गयी कि सिंह को अपना शिकार किसी हिरण के रूप में मिल गया होगा। वह लौट गया। आवश्यकता से ज़्यादा भोजन सिंह कभी नहीं लेता। सामने हो तो भी छोड़कर चला जाता है। वह पलटी...

नगरवासी झूम–झूम कर कोई प्रार्थना गा रहे थे। वो भाषा उसको समझ नहीं आयी। बस उनकी हिलती हुई काया से अनुमान लगा सकती थी कि सब के सब उसकी उपस्थिति से अभिभूत हैं, चमत्कारी देवी मान रहे हैं और अब वे यहाँ से उसे जाने न देंगे।

पुरोहित और उसके कुछ युवा शिष्य उसके तारों तरफ़ घेरा बनाकर खड़े हो गये थे। उन्हें साक्षात देवी मिल गयी थी जिसे गुलाबी–काले पत्थरों से बने छोटे–से मन्दिर में स्थापित कर देना था।

सिंहा लाचार हो गयी। असहाय–सी वही करने लगी जो उसे पुरोहितों की मण्डली कहती। नगरवासी रोज़–रोज़ भाँति–भाँति का चढ़ावा लेकर आने लगे। जिस तप, साधना मार्ग से भाग रही थी, एक बार फिर उसी की बन्दी हो गयी थी।

नियमित पूजा–पाठ, ध्यान करने के बाद वहाँ से भागने का स्वप्न देखती। वहाँ सारी सुविधाएँ थीं। लोग उसे देवी की तरह पूजते थे, लेकिन वह इन्सान की तरह पूजा जाना चाहती थी। युवा आते, चरणों में शीश नवाकर चले जाते। वह उन्हें सजल नेत्रों से देखना चाहती, सन्देशों का आदान–प्रदान करना चाहती। कुछ क्षण बात करना चाहती। वैशाली का हाल पूछना चाहती और ये भी कि यहाँ से कितने योजन पर है वैशाली। क्या तथागत अब भी वहाँ प्रवास कर रहे हैं। क्या मगध ने वैशाली को पराजित कर दिया। देवी अम्बा का क्या हुआ।

बेचैन हो उठी, स्मृतियाँ चैन न लेने देतीं। आत्मा का एकाकीपन बढ़ता चला जा रहा था। इस अनजान प्रदेश में उसकी घेराबन्दी और कसती चली जा रही थी। उसे आभास हो चला था कि यहाँ से वो कभी न भाग पायेगी, आगे नगर है, पीछे वन है। दोनों तरफ़ बाधाएँ हैं। किस मार्ग से भागे। तो क्या मृत्यु के अलावा यहाँ से मुक्ति का कोई मार्ग नहीं। उसके मन में यत्किंचित मृत्यु का बोध आया। मृत्यु का वरण करे भी तो कैसे। उसे वन में जाना पड़ेगा। यहाँ से किसी तरह मुक्त होकर वन में ही मृत्यु सम्भव है। या तो सकुशल वैशाली पहुँचे या मृत्यु को प्राप्त हो। वह दोनों ही परिस्थितियों के लिए स्वयं को तैयार कर रही थी।

जब भी ध्यान लगाती तो उसके मन में केवल दो ही विचार आते–पहला, मृत्यु का और दूसरा, पलायन का।

जिस समय वह ध्यान में जाती, उसी समय एक शिल्पकार अपनी छेनी–हथौड़ी चलाने लगता। वह सिंहा को घूरता जाता, मूर्तियाँ बनती जातीं। सारी मूर्तियाँ मन्दिर के परकोटे और दीवारों पर लगायी जाने वाली थीं। जब सिंहा उसकी तरफ़ देखती,

उसकी मांसल बाँहें जो पत्थर तराश–तराश कर ठोस हो गयी थीं। उसका मन होता, वह उसी समय अनगढ़ पत्थर में बदल जाये और शिल्पकार उसे तराश दे। उसका हाथ पकड़कर घने वन में खो जाये। अपने शरीर में उठने वाले वेग को कठिनाई से सँभालती। तुरन्त उठकर अपने कक्ष में चली जाती। स्याह प्रकाश में बैठकर हथेलियों से अपने शरीर की गोलाइयों को सहलाती, कपोलों को छूती, स्वयं वीणा बजा कर स्वयं वीणावादक हो जाती।

देखते–देखते दो वर्ष और व्यतीत हो गये। एक दिन प्रातःकाल देखा, प्रांगण में एक मोटी–सी रस्सी पड़ी हुई थी।

शिल्पकार बड़ी–सी चट्टान को मोटी रस्सी से बाँधकर लाया होगा, वही रस्सी पड़ी हुई थी। सिंहा के दिमाग़ में कोई योजना बन गयी। पीठ में कम ही श्रद्धालु आये थे। शिल्पकार दूर–दूर तक दिखाई नहीं दे रहा था। सिंहा को सबसे उचित समय यही जान पड़ा। उसने मोटी रस्सी उठायी, और पीठ के पीछे उन झाड़ियों में समा गयी, जहाँ से हर रात वन–पशुओं की आवाज़ें, दहाड़ें सुनाई दिया करती थीं। वह निर्भय वन में घुसती चली गयी। न सिंह की चिन्ता न वन के अँधेरों की। उसे वैशाली जाने से उचित लगा, मृत्यु का वरण कर ले क्योंकि जीवन के हर क्षेत्रा में वह विफल रही है। न साधना मार्ग पर चल पायी न प्रेम पा सकी। असफलता की हास्यापद गाथा बनकर वैशाली लौटना उचित नहीं। मृत्यु में विश्राम है। थकान से मुक्ति का मार्ग है। सारे प्रश्नों से बचने का उपाय है। हास्यास्पद गाथा बनने से अच्छा वन में ही नष्ट हो जाना। सोचते–विचारते वह वन के बहुत भीतर तक चली गयी। एक घना वृक्ष देखकर उसकी मोटी शाख पर रस्सी डालकर फाँसी के लिए फन्दा तैयार किया।

चित्त तो अभी तक द्वन्द्वग्रस्त था। काम के प्रति उसकी आसक्ति ख़त्म नहीं हुई थी। प्रीति समागम के बिना मृत्यु उसे अपनी पराजय की मानिन्द लगने लगी। कभी लगता कि पापी जीवन है, मेरी सोच पाप की तरह है, इसे ख़त्म हो जाना चाहिए। मैंने स्वयं को, अपने समाज को, मातुल को, सबको छला है। मेरे लिए मृत्यु ही श्रेयस्कर है।

मोटी रस्सी पकड़ी, हथेलियों में कम्पन हुआ। विरक्ति और आसक्ति के बीच फँसी हुई स्त्री अपने लिए क्या चयन करे। कोई तीसरा मार्ग होगा। वो क्या होगा...सोचते–सोचते ज्यों ही फाँसी का फन्दा गले में डाला, जीवन के प्रति मोह जाग्रत हो गया। उसके नेत्र फक्क से खुल गये। सारी इन्द्रियाँ सचेत हो गयीं।

नहीं, नहीं, वो पापिन नहीं है, कोई पाप नहीं किया है। वह कहीं से भी दोषी नहीं है। उसका जीवन था, निर्णय भी उसका ही होना चाहिए था। जब उसे जो उचित लगा, उसने निर्णय किया। समाज को उसके निर्णय का सम्मान करना होगा। वह क्यों मरे। भोग–विलास ही जीवन का एकमात्र लक्ष्य नहीं होना चाहिए। ऐसा जीवन अपना मूल्य वसूलता है। स्त्रियाँ सबसे अधिक चुकाती हैं। उससे आगे भी कोई मार्ग होगा। वैशाली जाकर अन्तिम निर्णय लेगी।

उसने झटके से फन्दा हटाया और मृत्यु–बोध से उबर गयी। वह घने वन में और भीतर चलती चली गयी।

जाने कितने योजन और कुछ दिवस चलने के बाद वह पहुँच गयी उस नगर में जिसे सात साल पहले त्याग कर वनवासी हो गयी थी। बहुत दृढ़ पगों से उसने नगर में क़दम धरा। नगर कुछ परिवर्तित लगा। एक बड़ा–सा स्तूप दूर से दिखाई दे रहा था। वह चकित हुई। उसे किसी ने नहीं पहचाना। उसने चैन की साँस ली। किसी से मार्ग में पूछा–तथागत के बारे। उसने बताया कि तथागत वैशाली से जा चुके हैं। देवी अम्बा के आम्रवन में भिक्षुणी संघ बन गया है जिसमें अनेक स्त्रियाँ प्रवास कर रही हैं। वह स्तूप को लेकर उत्सुक थी।

नगर प्रहरी ने बताया कि देवी अम्बा ने भिक्षुणी बनते ही इसका निर्माण कार्य प्रारम्भ करवा दिया था।

सात वर्ष पूर्व जैसा छोड़कर गयी थी, वैसा नगर नहीं मिला। कहीं उजाड़ तो कहीं नवनिर्मित इमारतें मिलीं। पवित्र सरोवर भी देखना चाहती थी, क्या अब भी वह आम नागरिकों के लिए दुर्लभ है, क्या अब भी उसमें रंग–बिरंगे कमल पुष्प खिलते हैं। उसने प्रहरी की तरफ़ देखा।

प्रहरी ने ही बताया कि वैशाली पराजित हो चुकी है और देवी अम्बा ने अपनी आधी सम्पत्ति संघ को दान कर दी है। आधी अपनी शिष्याओं को जीवनयापन के लिए दे दी है।

"और सिंह सेनापति?"

प्रहरी ने वितृष्णा से देखा उसे।

"देवी, आप संथागार चली जायें, वहाँ सारी सूचनाएँ मिल जायेंगी।"

सिंहा ने अनुमान लगाया कि इतना अहंकार पराजितों में नहीं, नव–शासकों में होता है।

सिंहा को अब सीधे भिक्षुणी संघ जाना है। वह कहीं नहीं मुड़ती, नगर की वीथिकाओं से होती हुई आम्रवन में पहुँच जाती है।

वहाँ का दृश्य देखकर वह उस मनोदशा से गुज़रने लगी, जिससे आज तक नहीं गुज़र पायी थी और न तब जब वह कामासक्ति में ख़ुद ही वीणा बन जाया करती थी। न तब जब ध्यान लगाकर पलायन या मृत्यु के उपाय ढूँढ़ा करती थी। न तब जब वह शिल्पकार उसके सौन्दर्य को तटस्थ होकर घूरता और उसके भीतर तरंगें उत्पन्न करता था।

अद्भुत दृश्य था। अनेक देवियों के सिर मुँड़े हुए थे। कुछ पीत वस्त्रों में थीं तो कुछ शुभ्र–धवल श्वेत एक वस्त्र में। कुछ ध्यान में मगन थीं तो कुछ स्थानीय स्त्रियों को बिठाकर उपदेश दे रही थीं। कुछ को पहचानकर सिंहा चौक गयी। नगरसेठ की वधुएँ थीं, कुछ जानी–मानी गणिकाएँ थीं, एक राजकुमारी थी। इतनी दैवी आभा सिंहा ने पहले कभी इन स्त्रियों के मुख पर नहीं देखी थी।

इन दृश्यों को देखते हुए सिंहा के भीतर से बोध आता रहा...

जिस भोग–विलास के पीछे वो भाग रही थी, जिस कामासक्ति के वशीभूत होकर उसमें आकण्ठ डूब जाना चाहती थी, जिसके कारण उसे किसी भवन की कुलवधू भी बनना पड़ सकता था, उससे उसका जीवन परिवर्तित हो सकता था। तब वह न स्वाधीन स्त्री न होती, न ही स्वयं से कोई निर्णय ले सकती थी। फिर ये स्त्रियाँ संघ में कैसे आयीं...क्यों आयीं...सब कुछ तो था उनके पास...क्या वैवाहिक जीवन

का हश्र यही होता है, तो फिर एकाकीपन ही क्या अनुचित है? एक स्त्री को क्या चाहिए एक वैवाहिक जीवन से?

धन–वैभव, कामेच्छा शान्त करने वाला एक पुरुष!

इन सब बातों का बोध होता चला गया, सारे प्रश्नों के उत्तर अपने भीतर से आते गये...

स्त्रियों को इस सब कुछ के बदले जो अयाचित मिलता है, ये सब उसी से तो भागकर, ऊबकर इस संसार में सुकून ढूँढ़ने आयी हैं।

देवी अम्बा को किसी की अंकशायिनी नहीं बनना था। नगरसेठ की गृहबन्दी भार्या स्वर्णाभूषण का भार नहीं उठा पायी होगी। लिच्छवि राजकुल की राजकुमारी जयन्ता को कौन–से दुख ने घेरा होगा। राजप्रासादों में श्वास की घुटन तो होगी। उससे सुन्दर प्रकृति का साहचर्य और तपश्चर्या का जीवन। सामन्त की भार्या अपने स्वामी के आचरण से आहत होगी...यानी सबके साथ दुख का कोई बड़ा कारण होगा।

ये सब भागी हुई स्त्रियाँ थीं, अपने–अपने दुखों से...संघ एकमात्र मुक्तिदाता बना।

एक भिक्षुणी, तथागत का उपदेश दोहरा रही थी–

"इच्छाएँ, इन्द्रियाँ, लगाव और लालच इन कुछ कारणों से ही मनुष्य को पीड़ा होती है। मनुष्य के दुख भोगने का कारण भी उसकी इन्द्रियाँ ही हैं।"

सिंहा तत्क्षण मुक्त हो गयी। भीतर के सारे प्रश्न समाप्त। चित्त का अन्धड़ शान्त। यह दूसरी बार मुक्ति थी। जीवन का अर्थ उसे मिल गया था। उसकी भटकन समाप्त हो गयी इस प्रकार से कुछ ही दिवस में सिंहा संघ की अर्हता प्राप्त करके थेरी बन गयी।

सिंहा अपनी कथा सुनाकर मौन हो गयी। सारी थेरियाँ मौन होकर उसे सुनती रहीं। देवी अम्बा अपने नाम का उल्लेख बार–बार सुनकर उच्छ्वास लेती किन्तु सुनती रही। सिंहा ज्यों–ज्यों कथा सुनाती जाती, मुख निर्विकार होता जाता। वो सारे विकारों से मुक्त जो थी।

"काव्य में अपनी गाथा को कैसे लिखेंगी थेरी सिंहा..." अम्बा ने स्निग्ध मुस्कान से पूछा।

थेरी सिंहा ने कहा—काव्य संक्षिप्त विधा है देवी। मैं दीर्घ कथा को कुछ यूँ कहूँगी—

"विचारों के असंगत आरोह—अवरोह के कारण
भोग—तृष्णा से अनुरक्ति
और दैहिक, भौतिक तापों का आवाहन
मेरा साध्य हो गया
विद्रोही भाव वश में नहीं हुए
चित्त की सर्पिल प्रवृत्ति ने सदा ही डसा
चित्त—मलों से भरी हुई, मैं सुख—स्वप्नों को ही देखा करती
किन्तु भोग—तृष्णा में चित्त को फँसा कर
मैंने चित्त की शान्ति कभी नहीं पायी
चित्त—शान्ति तो प्राप्त न कर पाने के कारण
जीव क्या आत्मा भी कृशकाय हुई
मेरा रंग फीका पड़ गया
इसी दुखी अवस्था में,
मैं सात वर्ष तक जीवनयापन करती रही
न दिन में न रात में,
मुझ अभागिनी ने कभी सुख न अनुभव किया...
हताश होकर, एक दिन रस्सी को लेकर
मैं घने वन के अन्दर घुस गयी
सोचा, पुनः हीन आचरण करने से तो
मेरे लिए यही श्रेयस्कर है कि
मैं फाँसी लगा कर मर जाऊँ
वृक्ष की शाखा में बँधी हुई फाँसी की डोर
मुक्ति की बृहद कामना
गले में फन्दा डालते हुए मेरा चित्त
विमुक्त हो गया।..."

पूर्व विजय की कामना

शान्ति वह मनःस्थिति है जो प्राप्य और अप्राप्य के बीच कहीं बसती है। अम्बा तो हर उपलब्धि पर शान्ति महसूस करती थी।

अम्बा उस दिन ऐसी शान्त, निमग्न थी मानो संसार पा लिया हो। संसार सिमटकर उसकी मुट्ठी में आ गया हो। बुद्ध के भोजनोपरान्त जीवन इतना शान्त हो गया था मानो विलास–भवन में पुष्प की पंखुड़ियाँ उड़ रही हो, कलियाँ चटक रही हों, मानो...अन्तर्मन से कुछ चटकने की ध्वनि आ रही हो। अपने बाँके नयनों से अम्बा दीवारों पर टँगी रंगीन चित्रकारी देखती और अपने आप विहँसती जाती। अपने केशपाश खोल उनके गुच्छों से खेलने लगतीं उँगलियाँ। क़दम थिरक रहे थे। मन मयूर हो उठा था। पंख फैलाये वह स्वर्ण–दर्पण के सामने जा खड़ी हुई। कोई साज–सिंगार न भा रहा था। उसे अपनी सादगी से प्रेम हो आया था। दर्पण के सामने बने ऊँचे आसन पर बैठी, अपनी सादगी को परखने लगी। कंचुकी सरक–सरक जा रही थी। दोनों हाथ फैलाकर नृत्य की भंगिमा बनताी तो कंचुकी कसक–मसक जाती।

कितना आनन्द है, अपने लिए नृत्य करने में। अपने आन्तरिक आवेग से जो क़दम संचालित होते हैं, बाँहें फैलती हैं, नैन मटकते हैं, वो अद्‌भुत होता है। बाहर–भीतर एक–सा लास्य होता है। कुछ गुनगुनाना चाहती है। सम्भवतः कोई प्रेमगीत याद करना चाहती है। अपने लिए, नितान्त स्वयं के लिए।

बुद्ध एवं उनके हज़ारों भिक्षुओं को भोज कराने के बाद से अम्बा बहुत बदल गयी है। उसने स्वयं अपने हाथों से बुद्ध के लिए भोजन

पकाया और स्वयं ही परोसा था। वह दिन आजीवन नहीं भूलेगी अम्बा। उस रसोई में नृत्य और गान–सा आनन्द था। भोजन परोसने में बाँसुरी और वीणा दोनों कहीं दूर एक साथ बज उठी थीं। भोज–भात के बाद बुद्ध की सन्तुष्टि ही उसकी उपलब्धि थी। लिच्छवि कुमारों की ईर्ष्या ही उसका आनन्द। उस आनन्द में अपार शान्ति थी।

उस दिन के बाद से सब कहते थे, देवी अम्बपाली बदल गयी हैं। वे ज़्यादातर एकान्त में, अपने में रहा करती हैं। स्वयं से बातें किया करती हैं। उन्हें साज–सिंगार कम भाने लगा है। वह भिक्षुओं को रोज़ दान देने लगी हैं। अधिकतर समय अट्टालिका के झरोखे से झाँकती हुई भिक्षु ढूँढ़ा करती हैं कि उसे बुलाकर कुछ दान कर सकें।

इसी बीच उसका चित्त अशान्त हो उठा।

भगवान बुद्ध वैशाली से चले गये।

समाचार मिलते ही अम्बा पर सन्निपात हुआ। वैशाली की रौनक ही चली गयी। वैशाली का सौभाग्य चला गया।

इस समाचार के बाद उसका जीवन वही नहीं रह जायेगा जो अब तक था। परिवर्तन की आहट तो उसी दिन से सुनाई देने लगी थी जिस दिन समाचार मिला था कि बुद्ध ने उसकी आम्रवाटिका का चयन किया है। भाग्य ने परिवर्तन का संकेत तभी दे दिया था किन्तु तब कहाँ समझ पायी थी वह।

तब से बुद्ध के वैशाली से जाने तक वह वही अम्बा कहाँ रही। अभी तो उनकी वापसी की प्रतीक्षा करेगी ताकि उनसे एक हठ और पूरा करा सके। ठुड्डी पर हथेली टिकाये सोच में डूब गयी।

सुमेधा ने पास आकर चिहुँका दिया।

"देवी, आपका चित्त कुछ अशान्त लग रहा है। क्या शृंगार नहीं करेंगी?"

"क्या यह समाचार सत्य है कि भगवन चले गये...?"

अम्बा विचलित हो उठी थी।

"क्या मैं मदलेखा को आपके समीप भेज दूँ देवी?"

"नहीं, सुमेधा तुम रहो।"

"आप इस समाचार से विचलित हो गयी हैं। आप महान हैं देवी, आपको चिन्ता शोभती नहीं।

"सुमेधा, पता नहीं क्यों ऐसा लगता है, मैंने उन्हें पाकर फिर से खो दिया है।" "आपने उन्हें पाया कब देवी? वे तो भगवान हैं, भगवान सबके होते हैं।"

सुमेधा चकित हुई।

"मैंने उन्हें पराजित किया था। उन पर विजय पायी थी। तो वे मेरे हुए न। बता...

"कोई वस्तु कैसे अपनी होती है, क्रय से या पराजय से। मैंने उन्हें पराजित किया था।"

सुमेधा की आँखें आश्चर्य से फैल गयी थीं। उसे लगा, देवी बहक रही हैं। उन्हें ज्वर हो आया है इसलिए वे बहकी–बहकी बातें कर रही हैं। भगवान बुद्ध को भी कोई पराजित कर सकता है भला।

"यह वो पराजय नहीं जो युद्ध के मैदानों में होती है, शस्त्रों के साथ होती है। इसमें शरीर–बल और ज्ञान–बल से नहीं, हठ–बल से पराजित किया जाता है।"

"आप असाधारण स्त्री हैं देवी, आपको समझ पाना मेरे वश में नहीं।"

सुमेधा ने हाथ जोड़कर अभिवादन किया।

"मुझे उन पर पूर्ण विजय चाहिए। पूर्ण विजय। वह मैं प्राप्त करके रहूँगी। इस युद्ध में सारे बाह्य आडम्बर व्यर्थ निकले। केवल सादगी जीती। बुद्ध को कोई शक्ति पराजित नहीं कर सकती। वे अमर हैं, उनका संघ अमर है, मेरा भोज–भात अमर है..."

"आप भी अमर हैं देवी!"

"हम दो अमर हैं...संसार नश्वर है, हाहाहाहा..." अम्बा ने अट्टहास किया। मुक्त कण्ठ से हँस रही थी। नेत्र तरल हो उठे थे।

"वे अमर हैं, क्योंकि वे भगवान हैं। मैं अमर हूँ क्योंकि उन्होंने ही अम्बपाली को पहचाना है। तभी तो उन्होंने अपने शिष्यों को मना किया, वे अम्बपाली को न देखें। उन्हें आँखें मूँद लेने को कहा। वे जानते थे कि अम्बपाली साधारण स्त्री नहीं है। उन्होंने अम्बपाली को पहचान लिया रे...

"मुझे उनसे भेंट के पश्चात ज्ञात हुआ कि उन्होंने अपने परम शिष्य आनन्द से क्या कहा–मैं असाधारण स्त्री हूँ। उनका कथन है। मामूली कथन नहीं है सुमेधा..."

"मेरा जीवन सार्थक हो गया है...अब एक ही इच्छा और शेष है। मुझे उसी घड़ी की प्रतीक्षा है।

"तथागत...आपको वैशाली लौटना होगा। आपकी अन्तिम पराजय आपकी प्रतीक्षा कर रही है।"

कला ही धर्म है

"ज्यों ही हमने ख़ुद को उनके लिए अर्पित कर दिया, हम उनके लिए मनोरंजन की चीज़ नहीं रह जाती हैं। बल्कि वे ही ख़ुद को हमारे मनोरंजन का साधन बना डालते हैं। हमें अपना सिर उनके निकट झुकाने की आवश्यकता नहीं होती, उन्हीं के हज़ार–हज़ार राजमुकुट हमारे चरणों की धूल चाटने लगते हैं। हम स्त्रियों की भी एक महिमा है।"

"माधवी, मुझसे व्यर्थ का प्रतिवाद मत कर। मैं स्पष्ट रूप से अपना मन्तव्य प्रकट कर चुकी हूँ और अब तक उस पर अडिग हूँ।

"कर्म ही धर्म है माधवी। कला हमारा कर्म है और इससे अधिक हमें कुछ और सोचने की आवश्यकता नहीं है।"

"देवी, दासी–पुत्री का चयन करने से विद्रोह हो सकता है... आपकी शिष्याओं में आभिजात्य कुल की अनेक कन्याएँ हैं। वे सब आशा से आपकी ओर देख रही हैं। आप जिसका चाहे चयन करें, दायित्व सौंपें, वे सहर्ष स्वीकार कर लेंगी। आपका उत्तराधिकारी होने की योग्यता किसी में नहीं पाती हूँ किन्तु नियमानुसार आपको अपनी उत्तराधिकारी चुननी पड़ेगी। ये आपका अन्तिम कर्तव्य है देवी..."

"जानती हूँ, जानती हूँ...मैं सोच–विचार चुकी हूँ, मैं अपने निर्णय पर अडिग हूँ। अपने चयन पर गर्व कर रही हूँ और एक दिन वैशाली के कला–रसिक भी स्वीकारेंगे। तुम देखना..."

बोलते–बोलते अम्बपाली ने अपना माथा पकड़ लिया। शरीर आभूषणविहीन हो चुका था। सारी कान्ति लोप हो चुकी थी।

भिक्षुणी संघ में प्रवेश का दिन सन्निकट था। वह शीघ्रता से अपने सारे दायित्व पूरे कर रही थी। आज वह कुछ ज़्यादा थकी हुई मालूम पड़ रही थी। माधवी उसकी मनोदशा समझकर भी उसके मन में गहरे नहीं उतर पा रही थी। उसे क्या मालूम कि विदा की इस वेला में स्मृतियाँ कितना परेशान करती हैं। आसान न था, समूचे साम्राज्य को ठुकराकर भिक्षुणी बन जाना। वह जानती थी, ठुकराने में तो देवी पारंगत हैं। जिसने जीवन में कई बार सौभाग्य को ठुकरा दिया हो, द्वार पर चलकर आये हुए प्रेम को लौटा दिया हो, जिसने एक बार नहीं, दो–दो बार मगध की सम्राज्ञी बनने का प्रस्ताव ठुकरा दिया हो, वह तो निर्मोही ही होगा। काल इतनी पीड़ा से गुज़रने के बाद किसी को भी निर्मोही बना देता है।

माधवी अम्बपाली का माथा दबाने लगी थी। देवी आपकी त्वचा कितनी रूखी, कान्तिविहीन हो गयी है। अम्बा के मन में भयंकर उथल–पुथल मची हुई थी जिसे कोई भाँप नहीं सकता था।

"माधवी...दासी–पुत्री कम्या छाया, कोई दासी–कन्या नहीं बल्कि एक कलाकार है, उसका धर्म कला है, मैं चाहती हूँ कि वैशाली के सामन्त इस सत्य को स्वीकारें। वे जाति, धर्म के ऊपर कला को महत्त्व दें। जिस तरह तथागत ने अपने संघ के द्वार सभी जातियों, मनुष्यों के लिए खोल दिये हैं, कोई भी शरण पा सकता है, सब बराबर हैं वहाँ, उसी तरह हमारा संघ भी सोचे। तथागत ने संघ बनाने की प्रेरणा हमारे ही संघ से ली है तो हम क्यों भेदभाव में पड़े हैं।"

अम्बपाली बोले जा रही थी। माधवी मौन होकर उसे सुन रही थी। एक हाथ से बेना उठाया और धीमे–धीमे झलने लगी।

ग्रीष्म ऋतु अपने चरम पर थी। पूरा नगर तप रहा था। पवन के झोंके से अम्बा के माथे पर आये स्वेद कण अब सूखने लगे थे।

"क्या सिर्फ़ यही कारण है देवी...? आप विचारमग्न हो रही हैं, कुछ बातें मथ रही हैं आपको, आप निस्संकोच मुझे बता सकती हैं... ..शायद मैं किसी काम आ सकूँ..."

"मुझे सामन्तों का आभिजात्य–बोध नष्ट कर देना है माधवी..."

माधवी के नेत्र फैल गये। हाथ रुक गया। बेना डुलाना बन्द।

"देवी...आप आग से क्रीड़ा कर रही हैं..."

"सिर्फ़ यही एक कारण तो नहीं हो सकता न देवी...

माधवी सजग हो उठी थी। अम्बपाली अपनी शय्या से उठी और झरोखे के पास जाकर खड़ी हो गयी। ठण्डे पवन के झोंके झरोखे से आ रहे थे। सान्ध्य उतर रहा था चारों तरफ़।

माधवी दीया–बाती के लिए उठकर चली गयी। अम्बपाली एकान्त में बैठकर अपने मौन को सुन रही थी।

अन्दर से कितनी आवाज़ें आ रही थीं–

"अम्बा...मत जाओ..."

"पुत्री...राज्य के लिए त्याग करना पड़ेगा।"

"संघ के नियमों के विरुद्ध हम नहीं जा सकते..."

"प्रवेणी पुस्तक के अनुसार तुम्हें सर्वसम्मति से इस राज्य की नगरवधू चुन लिया गया है, तुम अब जनपद कल्याणी हो, तुम्हें पद की शपथ लेनी है।"

"गरिमापूर्वक निर्वहन करना है..."

"मेरी शर्तें..."

"सब मान ली जायेंगी..."

राज्य की सर्वश्रेष्ठ सुन्दरी, जिसके चरणों में हज़ारों राजकुमारों, सामन्तों और नगरसेठों के मुकुट गिर पड़ते थे।

"तुम प्रेम तो कर सकती हो...वैवाहिक बन्धन में नहीं...अपनी इच्छा का पुरुष चुन सकती हो...किसी एक की नहीं हो सकतीं..."

"तुम सबके लिए हो, कोई तुम्हारे लिए नहीं..."

अम्बा के मस्तिष्क में ये वाक्यांश खण्डों में गूँज रहे थे। उसने दोनों हाथों से अपने कान बन्द कर लिए, ये आवाज़ें सुनना नहीं चाहती थी...इन आवाज़ों से पीछा छुड़ाकर सदा के लिए वह दूसरे संसार में प्रवेश करने जा रही थी।

"बस, बस...मुझे छोड़ दो आवाज़ो, चीत्कारो...वचन देती हूँ, जो मेरे साथ हुआ, वैसा किसी और वृज्जि कुमारी के साथ नहीं होने दूँगी

...परम्परा के नाम पर किसी सुकुमारी की इच्छाओं का रक्तपात नहीं होने दूँगी..."

"बदलना होगा सबको, संघ को, सामन्तों को, राजाओं को, संविधान को, पवित्र पुस्तक को...संशोधन समय की माँग है और अब इसका सही समय आ गया है...जो समयानुसार परिवर्तन नहीं करते, वे अप्रासंगिक हो जाते हैं।"

अम्बपाली पलटी तो पीछे माधवी और रेणुका खड़ी थीं, हाथ में प्रकाश लिए।

"देवी, अन्धकार में किससे वार्ता चल रही है?" रेणुका विहँस पड़ी।

"स्वयं से रे..."

उसने रेणुका का एक कपोल थपथपा दिया।

अम्बपाली अपनी सभी शिष्याओं को स्नेह करती थी। उसके समूह में सब एक से बढ़कर एक कलाकार थीं। सौन्दर्यमयी भी। वे सब अपनी इच्छा से गणिका बनने आयी थीं। कुछ सिर्फ़ गीत–संगीत और नृत्य सीखने के लिए आयी थीं। इन सब में उसे दासी–पुत्री कम्या छाया ही क्यों पसन्द आयी, जबकि कई आर्य कन्याएँ इस पद की दावेदार थीं और इस पद की अधिष्ठात्री बनने का स्वप्न पाल रही थीं? कम्या सब में सबसे संकोची, सौम्य, अन्तर्मुखी और मितभाषिणी थी। उसे अपने कुल का सर्वदा ध्यान रहता। कभी अपनी मर्यादा लाँघने का प्रयास नहीं करती। कुछ समय से अम्बा उस पर कड़ी और पारखी दृष्टि रख रही थी। मानो उसकी परीक्षा ले रही हो। किसी कठिन प्रतिस्पर्द्धा में भेजने से पूर्व जाँच रही हो। कम्या अपने को सौभाग्यशाली समझने लगी थी कि देवी अम्बा उस पर विशेष कृपालु हो उठी हैं। वह इस बात से नितान्त अनभिज्ञ थी कि देवी अम्बा के मन में क्या चल रहा है उसे लेकर। जानती भी तो कैसे, न कोई अभिलाषा थी न कोई सम्भावना। उसे अपनी वस्तुस्थिति का भान था। उसने देवी अम्बा के संन्यास लेने और उत्तराधिकारी चुनने की बात अपनी बस्ती में बतायी तो पूरी बस्ती चिन्ता में डूब गयी थी। उसके समुदाय के बुजुर्ग प्रार्थना करने लगे थे कि किसी भी तरह

कम्या छाया का चयन न हो, चाहे कोई भी अन्य युवती हो अन्यथा रक्त की नदियाँ बह जायेंगी। वैशाली के सामन्त सहन नहीं कर पायेंगे। वृज्जि संघ के आठों कुल के लोग लड़ मरेंगे। उन्हें उनकी ही भाषा में समझाना होगा। स्वयं को कला–रसिक कहते हैं, उनके लिए गणिकाएँ सबसे बड़ी कलाकार हैं और नृत्य, गायन, वादन सबसे बड़ी कला है तो यही उचित।

यही कला इन्हें समुचित दण्ड देगी।

सहसा देवी अम्बा ने अपनी सभी शिष्याओं की एक सभा बुलाकर इसकी घोषणा कर दी। सभा में उपस्थित सभी शिष्याएँ और उनके परिजन यह सुनकर अवाक् रह गये। कम्या काँपकर रह गयी। अम्बा ने अपनी आधी सम्पत्ति भी अपने उत्तराधिकारी को सौंपने की घोषणा कर दी। किसी आर्य की सम्पत्ति दासी–पुत्री को मिले, इस पर हंगामे की आशंका होने लगी। यह जानकर कम्या भी प्रसन्न होने के बजाय गहरी चिन्ता और अवसाद में डूब गयी।

"ओह्ह! देवी,...ये क्या किया आपने...?"

देवी अम्बा निर्णय ले चुकी थी। उसने तत्काल अपने सुरक्षा–प्रहरी शम्भूक को बुलाया और अपने निर्णय से अवगत कराते हुए उसे आज्ञा दी–

"आज से आप कुमारी कम्या की सुरक्षा में नियुक्त किये जा रहे हैं। जब तक संघ आधिकारिक तौर पर किसी अन्य को सुरक्षा प्रहरी बनाकर नहीं भेजता, तब तक आप पर ही इनकी रक्षा का उत्तरदायित्व होगा। बाद में भी आप आजीवन इस अट्टालिका के प्रहरी रहेंगे। मैं उत्तराधिकारी और अट्टालिका की सुरक्षा का भार आपको सौंपती हूँ।"

सिर झुकाकर वीर वृद्ध शम्भूक ने स्वीकार किया और द्वार की तरफ़ लौट गये। लौटते हुए शम्भूक ने सोचा–कम्या को तो मुस्कुराना चाहिए, ऐसे अवसर पर खिन्नता शोभा नहीं देती। देवी अम्बपाली ने एक महान काम कर दिया है। वैशाली के इतिहास में एक पुनीत परम्परा स्थापित कर दी है और उनके इस निर्णय को कोई चुनौती नहीं दे सकता।

अम्बा अपने शयनकक्ष में जा चुकी थी। शिष्याओं में हलचल मची थी। कम्या की निकटतम सखी बनने की होड़ प्रारम्भ हो चुकी थी।

अम्बा के मन को इतनी विश्रान्ति कभी अनुभव नहीं हुई जितनी इस निर्णय से मिली थी। वह भली–भाँति जानती थी कि उसने ऐसा क्यों किया था। कम्या हर तरह से एक योग्य शिष्या थी। उसका दोष सिर्फ़ इतना था कि वह आर्यकुल की कन्या न थी। अम्बा को आभास था कि यह निर्णय उस पर भारी पड़ेगा। कम्या को भी बहुत झेलना पड़ेगा लेकिन कम्या दम्भिनी नहीं है, वह अपनी मितभाषिता से सबको जीत लेगी।

वह जानती थी कि सब उससे पूछेंगे कि दासी–कन्या का चयन क्यों किया? वह कदापि नहीं बतायेगी कि मूल कारण क्या है। वह कैसे सब के सामने अपना अपराध स्वीकारेगी कि आजीवन एक आभिजात्य–बोध उसके मन में उपस्थित रहा जिससे वह अथक प्रयास के बाद भी मुक्त नहीं हो पायी। वृज्जि संघ में स्वीकृत और शामिल जातियों के सामन्तों के अतिरिक्त किसी अन्य जाति या कुल को अपने निकट न आने दिया। उसकी शर्तें ही ऐसी थीं कि आमजन के लिए वह उपलब्ध न हो सकी। उसके भीतर आभिजात्य–बोध इतने गहरे भरा हुआ था कि वह आजीवन उससे उबर ही नहीं पायी।

वह नगरसेठों और सामन्तों के सम्मुख नाचती रही, वे स्वर्णमुद्राएँ लुटाते रहे किन्तु आमजन के लिए वह दुर्लभ स्त्री बनकर रह गयी।

वह कैसे बताती कि उसके पास इस चयन के लिए अनेक कारण थे। कैसे बताये कि उसे आभिजात्य–कुल से बदला लेना था जिसने एक रूपवती कन्या को अपने मनोरंजन की सामग्री में परिवर्तित कर दिया था। स्त्री का सौन्दर्य भी उसका शत्रु हो सकता है। सबने उसका बहिर्मुख देखा, अन्तर्मन कितना सूना पड़ा रहा। जो आया, वह बाहरी रूप–सौन्दर्य देखकर ही आया।

सिर्फ़ एक को छोड़कर...मदन कुमार, कला ने जोड़ा था उन दोनों को। अमराइयों में बाँसुरी बजाता था वह और अम्बा झूम कर थिरक उठती थी। यहाँ बाह्य सौन्दर्य का कोई स्थान न था। सिर्फ़ कला ने जोड़ा था उन्हें।

वह सबको बताना चाहती थी कि कला हर वस्तु से ऊपर है, हर कुल से, हर जाति से। कला का अपना घराना होता है, अपना कुल–गोत्र होता है।

कैसे बताती किसी को कि उसके हृदय में कितना घमासान मचा हुआ है। एक तरफ़ सामन्त, दूसरी ओर आमजन। दोनों वर्गों में से एक का चयन करना है और यह चयन आसान नहीं है। हृदय–जलधि में तीव्र ज्वार उठ रहे थे। सामन्तों के कोप के बारे में सोच–सोच कर उसका हृदय काँप–काँप उठता था। किन्तु वह जन्म से ही एक दृढ़प्रतिज्ञ स्त्री थी, जो ठान लिया तो विधाता भी नहीं डिगा सकते थे। वह सामन्तों को बताकर रहेगी कि गुदड़ी में भी लाल पैदा होते हैं। कमल–पुष्पों के लिए कीचड़युक्त जल आवश्यक होता है। और, यह बात कम्या ही सिद्ध करेगी। कम्या मेरा चयन है, कम्या की लालसा भी मैं समझती हूँ। उसे उसका अधिकार मिलेगा। उसे आर्थिक रूप से इतना सम्पन्न बना जाऊँगी कि नगरसेठों की ओर देखेगी भी नहीं। वह जानती थी कि आर्थिक शक्ति सबसे बड़ी शक्ति होती है। विशेषकर एक स्त्री के लिए, क्योंकि तब कोई उसे पराधीन नहीं कर सकता। तभी तो उसने प्रारम्भ में ही अपने लिए अकूत सम्पदा माँग ली थी।

कम्या को उसकी शक्ति का आभास दिलाना होगा। उसका मार्ग कठिन था, असम्भव नहीं। उसकी सुरक्षा को लेकर चिन्तित हो उठी अम्बा। उसे चिन्ता हुई कि कम्या को धमकी देकर कहीं उसका पद न छीन लिया जाये।

सोचते–सोचते परेशान हो उठी थी अम्बा। एक प्रकार से वह सीधे–सीधे संघ को ललकार रही थी।

कुछ भी हो, अभिमान का दुर्ग तो ढहना ही चाहिए। विलम्ब से ही, किन्तु वंचितों को न्याय मिलना ही चाहिए।

"सामन्तो...तुमने मुझे चुना था...तुम्हारे लिए मैं चुनती हूँ...नष्ट कर दूँगी कुल का घमण्ड। परिवर्तन समय की माँग है...परिवर्तन आवश्यक है। आर्य पुत्रो, लड़ मरोगे आपस में और एक दिवस राज करेंगी दासियाँ। हम सब दासियाँ, कालान्तर में हम मुक्त हो जायेंगी। भावी पीढ़ियों को दे जायेंगी हम इतनी शक्ति कि वे मुक्तिगामी और आत्मनिर्भर हो सकें।

"तुम सब यौवन, रूप–रस–गन्ध के कामुक, विलासी उपासको, तुम्हारी अय्याशी लूट लेगी तुम्हारा वैभव। वृज्जियो, सामन्तशाही समाप्त हो जायेगी। कोई नामलेवा नहीं बचेगा।

"हम खड़ा कर जायेंगी अपना स्मारक, आने वाली असंख्य पीढ़ियाँ गर्व करेंगी हम पर।"

सोचते–सोचते अम्बा की मुट्ठियाँ तन गयी थीं।

"आह..मैं इतना कटु क्यों हो रही हूँ...अब जबकि मैं सांसारिक जीवन का परित्याग कर रही हूँ, इतनी कटुता मुझे शोभा नहीं देती..."

स्वयं से बात करने लगी अम्बा। दीवार पर लगे हुए दर्पण में अपना मुख निहारा और हँस पड़ी।

किसी ने आवाज़ दी–"भद्रे..."

वह सहसा उद्दीप्त हो उठी। उसे अभी और साहस की आवश्यकता थी। वैशाली से विदा का साहस और सामन्तों से तर्क–वितर्क का साहस। उस जीवन से छुटकारे का साहस जिसने एक स्त्री को सिर्फ़ भोग की वस्तु में बदल दिया था। वह अपने शरीर से परे एक साहसी, तर्कशील स्त्री है, इरी अवधारणा को स्थापित करने का साहस बटोर कर वह सुकून से भर उठी।

इस क्षण वह मोहमुक्त महसूस कर रही थी। यह स्वैच्छिक मोहमुक्ति थी। अपना चयन था। इस मार्ग पर चलकर उसे अम्बपाली को नहीं, आम्रपाली को ढूँढ़ना था।

भिक्षुणी आम्रपाली। एक यही मार्ग था, जिसे उसने निर्द्वन्द्व भाव से स्वयं चुना था।

पराभव

"भगवान बुद्ध तो वैशाली में पधार चुके हैं अम्बा किन्तु संघ में भिक्षुणियों के लिए प्रवेश की अनुमति नहीं है। अधिकांश स्त्रियाँ, उनके परिवार की भी, सिर पटककर रह गयीं। वे अनुमति नहीं दे रहे हैं। तुम कुछ कर सको अम्बा तो उठो, जाओ...उन्हें पराजित करने का काल आ गया है। हम अधिकांश स्त्रियाँ उनके प्रवचन के प्रभाव में स्वयं को भीतर से मुक्त कर पा रही हैं। हमने अपने मूल्यवान वस्त्र त्याग दिये हैं। हमने सादा जीवन अपना लिया है। हमारा गृहस्थ जीवन से मन ऊबने लगा है। अब हमें सामन्ती निरंकुशता सहन नहीं होती। हमारे साथ जो गुलामों जैसा व्यवहार होता है, उसकी समझ हमें आ गयी है। हम पहले इसी को गृहस्थी का आनन्द समझते थे। इतना ही संसार था हमारा किन्तु हमें बुद्ध ने बता दिया है कि संसार और भी है। सुख–दुख कहीं और भी ढूँढ़ा जा सकता है। हमने अपने सारे सुखों का बोझ अपनी गृहस्थी पर डालकर बदले में दुख ओढ़ लिया था। हमें मुक्ति चाहिए...गृहस्थ–गुलामी से, जीवन–मरण के भय से..."

अम्बा चकित होकर वृद्ध राजनर्तकी पुष्पगन्धा का मुख देखती रह गयी। प्रथम बार वे इस तरह बोलीं। इसके पूर्व उनके मुख से सदा वैभव–विलास की, राजसत्ता के गौरव की बात सुनती आ रही थी। वृद्धावस्था में भी उन्हें वैभव खींचता था। वे परिवर्तित होंगी यह बात अम्बा के लिए अप्रत्याशित और हतप्रभ करने वाली थी। अम्बा तो ख़ुद ही परकोटे पर बैठकर एकल संवाद किया करती थी। वह तीन कालखण्डों में फँसकर छटपटाती हुई स्त्री थी।

सादे परिधान में लिपटी हुई वृद्धा नर्तकी आयीं, अम्बा के कन्धे पर हाथ रखा और लौट गयीं अपने छोटे से प्रासाद में। सम्भवतः वे अम्बा के हृदय का हाल जानती थीं। अम्बा ने परकोटे से अरण्य की तरफ़ झाँका। दूर तक हरी–भरी भूमि दिखाई दे रही थी। उस पर धूप चमक रही थी। वैशाली सुनहरी हो गयी अचानक। सच, बुद्ध आ गये वैशाली में। तभी वैशाली का रूप बदल गया। उनकी आभा समूची वैशाली पर दृष्टिगोचर होने लगी है। ग्रीष्म की सान्ध्य वेला की धूप कितनी सुनहली होती है। उस इसी समय जाना होगा, विजय अभियान के लिए। विजय के लिए ये शुभ संकेत है। अम्बा निकल पड़ी। वैसे ही, जैसी थी। सादा लबादा, सिर पर पीत वस्त्र ओढ़कर। वह सुनहली हो जाना चाहती थी। एकमेव रंग।

रथ उसे पवन वेग से कूटागारशाला तक पहुँचा देता है जहाँ ऊँचे टीले पर बुद्ध बैठे हैं। उनका मुख डूबते सूर्य की ओर है। स्वर्ण–सा तपा हुआ शरीर। कन्धे पर पीत वस्त्र। आनन्द वहीं समीप में आ खड़े हुए थे। अम्बा ने आज न किसी से आज्ञा माँगी, न अपने आगमन की सूचना भिजवायी। सीधा उनके आसन तक पहुँचकर भूमि पर बैठ गयी। वहीं से मौन अभिवादन किया। आनन्द शान्त रहने का संकेत करते हैं। बुद्ध ने सूर्य ध्यान से नेत्र खोले। अम्बा समझ नहीं पायी, वे सूर्य से तेज ले रहे हैं या उसे तेज दे रहे हैं। अद्भुत दृश्य था। बुद्ध के तेज–दीप्त नेत्र अम्बा पर पड़े। अम्बा को लगा, मानो अभी–अभी सूर्य–स्नान कर आयी हो। धूप से नहाकर गीली हो गयी थी। वह भूमि से उठ खड़ी हुई, और हाथ जोड़ लिए।

बुद्ध मानो प्रतीक्षा ही कर रहे थे। वे तनिक भी चकित नहीं हुए।

उनके मुख से निकला–"आप आ गयीं आर्या अम्बा।"

"हाँ, भगवन्।"

"फिर कोई प्रयोजन है। इस बार भी यह अकिंचन हताश नहीं लौटेगी।"

"अब आप क्या चाहती हैं भद्रे?"

"मुक्ति।"

"किससे"

"अपने दुर्भाग्य से। सांसारिकता के नाम पर, मान–सम्मान के नाम पर, राजसत्ता के नाम पर, कुल मर्यादा के नाम पर जो दुर्भाग्य मैंने अब तक सहा है, मुझे इससे मुक्ति चाहिए।"

"आप वैशाली की राजनर्तकी हैं, आपके जैसा भाग्य किसका है?"

"अगर यही भाग्य है तो मुझे इस भाग्य से, सौभाग्य से मुक्ति चाहिए। इससे अधिक मैं अब अपनी लाश को घसीट नहीं सकती। समूची ज़िन्दगी सबको ख़ुश करने में व्यतीत हो गयी। फिर भी किसी को पूर्ण प्रसन्नता न दे सकी। खोने–पाने के बीच क्रीड़ा चलती रही। वासनाओं ने ख़ूब छला मुझे। मैं अपने स्वर्ण क़िले की क़ैदी मात्र हूँ। मुझसे अच्छी तो वो स्वर्ण–पिंजरे की मैना, जो जब मन हो, कुछ गा लेती है। उड़ान तो उसकी भी बाधित है। उसे भी समय पर स्वर्ण कटोरी में भोजन–भात मिल जाता है। अपनी कारा स्वयं नहीं तोड़ सकती। क्या पता, वो क्या गाती है, किसी को पुकारती है या अपना दर्द गाती है या कोसती है...सुनने वालों का मनोरंजन होता है। वह अपनी यातना में गाती है। फुदकती है। उसे मुक्ति चाहिए। मुक्ति–गान किसी को सुनाई क्यों नहीं देता भगवन। क्या आप भी नहीं सुन पाते। आपने क्यों सारे कपाट बन्द कर दिये हैं। खोल दें..."

वह सुबकने लगी। कपोल पर अश्रुधारा बह निकली। आनन्द उसे देखकर विचलित हुए। भगवन के सामने अनेक दुखिया–प्राणी आते हैं, रोते हैं, हँसते हुए जाते हैं। इस स्त्री के रुदन के पार कोई हँसी नहीं है। नहीं मिलेगी, व्यर्थ प्रयास कर रही है।

बुद्ध ने मुस्कुराते हुए जवाब दिया–"जब मनुष्य को वासनाओं की व्यर्थता का आभास हो जाये, तो वो मुक्त ही हुआ। आप मुक्त हो चुकी हैं। आपको कोई और मुक्ति नहीं दे सकता। आप स्वयं को मुक्त कर पायी हैं।"

"तो मुझे बचाइए भगवन...

"मुझे स्वयं को ढूँढ़ने में सहायता करिए, मैं जो कहीं खो चुकी हूँ, उसे वापस लाना है।"

"कोई किसी को नहीं बचा सकता भद्रे, मार्ग स्वयं ढूँढ़ना पड़ता है। कोई आपको रास्ता बता सकता है।

"यह संसार विभिन्न मार्गों से योजित है। अपने मार्गों का चयन अपनी प्रतिबद्धता के अनुसार स्वयं ही करना पड़ता है। दुख की छाया हर मार्ग पर है। दुख ही जीवन की मुख्य वृत्ति है और उससे निर्वाण मुख्य ध्येय। सारे मार्ग दुख के सहज उपादेय हैं। चित्त दुखों के सहवास में घबराता है। इसलिए हमारे आष्टांगिक मार्ग इस बाधा से पार होने के उपायों का निर्देशन करते हैं।

"हम सबने बहुत भटककर अपना मार्ग ढूँढ़ा है, अरण्यों की ख़ाक छानी है, सत्य की खोज में भटके हैं, स्वयं किया ये सब। इसी तरह अपने अन्तर्ज्ञान के सहारे आपको चलना है..."

"मैं उसी मार्ग पर चलकर अपने गन्तव्य तक आ पहुँची हूँ, मुझे दीक्षा दीजिए भगवन।"

"भद्रे, यह असम्भव है।"

"भगवन के लिए कुछ भी असम्भव नहीं, ये आप क्या कह रहे हैं? आप जानते हैं कि मैं विचित्र स्त्री हूँ। तो क्या मैं सम्भव–असम्भव का भेद न जानूँगी?"

"आप तात्कालिक हताशा में इस परिणाम तक पहुँची हैं, हमें तात्कालिक निर्णयों से बचना चाहिए।"

बुद्ध का मुख गम्भीर हो चला था। वे बहस को अनावश्यक बढ़ाने के पक्ष में नहीं दिख रहे थे। किन्तु अम्बपाली हठी स्त्री थी। वह हार नहीं मानने वाली थी। वह बुद्ध से बहस ठानने ही आयी थी। जय–पराजय के बीच सिर्फ़ कुछ ठोस तर्क बच गये थे।

आनन्द सब कुछ हतप्रभ होकर देख–सुन रहे थे। उन्हें विश्वास नहीं हो रहा था कि कोई स्त्री या पुरुष बुद्ध से इतना विवाद कर सकता है। सच में यह विचित्र, असाधारण स्त्री है। मान गये...!

"बहुत सोच–समझ कर इस परिणाम पर पहुँची हूँ भगवन, मेरा मन तो उसी क्षण निर्णय ले चुका था किन्तु कुछ दायित्व मुझे पूर्ण करने थे, वह मैं कर चुकी। मैं भगोड़ा नहीं साबित होना चाहती थी

इसलिए उस समय मैं आपसे ये सब न कह सकी। मेरा निर्णय दृढ़ है भगवन। अटल है..."

"अतिविश्वास घातक होता है आर्ये।"

"अतिविश्वास आयातित नहीं होता भगवन, वह किसी–न–किसी संकेत के माध्यम से आता है।"

"कैसा संकेत, कौन–सा माध्यम?"

"यदि भगवन ने उस सुदर्शन भिक्षु को मेरे यहाँ प्रवास न करने दिया होता, मेरी आम्रवाटिका में न रुके होते, महामात्य के दो–दो आमन्त्रण न ठुकराये होते जब वे आपको संघागार की अतिथिशाला में ठहरने का आग्रह करने आये थे, फिर उनका भोज–निमन्त्रण, ये सब आपने न ठुकराया होता, तो मुझे कोई संकेत न मिलते।"

अम्बपाली बोलते–बोलते उठ खड़ी हुई। वह उत्तेजित हो उठी थी। उसने भूतकाल बुद्ध के सामने धर दिया था।

"अतिशय तेजस्विता ख़तरनाक होती है देवी, वाणी पर संयम आवश्यक है, विचारों पर लगाम भी। इन पर नियन्त्रण न हो तो मनुष्य गड्ढे में गिर जाता है। उसे प्रबोधन कभी नहीं मिलेगा। इसके लिए साधना आवश्यक होती है।"

"मैंने प्रकाश का उद्‌गम–स्थल देख लिया है। जीवन में बहुत बार धोखा खाया है, इस बार नहीं। मेरा आत्मविश्वास ही मेरी साधना का फल है। इसी से आज वैशाली की राजनर्तकी, जनपद कल्याणी, गणिका–प्रमुख, लिच्छवि कुमारी जिसका नाम वैशाली, काम वैशाली, पिता वैशाली, माता वैशाली, कुल वैशाली, जाति वैशाली...वह आपके धम्म मार्ग पर चलने के लिए अपने जीवन का उत्सर्ग करने आयी है।"

अम्बपाली घुटने के बल बैठ गयी, बिल्कुल बुद्ध के सामने। सूर्य की तरफ़ पीठ करके।

स्थितप्रज्ञ बुद्ध अम्बपाली के दुस्साहस पर भौंचक थे।

कुछ क्षण वे मौन रहे।

अम्बा चुप नहीं थी–

"अम्बा अपना शेष जीवन धर्म–मार्ग पर चलने और धर्म का सन्देश घर–घर तक पहुँचाने में बितायेगी..."

"हम असमर्थ हैं आर्ये।"

"मैं अब पीछे नहीं लौट सकती।"

"संघ ने भिक्षुणियों के लिए प्रावधान नहीं किये हैं।"

"ये आपके हाथ में है, जैसे संसार अपूर्ण है स्त्रियों के बिना, उसी भाँति धर्म का मार्ग भी अधूरा है स्त्रियों के बिना। वह धर्म कितना अधूरा होगा जिसमें स्त्रियों के लिए स्थान न होगा। तथागत का धर्म तो सबसे अलग है–सनातन धर्म से अलग, भेदभावरहित। जब आप वर्ण–भेद नहीं मानते, सबको एक समान मानते हैं, कोई जन्म से नीच नहीं होता, कर्म ही प्रधान होता है, कर्म से ही कोई नीच या उच्च होता है, तो फिर आप नारियों का निषेध कैसे कर सकते हैं। स्त्रियाँ भी मनुष्य योनि में पैदा होती हैं, उनके कर्म अलग कर दिये जाते हैं, कर्म के आधार पर उनके साथ भेदभाव होता है, उन्हें दूसरी कोटि का मनुष्य माना जाता है। फिर आपका धर्म सनातन धर्म से कैसे अलग हुआ जहाँ स्त्रियों और शूद्रों को वेद पढ़ने की मनाही है।"

"धर्म मार्ग पर कोई भी चल सकता है, उसे मनाही नहीं है किन्तु स्त्रियों के लिए भिक्षुणी बनना...?"

'क्यों भगवन, क्यों, जाति की तरह लिंग भी किसी व्यक्ति द्वारा दुख से छुटकारा पाने के लक्ष्य में बाधा नहीं हो सकता...आप इस पर विचार क्यों नहीं करते?"

"आपके इस प्रश्न का जवाब नहीं है मेरे पास भद्रे।" बुद्ध गम्भीर और विचारमग्न हो गये।

कुछ क्षण बाद से बोले–"आपको ज्ञात हो कि देवी प्रजागौतमी और राहुल की माता यहाँ आयी हुई हैं। उनका भी यही आग्रह है। मैंने उन्हें मना कर दिया है।"

"आप मुझे उतनी आसानी से मना नहीं कर पायेंगे भगवन। आप उन्हें आसानी से ना कह गये। हो सकता है, वे मान जायें आपके कारण। आप पहले भी उनके प्रति कठोर रहे हैं। मैं प्रण ले चुकी हूँ,

अब लौटकर उस संसार, मोह–माया में अम्बपाली तो नहीं जायेगी। जो लौटेगी वो मरे हुए के समान होगी।"

"मैं विवश हूँ।"

"क्या मुझसे ज़्यादा? मैं तो शव ढो रही हूँ। यह शरीर नहीं, एक लाश है। जो स्त्री जीवनभर अपने हिस्से का सुख न पा सकी, उससे प्रेम करने तक का अधिकार छीन लिया गया, थोपी गयी ज़िन्दगी जीती रही, निष्प्राण शरीर को घसीटती रही। अब मैं इसे उतार फेंकना चाहती हूँ। मैं अब सिर्फ़ मन बहलाव का साधन बनकर नहीं जी सकती। मैं आत्महत्या का अपराध नहीं करना चाहती। इससे आपको बचाना होगा।"

अम्बा फूट–फूट कर रो पड़ी। उसे अपनी पराजय स्पष्ट दृष्टिगत हो रही थी। मन–ही–मन तय कर लिया था कि यहाँ से खाली हाथ लौटी तो अपनी अट्टालिका में नहीं जायेगी, सदानीरा की तेज़ जलधारा में जलसमाधि ले लेगी।

बुद्ध ने ध्यान से उसका मुख देखा। साँझ का क्लान्त उतर आया था अम्बा के मुख पर। अपूर्व सुन्दरी, एक तेजस्वी साध्वी की तरह उनके सामने हाथ जोड़े खड़ी थी। एक दृढ़प्रतिज्ञ स्त्री जो कोई कार्य बीच मार्ग में नहीं छोड़ती। जो वचन देती, निभाती चली आयी है। जो एक साथ कठोर और मृदु है। जिसके सामने वैशाली और मगध का साम्राज्य दण्डवत है। मगध का साम्राज्य जिसने ठुकरा दिया, वो असाधारण स्त्री अब अपनी मुक्ति के लिए संघ की शरण में आना चाहती है।

बुद्ध को मौन देखकर आनन्द अम्बा की ओर बढ़े। वे उसे वापस लौटने को कहना चाहते थे।

अम्बा भी निराश लौटकर जाने को उद्यत हुई तो बुद्ध ने टोका–

"आस्था, श्रद्धा और संकल्प तीनो मुख्य कारक होते हैं सफलता के। मैं प्रस्तर प्रतिमा नहीं हूँ। स्वयं पर विश्वास रखो। तुम आज सचमुच जीत गयीं।"

अम्बा ने भूमि पर घुटने टेक दिये और नीचे की ओर झुक गयी। उसका मनोरथ सफल हो गया था। उसने अपने जीवन की बहुत

बड़ी विजय पा ली थी। किसी अन्य स्त्री के लिए यह असम्भव था। उसकी दृढ़ता से ही संघ में आज एक क्रान्तिकारी और ऐतिहासिक परिघटना सम्भव हो सकी थी। संघ के द्वार स्त्रियों के लिए खुलवाने वाली प्रथम स्त्री अम्बा।

वहाँ से निकल अपने आवास की तरफ़ चली। लौटते समय वह कोई और थी। शरीर बहुत हल्का, पक्षी के पंखों की तरह बोझरहित महसूस हो रहा था। मानो चल नहीं रही थी, वायु के झोंकों पर तैर रही थी। आर्या अम्बा अब शीघ्र थेरी अम्बा होगी।

आकाश में तारे झिलमिला रहे थे। रात्रि आम्रवनों पर उतर आयी थी। नगर के मार्ग–स्तम्भों पर मशालें जल रही थीं। नगर में साँझ का कोलाहल गूँज रहा था।

...और इन दृश्यों के बीच में एक मुक्तिकामी स्त्री के भीतर वैराग्य जाग रहा था।

संन्यास या भिक्षुपन कुछ नहीं, थकी हुई मौन आत्माओं का आत्मसमर्पण

अम्बपाली भी अब जीवन के खोखले और बाह्य वैभव से थक चुकी।

"अब इससे अधिक मुझसे भी इस देह का बोझ नहीं ढोया जाता। देह निरस्त करती है आत्मिक यात्राएँ। देह ने मार्गों के चयन में स्थूल तर्कशास्त्र का सृजन किया है। देह आत्मा के निकष को स्खलित विमर्श देती है। देह की क्षणभंगुरता मुक्ति–वनों की निर्जन उपत्यकाएँ हैं। इस मिट्टी ने अपने शाश्वत प्रमाण निर्मित नहीं किये। मृत्तिका के कीचड़ से मुक्त नहीं होने देती है देह चयनिके।" उसने अपनी सहायिका को सम्बोधित करते हुए कहा था।

वह ज्येष्ठ माह के एक दिवस का तीसरा प्रहर था जब एक समाचार वज्रपात की तरह वैशालिकों पर गिरा।

गरम पवन ने सुना, कच्चे–पक्के आमों से लदे आम्रवनों ने सुना, ग्रीष्म से अकुलायी–दुबलायी सदानीरा ने सुना, नगर की अट्टालिकाओं ने सुना, सान्ध्य समारोह की तैयारी में लगी हुई गणिकाओं ने सुना, राजा ने सुना, रंक ने सुना, सेठों ने सुना, तरुण और तरुणियों ने सुना, मधुग्राम, आनन्दग्राम, प्रेमवन–सबने सुना। नगर–नगर, डगर–डगर यह समाचार फैल गया–ठीक वैसे ही जैसे जल पर तैलीय पदार्थ फैलता है। सुनते ही समूचा जनपद एक स्तब्धता में डूब गया। अग्नि की तरह समाचार फैल गया था और अम्बपाली के सप्तखण्डीय राजप्रासाद के मुख्य द्वार पर जनसमुदाय उमड़ने लगा था। जिस–जिस ने सुना कि देवी अम्बा बौद्ध भिक्षुणी बन गयी हैं, वे अपने दलबल के साथ दिन

के तीसरे पहर संघ की ओर प्रस्थान करेंगी, सब वहाँ जुटने लगे। आमजन से अधिक वहाँ नगर के सामन्त और सेठ थे, जिनका हृदय डूब गया था यह समाचार सुनकर। उनकी हृदयेश्वरी वैराग्य ग्रहण कर रही थी। ये शोक–सन्तप्त कर देने वाली बात थी।

सबकी हृदयप्रिया, हृदयेश्वरी एक भिक्षुणी बनने जा रही है।

सबके हृदय में निराशा का घोर अन्धकार छा गया। एक राजनर्तकी ने कलाकर्म का, भोगविलास का जीवन त्याग कर वैराग्य का मार्ग चुनने का निर्णय लिया।

जिसे देखो, वही एक बार...केवल एक बार अपनी हृदयेश्वरी को अपने बाहुपाश में भर लेने को व्यग्र हो उठा। तरुणों में उसकी एक झलक पाने की लालसा जाग उठी। वे उसकी रूप–छटा को आख़िरी बार निहार लेना चाहते थे। उसकी उस केशराशि को देख लेना चाहते थे जिसके गुच्छों को सहलाने के लिए उनमें होड़ लगी होती थी। अपने श्रृंगार कक्ष में अम्बा जब अपने लम्बे, काले–सुनहरे बालों को सुलझाती, कुछ बाल टूटते जिन्हें वह अपने गवाक्ष के बाहर फेंक देती। गवाक्ष के पीछे दूर तक सपाट ज़मीन थी। उसी गवाक्ष के नीचे नगर के युवा छिपकर बालों के गुच्छे को उठा लेते। उनके बीच उन केशों को हथियाने के लिए मारामारी जैसी स्थिति उत्पन्न हो जाया करती। उन तरुणों के पास इतनी स्वर्ण मुद्राएँ न थीं कि वे अम्बा के प्रासाद में प्रवेश पाते। इसलिए उनके पिता जहाँ रंग–रास में डूबे होते, वे अम्बा के बस उन्हीं टूटे हुए केशों से काम चला लेते। ये उनका मनोरंजन–विलास था। इस निर्णय से वे तरुण भी गहरी हताशा में डूब गये। उनका मनोरंजक कौतुक हमेशा के लिए समाप्त हो गया था। देवी अम्बा के वे केश अब सदा के लिए उनके सिर से पृथक कर दिये जायेंगे। इसके बाद वे कैसे उनका दिल बहलायेंगे। नगरसेठों को अपनी सारी स्वर्ण मुद्राएँ व्यर्थ लगने लगीं। जैसे सारे ढोल, वीणा, बाँसुरीवादकों को अपने सुर फीके लगने लगे।

यह कोई मामूली समाचार न था। इसे सुनकर सम्पूर्ण जनपद हिल गया था। समाचार फैलते ही सप्तखण्डीय प्रासाद के द्वार पर

भीड़ जुटनी प्रारम्भ हो गयी थी। प्रचण्ड ग्रीष्म, कड़ी धूप की भी किसी को परवाह न थी। चिन्तामग्न, व्याकुल, आतुर नागरिक खड़े थे द्वार पर। कुछ नागरिक विस्मय से इस अट्टालिका को निहार रहे थे कि देवी अम्बा के बाद प्रासाद का एक बड़ा खण्ड भिक्षु–संघ को चला जायेगा। जो भव्य भवन कभी बरसों तक मनोरंजन का केन्द्र रहा था, वह शीघ्र ही बौद्ध–विहार बन जायेगा।

कुछ नागरिकों में घोर नाराजगी थी। जिस साम्राज्य को देवी अम्बा ने अपने दम पर हासिल किया था, जो प्रतिष्ठा अर्जित की थी वह तो किसी महारानी के लिए भी दुर्लभ थी। जिसके वैभव के आगे मगध साम्राज्य भी झुक गया था। जिसने पिता बिम्बिसार और उसके पुत्र अजातशत्रु तक का प्रेम ठुकरा दिया। वह सब कुछ त्याग कर कैसे अकस्मात वैराग्य की ओर चल पड़ी।

द्वार पर पहुँची देवी अम्बा–पीत चीवरों में लिपटी हुई। न कोई साज न श्रृंगार। सूना, सपाट चेहरा। खुली केशराशि जो संघ में प्रवेश के दौरान उतार दी जाने वाली थी। मानो कोई देवलोक की देवी स्वर्ग से उतर आयी थी, सादे वेश में।

भीड़ आर्त्तनाद कर उठी। ये कैसा भाग्य देवी...आप वैराग्य पथ पर क्यों चलीं...किसने आपको विलासपूर्ण जीवन से उठाकर कठोर पथ अनुगामिनी बना दिया।

भीड़ तरह–तरह से विलाप कर रही थी। किसी को देवी अम्बा के हृदय का अनुमान न था कि उन पर क्या गुज़र रही है। वे किस मनोदशा से गुज़र रही हैं। अम्बा को वैशाली के किसी नागरिक का भास न था। वह सांसारिक मोह–माया से ख़ुद को मुक्त कर चुकी थी और भीड़ को अजनबी दृष्टि से देख रही थी। मानो वह पहचानती नहीं थी इस भीड़ को। वह इस भीड़ से पृथक ऐसे संसार में जा रही थी जहाँ अपने अस्तित्व को विस्मृत कर सके, अपने साथ हुए सारे अन्याय को विस्मृत कर सके। वैशाली के नागरिकों को, राज्य व्यवस्था को क्षमा कर सके। पुरानी पहचान मिटाकर नयी अस्मिता प्राप्त कर सके। थेरत्व प्राप्त कर सके। जहाँ वह देवी अम्बपाली नहीं थेरी आम्रपाली कहलायेगी।

समूचा जनपद थर्रा उठा था। भाँति–भाँति की आवाज़ें, अनुमान हवा में तैर रहे थे। कई तरह के प्रश्न कि आख़िर ऐसा क्या हुआ कि विलासी जीवन जीने वाली राजनर्तकी को कठोर पथ का अनुगामिनी बना दिया।

अनेक प्रश्नाकुल नेत्र देवी अम्बा की तरफ़ उठ गये थे। देवी को कहाँ सुधि कि वे नेत्र उठाकर किसी को भी देख सके। जिस जनसमुदाय की जय–जयकार पर वे निहाल हो जाया करती थी, इठला उठती थी, अभिमान हो आता था स्वयं पर, उन पर दृष्टि डाल कर उपकृत कर दिया करती थी, उसी जनसुमदाय के सामने वह निस्पृह भाव से खड़ी है। सबको अनदेखा करके गुज़र जाना चाहती है। भीड़ उमड़ती ही जा रही थी। जहाँ–जहाँ समाचार फैल रहा था, लोग चले आ रहे थे। भीड़ में कुछ ऐसे नागरिक भी थे जो राजनर्तकी को वैशाली का सौभाग्य मानते थे। वे मानते थे कि वैशाली की पराजय के बाद भी उनकी जनपद कल्याणी सुरक्षित है।

अम्बा के क़दम उठने लगे। भीड़ जय–जयकार कर उठी। वह अनसुना करती, पग धरती रही। मन–ही–मन बोली–ये सब मोह–माया है अम्बा, निकल चल इस फन्दे से, अब अधिक न ढोयी जायेगी ये मान–मर्यादा, ये भार, ये राजनर्तकी की गरिमा...सब व्यर्थ है। इस मोह–माया पर विजय का समय आ गया है। वह इसे पराजित करके रहेगी। मन–ही–मन सोचती जाती, उसके मुख पर दृढ़ता के भाव आते जाते। भीड़ से किसी ने आवाज़ दी–"देवी अम्बा, एक बार अपने प्रंशसकों को देख तो लीजिए।" किसी ने शिष्टता का हवाला दिया। वह ठिठकी–अधरों पर वक्र मुस्कान उभरी। शिष्टता...इन नागरिकों के सामने। इनके साथ। जिनके लिए वह मनोरंजन की वस्तु थी। जिसके लिए वे लड़ मरे और परिणाम एक लड़की को भुगतना पड़ा। जिनके कारण उसका सौन्दर्य ही उसके लिए अभिशाप बन गया। जिसे भोग्या बनाने पर सारे नागरिक एकमत थे। वह तो किसी एक पुरुष का हाथ थाम कर जीवनयापन करना चाहती थी।

सारा जीवन बाँसुरी सुनते हुए आम्रकुंज में बिता देती। उसे राजप्रासाद का कहाँ मोह था। क्या ऐसे नागरिक शिष्टता के लायक हैं, कदापि नहीं।

तटस्थ भाव से क़दम आगे बढ़ाया। नागरिक हिल गये। देवी का इतना रुखा व्यवहार अनपेक्षित था। अम्बा को तो सिर–आँखों पर बिठाकर रखा। इतना मान–सम्मान दिया। आदर दिया। उसकी इच्छा के विरुद्ध किसी ने उसे छुआ तक नहीं। महारानी की तरह राज करती रही। जो चाहा, जो माँगा, वैशाली राज ने उसे दिया। वह अपनी शर्तों पर ही राजनर्तकी चुनी गयी। उस पर एक निर्णय थोपा गया, उसके बाद तो सब कुछ देवी के अनुसार होता रहा। नगरवधू होकर भी वह सर्वसुलभ नहीं रही। सामान्य नागरिक तो उसके आसपास फटक भी न सकते थे। वह आभिजात्य वर्ग के लिए उपलब्ध थी, आम नागरिक उसे देखकर तरसते रहे। वर्ष में एक बार वह सार्वजनिक मंच पर नृत्य के लिए उतरती थीं, सबको विभोर करके चली जाती। उस दैवी अनुभव को हर नागरिक अपनी स्मृति में सँजोकर रखता। नागरिक यही सब सोच–सोच कर भाव–विह्वल होते रहे। अम्बा सोचती हुई चलती रही–"जो कल थी, आज नहीं हूँ, जो आज हूँ, कल नहीं रहूँगी। मैं सदा स्मृतियों में रहूँगी। मेरा कोई इतिहास न होगा। स्मृतियों को इतिहास में दाख़िल नहीं मानेंगे लोग। जब मनोरंजन का इतिहास लिखा जायेगा, तब इतिहासकार उसका उत्खनन करेंगे। ढूँढ़ेंगे मेरे निशान, काल सबको नष्ट कर चुका होगा। न चित्र बचेंगे, न मूर्तियाँ। जो बचेंगे, वो पहचाने न जायेंगे। लोग अपने–अपने साँचे में ढालेंगे मेरे दुख, मेरा सौन्दर्य ...मेरा असली रूप लुप्त हो जायेगा। लोग स्मृति में सहेजेंगे एक भोग्या को जो श्रद्धेय भी थी। अपनी शर्तों पर श्रद्धेय। भोग्याओं का कोई इतिहास नहीं होता।"

कलेजा फटने लगा अम्बा का। बड़ी कठिनाई से विदा के इस क्षण में वह अपनी रुलाई पर नियन्त्रण रख पा रही थी। मत रोको मुझे, मेरा यही कार्य मेरे यश की पताका को युगों तक लहराता रहेगा। मुझे राजनर्तकी बनकर जीना तो स्वीकार्य था, मरना कदापि नहीं।

मैं सिर्फ़ इस रूप में याद नहीं रखी जाना चा!हती। मत याद करना कि देवी अम्बा के सुकोमल शरीर से आम्र–मंजरियों की सुगन्ध आती थी।

मार्ग के दोनों तरफ़ कुछ युवक अधिक उद्वेलित दिखाई पड़ रहे थे। वे अम्बा के गमन से पराभव महसूस कर रहे थे। देवी जैसे ही समीप से गुज़री, एक युवक बोल पड़ा–"देवी, वैराग्य की निष्ठुरता क्यों?"

अम्बा ने अनसुना कर दिया। आगे बढ़ गयी। अम्बा अकेली नहीं थी। उसके साथ चल रहे थे, राजा चेटक, सिंह सेनापति महामात्य रिपुदमन तथा कुछ अन्य गण–संवाहक।

अप्रत्याशित ढंग से एक गण–संवाहक चीख़ पड़ा–"देवी, आपने अपनी सारी सम्पत्ति दान क्यों कर दी? आधी आपने संघ को दे दी, आधी अपनी दासी को...क्यों...आपने किस आधार पर देवी कम्या को अपना उत्तराधिकारी घोषित कर दिया है, नगर में कई आभिजात्य कन्याओं के होते हुए, आप ऐसा कैसे कर सकती हैं...?"

गण–संवाहक की बातें सुनकर वहाँ उपस्थित आभिजात्य समुदाय चौंक पड़ा। कुछ को खीझ उत्पन्न हुई। समूचा माहौल बदल गया। क्षणभर पहले जो करुणा थी, उत्सुकता थी, कातरता थी, वह ग़ायब। उसके स्थान पर अनेक प्रकार की चिन्ताएँ उत्पन्न हो गयीं।

सामन्त भंजदेव ने सामने से आकर मार्ग रोक लिया। मुख पर उग्रता साफ़ दृष्टिगत हो रही थी और वाणी में कटुता–

"राजनर्तकी के वैराग्य से, भिक्षु–संघ में प्रवेश से हमें कोई आपत्ति नहीं। किन्तु उन्होंने अपनी आधी सम्पत्ति किस आधार पर अपनी दासी को दे दी? क्या संघ और दासी एक समान हो गये? उन्होंने एक नीच कुल की कन्या को संघ के बराबर का दर्जा दे दिया। उन्होंने कोई आर्य कन्या क्यों नहीं चुनी? वैशाली की एक समृद्ध परम्परा रही है। हमें उसी के अनुसार आचरण करना पड़ेगा। हम उसे यूँ ही नष्ट न होने देंगे। यह हम सहन नहीं कर पायेंगे। देवी को इसका समुचित उत्तर देना पड़ेगा। हम उन्हें आगे नहीं जाने देंगे। चाहे उनके स्वागत के लिए स्वयं तथागत क्यों न पधारने वाले हों।"

इतना सुनते ही राजा चेटक, सिंह सेनापति और महापीठ श्रेणियरत्न विचलित हो गये। किन्तु देवी अम्बा उनका मन्तव्य समझ

कर जवाब देने को तत्पर हो गयी। वह इस बारे में ज़्यादा वाद–विवाद नहीं चाहती थी। वह अपने संघ–गमन को किसी भी कारण से एक विवादित निर्णय नहीं बनाना चाहती थी। उसका चित्त शान्त हो चुका था। सारी आन्तरिक बेचैनी, व्यग्रता शान्त हो चुकी थी। किसी बाहरी कोलाहल को अपनी आत्मा में प्रवेश करने देना नहीं चाहती थी।

अम्बा ने विनीत भाव से जवाब दिया–

"सत्य सुनिए आप सभी भद्रजन। वैशाली के इस कला अधिष्ठात्री के पद को सुशोभित करने की मेरी तनिक भी अभिलाषा नहीं थी। नगर के सम्भ्रान्त जनों ने मुझ जैसी अज्ञात कुलशील कन्या को उस पद पर बिठा दिया, उसकी इच्छा के विपरीत। इस तरह तो प्राचीन परम्परा को स्वयं आप लोगों ने ही नष्ट किया है। ऐसे में कुल कन्या के उस पद पर स्थापित होने की परम्परा कहाँ बची रह गयी। वो तो मेरे जनपद कल्याणी बनने के साथ ही नष्ट हो गयी थी। मुझे बलात उस पद पर आरूढ़ किया गया। इन्हीं सामन्तों के कारण मैं यहाँ इस रूप में खड़ी हूँ। उन्होंने प्रतिशोध लिया, जो मुझे पा न सके, तो मुझे विक्रय की वस्तु बना दिया।"

अम्बा के बोलते ही वहाँ उपस्थित नागरिकों में खलबली मच गयी, मानो कोई रहस्य की बात पता चली हो। सब के नेत्र सामन्तों की तरफ़ घूम गये। कुछ लोगों ने गण–संवाहक को घूरकर देखा। वे घबरा उठे। अम्बा ने करारी चोट कर दी थी। इससे पूर्व कि वे कोई और तर्क देते, अम्बा बोलती चली गयी–

"कला की अधिष्ठात्री के रूप में पद पर रहते हुए मैंने आपकी परम्परा का निष्ठापूर्वक पालन किया है। उस गौरवपूर्ण पद के लिए मैंने एक ऐसी कन्या का चयन किया है जो मेरी दृष्टि में सर्वगुण–सम्पन्न है। कला के हरेक गुण में दक्ष है। दासी कम्या मेरी सभी शिष्याओं में सबसे योग्य थी।"

"तो क्या कलाकर्म से दासी का गुण–धर्म भी बदल जायेगा। वैशाली की अपनी पूर्व स्थापित परम्पराएँ हैं, उनका निर्वाह करना होगा। कलापीठिका की अधिष्ठात्री का चयन होगा, आप उसे नियुक्त नहीं कर सकतीं।"

सामन्त उग्र हो उठे।

अम्बा ने भी तनिक ऊँचे स्वर में कहा–"मैंने कला की अधिष्ठात्री के पद पर रहते हुए उचित कार्य किया, परम्परा का निर्वाह किया, उस गौरवपूर्ण पद पर मैंने एक ऐसी कन्या को बिठाया है जो हर तरह से योग्य है, कला में दक्ष है। देव, कला पर सभी का समान हक़ होता है। इसे कृपया किसी कुल, धर्म या हैसियत से जोड़ कर न देखें। कला स्वयं में एक धर्म है जो मनुष्यों में भेद समाप्त करती है।"

गण–संवाहक आवेश में बोल पड़ा–"देवी अम्बा, आपने परम्परा का उल्लंघन किया है। अपनी सीमाओं का, अधिकारों का अतिक्रमण किया है। आपने शपथ लेते हुए ऐसी शर्त नहीं रखी थी, फिर आप कैसे चयन कर सकती हैं। आपको वो सब प्राप्त हुआ। ये अधिकार आपका नहीं। इस पद के लिए सर्वश्रेष्ठ सुन्दरी चाहिए जो सबके लिए सुलभ हो। सर्वभोग्या हो..."

"बस करिए सामन्त भंजदेव, शान्त हो जाइए, मुझे आपके कुत्सित विचारों से घिन आ रही है। वैशाली में ऐसे घिनौने विचार पैदा हो गये हैं, जहाँ जनपद कल्याणी को इतने अधिकार प्राप्त हैं कि कोई उससे पूछे बिना हाथ नहीं लगा सकता, वहाँ इस तरह के विचार...? आपके विचारों से वैशाली अपनी गरिमा खो रही है। आपने स्त्री को सर्वभोग्या कैसे कहा, इतना साहस कहाँ से आया आप में।"

भंजदेव तिलमिलाते हुए बोले–

"आप तो ऐसे प्रश्न न करें देवी। भोग्या का मूल्य वैशाली के आभिजात्य नागरिक चुकाते रहे हैं। निश्चित स्वर्ण मुद्राएँ देकर कोई भी नागरिक उपभोग का अधिकारी बन सकता था..."

अम्बा इतना सुनते ही क्रोधावेश में आ गयीं।

"भंजदेव, मैंने संन्यास लिया है, अपनी वाणी पर विराम नहीं लगाया है।"

अम्बा ने चारों तरफ़ दृष्टि घुमायी। उसके प्रशंसक उसकी तरफ़ टकटकी लगाये, आशा–निराशा से देख रहे थे।

अम्बा ने अपनी दोनों बाँहें ऊपर की तरफ़ उठाकर कहा–

"वैशाली के नागरिकों से मेरा ये आख़िरी संवाद है। स्पष्ट सुन लें आप सब, सामन्त सुनें, गण संवाहक सुनें–

"अम्बपाली ने यह अधिकार किसी को नहीं दिया था कि कोई भी स्वर्ण मुद्राएँ देकर उसका उपभोग कर सके। मैं राजनर्तकी, जनपद कल्याणी थी, सर्वभोग्या नहीं, मेरे जीवन का हर पुरुष मेरा चयन था, मेरा ख़रीदार नहीं था। मैंने अपने को मोल लेने का अधिकार किसी को नहीं दिया था। अम्बा प्रेम से मोल ली जा सकती थी, अम्बपाली ने अपने पद की गरिमा का पूरा ध्यान रखा था। किन्तु मैं जानती हूँ कि एक स्त्री द्वारा ठुकराये जाने पर, हताशा में पराजित पुरुष किसी भी प्रकार का आरोप लगा सकता है, नीचा दिखाने के लिए। आप सब सामने हैं मेरे...आप बतायें कि क्या मैं मिथ्या बोल रही हूँ। आप में से कितने हैं जो दावा कर सकते हैं कि मुझे मोल देकर ख़रीदा। नृत्य प्रदर्शन को छोड़कर। उन उपहारों को छोड़कर जो आप सब ने प्रसन्न होकर मुझे दिये। किसी पुरस्कार के बदले स्त्री उपलब्ध नहीं होती, ये पाठ तो मैंने इस जनपद को पढ़ाया ही है।"

अम्बा ने भीड़ की तरफ़ दोनों हाथ उठाकर पूछा।

भंजदेव तिलमिला उठे।

"मेरा मार्ग छोड़ें देव, आपकी हताशा समझ सकती हूँ। तथागत मेरी राह देख रहे होंगे। मेरे भाग्य में सदा तमाशा होना ही लिखा था। पद सँभालते हुए भी, त्यागते हुए भी। अम्बा के लिए यह संसार ही तमाशा निकला। किन्तु सन्तोष इतना कि दोनों समय एक स्त्री की गरिमा बनी रही।

"आभार।।"

भंजदेव तिलमिलाते हुए अम्बा को जाते हुए देखते रहे। भीड़ जय–जयकार कर रही थी।

"हम देवी अम्बपाली के विचारों से सहमत हैं। वे महान हैं। हमें उनका मार्ग नहीं रोकना चाहिए। हम देवी के साथ हैं..."

पीछे–पीछे कुछ नागरिक बौद्ध–विहार तक जा रहे थे। उनमें से कुछ अधेड़ और अधिकांश वृद्ध लोग थे।

पसीने से तर–बतर, अम्बा के तर्कों के सामने परास्त भंजदेव ने दाँत पीसते हुए कहा–

"मैं तुझे देखूँगा दासी कया। मैं देखता हूँ कि कैसे तुम अम्बा की जगह लेती हो। मेरे जीते–जी यह कभी सम्भव नहीं।"

सूर्य अस्त होने वाला था। उधर अम्बा के राजप्रासाद में किसी का हृदय काँप रहा था।

विलास-स्पर्धा

"देवी अम्बपाली के नृत्य को देखने की सामर्थ्य किसमें है? उनकी दासियाँ जो नृत्य करती हैं, वही देव, दानव और नरलोक के लिए दुर्लभ है।"

समस्त वैशाली गणराज्य के लिए यह अद्‌भुत समाचार था। प्रीतिकर तो कदापि नहीं किन्तु चकित करने वाला अवश्य था।

जनमानस में भाँति–भाँति की बातें फैलायी जा रही थीं। जितने मुँह, उतनी बातें। देवी अम्बा के संन्यास के बाद वैसे भी जनपद सूना पड़ गया था। नगर की चमक–दमक फीकी पड़ गयी थीं। राज्य में लगभग गृहयुद्ध जैसी परिस्थितियाँ उत्पन्न हो गयी थी। अम्बपाली के भिक्षुणी बनने से हताश, उदास नागरिकों के बीच कुछ लोग ऐसे भी थे जो स्वयं को बेहद पराजित महसूस कर रहे थे। आभिजात्य कुल के सामन्तों और नगरसेठों की त्योरियाँ चढ़ी हुई थीं और अमात्य के संग मिलकर कोई भी कारनामा कर गुज़रने को उद्धत थे।

अम्बपाली से बहस के बाद सामन्त भंजदेव तिलमिलाते हुए किसी तरह समय काट रहे थे कि एक दिन कुछ सभासदों को अपनी तरफ़ मिलाकर प्रतिस्पर्धा की घोषणा कर दी। इसके पश्चात वही हुआ जिसका अन्देशा था। भंजदेव ने घोषणा कर दी कि देवी अम्बपाली की शिष्या को नगर की किसी आर्य कन्या के साथ सार्वजनिक मंच पर नृत्य प्रतिस्पर्धा में शामिल होना पड़ेगा और जो विजयी होगी, उसे ही नगर की राजनर्तकी का प्रमुख पद दिया जायेगा। देवी अम्बा के निर्णय को यह भंजदेव की खुली चुनौती थी। देवी अम्बा की शिष्याओं

में खलबली मच गयी, कुछ तो त्राहि–त्राहि कर उठीं। कुछ ने साफ़ इनकार कर दिया। नगर की आर्य कन्याओं ने इस प्रस्ताव को ठुकरा दिया। किन्तु प्रतिस्पर्धा की घोषणा हो चुकी थी, सभागार में अधिकतम सभासदों ने बहुमत से प्रतिस्पर्धा की सहमति दी थी। अब पीछे हटना असम्भव था। भंजदेव के ऊपर भार आ पड़ा कि वे किसी आर्य कुल की कन्या को सहमत करें कि एक दासी कन्या के साथ नृत्य प्रतिस्पर्धा में हिस्सा ले और दासी कन्या को हराकर विजय प्राप्त करे।

उन्होंने देवी अम्बा की सम्भ्रान्त कुल की शिष्याओं में फूट डालने का प्रयत्न प्रारम्भ कर दिया। राज्य के महाश्रेष्ठी की प्रपौत्री रत्नकमल ने अम्बपाली से ही नृत्य की शिक्षा–दीक्षा ली थी। भंजदेव ने महाश्रेष्ठी को किसी तरह मना लिया, ये वचन देते हुए कि रत्नकमल सिर्फ़ दासी कन्या को पराजित कर दे, चाहे तो वे राजनर्तकी न बनें। बस एक बार वे दासी पुत्री को पराजित होते देखना चाहते हैं और देवी अम्बा के फ़ैसले को अनुचित ठहराना चाहते हैं। ये भी साबित करना चाहते कि वैशाली के दिन इतने दुर्भाग्यपूर्ण नहीं कि हज़ार–हज़ार राजकुमारों के मुकुट, नगर का वैभव, किसी दासी कन्या के पैरों पर लोटें। बदले की घोर भावना से भरे हुए भंजदेव आगा–पीछा कुछ हीं देख पा रहे थे। उनका एकमात्र ध्येय सबके सामने स्पष्ट हो गया था।

रत्नकमल को जब प्रतिस्पर्धा में उतरने का प्रस्ताव दिया गया तो वह चौंक पड़ी। वह सोच भी नहीं सकती थी कि वह राजनर्तकी होने की योग्यता भी रखती है। उसे नृत्यकला से प्रारम्भ से ही लगाव था और वह नगर की अपूर्व नृत्यांगना अम्बपाली से ही सीखना चाहती थी। महाश्रेष्ठी के बहुत अनुनय–विनय पर अम्बपाली तैयार हुई थी। उसे मुँहमाँगा मोल देने का प्रस्ताव रखा गया था। अम्बपाली ने रत्नकमल की लगन और योग्यता को देखकर अपना मूल्य लेने से मना कर दिया था। वह रत्ना से बहुत प्रभावित हुई थी। उसे अपनी योग्य शिष्याओं में मानती थी लेकिन जब राजनर्तकी के पद पर चयन का समय आया तो उसे दासी–कन्या कम्या छाया ही सबसे योग्य लगी।

रत्ना को भंजदेव की मंशा के बारे में कोई भनक नहीं लगने दी गयी। उसे समझाया गया था कि नगर की राजनर्तकी को पराजित करके वह इतिहास में हमेशा के लिए ऊँचा स्थान पा लेगी। उसके नेत्रों में लघु स्वप्न झिलमिलाने लगे थे। वह चौतरफ़ा घिर गयी थी। उसे भाँति प्रकार की बातें बताकर, सुनाकर भड़काने के प्रयत्न होते रहे। रत्नकमल मौन हो सब सुनती रही। वह भीतर से इस प्रतिस्पर्धा की सख़्त विरोधी हो उठी थी किन्तु वैशाली में बहुमत के फ़ैसले के आगे वैशाली की कुमारियाँ विद्रोह नहीं कर सकती थीं।

रत्नकमल को प्रतिस्पर्धा में उतरना पड़ा। दोनों खेमों में तैयारियाँ प्रारम्भ हो चुकी थीं। नृत्य के अभ्यास चरम पर पहुँच गये थे। शिष्याएँ खेमों में बँट गयी थीं। नगर का माहौल परिवर्तित हो चुका था। उत्सुकताएँ चरम पर थीं। मंच की साज–सज्जा पूर्ण हो चुकी थी। नगाड़े बज उठे थे। वादक अपने स्थान पर डटकर बैठ चुके थे। जन समुदाय उमड़ने लगा था। मंच के पास ही दोनों प्रतियोगियों के स्वागतार्थ आचार्य दिव्य खड़े थे जिन्हें कुछ दिवस पूर्व ही राजनर्तकी के मुख्य सुरक्षा प्रधान के रूप में नियुक्त किया गया था जिनकी भेंट अभी देवी कम्या छाया से हुई नहीं थी।

वे उनसे भेंट को लेकर बहुत उत्सुक थे। भेंट से पहले ही इतनी वार्ताएँ सुन लीं थी कि उनके भीतर घोर जिज्ञासा जाग उठी थी। वे इतना तो समझ रहे थे कि देवी अम्बा की पसन्द निस्सन्देह असाधारण होगी। अन्यथा वे दासी–कन्या का चयन कदापि नहीं करतीं। देवी अम्बा के ख़ज़ाने में रत्नों का अभाव न था। एक से बढ़कर एक देव कन्याएँ उनकी शिष्या थीं। जब वर्ष में एक बार अपने समूह के साथ सार्वजनिक मंच पर प्रस्तुति के लिए उतरतीं तो ऐसा आभास होता कि प्रकाश की लड़ियाँ नृत्य कर रही हों। अनेक लौ एक साथ पवन के झकोरे संग लहरा रही हों। उन सबके बीच अम्बा पूर्णमासी का चन्द्रमा लगतीं जो नृत्य करते–करते समूह के घेरे से बाहर निकलतीं, फिर छिप जातीं, जैसे घटा में चन्द्रमा छिप जाता है। जनपद के कलारसिक नागरिक साधु...साधु...कर उठते।

आचार्य देव अपने स्थान पर डटकर खड़े हो गये थे। सबके नेत्र उधर ही लगे थे। भाँति–भाँति के अनुमान लगाये जा रहे थे। समुदाय बँटा हुआ दृष्टिगत हो रहा था। सामन्तों की भीड़ रत्नकमल के पक्ष में प्रसन्नता बाँट रही थी। कुम्भकारों, मछुआरों इत्यादि के समूह दूसरी तरफ़ आकाश की तरफ़ हाथ जोड़े अपने सम्मान की रक्षा के लिए ईश्वर से प्रार्थना कर रहे थे।

ईश्वर का एक निर्णय उन्हें सम्मान दिला सकता था या मटियामेट कर सकता था। सदा के लिए वे सामन्तों के आगे सिर नहीं उठा सकते थे। वे सिर उठाकर जीना चाहते थे। सामन्तों ने उन्हें सभागार की सदस्यता नहीं दी थी। अब तक वे दास बनकर रहे और उनकी पुत्रियाँ दासियाँ बनी रहीं। सामन्त कन्याओं के साथ ब्याह के बाद उनके साथ ही दूसरे नगर सेवा के लिए भेज दी जाती रहीं।

समूचा परिसर विचित्र तनाव से भरा हुआ था। सामन्त भंजदेव दर्प से इधर–उधर घूम रहे थे। सारी व्यवस्था उनके ज़िम्मे थी। व्यवस्था पूरी तरह चाक–चौबन्द थी। मंच के ठीक सामने निर्णायक मण्डल के तौर पर राज्य के कई अमात्य बैठे थे। सभागार के कुछ सदस्य ही आ पाये थे। जो इस क़िस्म की प्रतिस्पर्धा से क्रुद्ध थे, वे न आये। नगर के अनेक सेठ पधारे थे। श्रेष्ठी पुत्र भी पार्श्व में बैठे थे। इस अद्भुत प्रतिस्पर्धा का साक्षी बनने को सब व्यग्र थे।

अचानक मंच के दक्षिणी छोर पर कोलाहल हुआ। महाश्रेष्ठी की प्रपौत्री, सम्पूर्ण शोभायुक्त, वृज्जि कुमारी रत्नकमल पधार चुकी थीं।

सामन्तों के चेहरे पर दर्प उभर आये। तरुणों के नेत्र चमक उठे। कोलाहल तीव्र हो गया। आचार्य दिव्य ने हाथ बढ़ाया ताकि उन्हें मंच की ओर ले जा सकें। रत्नकमल ने किंचित संकोच से आगे हाथ बढ़ाया। आचार्य भाँप गये उनकी मनोदशा।

वे बोले–"वृज्जि कुमारी, आप कलाकार हैं, आपको कैसा संकोच। कलाकार होना तो सौभाग्य की बात। सबसे उत्तम गुण। कला तो स्वतन्त्र करती है, हरेक प्रकार के विकारों से। आप तनिक भी संकोच न करें, आप यहाँ कला प्रदर्शन के लिए पधारी हैं और मैं आज के

आयोजन का कर्ता और सुरक्षा प्रधान होने के नाते कलाकार रत्नकमल का स्वागत करता हूँ।"

"आपकी आज्ञा शिरोधार्य आचार्य दिव्य। मैं जनपद की कलाप्रियता को यहाँ भली–भाँति देख पा रही हूँ। आप चिन्ता न करें। आपको आश्वस्त करना चाहती हूँ कि कलाकार रत्नकमल जनपद को निराश नहीं करेगी। आप आयोजन का अन्य काम सँभालें।"

कहती हुई रत्नकमल भव्य मंच पर एक तरफ़ खड़ी हो गयी। मध्य में एक बड़ी–सी स्त्री मूर्ति थी जिसके एक हाथ में प्रवेणी पुस्तक की प्रति थी, दूसरे हाथ में सिंह के चित्र वाली पताका। वृज्जि संघ अपने पूरे गौरव के साथ उपस्थित था।

देवी कम्या छाया भी कोलाहल के मध्य मंच के पास पहुँच चुकी थी। कोमलांगी कम्या, मुग्ध हंसिनी–सी, नेत्रों में झिलमिलाते मीठे स्वप्नों के साथ आ खड़ी हुई थी। आचार्य दिव्य उसका अपूर्व रूप देखकर दंग रह गये। कोई स्त्री इतनी अनुपम सुन्दरी भी हो सकती है...आचार्य के हाथ काँपे, कम्या की तरफ़ बढ़ाते हुए। कम्या ने हाथ का अवलम्ब लिया और मंच पर आ गयी। उसने उन हाथों का कम्पन महसूस कर लिया था।

सामन्त भंजदेव एक निश्चित दूरी से दोनों प्रतियोगियों को आते देख रहे थे। उन्हें कम्या के साहस पर अचम्भा हुआ। कहीं उनके हृदय में ये आशा थी कि सम्भवतः कम्या, रत्नकमल का नाम सुनकर प्रतियोगिया से इनकार कर देगी। दासी पुत्री एक आभिजात्य कुल की कन्या से टकराने के बारे में हिम्मत नहीं कर सकती। किन्तु ऐसा हुआ नहीं। कम्या उपस्थित थी, अपने पूरे आत्मविश्वास के साथ।

वंचितों के पास उनका आत्मविश्वास ही एकमात्र अवलम्ब होता है।

कम्या के मुखड़े पर स्पष्ट देखा जा सकता था। भय, संकोच और आत्मविश्वास के मिले–जुले भाव उभर रहे थे।

मंच पर दोनों प्रतियोगियों के नेत्र मिले। दोनों मौन रहीं। मौन कितना मुखर था, ये दो मौन कुमारियाँ ही जान रही थीं। कोई भाँप न सका कि मौन की मौन से क्या वार्ता हुई।

आचार्य दिव्य इतना भाँप सके कि दोनों के नेत्रों में एक–दूसरे के प्रति गहरा सम्मान भाव है। दोनों समान रूप से उत्साहित थीं और मन–ही–मन दोनों ने एक–दूसरे का अभिवादन भी किया होगा। उनके सिर हिले थे। यह सब देख, जान, समझकर उन्हें सुख मिला, जाने क्यों? वे अपने हृदय को समझ नहीं पाये। अपने विचारों को झटक कर प्रतिस्पर्धा के अगले चरण की तरफ़ बढ़े।

वाद्य बज उठे। दोनों नृत्यांगनाओं ने आगे बढ़कर, झुककर जनसमुदाय और निर्णायक मण्डल को एक साथ हाथ जोड़कर अभिवादन किया। करतल ध्वनि से पूरा परिसर गूँज उठा। हाथ उठाकर तरुणों ने उन्हें प्रत्युत्तर दिया। दोनों रूपसियों को देखने के बाद सबकी बोलती बन्द थी। रूप में दोनों किसी से कम न थीं। अब कला ही उनमें जय–पराजय का निर्णय करा सकती थी।

सामन्त पुत्रों के मस्तिष्क में कम्या की जाति गौण हो चुकी थी और उसका सौन्दर्य चकाचौंध कर चुका था।

भंजदेव का पुत्र सुशर्मा अपने मित्र के कान में बोला–"मित्रवर, नदियों का उद्‌गम और स्त्रियों का कुल नहीं देखना चाहिए। ये दोनों सुख देने के लिए ही अवतरित होती हैं।"

किसी कलाकार ने वीणा के तार छेड़ दिये थे। परिवेश संगीत में डूब चुका था। बाँसुरी से प्रेम की पुकार आने लगी थी। कोई स्त्री कण्ठ गाने लगा था। ढोल और नुपूर खनकने लगे थे। दोनों नर्तकियों के पाँवों से विद्युत की तरंगें चटकने लगीं। पहले रत्नकमल ने एक चक्कर लगाया और पाँवों को थपथपाकर एक छोर पर खड़ी हो गयी। इसके पश्चात देवी कम्या ने ऐसा ही किया। फिर दोनों एक साथ गतिमान हो उठीं। नृत्य करते–करते दोनों एकदम निकट आ गयीं। दोनों के नेत्र मिले। क्षणभर को दोनों विस्मृत कर चुकी थीं कि वे प्रतिस्पर्धा में शामिल हैं और प्रतियोगी हैं। जाने नयनों से नयनों ने क्या वार्तालाप किया, आचार्य दिव्य ने भाँप लिया। उन्हें अनहोनी की आशंका सताने लगी थी। अपने मनोभावों पर नियन्त्रण पाते हुए वे अविचल खड़े रहे। दोनों नृत्यांगनाओं ने फिर जुगलबन्दी प्रारम्भ कर दी।

दर्शक झूम उठे। सब बेसुध और किसे सराहें, के भाव से भरे हुए थे। दो कन्याएँ नहीं, दो विद्युत लड़ियाँ थीं जो मंच पर नृत्य कर रही थीं। दोनों के शुभ्र वस्त्र, एक सा शृंगार, आभूषण और रूप में दोनों बराबर। कला में भी कोई कम नहीं। निर्णायक मण्डल को आभास होने लगा था कि कदाचित निर्णय न हो पायेगा। सामन्त भंजदेव को अपना प्रयास निष्फल जान पड़ा। वे किसी दूसरी प्रतिस्पर्धा के बारे में सोचने–विचारने लगे। क्यों न इन्हें पुष्प अभियान पर भेजा जाये। कंटीले मार्ग पर चलेंगी तो मस्तिष्क ठिकाने आयेगा।

सहसा मृदंग पर थाप पड़ी और दोनों नर्तकियाँ मंच के अग्रभाग में प्रस्तुत होकर नृत्य करने लगीं। सभी मन्त्रमुग्ध थे। हर ओर करतल ध्वनि गूँज रही थी। दोनों नर्तकियों की गति देखकर सब चकित थे। दोनों फिर आमने–सामने हुईं और नयनों ने फिर कुछ वार्ता की आपस में। कुछ भेद था रत्नकमल के नयनों में। कुछ आश्वासन भी।

"तुम मेरी गुरु बहन हो, गुरु की प्रथम स्वीकृति हो तुम। गुरुघात नहीं करूँगी, न ही किसी के षड्यन्त्र का हिस्सा बनूँगी। आर्य कुल का मान–मर्दन आवश्यक हो गया था। जाओ...मैं तुम्हें विजय उपहार में देती हूँ, इसे उपकार मत मानना मेरी योग्य सखी, मैं इस जनपद को सन्देश देना चाहती हूँ, योग्यता और कला को किसी धर्म या जाति में बाँधकर न देखें। हम स्त्रियाँ एक–दूसरे के मार्ग में अड़चनें पैदा करने की वस्तु नहीं बनेंगी। यही मेरी सच्ची गुरुदक्षिणा होगी।"

उसके उपरान्त रत्मकमल शिथिल होने लगी थी। उसके होंठ काँप रहे थे। नेत्रों से अश्रुधारा बहने लगी थी।

कम्या को नेत्रों के उस जल में सब कुछ स्पष्ट दीख रहा था। उनमें विश्वास था, आभार था। उसके पास अयाचित मिली विजय को स्वीकारने के अलावा कोई विकल्प शेष न बचा था।

ये भाषा सिर्फ़ वही दोनों बूझ सकीं। उसे किसी लिपि में नहीं लिखा जा सकता था। नयनों की मूक भाषा के आदान–प्रदान के बाद रत्नकमल के नृत्य की गति धीमी होने लगी थी और देवी कम्या का उत्साह और बढ़ गया था। उसके मुख पर दृढ़ निश्चय की छाया डोली।

पराजय का भय लोप हो चुका था। दोनों नर्तकियों ने निर्णायक मण्डल से पूर्व अपना निर्णय एक–दूसरे को नयनों की भाषा में सुना दिया था। कदाचित वे सामन्तों के षड्यन्त्र को समझ चुकी थीं। दो स्त्रियों को प्रतिद्वन्द्विता में डालकर, उन्हें एक–दूसरे के विरुद्ध खड़ा करने, एक स्त्री को दूसरी स्त्री के विरुद्ध हथियार की तरह उपयोग करने के षड्यन्त्र को वे समझ चुकी थीं। वे निर्णय ले चुकी थीं। अब वे ही प्रतियोगी और वे ही निर्णायक थीं। वैशाली के सामन्तों को बता देना चाहती थीं कि स्त्रियों के ऊपर आधिपत्य के दिन नष्ट हो जाने चाहिए। स्त्री को अपना मार्ग चयनित करने का अधिकार होना चाहिए, लादा और थोपा हुआ जीवन उन्हें स्वीकार नहीं था। नयनों के इस आपसी संवाद को निकट खड़े आचार्य ने भाँपा तो अवश्य किन्तु उसका अर्थ न समझ पाये। उन्हें परिणाम को लेकर आशंका हुई कि कुछ अद्भुत होने वाला है जिसकी कल्पना जन समुदाय ने न की होगी।

स्त्री की मूक भाषा को पढ़ पाने या समझ पाने की योग्यता पुरुषों में नहीं आ सकती। स्त्रियाँ मौन होकर भी बहुत वार्ता कर सकती हैं। उनमें संवाद–सम्प्रेषण की अद्भुत क्षमता होती है। वही समझ सकता है जिसका हृदय कलुषरहित हो, प्रेमिल हो, अनुरागी हो। आचार्य ने उस सान्ध्य वेला में समझा कि आर्यावर्त की स्त्रियाँ मूक भाषा में बड़े–बड़े षड्यन्त्रों को ध्वस्त कर देती हैं। एक–दूसरे का अहित करने का साधन नहीं बनने देतीं स्वयं को।

इस संवाद के पश्चात रत्नकमल के नृत्य की गति मन्द पड़ने लगी, मुख म्लान होने लगा और उधर कम्या अकेली मंच पर चारों तरफ़ घूम–घूम कर नृत्य करने लगी। उसकी मेखला गोलाकार फैल रही थी, माथे पर रखा चीवर भी पवन के झकोरे से लहरा रहा था। मोती की एक लम्बी माला टूटकर बिखर चुकी थी नृत्य करते हुए, वे चुभ रहे थे, पाँवों को घायल कर रहे थे किन्तु परवाह किसे थी। जब सामने आन पर बनी हो, लक्ष्य साधना हो तो शारीरिक कष्टों के बारे में कौन सोचता है भला।

सबका ध्यान कम्या पर था कि सहसा एक चीख़ उठी। कुछ आवाज़ आयी और रत्नकमल मंच पर अचेत होकर गिर पड़ी। आचार्य दिव्य दौड़ते हुए मंच पर चढ़े।

देवी कम्या का नृत्य थम गया। करतल ध्वनि गूँज उठी। विजयी भाव से कम्या अपना आँचल फैलाते हुए मंच के चारों तरफ़ घूमने लगी। हर तरफ़ से पुष्पवर्षा हो रही थी। उसका आँचल पुष्पों से भरने लगा। उनकी सुगन्ध से वह मह–मह कर उठी। मंच के चारों तरफ़ घूमकर वह निर्णायक मण्डल के समक्ष आकर खड़ी हो गयी। वह पूरी तरह पंखुड़ियों से लदी हुई थी। आचार्य दिव्य ने रत्नकमल को बाँहों में उठा लिया था। महाश्रेष्ठी भी अपनी प्रपौत्री के सम्मुख मंच पर पहुँच गये थे।

सामन्त भंजदेव अवाक् खड़े सब कुछ देखते रहे। परिणाम उनके प्रतिकूल आया था और वे इसके लिए कदापि तैयार न थे। उनके मुख से बोली न फूटी।

निर्णायक मण्डल में बैठे सबसे वृद्ध उठे, ऊर्ध्वाकार बाँहें फैलायीं और कहा–

"भद्रजनों, प्रतिस्पर्धा का परिणाम स्पष्ट है।"

वे अपना वाक्य पूरा करते, उसके पूर्व सामन्त भंजदेव फुँफकार उठे–"हम नहीं मानते इस प्रतिस्पर्धा को, हम एक और प्रतिस्पर्धा का आयोजन करेंगे, उसके पश्चात ही अन्तिम परिणाम मान्य होगा..."

महाश्रेष्ठी ने हस्तक्षेप किया–"मालूम पड़ता है, इस राज्य में कोई और चिन्ता बची नहीं। दो वृज्जि कुमारियों ने अपना निर्णय सुना दिया है, इन्हें बार–बार प्रतिस्पर्धा की ओर न ढकेलें। संघ के सम्मुख परिणाम आ चुका है और अब किसी की व्यक्तिगत कुण्ठा के निवारण के लिए हमारी स्त्रियाँ अपमानित न होंगी। कला से श्रेष्ठ कोई प्रदर्शन नहीं। कला को क्रीड़ा न बनायें सामन्त।

परिणाम स्पष्ट है।"

वृद्ध महाश्रेष्ठी अपनी अचेत पौत्री को लेकर मंच से नीचे उतर गये थे। आचार्य दिव्य उन्हें सहारा देकर रथ पर बिठा आये।

सहसा आचार्य की दृष्टि गयी–रत्नकमल मन्द–मन्द मुस्कुरा रही थी। वे चौंक गये। पलट कर देवी कम्या की ओर देखा–उनके चेहरे पर रत्नकमल के लिए कोई पीड़ा दृष्टिगत नहीं हो रही थी। वह सहज थी, मानो कुछ हुआ ही न हो या उसे इससे कोई सरोकार न हो। आचार्य चकित होते हुए अपने कर्तव्य की ओर उन्मुख हुए। उनका कर्तव्य बदल चुका था। अब वे देवी कम्या के सुरक्षा प्रधान थे। किन्तु वे अपना ह्दय देवी कम्या सम्मुख हार चुके थे। ह्दय की ऋतुएँ बदल चुकी थीं।

कम्या हर तरह से विजेता साबित हुई।

"वैशाली की सर्वश्रेष्ठ नर्तकी देवी कम्या।" निर्णायक मण्डल की वाणी गूँज रही थी...

"जैसे अम्बा से अम्बपाली बनी, वैसे ही आज से संघ देवी कम्या का नामकरण करता है–देवी शिव्या।"

लौटती हुई भीड़ में कुम्भकारों ने चैन की साँस ली–"नाम बदल देने से क्या हमारा सम्मान और स्वाभिमान भी बदल दोगे। मिट्टी तो हमारी ही रहेगी।"

एक मेघाच्छादित कामना-रात्रि

गगन में घटाएँ घिर आयी थीं। वर्षाकाल आया नहीं था फिर भी मेघों ने आकाश को ढँक दिया था। आचार्य दिव्य ने आकाश की तरफ़ सिर उठाकर देखा। वे किंचित चिन्तित भी हुए। मेघों ने पृथ्वी को प्रकाशविहीन क्यों कर दिया। दिवस में ही रात्रि का आभास होने लगा था। सदानीरा के तट पर बैठे गीले नेत्रों से उस पार देख रहे थे। दोनों कूल कभी मिल नहीं सकते, जल उन्हें जोड़ता है। अचानक घटाएँ घहराने लगीं, बिजली कौंधी और दिवस में सान्ध्य वेला का भास होने लगा। आचार्य घबराये। जाने क्या होने वाला है। असमय बरसात की वे कल्पना नहीं कर पा रहे थे। हृदय में भयानक उथल–पुथल मची हुई थी। गहन चिन्तन उन्हें झकझोर रहा था। वे लगातार सोच रहे थे–"आचार्य का पद स्वीकार करके उन्होंने ख़ुद के साथ घोर अन्याय किया है। ये वैशाली के हित में भी नहीं है। वे इस पद के लायक नहीं हैं। वे अब राजसत्ता के नियमों और मर्यादाओं से बँध गये हैं। उनका जीवन पहले जैसा नहीं रहा।"

"आह!"...निकल गयी मुँह से। झुककर सदानीरा का जल अँजुरी में भरा और चेहरे पर छींटे मारे। ठण्डी लहर दौड़ गयी मन–प्राण में, नसों में। व्यग्रता थम ही नहीं रही थी। कुछ तो ग़लत हुआ है, बहुत ग़लत। जो नहीं होना चाहिए था। वे इस पद के लिए अपनी अभिलाषाओं, अपने प्रेम की बलि नहीं चढ़ा सकते। तो फिर...

उनके सँवलाये–कुम्हलाये चेहरे पर नैराश्य का भाव उमड़ा। जैसे मेघ घुमड़ आये थे, नीलेगगन में।

रास्ता क्या है?

इससे तो श्रेयस्कर होता कि मैं देवी शिव्या की वाद्य–मण्डली में सम्मिलित रहता। कम–से–कम देवी की दृष्टि–छाया तो मुझ पर होती। हर क्षण उनका सान्निध्य–सुख मिलता रहता।

अपने आप से बातें करने लगे–"कुछ अन्य बात भी सोचना चाहूँ तो नहीं सोच पाता हूँ, चारों तरफ़ से देवी मेरे सम्मुख आ खड़ी होती हैं, उन्होंने मेरे चिन्तन के सभी मार्ग रोक रखे हैं।"

अपनी दुर्बलता पर...अपनी असमर्थता पर क्रोध भी आ रहा था और झुँझलाहट भी हो रही थी।

आख़िर इसमें देवी का क्या दोष है! न मेरा दोष न देवी का, दोष तो है केवल आचार्य बहुलाश्व का जिन्होंने मुझे वैशाली इसी दुविधा के लिए भेजा है। यहाँ आते ही देवी के दर्शन हुए और मैं संयम खो बैठा। विस्मृत से होते जा रहे थे सब राजकाज। आह...आचार्य!...आपने किस दुविधा में डाल दिया है मुझे...?

आचार्य के प्रति मन में विकार आते ही वे स्वयं को धिक्कारने लगे।

दुविधा से निकलने का मार्ग तो सूझ ही गया था उन्हें। बस आज की रात ही है उनके पास। कल से जीवन बदल जायेगा। न ख़ुद वही होंगे और न देवी शिव्या मार्ग रोकेंगी। कल सब कुछ बदल जायेगा।

देवी का भी क्या दोष। जब वह ख़ुद ही उनके लायक नहीं हैं। एक दिन उनके मन में आया था कि देवी के आगे प्रेम निवेदन कर ही दें। परन्तु अगले ही क्षण वे सोचने लगे–"क्या प्रेम भी याचना से मिल सकता है। और जब मैं उससे यह याचना करूँगा और देवी कह देंगी–जाओ, मैं तुम्हें प्रेम नहीं करती तो क्या होगा। क्या प्रेम याचना से मिल सकता है।"

मन–ही–मन सोचने लगे–"क्यों देवी ही उनके लिए सब कुछ बन गयी हैं। क्या उनकी कृपा पाये बिना जीवित नहीं रहा जा सकता?"

मन में गहरा द्वन्द्व चल रहा था।

"देवी के बिना जी तो रहा हूँ, परन्तु क्या इसी जीवन की कामना की थी मैंने जिसमें देवी का प्रेम न हो। ऐसा जीवन निस्सार है, धिक्कार है ऐसे जीवन पर जिसमें प्रेम न मिल सके।"

अपने जीवन को धिक्कारते हुए थोड़ी ग्लानि का अनुभव भी हुआ। जिस वैशाली ने उन्हें इतना कुछ दिया, मान–सम्मान, पद–प्रतिष्ठा, सुख–वैभव सब कुछ। क्या उस वैशाली के प्रति इतना उदासीन होना उचित है।

यह उदासीनता ही तो है कि सबसे विमुख होकर सदानीरा के तट पर बैठकर वे अपने जीवन का सबसे कड़ा निर्णय ले चुके हैं। आचार्य उठे और झटपट अपने प्रासाद में पहुँचे जहाँ उनकी अर्द्धांगिनी मंजरिका भोजन के लिए उनकी राह ताक रही थी। कुछ व्यग्र–सी, खिन्न–सी, विभिन्न प्रकार की आशंकाओं से घिरी हुई। आचार्य ने मंजरिका का चेहरा देखा और उनके चेहरे पर अपराध–बोध की छाया गहरा गयी। मजंरिका ने भोजन परोस दिया। वे भोजन के लिए बैठे और तत्क्षण उठ खड़े हुए। कुछ ध्यान आया और वे द्रुत गति से बाहर निकले, अश्वारूढ़ हुए और दूर मार्ग पर ओझल हो गये। मंजरिका स्तब्ध होकर सब देखती रह गयीं।

रात गहरा गयी थी। हल्की बूँदाबाँदी भी शुरू हो गयी थी। आम्रवन से कच्चे–पक्के आमों की हल्की गन्ध आने लगी थी। मार्ग के दोनों तरफ़ घने आम्रवन थे।

वे खाली हाथ नहीं जाना चाहते थे। देवी के लिए कुछ भेंट ले जाना चाहते थे। आज तक उन्होंने देवी शिव्या को कुछ भी भेंट नहीं दी थी। दस सालों के सम्बन्धों के पटाक्षेप का समय आ ही गया है तो कोई भेंट देकर उसे क्यों न यादगार बना लिया जाये। उनकी स्मृति में पुष्करिणी सरोवर में खिला कमल का फूल आया। वे खिल उठे। कमल का फूल देकर वे देवी को कहेंगे–"देवी, मैंने घनघोर बारिश में, गरजते मेघों और गहन अन्धकार के बीच, अपने श्रम से आपके लिए यह भेंट अर्जित की है, मेरे पारा नगर के श्रेष्ठी पुत्र कप्पिन की भाँति कोई बहुमूल्य मुक्ताहार तो नहीं है, आप इसे स्वीकार कर लें, आपके केशपाश में कण्ठ के मुक्ताहार से कहीं अधिक शोभायमान होगा।" सरोवर के पास अश्व से उतरे और कमल के फूलों को देख कर देवी के मुख को याद करते रहे। जब यह कमल उनके केशपाश में टँकेगा

तो वे कितनी शोभेंगी। उनकी आभा द्विगुणी हो जायेगी। कमल फूल तोड़ने के लिए उन्हें गहरे कुण्ड में उतरना पड़ा।

मन–ही–मन सोचते रहे–"प्रेम की गहराई कुण्ड से कहीं ज़्यादा होती है। मेरे लिए प्रेम धर्म है, त्याग है, साधना है, आज के बाद आप मेरी तरफ़ से मुक्त हैं देवी जिसे चाहे प्रेम करें, मैं कभी आपके मार्ग की बाधा नहीं बनूँगा।" वे श्वेत कमल लेकर कुण्ड से बाहर निकले, पूरी तरह जल से तर–बतर हो चुके थे। रक्तिम कमल जानबूझकर नहीं तोड़ा क्योंकि यह उनके अनुराग की अन्तिम रात्रि साबित होने वाली थी।

कुछ ही देर में आचार्य देवी के द्वार पर जा पहुँचे। मन में विचारो का अन्धड़ वैसे ही उठ रहा था–

"आज मन की बात करके रहूँगा। अब तक जो न कह सका, वो सब बातें कह डालना चाहता हूँ। बरसों अपनी और उनकी मर्यादा का पालन करता रहा। आज की रात्रि बस आख़िरी है, कल से जीवन बदलने वाला है, आज नहीं कह पाया तो बदले हुए जीवन में भी शान्ति न पा सकूँगा।"

"देवी से कल के बारे में कोई बात नहीं बताऊँगा...क्या पता, देवी मार्ग रोक दें...नहीं, अब मुझे वापस इस जीवन, इस रूप में नहीं आना है। इतनी विपदा नहीं सहनी है। मन–ही–मन कामनाओं की भट्टी में झुलसते हुए नहीं जीना है। इस देह और मन के नियन्त्रण में ख़ुद को नहीं सौंपना है। इनसे मुक्ति चाहिए। कल से जीवन का अर्थ, धर्म सब कुछ बदल जायेगा।"

इतना सब चिन्तन करते हुए उनका अश्व अट्टालिका की तरफ़ बढ़ा चला जा रहा था। भाँति–भाँति के विचारों का तूफ़ान झेलते हुए वे बेसुध हुए जा रहे थे। उनके मन से देवी शिव्या की वह छवि जाती ही न थी। बार–बार कौंधती थी वह छवि, वह मुग्धता, वह परिहास, जब श्रेष्ठी पुत्र कप्पिन ने उनके नृत्य पर रीझकर उनके कण्ठ में मुक्ताहार पहनाया था। देवी की वह मोहक मुस्कान भुलाये नहीं भूलती थी। देवी ने कभी उस तरह उन्हें नहीं देखा। मुग्ध तो वे भी हुए उस रात।

जब देवी अलौकिक नृत्य कर रही थीं। देवी आम्रपाली की सबसे योग्य शिष्या के नृत्य की प्रशंसा चहुँओर होती थी।

परन्तु देवी के मन में क्या है? यह प्रश्न उन्हें बींधता रहता।

"देवी...आज कुछ ऐसा कहें कि मैं आपसे घृणा करने लगूँ। आपसे घृणा करने में आपकी सहायता चाहता हूँ।" अपनी दुर्बलता पर उन्हें खीझ भी हो रही थी। देवी से वैसी मुस्कान की आकांक्षा क्यों पल रही है जैसी वे कप्पिन को दे रही थीं। अब अगर वे ऐसा करें भी, क्या अपने निर्धारित मार्ग से वे डिग जायेंगे। नहीं, बिल्कुल नहीं। असम्भव।

मन–ही–मन प्रण करते हुए आचार्य अन्दर प्रवेश की अनुमति की प्रतीक्षा कर रहे थे।

उन्हें भय था कि देवी कहीं कल के फ़ैसले पर जाने से उन्हें रोक न दें। अब रुकने का क्या लाभ। देवी तो कभी नहीं मिलेंगी। कल के बाद देवी को पाने की लालसा ही समाप्त हो जायेगी। इसी लालसा ने तो उन्हें भटका दिया है और ऐसे मोड़ पर लाकर खड़ा कर दिया है जहाँ से उनका रास्ता कहीं और जाता है।

ये सब सोचते–सोचते अपने फ़ैसले पर वे और दृढ़ संकल्प हो गये। चाहे कुछ भी हो जाये, देवी की बात नहीं मानेंगे।

बाहर बरसात बहुत तेज़ हो गयी थी। काली घटाएँ गरज रही थीं और बिजली रह–रह कर चमक उठती थी। बरसात का रौद्र रूप देखकर आचार्य थोड़े हैरान भी हुए। तेज़ हवाएँ उन्हें रह–रह कर कँपकँपा जातीं। अश्व से उतरकर द्वार तक पहुँचने में वे बारिश से तर हो चुके थे। देवी की अट्टालिका उस अँधेरे में भी दमक रही थी। आचार्य ने देखा, देवी ख़ुद चलकर उन्हें द्वार तक लेने आ गयी थीं। मेघों की गर्जना सुनकर वे थोड़ी सहमी–सी दिख रही थीं, भीगी हुई भी थीं। उन्हें आश्चर्य हुआ। ऐसा मालूम हो रहा था कि वे जानबूझकर भीगती हुई उन्हें स्वयं लिवा लाने आना चाहती थीं। देवी को मानो अपनी सुधि नहीं थी। उज्ज्वल–धवल वस्त्र उनके गात से चिपक गये थे। आचार्य उन्हें इस अवस्था में देखकर स्तब्ध हुए जैसे देवी इतनी रात्रि में उन्हें अचानक अपने द्वार पर देखकर स्तब्ध हुई थीं।

दोनों की वाणी मौन थी। किसी के कण्ठ से बोल न फूटे। आचार्य मन्त्रसिक्त होकर उनके पीछे–पीछे अस्थानागार में चले गये। देवी के भीगे केशपाश में कमल का फूल टाँकने की इच्छा हो रही थी। आज की रात के बाद न ऐसी अभिलाषा उत्पन्न होगी न ऐसे अवसर आयेंगे। बस दोनों के बीच यह एक रात ही बची हुई है।

अस्थानागार में पहुँचकर आचार्य ठिठक गये। अपने साथ लाया हुआ कमल पीठिका पर रख दिया। देवी ने कमल को देखा और आचार्य से सीधा पूछा–"आगे चलोगे अब तो?"

"अवश्य चलूँगा, परन्तु वस्त्र बदलने चाहिए। देवी के सामने जाने लायक नहीं हूँ अभी..."

"क्या देवी को अभी भी प्रमाण की आवश्यकता है?"

देवी मुस्कुरा उठीं।

"नहीं देवी शिव्या, वैशाली में प्रमाण नितान्त आवश्यक है.." आचार्य गम्भीर हो उठे थे।

"सो तो है, मैं जानती हूँ, अच्छा चलो...मेरे कक्ष तक चलो, वहाँ किसी प्रमाण की आवश्यकता नहीं।"

"चलो, वस्त्र बदलने की आवश्यकता नहीं..."

देवी के ज़ोर देने पर आचार्य ख़ुद को रोक न सके। बारिश और तेज़ हो गयी थी। खुले गलियारे से होते हुए देवी के कक्ष तक जाना होता था। सो दोनों भीगते हुए कक्ष की तरफ़ चल पड़े।

कक्ष के बाहर ठिठककर देवी ने अपनी परिचारिका को आदेश दिया–आज की सान्ध्य समाज का आयोजन सम्भव न हो सकेगा। ऐसी सूचना करवा दो।

फिर वह आचार्य को लेकर अपने निजी कक्ष की ओर चल पड़ीं।

देवी ने अपनी काष्ठ मंजूषा से पुरुष परिधान निकालकर आचार्य के सामने धर दिये।

"देवी, सच–सच बताइए, क्या मंजरिका ने आपसे कुछ कहा है। कुछ बताया है मेरे बारे में?"

"नहीं तो, वो क्यों कुछ कहेंगी, मंजरिका तो देवी हैं।"

"देवी शिव्या, ऐसा कहकर आप मेरा परिहास तो नहीं कर रही हैं?"

"मैं ऐसी धृष्टता कैसे कर सकती हूँ, यह परिहास नहीं है, आपने कैसे ऐसा समझ लिया?"

देवी गम्भीर हो उठीं।

"सान्ध्य समाज में नियमित नृत्य करना मेरा कर्तव्य है, कर्तव्य के प्रति निष्ठा भाव ही मेरा जीवन है। कदाचित मंजरिका ने भी यही समझा होगा। तभी तो वे यहाँ आयीं, आपके वस्त्र रख गयीं और बोलीं–

'देवी शिव्या, मैं आचार्य दिव्य को व्यवस्थित रखने में असमर्थ हूँ, असहाय भी हूँ। यदि तुम ऐसा कर सको तो मुझ पर बड़ा उपकार होगा। ऐसा उपकार जिससे मैं जीवनभर उऋण न हो पाऊँगी।'

आचार्य के होंठों पर कारुणिक मुस्कान उभरी।

"देवी, कल से सब कुछ व्यवस्थित हो जायेगा, कल से मेरी भूमिका बदल जायेगी। तब देवी मंजरिका को कोई कष्ट न होगा और न किस अन्य को कोई कष्ट पहुँचेगा।"

आचार्य का स्वर अवरुद्ध हो गया था।

वे देवी से कल के लिए अनुमति लेने आये थे, ये बात वे भूल ही चुके थे और उनका मस्तिष्क कहीं और भटकने लगा था। वे वापस जाने को उद्यत हुए कि देवी ने उनका हाथ पकड़ लिया।

"आज मैं आपको ऐसे नहीं जाने दूँगी।" देवी खुलकर हँस पड़ी थीं।

"क्यों...?" आचार्य पूछ बैठे।

"देवी, मैंने इसके पूर्व आपको इस तरह हँसते हुए नहीं देखा था, कदाचित यह अभिनय नहीं है, मेरा उपहास उड़ा रही हैं आप..."

देवी के मुख पर खिन्नता उभरी।

"यह सत्य है कि पहली बार मैं इतना विहँस रही हूँ। परन्तु यह उपहास की हँसी नहीं है। रही बात अभिनय की तो क्या जीवन ही अभिनय नहीं है।"

"कम–से–कम मैं ऐसा नहीं समझता।"

"आप भले न समझें, यह एक वास्तविकता है। कैसे, बताना चाहूँ भी तो नहीं बता सकती। मेरी भी कोई अपनी मर्यादा है।

ख़ैर...आप बताइए...आज यहाँ कैसे आना हुआ? ऐसा क्या हुआ कि आप अपना निश्चय भूलकर यहाँ चले आये।"

आचार्य को देवी का इस तरह पूछना अपमानजनक लगा। परन्तु बिना उत्तेजित हुए बोले–"मालूम पड़ता है, भयंकर भूल हो गयी मुझसे।"

देवी ने बीच में बात काटते हुए कहा–"इसमें भूल की बात कहाँ, अच्छा हुआ आप यहाँ चले आये। अवश्य कोई विशेष प्रयोजन होगा।"

आचार्य ने अपनी गीली आँखें देवी पर टिका दीं–"अच्छा होता, अगर आपने मेरी यहाँ कभी प्रतीक्षा की होती। अप्रतीक्षित और आयाचित अतिथि प्रायः भूल ही करता है।"

देवी इतना सुनकर निरुत्तर रहीं। उन्हें यह उत्तर शायद पसन्द नहीं आया था। वे बहुत कुछ बोलना चाहती थीं, मगर होंठ काँप कर रह गये। वे शान्त रहीं। उन्हें इस अवस्था में देखकर आचार्य असहज हो उठे और कक्ष से बाहर की ओर चल पड़े।

देवी ने आगे बढ़कर उनकी बाँह फिर से थाम ली। आचार्य उन बाँहों की पकड़ से छूटना नहीं चाहते थे।

"आचार्य, अब इस समय कहाँ जायेंगे आप। बाहर मूसलाधार बारिश हो रही है। रात्रि भी हो गयी है। नगर के सूने राजपथ पर आज प्रकाश भी नहीं है। चारों दिशाओं में अँधेरा ही अँधेरा है। यदि कोई अनहोनी हो गयी तो...?"

"तो क्या देवी..."

"लोग तो यही कहेंगे न कि रात्रि के इस पहर में देवी शिव्या ने अपने आचार्य को नहीं रोका, उन्हें जाने दिया। और लोगों को छोड़िए, देवी मंजरिका क्या कहेंगी।"

"और यदि आज रात्रि यहाँ रहा तो कल प्रातः सारी वैशाली क्या कहेगी।"

देवी मुस्कुरायीं–"वैशाली की चिन्ता आप करें, यह तो व्यय है अपनी चिन्ताओं का।"

"ऐसा क्यों देवी?"

"आपने स्वयं ही कहा है कि वैशाली हृदय नगरी है, उसका यहीं वास है...फिर चिन्ता व्यर्थ हुई न।"

दोनों प्रथम बार एक साथ हँसे। सम्मिलित हँसी से कक्ष का प्रकाश झिलमिला उठा।

"देवी, आप सचमुच गण–कल्याणी हैं।"

देवी अपनी परिचारिका को पुकार उठीं।

"आचार्य की शय्या यहीं पर लगा दो, मैं यहीं भूमि पर सो रहूँगी।" आचार्य यह सुनकर स्तब्ध रह गये। परिचारिका भी चकित उनका मुँह ताकती रह गयी।"

परिचारिका के बोल निकले–"क्यों देवी, आप भूमि पर क्यों सोयेंगी। इतनी बड़ी अट्टालिका है, अनेक सुशोभित कक्ष हैं, केवल यही एक शय्या तो नहीं है।"

आचार्य ने परिचारिका को रोकते हुए कहा–"नहीं, तुम रहने दो। यह सम्भव नहीं। मुझे इसी पहर अपने प्रासाद में लौटना होगा।"

देवी पूछ उठीं–"आपको यहाँ सोने में कोई संकोच है?"

"हाँ, संकोच तो है देवी, और..."

"और क्या...आपको आत्मविश्वास नहीं, आपको आज यहीं सोना पड़ेगा, इतनी रात्रि को मैं न जाने दूँगी।"

"मेरा संकोच ये है कि आज की रात्रि यहाँ रुका तो हम दोनों पर कलंक लगेगा। मुझ पर लगे तो परवाह नहीं क्योंकि कल से मेरा जीवन बदल जायेगा, आपको तो अभी इसी तरह रहना है, आप कलंकित हों, मुझे स्वीकार्य नहीं देवी..."

देवी अट्टहास कर उठीं।

"केवल कलंक के भय से तो मैं आपको बाहर नहीं जाने दे सकती। आपको अपने पर विश्वास न हो तो वो दूसरी बात है। मुझे विश्वास है कि सारी रात्रि आप न भी सो पाये तो भी प्रातः आप ख़ुद को अस्वस्थ नहीं पायेंगे।"

आचार्य, देवी को समझाने में सफल न हो पाये। उन्हें उनके हठ के आगे झुकना पड़ा। वे मन–ही–मन उलझ गये थे कि देवी आज

रहस्यमयी संवाद कर रही हैं। कुछ भी खुलकर नहीं बोल रही हैं। सारी शंकाओं और प्रश्नों को उलझा दे रही हैं, अपने वाक्‌चातुर्य से।

कक्ष में थोड़ा व्यवस्थित होने के बाद आचार्य ने फिर प्रश्न किया। उनका मन बहुत भरा हुआ था सवालों से। बस आज की आख़िरी रात्रि थी उनके बीच जिसमें सब कुछ कह देना, सुन लेना था। एक प्रश्न जो उनके चित्त को अशान्त किये हुए था, पूछ ही लिया।

"देवी, क्या श्रेष्ठी–पुत्र कप्पिन पर मेरा सन्देह उचित नहीं है?"

देवी मौन रहीं।

आचार्य फिर बोले–"मैं जानता हूँ कि ये प्रश्न अनुचित है, मेरी संकीर्णता का परिचायक है, कदाचित इसका मुझे अधिकार भी नहीं है, फिर भी न जाने क्यों, मैं इस प्रश्न का उत्तर जानने को व्यग्र हूँ। इस प्रश्न के निस्सन्देह दो उत्तर होंगे, उनमें से कोई भी उत्तर सुन कर मुझे सन्तोष होगा। मैं तैयार हूँ किसी भी उत्तर का सामना करने के लिए, आप विश्वास रखें।"

"इसका एक तीसरा उत्तर भी हो सकता है आचार्य, वो यह कि मैं इसका उत्तर दूँ, ये आवश्यक तो नहीं।"

"अपने लिए न सही, मेरे लिए ही, आप उत्तर दे सकती थीं। चलिए, इतना बता दीजिए कि क्या अगर मेरी जगह ये प्रश्न आपसे कप्पिन पूछते मेरे बारे में, तब भी क्या आप ऐसा ही उत्तर देतीं?"

आचार्य के होंठों पर फीकी मुस्कुराहट उभरी। व्यथा की रेखाएँ और गहरी होती चली जा रही थीं।

"आचार्य, हमारे आपके बीच श्रेष्ठी पुत्र कप्पिन की वार्ता हो, यह कोई अनिवार्य तो नहीं। आप इस समय मुझे नगर के सुरक्षा प्रधान प्रतीत हो रहे हैं।"

"देवी, न जाने क्यों, मैं इस मामले में आश्वस्त होना चाहता हूँ... क्या इतना भी मेरा आप पर अधिकार नहीं है?"

देवी आचार्य के भीतर पुरुषोचित ईर्ष्या देखकर भीतर ही भीतर सिहर गयीं। ऊपर से गर्वीली मुस्कान ओढ़कर बोलीं–

"आचार्य दिव्य, मैं भी कुछ आश्वस्त होना चाहती हूँ। मुझ पर अधिकार ही नहीं, मेरे प्रति आपका कर्तव्य भी है।"

आचार्य कक्ष से बाहर की तरफ़ जाने लगे। देवी ने उन्हें इस बार नहीं टोका, रोका। आचार्य ख़ुद ही कुछ पग चलकर ठिठक गये। शायद उन्हें उत्तर की प्रतीक्षा थी।

अपने मन को कड़ा करके बोले–

"देवी, मैं इस समय बहुत दुविधा की स्थिति में हूँ। परन्तु मैं आपको आश्वस्त कर सका तो मेरा सौभाग्य होगा। बतायें..."

"आपका ही नहीं, ये वैशाली का भी सौभाग्य होगा...सुरक्षा प्रधान का दायित्व अत्यन्त महत्त्वपूर्ण है। उसके प्रति आपका यह भाव किसी प्रकार उचित नहीं है। आचार्य दिव्य, आपसे मेरा निवेदन नगर की गण–कल्याणी के कारण है।"

"देवी शिव्या होने के नाते कोई और आग्रह नहीं...?"

देवी उल्लास से भर गयीं। मानो मनोनुकूल प्रश्न पूछ लिया गया हो।

"अच्छा हुआ, आपने ये पूछ लिया। सुनिए, देवी मंजरिका भी आपसे कुछ अपेक्षा रखती हैं। हमारा क्या, जब तक यह गणराज्य अजर–अमर है, तब तक गण–कल्याणी भी जीवित है। और उसका सुरक्षा–प्रधान भी। फिर उसकी चिन्ता क्यों?"

मंजरिका का नाम सुनते ही हृदय में शूल–सा चुभा। कहीं अपराध–बोध सा जागा।

कम–से–कम यहाँ आने से पहले मंजरिका को बताते आते कि बस आज रात भर का सम्बन्ध इस मायावी संसार से बचा रहेगा। प्रातः उनका संसार अलग हो चुका होगा। फिर उसके बाद तुम्हें कोई कष्ट नहीं देगा मंजरिका। चलते–चलते जो अनाचार तुम्हारे साथ कर बैठा, वैसा अब फिर नहीं कर पाऊँगा। फिर कभी नहीं देवी मंजरिका...फिर कभी नहीं...मैं तुम्हें बता नहीं पाया, इस बात का पछतावा रहेगा देवी। तुम्हें कल दूसरे लोग बतायेंगे,...या मेरा अंगरक्षक बतायेगा लेकिन मैं नहीं होऊँगा बताने के लिए...

बड़बड़ाते हुए आचार्य का गला रुँध गया। बाहर मेघ वैसे ही गरज रहे थे। देवी वैसे ही मौन थीं। अपने सांसारिक जीवन की

अन्तिम रात्रि एकांगी प्रेम के मौन के साथ बिताना चाहते थे। देवी के हृदय से नितान्त अनभिज्ञ आचार्य ने देवी से आगे कोई वार्ता न करने का संकल्प ले लिया। उस कक्ष में देवी की शय्या पर सोये हुए, भूमि पर लेटी हुई उस स्त्री को देखते रहे। निद्रा में स्त्रियाँ देवी की भाँति लगती हैं और देवियाँ स्त्रियों की भाँति। बार–बार उनके हृदय में अभिलाषा जगी–एक बार देवी के खुले केशपाश में पुष्करिणी सरोवर से लाये हुए श्वेत कमल टाँक दें। एक बार दूधिया, झिलमिल चादर चेहरे से खिसकाकर शयन–कक्ष को रोशन हो जाने दें। बस एक बार...एक बार...देवी के बाहुपाश में स्वयं को खो जाने दें। फिर चाहे मेघ गरजते रहें, बिजली गिर जाये। एक बार देवी उनके प्रेम को स्वीकार लें। एकांगी प्रेम की पीड़ा को किसे समझायें।

व्यग्र चित्त को निद्रा कहाँ आती है। निद्रा सिर्फ़ बाहर–बाहर थी और उनके मौन में थी। जाने किस पहर, किस विधि दोनों को निद्रा ने दबोच लिया होगा अपने पाश में।

प्रातः आचार्य निद्रा से जगे। देवी वहाँ नहीं थीं। कुछ देर बाद देवी वहाँ प्रकट हुईं। अनिद्रा का प्रभाव उनके नेत्रों पर भी वे भाँप गये थे।

आचार्य ने मानो वज्रपात किया–

"देवी, मेरे मन में जो एक भ्रम था, वह यहाँ आकर और गहरा हुआ है। अब कहने को कुछ नहीं बचा है। सुनने का अवकाश भी कहाँ। सत्य तो ये है कि मेरे मन का बोझ उतर चुका है। मैं ख़ुद को बहुत मुक्त महसूस कर पा रहा हूँ। आपसे विदा चाहता हूँ, मंजरिका आपके पास आयेगी, आप जो बताना चाहें, बता दें। यहाँ आने का कारण, रात्रि विश्राम का कारण और अब यहाँ से वापसी का कारण। यह निर्णय मैं कल ही ले चुका था।"

"मैं आज ही भिक्षु–संघ में प्रवेश लेने जा रहा हूँ..."

आचार्य को लिवा लाने उनका प्रहरी द्वार पर अश्व लेकर खड़ा था।

देवी ने उन्हें सूने नेत्रों से देखा, उनमें एक आश्वस्ति थी जिसे वे देख न सके। पीछे खड़ी परिचारिका ने उन्हें थाम लिया।

देवी बुदबुदायीं–"मेरे मार्ग पर मुझसे पहले आप चले गये आचार्य। जब आप ही मुक्त हुए तो मैं भला बँधकर क्या करूँगी आचार्य।"

अवान्तर में मंजरिका

आचार्य और देवी शिव्या की इस भेंट के बाद की बात है...

वह वैशाली की धुली हुई सुबह थी। असमय बारिश के बाद नगर धुलकर चमक उठा था। रात्रि पहर समूची वैशाली सोयी थी, तीन मनुष्य रतजगा कर रहे थे।

मंजरिका सारी रात्रि जागरण में थी। उसके नेत्रों में निद्रा कहाँ। उसके आराध्य तो किसी दूसरी स्त्री, अपनी आराध्या के पास, रात्रि बिताने चले गये थे। स्वयं उसने ही उन्हें वस्त्र निकाल कर दिये। जाते समय उन्हें प्रसन्न होना चाहिए था किन्तु वे उद्विग्न थे। उनके मन में जाने क्या पल रहा था, जाने क्या चल रहा था। उनके भीतर अन्धड़ चल रहा होगा, वे अकेले झेल रहे हैं। मंजरिका जानती है कि उसके आराध्य, पति आचार्य दिव्य (आचार्य देव) बहुत भावुक इन्सान हैं। वे सबसे स्नेह करते हैं। इसी कारण वे वैशाली में सबको प्रिय हैं। उनसे सब स्नेह करते हैं, सबके साथ उनके सम्बन्ध मधुर हैं। नगर के सुरक्षाध्यक्ष होते हुए भी वे तनिक कड़क नहीं हैं। उनका प्रेमिल हृदय भली–भाँति जानती है, समझती है। जब से उन्हें देवी शिव्या की अट्टालिका की सुरक्षा का अतिरिक्त भार सौंपा गया है तब से वे थोड़े परिवर्तित हो गये हैं। पहले से नहीं रह गये। दिनोदिन और मुरझाते जा रहे हैं। क्या वे इस भाव से जूझ रहे हैं कि कहीं एक दिन उन्हें चयन न करना पड़े–देवी शिव्या या देवी मंजरिका। दोनों में से कोई एक।

किसे चुनेंगे तब वे। कौन है उनके हृदय में स्थापित देवी। वे तो देवी शिव्या की पूजा करते हैं। उनके गहरे असर में हैं।

और मंजरिका की चिन्ता भी कम नहीं उन्हें। आचार्य उन्हें धोखा नहीं दे रहे हैं। धोखा तो तब देते हैं जब भार्या को कुछ पता न हो, उससे छिपाया जाये। देव तो कुछ भी नहीं छिपाते। उसे याद है, देवी शिव्या से मिलवाने से पहले स्पष्ट रूप से कहा था–"मैं आपका आराध्य हूँ प्रिया, देवी शिव्या मेरी आराध्या हैं, कितना सुन्दर मिलन होने जा रहा है। ये ध्यान में रखकर मिलियेगा उनसे, कोई अशिष्टता न हो जाये आपसे।"

वे हाथ जोड़ रहे थे।

मंजरिका ने देवी शिव्या के आगे सिर झुका दिया था। शिव्या ने अपना हाथ उसके माथे पर रखकर कुछ कहा था–"देवी मंजरिका, जो आपका है, सदैव आपका ही रहेगा। आपका अधिकार बना रहे।"

देव दूर से खड़े अपने जीवन की दो सबसे प्रिय स्त्रियों को देखकर भावुक हो रहे थे। एक वो जिसे अपना नहीं सकते। जो उन्हें मिल नहीं सकती। दूसरी वो जो मिलकर भी नहीं मिली। दोनों के बीच में एक स्त्री की उपस्थिति है, उसे कभी विस्मृत नहीं कर पाते देव।

मंजरिका से खुलकर अभिसार भी नहीं कर पाते। उसके प्रणय निवेदन को अनदेखा कर चल देते हैं। उनके समक्ष देवी शिव्या आकर खड़ी हो जाती हैं। एक समय में दो स्त्रियों से प्रेम कर सकते हैं किन्तु मात्रा में, प्रेम की तीव्रता में फ़र्क़ रहता है। उन्हें ये आभास होता था। मंजरिका भी हृदय निवासिनी है किन्तु वह उससे अभिसार नहीं कर पाते हैं। प्रेम का प्रतिदान नहीं दे पाते हैं। वे उसके प्रति शुष्क होते जा रहे हैं। कहीं रिक्त करके ही कहीं भरा जाता है। वे मंजरिका के प्रेम को रिक्त करके दूसरी स्त्री को भर रहे थे। देवी शिव्या उन्हें प्रतिदान नहीं दे रही थीं। दो पाटों के बीच छटपटाते हुए देव ने अपनी अन्तिम इच्छा पूरी की और बौद्ध संघ में दीक्षा लेने को तत्पर हो उठे थे। देवी शिव्या के साथ रात्रि बिताकर तड़के सवेरे जब वे आवास पर पहुँचे वहाँ देवी मंजरिका जागी हुई, प्रतीक्षारत मिलीं। बिना कुछ कहे, वे आचार्य की सेवा में लग गयीं।

मंजरिका का मन हुआ कि देव से लिपट जाये। फिर ठिठक गयी, दूसरी स्त्री की गन्ध में वह अपनी गन्ध कैसे मिलाये। क्या लड़े उनसे।

उसकी सखी चारुलता ने तो उसे धिक्कारा था कि तुम कैसे सहन कर लेती हो ये सब। प्रतिकार क्यों नहीं करतीं। विद्रोह करो, शिव्या को खरी–खोटी सुनाओ या उनसे गिड़गिड़ाकर कहो कि वे तुम्हारे स्वामी से दूर हो जायें। आवश्यकता समझो तो वर्षकार की न्यायशाला में अभियोग लगाया जा सकता है। इतना सुनकर भी मंजरिका का कलेजा कठोर न हो सका। न देव के प्रति न शिव्या के प्रति। शिव्या के शब्द ही आश्वासन थे–

"आपका अधिकार बना रहेगा..."

शिव्या उसका अधिकार कहाँ छीन रही हैं। देव उसे कहाँ त्याग रहे हैं। क्या लड़े...क्या कहे। देव उसके स्वामी ही नहीं, आराध्य भी हैं। अपने आराध्य को इतनी पीड़ा में देखकर उसे पीड़ा होने लगती है। उसका वश चलता तो अपने आराध्य के आगे देवी शिव्या को लाकर सौंप देती। स्वयं को दूर कर लेती। चाहे तो दोनों साथ जी सकती हैं। वह समझती है कि देवी शिव्या का जीवन कितना अभिशप्त है। देवी अम्बपाली क्या कर गयीं। न स्वयं परिणीता बन सकीं, न देवी शिव्या को बनने दिया। राजनर्तकी का पद अभिशप्त है किसी भी स्त्री के लिए जिसे कठोर नियमों में बाँधकर, उसके स्वप्नों को कुचल दिया जाता है।

"मुझसे अधिक पीड़ित तो देवी शिव्या हैं...सामने प्रेम का याचक खड़ा है, सर्वस्व न्योछावर करने को उद्यत...वैशाली के कठोर नियमों से भी भयरहित। एक बार देवी शिव्या सहमति दे दें। शिव्या क्या सिर्फ़ नियमों में बँधी हैं, या अपनी गुरु अम्बपाली के सम्मान की रक्षा कर रही हैं, या अपने कुल को उच्च सम्मान दिलाने की लड़ाई लड़ रही हैं...या उच्च कुल के प्रेमी से भाग रही हैं। शिव्या के मन में क्या है..."

मन–ही–मन बोली मंजरिका।

देवी शिव्या के जनपद कल्याणी बनने पर समूची वैशाली में दो ही लोग सामान्य थे, आपत्तिविहीन। गणाध्यक्ष राजा चेटक और आचार्य देव। अम्बपाली के इस चयन पर भयंकर विवाद हुए, उथल–पुथल मची थी। मंजरिका को सारा मंज़र याद है। तब उसे क्या पता था कि

एक दिन देवी शिव्या उसके जीवन में हलचल मचा देंगी। श्रेष्ठी पुत्री मंजरिका का अपना चयन थे आचार्य देव। उनके हृदय पर एकछत्र राज करना चाहती थी। कितने सुन्दर, कामदेव सरीखे लगते थे उसे। गौरवर्ण, कद्दावर बदन, झूमकर मतवाले हाथी की तरह चलते थे, तलवार उनके हाथ में आभूषण की तरह शोभती थी। अश्व पर सवार होते तो देवता लगते। उनसे अभिसार करते समय मंजरिका उनकी पूरी पीठ पर स्वयं को छोड़ देती...नरम–गरम भावनाओं के साथ। वे जब पलटकर उसे बाहुपाश में भरते, वह पूरी तरह खो जाने देती स्वयं को। कितना अद्‌भुत क्षण होता। स्त्री–पुरुष का एकाकार होना। एक–दूसरे में विलीन होकर फिर लौट आना। आचार्य देव उसके केशपाश में मुँह छिपाकर देर तक खोये रहते। मंजरिका उनकी मांसल देह निहारती रहती।

अब सब समाप्त हो गया था। देव अपने शयनकक्ष में गुमसुम लेटे रहते। मंजरिका परायों की मानिन्द आती–जाती। दोनों अलग–अलग दिशाओं में खोये–से रहते थे। देव कुछ और खोज रहे थे, मंजरिका अपना खोया हुआ माणिक ढूँढ़ रही थी। एक को कुछ और पाना था, दूसरे को खोया हुआ वापस पाना था। आचार्य देव को प्रथम बार किसी से प्रेम हुआ था।

एक दिन मंजरिका ने पूछ ही लिया था–"एक साथ आप दो स्त्रियों से प्रेम कैसे कर सकते हैं देव, ऐसा करके तो आप दोनों स्त्रियों को युद्ध का आमन्त्रण दे रहे हैं। उन्हें एक–दूसरे का शत्रु बना देंगे?"

"मैं आप दोनों को एक साथ प्रेम कर सकता हूँ, कर नहीं पा रहा हूँ...प्रेम को इतना सीमित मत करिए देवी। मेरी बेचैनी अप्राप्य प्रेम को लेकर है, प्राप्त हो जाने पर एक साथ प्रेम किया जा सकता है। मैं आप दोनों को एक साथ प्रेम करते रह सकता हूँ...मैं ये साबित करता...मुझे वो प्रेम नहीं मिल सकता, यही चुभन रहती है हृदय में।"

"आप पुरुष एक साथ अनेक स्त्रियों से प्रेम कर सकते हैं, हम स्त्रियाँ एक बार में एक ही पुरुष से प्रेम कर सकती हैं और अपने उस पुरुष को किसी दूसरी स्त्री के साथ साझा नहीं कर सकतीं...

जो ऐसा करती हैं, वे भ्रम रखती हैं। हृदय तो एक ही है न आचार्य ...दो एक साथ कैसे समा सकते हैं...बताइए...आप तो विद्वान हैं...हम स्त्रियों को भी वह हुनर सिखा दें आप पुरुष लोग..."

"मंजरिका...!"

देव पीड़ा से कराहे।

"मैं आपसे तर्क नहीं करना चाहता। प्रेम का पाठ किसी पोथी में पढ़ा नहीं जाता।"

"आचार्य...! "

मंजरिका तनी हुई थी।

"मैं स्त्री–लोलुप नहीं हूँ। मैंने सच्चा प्रेम किया है देवी शिव्या से...मैं उन्हें पा नहीं सकता। आपके साथ सम्बन्ध का अब निर्वहन कर नहीं सकता, मैं वैशाली की सुरक्षा का दायित्व भी ठीक से नहीं निभा सकता। मैं भीतर से नष्ट हो रहा हूँ। आप मेरी भार्या ही नहीं, मेरी संगिनी भी हैं। आप नहीं समझेंगी मेरी मनोदशा तो कौन समझेगा...मैं हर मोर्चे पर विफल साबित हो रहा हूँ। मुझे क्षमा कर दें आप सब..."

"तो आपका क्या निर्णय है देव?'

"मैं..."

इतना बोलकर देव अटके। जैसे कठिनाई हो रही हो अपनी बात कह पाने में।

मंजरिका ने ग़ौर से उन्हें देखा। थके–हारे दिखाई दे रहे थे। देह पर अभिसार के कोई लक्षण नहीं थे। अभिसार के लक्षणों को अच्छे से पहचानती थी। रात्रि कैसे कटी? रात्रि में क्या किया? देवी शिव्या और आचार्य देव ने एक साथ रात्रि बितायी और एक–दूसरे को छुआ तक नहीं। कैसा प्रेम करते हैं एक–दूसरे को। कितनी भाग्यशाली हैं शिव्या, उनके द्वार पर प्रेम बार–बार चलकर जाता है, लौट आता है। वे चाहें तो सारे नियमों को एक बार में तोड़कर आचार्य का हाथ गह सकती हैं। वैशाली में तूफ़ान उठेगा, सँभल जायेगा। सिर्फ़ मंजरिका को छोड़कर, वह जीते–जी मर जायेगी। मन–ही–मन प्रार्थना करती कि देवी शिव्या अपने कर्तव्य–पथ पर चलती रहें।

देव से प्रेम करें, जीवन में दाख़िल न हों। सारे सम्बन्ध छिन्न–भिन्न हो जायेंगे। मंजरिका सँभाल न पायेगी। उसके पिता नगरसेठ यह सब सहन नहीं कर पायेंगे। आचार्य देव उससे छिन जायेंगे। उसे त्याग करना पड़ेगा। चाहकर भी साथ नहीं रह पायेगी। और देव के प्रेम में इतनी डूब चुकी है कि अब बाहर निकलना अत्यन्त कठिन है। यह प्रेम ही तो है कि देवी शिव्या के साथ उनके प्रेम पर उदार हो गयी है। मित्रवत इस पर बहस करती है। कोई कलह नहीं करती। दूसरी स्त्रियों की तरह छाती नहीं कूटती। शिव्या को गालियाँ नहीं बकती। केवल अपने अस्तित्व के बारे में सोचा करती है कि ऐसी उसमें क्या कमी थी कि आचार्य उससे विमुख होकर एक गणिका के प्रेम में पड़ गये। उसने हर स्तर पर देव का साथ दिया था। केवल शिव्या की तरह नृत्य नहीं कर सकती थी। सौन्दर्य में तो दोनों एक बराबर ही हैं। अम्बपाली होतीं तो मंजरिका हार मान लेती कि ऐसी अद्वितीय सुन्दरी समूचे ब्रह्माण्ड में नहीं।

अम्बपाली का स्मरण होते ही हृदय में उम्मीद की किरण लहरायी।

क्या देवी शिव्या को अम्बपाली मना सकती हैं। या आचार्य देव को समझा सकती हैं। क्या मंजरिका अपना खोया हुआ प्रेम वापस पा सकती है। अनेक प्रकार के प्रश्नों ने उसे आकुल कर दिया।

पहले देव को तो सुन ले जो कुछ कहते–कहते रुक गये थे।

"आप कुछ कह रहे थे आचार्य...?"

श्लथ–से शय्या पर पड़े हुए देव उठ बैठे। मंजरिका को सोच में गुम देख वे चुप लगा गये थे। वे जानते थे, जो वे बोलने जा रहे हैं, उसके पश्चात वातावरण बदल जायेगा। मंजरिका जाने किस प्रकार का भाव प्रकट करे। कुछ भी अनिष्ट हो सकता है। जी कड़ा करके बोले देव–

"प्रिया...तुम भी जान लो। मैं देवी शिव्या को कह आया हूँ, उनके साथ एक रात्रि बिताने की अभिलाषा थी जिसमें कोई अभिसार नहीं। हम जिससे प्रेम करते हैं, उससे एकाकार होना चाहते हैं। उसे प्राप्त करना चाहते हैं, जब मनोकांक्षा पूरी न हो तो वही बात शूल बनकर

चुभती रहती है। मैं कोई महामानव नहीं, सामान्य मनुष्य हूँ जिसका हृदय दो स्त्रियों में विभक्त हो चुका है और एक स्त्री के प्रति अत्यधिक धड़कता है, उसकी ओर झुका हुआ है, उसे प्राप्त करना चाहता है। हम दोनों ने रात्रि जागरण किया है, एक–दूसरे को जी भरकर देखा है, दूर से...आप विश्वास करें। आपका अधिकार सुरक्षित है..."

"मेरा अधिकार...?"

मंजरिका ने व्यंग्य किया।

"मेरा अधिकार तो आपके प्रेम पर भी है, हृदय पर भी है, उसे तो आप कब का छीन चुके मुझसे, मेरे पास सिर्फ़ भार्या का अधिकार बचा है जो देवी शिव्या की कृपा से बचा हुआ है, बिना प्रेम के दाम्पत्य जीवन वैसे ही है जैसे बिना आत्मा के शरीर। मैं एक मृत सम्बन्ध को जीने को शापित हूँ देव...आगे कहिए..."

बोलते–बोलते मंजरिका फूट–फूट कर रो पड़ी।

आचार्य ने उसे रोने दिया। वे समझते थे कि रोना ही स्त्रियों का सबसे बड़ा उपचार है। रो लेगी तो मन शान्त हो जायेगा। भीतर का सारा विषाद भी निकल जायेगा। हम पुरुष बड़े अभागे हैं, हर स्थान पर, हर समय आँसू भी नहीं निकलते। जाने किस शत्रु ने आँसुओं को हमसे दूर किया। रो लेते तो हम भी घुटन से बाहर निकल आते। स्त्रियों...तुम बहुत बड़भागी हो...रो तो लेती हो...।

"मैं भिक्षु बनना चाहता हूँ। इसीलिए एक रात्रि उनके साथ बिताना चाहता था। मैं एक आयु जी चुका हूँ उनके साथ, ऐसा लग रहा है...अब मुझे विदा दो मंजरिका, ये सम्बन्ध मुझसे न ढोया जायेगा। मैं तुम्हें साथ रहकर रुलाता नहीं रह सकता। मेरे जाने के बाद तुम शान्त पड़ जाओगी। मेरा चित्त भी शान्त हो जायेगा।"

"और कुछ...?" मंजरिका ने बिना कोई प्रतिवाद किये पूछा। वह अपने वस्त्र सँभालती हुई उठ खड़ी हुई थी। उसे कुछ स्मरण हो आया। उसे कहीं जाना था। बिना किसी को कुछ बताये। उसे उसके स्वामी ने सम्बन्ध से मुक्त कर दिया था। उसे अनुमति की आवश्यकता नहीं थी। बिना अनुमति के कहीं भी जा सकती थी और उसे कहीं जाना था।

"और कुछ नहीं कहना। तुमसे क्षमाप्रार्थी हूँ कि तुम्हारे योग्य प्रेमी या स्वामी न बन सका। तुमने मुझे अपना सर्वस्व सौंपा, मैं हतभागा, विभाजित होकर रह गया। मेरे वश में कुछ नहीं था देवी। मैंने जानबूझकर ऐसा नहीं किया...हो गया। आपसे कुछ भी नहीं छिपाया। चाहता तो छिपा कर जीता रहता। मैं एक साथ दो स्त्रियों से छल नहीं कर सकता।"

मंजरिका ने हाथ जोड़ते हुए कहा–

"जिसे आप प्रेम करते हैं, उसके साथ एक रात्रि बिता आये। क्या एक रात्रि मुझे दान कर सकते हैं। मैं यह रात्रि आपसे प्रणय के लिए नहीं माँग रही हूँ। मुझे भी आपके साथ वैसे ही रात्रि जागरण करना है, जैसा आपने देवी शिव्या के साथ किया है। उसके बाद ही हम दोनों की मुक्ति सम्भव हो सकती है।"

मंजरिका का आग्रह सुनकर आचार्य देव ने दोनों हाथ जोड़ लिए।

"मुझे क्षमा कर देना...तुम्हारा हृदय बड़ा है, तुम एकमात्र स्त्री हो जो अपने पति के प्रेम पर इतनी बातें कर सकती हो। उसे समझ सकती हो। उसका साथ दे सकती हो। तुने एक स्त्री होकर नहीं, मेरी मित्र होकर सब कुछ सुना है। तुम्हें आशीष देता हूँ, सबको तुम जैसी संगिनी मिले, किन्तु मेरे जैसे बँटा हुआ संगी न मिले।"

मंजरिका वहाँ से चली गयी। अपने सारथी से कहकर रथ मँगवाया और उस पर आरूढ़ होकर बौद्ध–विहार की तरफ़ चल पड़ी। उसके हृदय में आश्वस्ति की क्षीण रेखा उभर रही थी।

थेरी अम्बा को समाचार पहुँचा कि आचार्य देव की भार्या मंजरिका उनसे मिलने पधारी हैं तो उन्हें तनिक भी आश्चर्य न हुआ। उन तक बातें पहुँची थीं। वैशाली में बातें हवा की तरह फैलती हैं। अम्बा राजगृह जाने की तैयारी में थी। अम्बा को लगा–कहीं मंजरिका तो गृहत्याग नहीं कर रही उसके गृहस्थ जीवन में भी उथल–पुथल चल रही थी। भिक्षुणी संघ में गृह–त्यागी स्त्रियों की भरमार हो गयी थी। संघ में क्षमता से अधिक भिक्षुणियाँ हो गयी थीं। संघ–प्रमुख गौतमी तो अब भिक्षुणी बनाने से पहले स्त्रियों को समझने और समझाने लगी थीं। उन्हें भय होने लगा था कि अधिक संख्या में स्त्रियों ने गृहत्याग किया

तो समाज में संघ के प्रति विद्रोह की भावना पनप जायेगी। वे कई स्त्रियों को संघ से लौटा चुकी थीं। जो सचमुच प्रताड़ित थीं, जिनके समक्ष कोई रास्ता नहीं था, जो आत्महत्या पर उतारू हो जातीं, उन्हें ही संघ में प्रवेश देतीं। अब बहुत सोच–समझ कर संघ में प्रवेश दे रही थीं। अम्बा इसीलिए चिन्तित हुई।

किन्तु उसकी चिन्ता निर्मूल साबित हुई। मंजरिका उसके सम्मुख सारी शिकायतें लेकर गुहार कर रही थी कि आचार्य देव को भिक्षु बनने से रोका जाये। केवल वे ही रोक सकती हैं।

"देवी अम्बा...मेरे आराध्य, मेरे स्वामी, मेरे संगी, जिन्हें मैंने प्राणपण से प्रेम किया है, जिन पर अपना सर्वस्व न्योछावर किया है, वे आपकी शिष्या देवी शिव्या के लिए मेरे साथ अन्याय कर रहे हैं। मैं भी हिम्मत नहीं हारने वाली। वे भिक्षु बनना चाहते हैं, मैं भिक्षुणी नहीं बनना चाहती। मुझे बनना चाहिए न, जीवन तो मेरा लुटा है। आचार्य क्यों बन रहे...संघ ऐसे विफल प्रेमियों से भर जायेगा एक दिन...आप उन्हें रोकिए..."

अम्बा मुस्कुरायी।

"प्रेम–हारा मनुष्य किसी की नहीं सुनता। अपनी भी नहीं। आचार्य इस समय प्रेमहारा हैं। उन पर दया करिए।"

"उन पर दया और मुझ पर देवी?"

"दया से मेरा तात्पर्य आप नहीं समझीं देवी मंजरिका। वे दया के पात्र हैं, जो मिला है उससे सन्तुष्ट नहीं हैं। जो अप्राप्य है, उसके पीछे भाग रहे हैं। ऐसे पुरुष दया के पात्र होते हैं जो मिले हुए का सम्मान नहीं करते। जो प्रेम उन्हें आसानी से मिले, उसका सम्मान नहीं करते। कठिन वस्तुओं के पीछे भागते हैं...वो चमक–दमक के पीछे भागते हैं...जो वस्तु मिल जाती है, वह मामूली हो जाती है। हासिल करने के बाद हीरा भी धूल के समान लगता है।"

"वे देवी शिव्या से सच्चा प्रेम करते हैं..."

"मुझे ज्ञात हुआ है। सच्चा प्रेम हम जानते हैं क्या? कदाचित नहीं जानते। सच्चा प्रेम, नष्ट नहीं करता है, सृजन करता है। जो है, उसी को पुनर्नवा करता है।"

"देवी...आप मार्ग सुझायें, मुझे क्या करना चाहिए...?"

"पहले आप बतायें, आप क्यों चाहती हैं कि वे भिक्षु न बनें। अगर वे आपके पास रुक भी गये तो वे विभाजित ही रहेंगे। आपको कष्ट देते रहेंगे। वे आपको, शिव्या को, स्वयं को कष्ट से बचाना चाहते हैं। मुझे ऐसा प्रतीत होता है।"

"मैं आचार्य के बिना जीवित नहीं रह सकती। मैं उन्हें अत्यन्त प्रेम करती हूँ। वे भले मुझसे दूर रहें, हम साथ एक आवास में बने रहें। मैं उनकी उपस्थिति मात्र से प्रसन्न रह सकूँगी। उनका राज्य के प्रति भी कोई दायित्व है न। क्या वे एक गणिका के पीछे अपने नागरिक कर्तव्य भी भुला देंगे।"

"देवी शिव्या जनपद कल्याणी हैं मंजरिके, किसी अमात्य से कम नहीं उनकी हैसियत।"

"हम स्त्रियों को गणिका बनाते क्यों हैं कि मुझ जैसी स्त्रियों को रोना पड़े?"

"वैशाली के सामन्तों को आप नहीं जानतीं क्या। आप श्रेष्ठी पुत्री हैं। आपके परिवार के पुरुष भी गणिकाओं के यहाँ नियमित जाते रहे हैं। यह परम्परा है। सामन्तों का मन एक स्त्री से नहीं भरता। अगर एक स्त्री पर्याप्त होती तो वे रूपजीविताओं की बस्तियाँ न बसाते। गणिका प्रथा को न पोसते। इसे वैधानिकता प्रदान न करते। पुरुषों की देह लिप्सा इतनी तीव्र होती है, वे इतने सौन्दर्य पिपासु होते हैं कि हर समय आखेट पर निकलते हैं, कुछ नूतन ढूँढ़ते हैं। इसके लिए कोई भी मूल्य चुकाने को तैयार रहते हैं। मनोरंजनप्रियता उनमें कूट–कूट कर भरी होती है और स्त्रियाँ मनोरंजन का सबसे सुलभ साधन बना दी गयी हैं। सुरा, सुन्दरी, साथ में नृत्य–गायन का समावेश हो, उन्हें मनोरंजन किसी भी मूल्य पर चाहिए। बदले में अपना सब कुछ लुटा बैठते हैं। मनोरंजन का यह व्यापार पृथ्वी पर सदैव रहेगा।"

"देवी अम्बा...मेरा मार्गदर्शन करें आप, आप जो कहेंगी, मैं करूँगी। मेरा मस्तिष्क काम करना बन्द कर चुका है।"

मंजरिका ने आत्मसमर्पण कर दिया था।

"आप चाहती हैं कि मैं देवी शिव्या को समझाऊँ...किन्तु उन्हें क्या समझाऊँ?"

"नहीं, कदापि नहीं, देवी शिव्या ने मेरा अधिकार कहाँ छीना, उन्होंने तो मुझे वचन दिया था, वे निभा रही हैं। मैं स्त्री होने के कारण उनका दुख समझ रही हूँ...क्या करेगी कोई स्त्री जब किसी पुरुष से प्रेम हो जाये...ये अनुराग न, बहुत दुखद वस्तु है, जिसे होता है, वही जानता है...मैं दण्ड भोगने को प्रस्तुत हूँ.."

मंजरिका की आँखें छलछला आयी थीं।

"मैं कुछ समय के लिए आचार्य देव को भिक्षु बनने से रोक सकती हूँ, ख़ास अवधि तक के लिए।"

अम्बा ने उसे आश्वासन दिया। उसके कन्धे पर अपने शीतल हाथ रखे। मंजरिका ने उन कोमल हाथों को थाम लिया। किसी आश्वस्ति की तरह लगी वो हथेली। देवी अम्बा की सूनी हथेली जिन पर कभी मूल्यवान हीरे–मोती की अँगूठियाँ जगमगाती रहती थीं, वे खाली थीं।

मंजरिका उठी, अम्बा के चरणों पर झुकी और तीर की तरह निकल गयी। अम्बा के चरणों पर दो बूँदें ढुलक गयी थीं।

मंजरिका की मनोदशा देखकर व्यथित हुई अम्बा। उसके मस्तिष्क में कई योजनाएँ बनने लगी थीं। भिक्षुणी बनने के पश्चात भी वैशाली की हित–चिन्ता कम न हुई थी। उसे उजड़ते, पराजित होते देखा था। अब जब वैशाली छोड़कर जाने का समय आया तो एक दायित्व आन पड़ा है। अब तो वैशाली लौटकर आना होगा। इसके लिए आचार्य देव का शासन में बने रहना अति आवश्यक है। किसी प्रकार उन्हें भिक्षुक संघ में प्रवेश से रोकना होगा। उनके इस निर्णय से विनाश होगा। शिव्या की सुरक्षा ख़तरे में पड़ जायेगी। राष्ट्र के लिए व्यक्तिगत हित को त्यागना ही पड़ेगा उन्हें। अभी समय नहीं आया आचार्य देव...बने रहिए। नहीं तो वैशाली को वर्षकार लील जायेगा। अम्बा ने सिंहा को ढूँढ़ा...देवी शिव्या को सन्देशा भिजवाना था।

अम्बा जानती थी कि आचार्य देव को केवल देवी शिव्या ही भिक्षु बनने से रोक सकती थीं।

देवी जानती थीं कि इसके लिए उन्हें क्या करना था...

अम्बा और सिंहा का अन्तर्संवाद

"आर्ये, आपके हृदय–स्थल में अब भी अपने रूप और सौन्दर्य को लेकर आसक्ति शेष है?"

"आपको ज्ञात होगा न कि आसक्ति व्यक्ति को दुख की ओर ले जाती है। आप तो स्वयं भी प्रवचन देती हैं। कुशल उपदेशक हो गयी हैं। आप उन सौभाग्यशाली थेरियों में से हैं जिन्हें तथागत ने दीक्षा दी, आपने साक्षात सुना उन्हें, उनसे बहस की, आपकी जय–पराजय की कथा वैशाली के नागरिकों के मुख से सुनी है।

"आप क्यों अधीर मालूम पड़ती हैं अपने काव्य में?"

सिंहा समवयस्क थी अम्बा की।

"मेरे काव्य से ऐसा ध्वनित होता है, थेरी सिंहा?"

अम्बा ने मुस्कुराते हुए प्रतिप्रश्न किया।

"देखो, हम सबका अपना अनुभव–संसार है। तुमने पृथक ढंग से जीवन को भोगा है, सहा है। विमला, जयन्ती, सुमंगला माता समेत जितनी भी थेरियाँ हैं, सबकी पृथक गाथाएँ हैं। सबके दुख पृथक हैं। मैंने सबकी कथा सुनी है। सबके काव्य पढ़ रही हूँ। जो अनुभव सुमंगला माता का है, वो मेरा नहीं हो सकता। जो तुम्हारा है, वो मेरा नहीं। जयन्ती और विमला अलग जीवन से गुज़री हैं। हम में से अधिकांश ने गृह का परित्याग किया है, दासत्व से मुक्ति पायी है। तुम ध्यान से पढ़ो सबको। सबके जीवन के दुख पृथक हैं, कारण भी पृथक।

"मैं उन सबकी तरह गृहस्थ जीवन की दासता से नहीं गुज़री हूँ। मेरी मुक्ति अपने भोग–विलास से है, वैभव से हैं, मनोरंजन की

वस्तु बनने से है। मेरा समूचा जीवन विलासिता के मध्य बीता। मैं क्या जानूँ वैवाहिक जीवन की गुलामी क्या होती है। हाँ, अब जब सबका पाठ कर रही हूँ तो मेरी दृष्टि खुल रही है। स्त्री कहीं हो, गृह में हो या अट्टालिका में या विलास–भवन में, भार्या हो, गणिका या रूपजीविता, उसके भाग्य में परतन्त्रता ही लिखी है।

"मैं अपने सौन्दर्य की दासता में घिरी रही समूचा जीवन। दिव्य सुन्दरी, अलौकिक सुन्दरी, अद्वितीय सुन्दरी...अप्सरा, परी...दैवी सौन्दर्य...जाने कितनी उपमाएँ सुनती रही। मैं बेसुध रही। मदिरा की भाँति मुझे मेरी प्रशंसा मद से चूर रखती थी। आज मैं सभी प्रकार के आत्ममोह से मुक्त होकर अपनी युवावस्था के बारे में सोचती हूँ तो सबसे पहला ध्यान सौन्दर्य की ओर जाता है। फिर मेरा युद्ध 'मार' से शुरू हो जाता है। मैंने मार को हरा दिया, सौन्दर्य–बोध से मुक्ति पायी। मैंने उम्र को सत्य कहा, उसके सामने सब विवश हैं। काल सत्य है। उसके असर से कोई बच नहीं सकता। फिर किसका घमण्ड, किसकी प्रशंसा। काल के सामने...?"

"मार?"

'मार' से युद्ध...सिंहा के नेत्र फैल गये थे।

'मार' से मेरी लड़ाई ठनी रही है, संघ में आने से पहले और बाद में भी कुछ अवधि तक।

'मार' यानी दुर्वृत्तियाँ, मन के विकार, मन के बुरे विचारों और बुरी चेतनाओं का झुण्ड जिसके कारण चित्त चलायमान रहता है।

"थेरी सिंहा, सत्य कहती हो। ध्यान लगाने बैठती हूँ तो 'मार' से युद्ध होता है। जिस दिवस ये युद्ध समाप्त होगा, हम तथागत हो जायेंगे। इसके लिए जो तप और तेज चाहिए, वो हम सब में कहाँ। हम अनुयायी बनने के लायक ही हैं। हम 'मार' के विजेता होकर ही किसी समुदाय को नेतृत्व दे सकते हैं, मार्ग दिखा सकते हैं। किसी मार्ग के, विचार के, प्रवर्तक हो सकते हैं।"

अम्बा की गम्भीर वाणी किसी गुफा से आती हुई प्रतीत हो रही थी। भारी वाणी मानो जल से लदे बादल हों।

"भगवान बुद्ध कहते हैं न, जन्म दुख है, जरा दुख है, रोग दुख है, मरण दुख है, अप्रिय का मिलना और प्रिय का बिछुड़ना दुख है, इच्छापूर्ति न होना दुख है। मेरे काव्य में देखो, 'जरा' का दुख मिलेगा।

"तुमने भगवान के विचार सुने हैं, उनके मुख से उनकी युवावस्था का वृत्तान्त।

"वे बताते हैं–'यद्यपि मेरा जीवन समृद्धि से परिपूर्ण था। व्यक्ति जराग्रस्त होगा, सूखी त्वचा, झुर्रियों से ग्रस्त शरीर, शोभाहीन। सभी को एक दिन ऐसा होना है। एक दिन मेरी भी यही दशा होगी। मैं इस सोच–विचार में पड़ जाता। तब मेरा युवावस्था का अभिमान तिरोहित हो जाता था।' (अंगुत्तर निकाय, पृष्ठ–54)

"यही बोध मुझे अपने वैभव–विलास के दिनों में क्यों न हुआ, क्यों मैं अपने यौवन के उन्माद में डूबी रही। उस जीवन में सदा व्यग्रता बनी रही। वहाँ से छुटकारा भी चाहती थी, प्रेम में पड़ना भी चाहती थी। अपनी वैशाली से प्राण से भी अधिक प्रेम करती थी। आज लगता है, मैं अपने गणराज्य के मोह में वैधानिक, संविधानसम्मत गणिका बन गयी, इसके पीछे मेरे अपूर्व सौन्दर्य का हाथ रहा। तब क्या मुझे भान हुआ कि ये रूप–सौन्दर्य सब अस्थायी है? एक दिन जरा इसे उजाड़ देगी। वैसे ही जैसे पतझड़ उजाड़ देता है हरे–भरे वन को। जैसे हवा सुखा देती है जल को। जैसे घटाएँ त्याग देती हैं जल को।"

बात करते–करते अम्बा अपने आसन से उठ चुकी थी। सिंहा भी उसके साथ उठी। दोनों वहीं संघ के परिसर में भ्रमण करने लगीं। सिंहा को भी अम्बा से वार्तालाप करने में सुख मिल रहा था। उसकी समकालीन स्त्री अम्बा, जिसके आसपास कभी नहीं गयी, जिसकी चर्चाओं से वैशाली गूँजती रहती थी।

"मेरा अनुभव–संसार पृथक है भद्रे। मैं किस पर विलाप करूँ? विफल प्रेम–गाथाओं पर? वैशाली की पराजय पर...बिम्बिसार के प्रेम निवेदन पर?...उसके पुत्र अजातशत्रु के प्रणय–निवेदन पर या मदन की बाँसुरी पर...या वीणावादक की स्मृतियों पर? मेरा कोई गृहस्थजीवन नहीं रहा। संघ की थेरियों की गाथा सुनकर तो लग रहा कि अच्छा हुआ कि मैं किसी की भार्या नहीं बनी। रानी हो या दासी,

सबकी व्यथा समान है। बिम्बिसार की महारानी चेलना तड़प–तड़प कर मरीं। पनिहारिन पूर्णिका, मुत्ता थेरी, स्वर्ण–कन्या सुभा, चाला थेरी, उपचाला थेरी, कितनों का नाम गिनाऊँ? जिसे देखो, वही गृहस्थ–जीवन के कष्टों से पराजित होकर संघ की राह पकड़ रहा है। कभी–कभी सोचती हूँ कि यदि संघ नहीं होता, भगवान बुद्ध वैशाली न आये होते तो इतनी स्त्रियाँ कहाँ जातीं! क्या करतीं वे? क्या अपनी गृहस्थी के कारावास में वैसे ही घुटती रहतीं? विद्रोह कर पातीं कभी वे? किसके भरोसे करतीं? स्त्रियों के लिए गृह के बाहर का मार्ग सिर्फ़ मृत्यु की तरफ़ जा सकता है। इस संसार ने स्त्रियों के लिए कठोरतम नियम बनाये हुए हैं। उनके सामने एकल जीवन जीने के साधन उपस्थित नहीं हैं।

"सोचो, मैं या संघ में कई गणिकाएँ, रूपजीविताएँ अपने प्रकोष्ठों से बाहर निकल आतीं तो क्या बाहर सामान्य जीवन जी सकती थीं? समाज मुझे या उन्हें आदर–सम्मान देता? उच्च कुल की स्त्रियाँ कभी अपने समानान्तर स्थान देतीं?"

"हाँ, आर्ये, हम सब स्त्रियों ने अपने–अपने घरेलू दुख लिखे हैं। कुछ ने तो अपने स्वामियों के अत्याचार की काव्य–कथा लिखी है। सबके काव्य में घोर पीड़ा है। जाने कैसे सहन करती चली आयी हैं? अन्ततः धर्म ने ही उन सबको शरण दी।"

सिंहा उन सबके काव्य को स्मरण करते–करते कहीं खो गयी थी। उसके मुख पर पीड़ा की रेखाएँ गहरी हो रही थीं।

"मुझे तो आश्चर्य होता है कि भिक्षुणी संघ के अस्तित्व से पहले ही स्त्रियों ने विद्रोह क्यों नहीं किया?

"ब्राह्मण धर्म में स्त्रियों को प्रव्रज्या लेने का अधिकार नहीं है। वह केवल पुरुषों के अधीन रह सकती हैं, किसी–न–किसी रूप में–चाहे भार्या हो या दासी। स्त्री को आध्यात्मिक जीवन जीने का अधिकार नहीं है। ये चिन्ताजनक है सिंहा। गृहस्थ जीवन में सतायी गयी स्त्रियों के लिए धर्म ही एकमात्र शरणस्थली नहीं होना चाहिए। कालान्तर में शायद कोई और मार्ग खुले। मुझे भय है, आशंका है कि एक दिन समाज में जकड़बन्दी बढ़ेगी, स्त्रियों के प्रति। अगर वे इसी तरह विद्रोह करती रहीं तो। सामन्त इतनी आसानी से हार नहीं मानेंगे।

वे अपनी स्त्रियों को गृहत्याग की अनुमति नहीं देंगे। सभी स्त्रियों में इतनी दृढ़शक्ति भी कहाँ होगी कि वे सामन्तों से टकरा सकें। बहुत बल चाहिए। भगवान हमेशा सहायता को उपलब्ध नहीं रहेंगे। हमें अपने प्रवचन में स्त्रियों की सशक्तता का पाठ जोड़ना चाहिए। उनका मनोबल इतना ऊँचा हो, वे अपने को दीन–हीन न समझें, वे आत्महीन न बनें कि अपनी इच्छा का जीवन चुनने में भय हो। वे निर्भय हो सकें, हमें अपने प्रवचनों में ऐसी वाणी बोलनी चाहिए।"

"आप उचित बात कर रही हैं आर्ये। एक प्रश्न मुझे मथे जा रहा है।

"आप अनुमति दें तो पूछूँ।"

भ्रमण करते–करते दोनों वहीं ठिठक गयीं।

अम्बा ने सिर हिलाकर अनुमति दी।

"आप चाहतीं तो अपना घर बसा सकती थीं। आपके जीवनकाल में न जाने कितने प्रेम आये होंगे। कितने बसन्त आये होंगे, कितने इन्द्रधनुष छाये होंगे। आपके साथ विवाह करके कोई भी पुरुष सुखी गृहस्थ जीवन बिता सकता था। आपने बार–बार प्रेम ठुकराया। कोई पश्चात्ताप नहीं हुआ।"

"सम्भवतः तुम्हें ज्ञात नहीं कि मैं शर्तों में बँधी हुई थी। जिनसे प्रेम हुआ, उनसे मन बँधा, तन पर मेरा अधिकार कहाँ था। मैं चाहती तो बन्धन तोड़ सकती थी। एक बार सोचा था, किन्तु..."

अम्बा चुप हो गयी।

"किन्तु क्या आर्ये, बोलिए न। चुप क्यों हो गयीं। जीवन के गोपन कह देने से आत्मा का बोझ हल्का हो जाता है।"

"मेरे लिए वैशाली का प्रेम सर्वोपरि था। हर प्रेम में यही प्रेम आड़े आया। एक बार इसे त्याग कर प्रस्थान करना चाहती थी, तब बोध हुआ कि वैशाली के शत्रु से प्रेम करना देशद्रोह करने जैसा है तो क़दम पीछे खींच लिए। मैं प्रेम का त्याग कर सकती थी, देश का नहीं। मुझे अपने गणराज्य से सदैव प्रेम रहा है क्योंकि लिच्छवि किसी राजसत्ता के अधीन नहीं जीते और मगध में राजशाही है।

हमें आज भी है वही लगाव अपनी वैशाली से, जबकि वह छिन्न–भिन्न हो चुकी है। मगध का आधिपत्य हो चुका है वहाँ।"

अम्बा चुप हो गयी।

वह धीमे–धीमे कुछ बुदबुदा रही थी।

"वैशाली के नागरिको, तुम बहुत सहज मन के लोग थे, तुम्हें ठगा गया। तुमने जिस वर्षकार को सिर माथे पर बिठाया, वही वैशाली को बरबाद कर ख़ुद राज कर रहा है वहाँ। तुम सब जानते हो कि ऐसा क्यों हुआ। तुम सब भूल गये थे कि तुम्हारी एकता के बारे में क्या कहा था भगवान ने...अपने किये की सज़ा सबको भोगनी पड़ती है। भोगो वैशाली, भोगो...दुर्भाग्य–कथा लिखी जायेगी..."

सिंहा शान्त भाव से उसका एकालाप सुनती रही। अपने देश का हाल उससे कहाँ छुपा था। मामा सेनापति की पीड़ा उसने देखी है, समीप से।

वह चकित हो रही थी कि भिक्षुणी बनने के बाद भी अम्बा के हृदय में वैशाली का प्रेम कुहकता है।

अम्बा को स्मरण आया कि वैशाली के बारे में क्या कहा था भगवान बुद्ध ने। कपटी वर्षकार (मगध का गुप्तचर) वृज्जियों की कमज़ोरियों के बारे में जानने के लिए भगवान के पास गया था। बुद्ध उसकी मंशा भाँप गये थे। उन्होंने अपने प्रिय शिष्य आनन्द से पूछा था–"क्या वृज्जि सात नियमों का पालन करते हैं?"

आनन्द ने कहा–"हाँ, भन्ते। वृज्जि आज भी उन सातों अपरिहार्य नियमों पर अडिग हैं।"

बुद्ध ने सारनाथ के अपने चैत्य में ही वृज्जियों को सात नियमों के पालन की शिक्षा दी थी।

तब बुद्ध ने मगध के महामात्य (प्रधानमन्त्री) वर्षकार को सम्बोधित करते हुए कहा था–"हे महामात्य, जब तक वृज्जि मेरे द्वारा दिये गये सात अपरिहार्य नियमों का पालन करते रहेंगे, कोई उनका बाल बाँका नहीं कर सकता। उन्हें कोई पराजित नहीं कर सकता।"

बुद्ध ने आनन्द से उन सातों नियमों के बारे में पूछा।

"क्या वृज्जियों की सभा हमेशा होती है?"

"क्या वृज्जि सभा में पूर्ण विचार–विमर्श के बिना किसी भी समस्या का निदान नहीं निकालते हैं?

"क्या वे अपनी परम्पराओं और आदर्शों पर चलते हैं?

"क्या वे अपने वृद्धों और सम्मानीय व्यक्तियों का आदर करते हैं?

"क्या वृज्जियों के राज्य में स्त्रियों और कन्याओं को सम्मान की दृष्टि से देखा जाता है जहाँ कोई भी वृज्जि उनकी इच्छा के विरुद्ध उनसे व्यवहार नहीं करता?

"क्या न्याय व्यवस्था में उनका पूरा विश्वास है और अपने पूजा–स्थलों का वे सम्मान करते हैं?

"क्या वे साधु- सन्तों और आर्हतों, भिक्षुओं को सम्मान और सुरक्षा देते हैं?"

आनन्द के सारे उत्तर सकारात्मक थे।

उसके बाद ही उस दुष्ट वर्षकार ने प्रण कर लिया था कि वैशाली को तीर और तलवार से नहीं हराया जा सकता, उसको इन्हीं सप्त बिन्दुओं पर घेरकर मारा जा सकता है। किसी देश की ताक़त ही कई बार उसकी कमज़ोरी बन जाती है। उसने वैशाली की एकता और अखण्डता छिन्न–भिन्न कर दी।

अम्बा की आँखों के सामने वह दृश्य घूम गया जब देखते ही देखते बसुबन्ध का कटा हुआ सिर और हाथ धराशायी हो गया था। रक्त से प्रथम बार लथपथ हुई थी वैशाली की धरा। इसके पूर्व कभी भी नागरिकों ने दूसरे के विरुद्ध हथियार नहीं उठाया था। समूची वैशाली स्तब्ध रह गयी थी इस हत्या से। अम्बा ने भाँप लिया था कि इस अनहोनी के पीछे कोई बाहरी हाथ है। उसने राज्य के महामन्त्री चेटक को सचेत किया था। उसकी पहचान भी कर ली गयी थी।

अपनी आँखों के सामने वह अपनी प्रिय जन्मभूमि को शत्रुओं को विजित नहीं करने देगी। आवश्यकता पड़ने पर युद्धभूमि में स्वयं तलवार लेकर उतरेगी। अभी तक नागरिकों ने उसका नृत्य देखा है, तलवार की चमक भी देख लो सामन्तो। जो हाथ हाला पिला सकते हैं, समय आने पर तलवार भी चला सकते हैं, शत्रु की गर्दन भी काट सकते हैं।

जो पाँव घुँघरू खनका सकते हैं वो आन के लिए शत्रुओं को रौंद भी सकते हैं। जिन होंठों से मधुर गान गा सकती है, उनसे युद्ध का शंखनाद भी कर सकती है।

क्रोध से काँप उठी थी अम्बा।

महामात्य चेटक ने हाथ जोड़कर आग्रह किया था—अम्बा, वैशाली के नागरिकों में अपनी कला के माध्यम से एकता बहाल करें। उन्हें आपस में जोड़ दें। उनका मनमुटाव दूर करें। कला भी आपद धर्म की तरह अपना कर्तव्य निभा सकती है। संकटकाल में कला जनजागरण कर सकती है। सोयी हुई, बेसुध आत्माओं को जगाकर उनके कर्तव्य याद दिला सकती है। कला एक नीति भी है जो गहरे असर करती है।

किन्तु अम्बा को कहाँ बोध था कि वैशाली की एकता छिन्न–भिन्न हो चुकी थी। इतनी अधिक खोखली हो गयी थी कि उसकी मरम्मत भी असम्भव हो गयी थी। सारे नागरिक आपस में ही लड़ने लगे थे। कोई युद्ध के पक्ष में था, कोई सुलह के पक्ष में। युद्ध में किसी की रुचि नहीं दिखाई दी। अम्बपाली युद्ध की पोशाक पहनकर उनके बीच उनका उत्साह बढ़ाने आयी तो भी उनका रक्त नहीं खौला। अम्बा ने इतना ललकारा और वैशाली–पुत्री चेलना का हवाला दिया, जिसे तड़प–तड़प कर मरने के लिए उसके पुत्र अजातशत्रु ने छोड़ दिया था। फिर भी वृज्जियों का रक्त नहीं खौला। उनका रक्त ठण्डा पड़ चुका था। उन्हें आपस में ही लड़ने से अवकाश कहाँ था। सबके भीतर इतनी फूट पड़ चुकी थी कि वे एक–दूसरे के रक्त के प्यासे हो चुके थे। कुछ लोग अवश्य उत्साहित हुए किन्तु मुट्ठीभर लोग मगध सेना के सामने कहाँ टिक पाते।

भगवान बुद्ध का सप्त–बिन्दु उपदेश वैशाली ने विस्मृत कर दिया था। वैशाली के नागरिक बड़े आराम से अजातशत्रु की अधीनता स्वीकारने को उद्धत हो चुके थे। महामात्य अश्रु बहाते रहे, मगध की सेना ने एक दुर्बल राज्य को आसानी से परास्त कर अपने नियन्त्रण में ले लिया।

वृज्जि संघ की पताका गिर चुकी थी। पहर की सूचना देने वाला घण्टारो उपनगर का घण्टा शान्त पड़ गया था। वैशाली का समय थम गया था।

इतिहास का पुनरागम

"मगधपति अजातशत्रु पधार रहे हैं...राजनर्तकी उनके स्वागत की तैयारी करें।"

अपनी अट्टालिका में अम्बा अपनी दासियों के सामने विलाप कर रही थी। सब मिलकर उसे ढाढस बँधा रही थीं कि बाहर से प्रहरी की आवाज़ आयी। सारी दासियाँ भयभीत हो गयीं। अम्बा भी सचेत हो गयी। हर तरह की परिस्थिति का सामना करने के लिए स्वयं को तैयार करना आवश्यक था। एक शत्रु योद्धा, वैशाली के रक्त से स्नान कर उसके रंगमहल में पधार रहा है। अम्बा ने मन–ही–मन तय कर लिया था कि बलपूर्वक अधीन होने के बजाय मर जाना पसन्द करेगी। जब प्रेम के अधीन न हो सकी तो बल से कैसे अधीन होगी।

स्वागत होगा, अवश्य होगा। किन्तु स्वागत ऐसा कि वे वैशाली को जीवनपर्यन्त स्मरण करेंगे। आने दें उन्हें।

सारी दासियाँ भयभीत होकर वहाँ से चली जाती हैं।

अम्बा ने देखा–सामने एक सुदर्शन युवक, साधारण वेशभूषा में उसके सामने खड़ा हो गया था।

उसे आश्चर्य हुआ। किसी राजा की ऐसी वेशभूषा।

"मगधपति!!"

अम्बा की बात को बीच में काटा अजातशत्रु ने–

"मैं आपके सम्मुख मगधपति के रूप में नहीं आया हूँ देवी। अधिपति का भाव होता तो मैं नहीं आता, आपको बुलाता।"

"सुना था कि आपने भगवान बुद्ध से दीक्षा ली थी। फिर आपने अपने भगवान की प्रिय नगरी ही उजाड़ दी। उनके विरुद्ध कैसे जा सके आप महाराज?"

"आप मुझ पर कटाक्ष कर रही हैं देवी, भगवान बुद्ध ने दीक्षा दी थी किन्तु राजधर्म का निर्वाह करना भी राजा का धर्म होता है।"

"मैं क्षमाप्रार्थी हूँ, आर्य! किन्तु बिना कहे रहा भी नहीं जा रहा। आपने वीरता के स्थान पर छल से हमें पराजित किया है, ये वीरों का कर्म तो नहीं है। वर्षकार जैसे गुप्तचर को भेजकर हमारी एकता को छिन्न–भिन्न कर दिया। मगध को वैशाली क्यों चाहिए थी!"

"युद्ध और प्रेम में उचित–अनुचित का भेद नहीं रह जाता है देवी अम्बा।"

"वैशाली के आकर्षण के कारण आक्रमण किया आपने इस पर!"

"नहीं देवी, आपके प्रेम में। मैं युद्ध थोपना नहीं चाहता था, किन्तु मेरे समक्ष और कोई मार्ग नहीं था। वैशाली आपको आसानी से मुझे सौंपती नहीं। आप भी कदापि सहजता से मुझे नहीं स्वीकारतीं। किन्तु अब आप मेरा दासत्व स्वीकारेंगी। आपके पास विकल्प नहीं है। पराधीन राज्य की जनपद कल्याणी...वैशाली की राजनर्तकी मेरे अधीन हैं अब..."

"मुझसे प्रेम, क्या कह रहे हैं, मगधपति, आपने मेरी और अपनी अवस्था में अन्तर देखा है। आप वैशाली के दौहित्र हैं, वैशाली–पुत्री चेलना के पुत्र, हमारा सम्बन्ध पृथक बनता है, आपके मन में ऐसे दुर्विचार आये कैसे...?"

'...........' मगधपति मौन रहे।

"और आपने सोचा कैसे कि वैशाली के प्रति प्रतिबद्ध जनपद कल्याणी एक शत्रु को अपना सर्वस्व सौंप देगी!"

"आपका सौन्दर्य देवी! आप ब्रह्माण्ड–सुन्दरी हैं। इस सौन्दर्य की चर्चा कई राज्यों में है। आपको अपना बनाने के लिए कई राजा लालायित हैं। मैं भी उनमें से एक हूँ। सत्य कहता हूँ, मैं तो राजपाट से विरत होकर राजगृह में भिक्षुक जीवन बिताना चाहता था। किन्तु सांसारिक मोह कम न हुआ। ऊपर से आपकी मूर्ति ने सुख–चैन छीन लिया।"

"मेरी मूर्ति, कहाँ मिली, किसने पहुँचायी आप तक?"

अम्बा चौंकी।

"चौंकिए मत देवी, आपकी यह मृण–मूर्ति मुझ तक कौन पहुँचा सकता है देवी? सोचेंगी तो स्वयं उत्तर पा जायेंगी। कई बार इन्सान को क्रूर बनाने में स्त्री–सौन्दर्य का भी हाथ होता है, आप स्वीकार करें या न करें...मेरे भीतर का सौन्दर्य–प्रेमी जागा तो उसके साथ राजा की क्रूरता भी जागी। उसी ने वैशाली का विनाश कर दिया.."

अम्बा अजातशत्रु की इस स्वीकारोक्ति पर चकित थी।

वैशाली के कुम्भकारों में अम्बा की मूर्ति बनाने की होड़–सी थी। वहाँ से चोरी करके ले गया वर्षकार, दुष्ट गुप्तचर।

"एक मामूली, नश्वर सौन्दर्य के पीछे आपने रक्त की नदियाँ बहा दीं...एक भिक्षुक रक्तपिपासु बन गया।..

"आह...मुझे अपने सौन्दर्य पर इतना क्लेश कभी न हुआ, जितना इस क्षण हो रहा है...मुझे आभास होता तो मैं इसे नष्ट कर देती। अपनी वैशाली को बचा लेती..."

अम्बा का हृदय विदीर्ण हो गया।

"अब भी वैशाली को बचा सकती हैं आप, हमारे साथ मगध चलिए। मगधपति आपसे आपका साथ माँगते हैं। चलिए..."

अजातशत्रु ने अपना दायाँ हाथ उसकी तरफ़ बढ़ाया।

अम्बा ने अपने हाथ पीछे खींच लिए। कुछ पग पीछे चली गयी।

उस क्षण मृत्यु की गन्ध आयी। कुछ पल में हीरा चाटकर मृत्यु का वरण कर लेना है। इतना सोचते ही उसकी वाणी में ओज आया।

सख़्त वाणी में उसने कहा–"मगधपति पहले आसन ग्रहण करें।"

"मैं यहाँ विश्राम करने नहीं आया हूँ और न आपके मनोरंजन का आकांक्षी हूँ। आप समझती क्यों नहीं, आपकी जगह यहाँ नहीं है, आप एक भव्य जीवन के लिए बनी हैं। मगध साम्राज्य की राजनर्तकी बनना किसी भी स्त्री के लिए सौभाग्य की बात होगी। यहाँ से प्रस्थान करिए, वैशाली के ये कायर, झगड़ालू सामन्त आपके लायक नहीं हैं।"

"सामन्तों को बहुत दण्ड मिल चुका है। उनकी विलासिता ही उन्हें ले डूबी है। जब राज्यहित से अधिक चिन्ता स्वहित की हो तो उस राज्य को नष्ट होने से कोई नहीं बचा सकता। किन्तु वे कायर नहीं हैं, अगर सब साथ रहकर लड़ते तो आप देखते कि लिच्छवियों के तीर और तलवार कितने तीक्ष्ण और अचूक होते हैं। लिच्छवि कान के कच्चे हैं, उन्हें आसानी से भड़काया जा सकता है। एक दिन सँभलेंगे, गिरने वाला ही सँभलता है। चिन्ता न करें, आप लौट जायें यहाँ से...आपकी विजयपताका लहरा चुकी है यहाँ। आपका यहाँ आना शोभायुक्त नहीं है। अम्बा नहीं जायेगी आपके साथ, हठ न करें।"

"ये हठ नहीं, आदेश है।"

"हमें आदेश मानने का अभ्यास नहीं।"

"हम राजा हैं, आप पराजित राज्य की नागरिक। आप बलपूर्वक ले जायी जा सकती हैं।"

"बलपूर्वक स्त्री का शरीर जा सकता है, आत्मा नहीं। स्त्रियों के हृदय को आप नहीं जानते राजन, वे बल से नहीं जीते जाते।"

"मैं आज तक हारा नहीं किसी से, मैं अजेय हूँ।"

"वैशाली में हार ही तो हुई है आपकी, एक नर्तकी के समक्ष आप प्रेम निवेदन लेकर पधारे हैं।"

"प्रेम निवेदन से कोई पुरुष शक्तिहीन या पराजित नहीं होता।"

"स्त्री के इनकार से पराजित होता है।"

इतना सुनते ही अजातशत्रु भड़क उठा। बेचैनी से समूचे भवन में घूमने लगा।

अप्रत्याशित ढंग से अम्बा के सामने आकर आँखें मिलाता हुआ बोला–

"आपको भय नहीं हो रहा? मैं निरस्त्र खड़ा हूँ मगर मेरे बाहुओं में बल बाकी है।"

उसने अपनी दोनों बलिष्ठ भुजाएँ ऊपर की ओर उठायीं।

"भय तो मुझे किसी से नहीं होता। भयभीत होना ही नहीं सीखा हम वृज्जि स्त्रियों ने। भय तो उसे होता है जिसके पास कुछ खोने

के लिए होता है। मेरे पास खोने को कुछ शेष नहीं है। जो पाना था, वह मैं पा चुकी। मेरा मार्ग मुड़ चुका है। मैं किसी और पथ की पथिक हूँ जहाँ से आप भटक आये हैं।"

"ओहो...तो आप भगवान बुद्ध की बात कर रही हैं। मैंने सुना है कि आपकी कई भेंटवार्ताएँ हुई हैं उनसे, आपने अपना आम्रवन भी उन्हें दान में दिया है।"

"सात भेंटवार्ताएँ हुई हैं, सात दिवस, सात सन्ध्याएँ। किसके भाग्य में है ऐसा अपूर्व सुख; जिसने ऐसा सुख पाया हो, वह एक साधारण पुरुष की छाया कदापि स्वीकार नहीं करेगी।"

अम्बा ने नेत्र मूँद लिये। वह निर्भय थी, अविचल। उसके मुख पर अपार शान्ति की आभा पसर रही थी।

अजातशत्रु ने अपने जीवन में इतनी निर्भय स्त्री नहीं देखी थी जो सिर झुकाने के बजाय तनकर खड़ी है। उसकी बातों की काट करती जा रही है। एक राजा को इनकार सुनने का अभ्यास नहीं होता वह भी सुनना पड़ रहा है। वे इतनी देर से उसकी सुन रहे हैं, क्यों?

उनके मुँह से हठात निकला–

"आप असाधारण स्त्री हैं अम्बा।"

अम्बा के नेत्र खुल गये–

"तथागत ने भी यही कहा था।"

वह मुस्कुरा रही थी।

"आपने मुझे पराजित किया देवी, मैं वापस जा रहा हूँ, राजगृह। मगधाधिपति कहीं से खाली हाथ नहीं लौटता, ये उसकी पराजय है।"

"इसके पूर्व भी एक मगधाधिपति खाली हाथ लौटे थे राजन। लेकिन युद्धस्थल से नहीं, वैशाली को रक्तरंजित करके नहीं, एक स्त्री के हृदय में स्थान बनाकर, स्वयं को हारकर, किसी को हराकर। दोनों जीते, दोनों हारे थे। उस समय भी उस स्त्री ने अनजाने में उन्हें अपना हृदय तो दे दिया था, अपना देश नहीं। तब भी देश जीता था। हम स्त्रियाँ अपने देश से उतना ही प्रेम करती हैं जितना किसी शत्रु देश के राजा से घृणा। मगध हमारा शत्रु राज्य रहा है।"

"कौन???"

जाते–जाते अजातशत्रु पलट गया। आश्चर्य और कौतुहल से उसकी आँखें फैल गयी थीं।

"मगध के महाराजा बिम्बिसार जिन्होंने मुझ राजनर्तकी को मगध की सम्राज्ञी बनने का प्रस्ताव दिया था। मैंने वह भी ठुकरा दिया था। आप तो बहुत क्षुद्र आमन्त्रण लेकर आये हैं।

"बिम्बिसार–पुत्र अजातशत्रु सुनिये–

"आपके पिता–द्रोह के बारे में वैशाली का बच्चा–बच्चा जानता है। वैशाली–पुत्री चेलना की मृत्यु कोई वैशालिक नहीं भूल सकता।

"जाइए...लौट जाइए...पराजित वैशाली अब समय के हवाले हो चुकी है।"

अम्बा की चीख़ें, विलाप, रुदन विलास–भवन दीवारें लाँघकर बाहर निकल रहा था।

इस वीराने में उसकी स्मृति का क्या तात्पर्य? हृदय क्या चाहता है। सब कुछ तो त्याग चुकी हूँ। वस्त्र, शृंगार, सारे वैभव, अट्टालिका, संगी–साथी, भवन, नगर सब कुछ।

आह, इन स्मृतियों को त्यागने का कोई मार्ग क्यों नहीं होता? ये वो 'मार' (दुर्वृत्तियाँ) नहीं हैं जिन्हें दुत्कार कर भगा दूँ। हर वस्तु से हम भागते हैं किन्तु स्मृतियों से दूर नहीं जा पाते। जीवन की सन्ध्या में स्मृतियों का रेला टूट पड़ता है। उन्हें रोकना मेरे वश में नहीं।

राजगृह के अरण्य में और किसकी स्मृतियाँ घेरेंगी। राजगृह बड़ा नगर है। जम्बूद्वीप पर कुछ नगर ही बहुत प्रसिद्ध थे। चम्पा, काशी, श्रावस्ती, साकेत, कौशाम्बी और राजगृह। अन्य नगरों का मानचित्र तो पता नहीं, बस सुना भर था। वहाँ के लोक कलाकार आते थे तो उनके मुख से नगरों की प्रशंसा सुनती थी। राजगृह के बारे में भी कहाँ सोचा था कि एक दिन भिक्षुणी बनकर यहाँ उपदेश देने योग्य बन जायेगी। जिस नगर की सम्राज्ञी बनने का आमन्त्रण ठुकरा दिया था वहाँ वैराग्य धारण कर पहुँचना लिखा था भाग्य में।

इस नगर के चतुर्दिक हरी–भरी पहाड़ियाँ हैं, समतल भूमि पर घना वन। पथरीले मार्ग से होकर ही वन में प्रवेश किया जा सकता है। ग्रीष्म ऋतु में पाँव तपते हैं। खड़ाऊँ पहनकर अधिक दूर चलना सम्भव नहीं हो पाता है। राजगृह नगर से कुछ मील की दूरी पर भिक्षुणी संघ का स्थायी डेरा बना हुआ था। वहाँ से सघन वन समीप ही था। कई बार अम्बा अकेली ही वन में घुस जाती और किसी चट्टान पर बैठकर ध्यान लगाती। उसे नये–नये विचार आते थे जिन्हें उपदेशों में ढालकर प्रवचन दिया करती। दूर–दूर से गाँव की स्त्रियाँ उसका प्रवचन सुनने आती थीं। राजगृह के आसपास के सारे गाँव मानो जाग्रत हो उठे थे। नागरिकों के चित्त अशान्त थे, उन्हें जीवन के दुखों का, समस्याओं का समाधान चाहिए था। विशेषकर स्त्रियों को। देखते–ही–देखते राजगृह के भिक्षुणी संघ में भिक्षुणियों की भीड़ उमड़ पड़ी थी। कई स्त्रियों को तो अम्बा ने दीक्षित किया। उसके पहले थेरी माता गौतमी, थेरी पटाचारा इस कार्य में दक्ष थीं। गौतमी जब प्रवचन देतीं तो उन्हें सुनकर सुखी गृहस्थ स्त्रियाँ भी भिक्षुणी बनने को उतावली हो उठती थीं। कुछ को गौतमी ने रोका भी। उन्हें समझाया कि गृहस्थ रहकर भी वे सदाचारी जीवन जी सकती हैं। कुछ तो नहीं मानीं। कुछ स्त्रियों के स्वामी ही उन्हें संघ को सौंप गये।

वैशाली की उस उच्च कुल की अनाम, धनाढ्‌य गृहस्थन को कैसे भूल जाये जिसमें वैराग्य की प्रबल भावना कूट–कूट कर भर गयी थी। वह लगभग बावली–सी हो गयी थी।

अम्बा के संघ में आने के कुछ ही दिवस पश्चात वह अपने स्वामी के संग माता गौतमी के समक्ष आयी थी। पति की अनुमति के बिना वह वैराम्य भी धारण नहीं कर सकती थी, क्या करती। उसने प्रथम प्रवचन माता गौतमी का सुना था और तभी से उसका चित्त गृहस्थ जीवन से उचट गया था। उसने पति से प्रव्रज्या लेने की अनुमति माँगी। पति ने आज्ञा नहीं दी। वह क्रुद्ध हो उठा। अच्छी–भली उसकी गृहस्थी चल रही थी। वैराग्य की बात कहाँ से उठी। अपनी पत्नी की मनोदशा से अनभिज्ञ पति अपने व्यवसाय में रमा रहा। पत्नी घुटती चली गयी।

उसका चित्त किसी कार्य में न लगे। अनमना–सा जीवन जीने लगी थी। पति देखता और क्रोधित होता रहता। एक दिन वह रसोई में साग पका रही थी। ध्यान कहीं और था, साग जल गया। इस घटना ने उसे संसार की सारी वस्तुओं की अनित्यता का आभास करा दिया। उसकी चेतना में गम्भीर ज्ञान उत्पन्न हुआ। उसने बहुमूल्य वस्त्र त्याग दिये। सारे साज–श्रृंगार छोड़ दिये। स्वर्णाभूषण पहनना छोड़ दिया। पति ने कारण पूछा। वह बोली–"स्वामी, सांसारिक जीवनयापन करने में मैं स्वयं को सर्वथा असमर्थ पा रही हूँ। मैं अधिक दिन तक इस जीवन का भार नहीं ढो पाऊँगी। आप मुझे इस जीवन से मुक्ति प्रदान करें। मेरा चित्त बहुत अशान्त हो चला है। सामाजिक नियमों ने मेरे पाँव बाँध रखे हैं। मैं गृहत्याग नहीं कर पा रही हूँ। मुझे अनुमति दें।"

पति–पत्नी में बहस होने लगी। अन्ततः पति तर्क में परास्त हुए और पत्नी को लेकर माता गौतमी के पास पहुँचे।

"आर्ये। आप इन्हें प्रव्रज्या दें।"

माता गौतमी उस अनाम स्त्री को शास्ता (संघ प्रमुख) के पास लेकर गयीं।

कहा–"मैंने इन्हें समझाया था कि ये गृहस्थ बनी रहें, उपासिका बनकर रहें, भिक्षु और भिक्षुणियों की आवश्यकताओं की पूर्ति करें। उनसे उपदेश सुनें। किन्तु ये न मानीं। इन्हें अन्तर्दृष्टि की प्राप्ति हुई है।"

"क्या आज्ञा है?"

शास्ता ने उस अनाम स्त्री से पूछा–"भद्रे, आपको वैराग्य की अन्तर्दृष्टि कहाँ से मिली?"

कुलीन स्त्री ने कड़ाही में साग जलने की घटना सुना दी।

शास्ता ने काव्य में उससे कहा था–

वत्से। तू सुख की नींद सो।
अपने हाथ से बनाये चीवर को ओढ़कर
तू इस शरीर में परम शान्ति प्राप्त कर
क्योंकि कड़ाही में पड़े हुए शुष्क साग की तरह
तेरा राग–समूह दग्ध होकर शान्त हो गया।।

अम्बा ने स्पष्ट देखा था–वह स्त्री कितनी शान्त लग रही थी मानो बन्दीगृह से मुक्त होकर वन विहार करने आ गयी हो। हिरणी–सी चपलता से उसने दीक्षा ग्रहण की। उसका स्वामी वहाँ से लौटते हुए लड़खड़ाता हुआ अपने गृह को जा रहा था। उसका वैवाहिक सम्बन्ध नष्ट हो चुका था। उसके मुख पर दुख से ज़्यादा चिन्ता की रेखाएँ गहरा रही थीं। उन रेखाओं ने अम्बा को चिन्ता में डाल दिया था। इसी तरह स्त्रियाँ घर छोड़ती रहीं तो क्या होगा परिवार का। क्या जैसे इस के स्वामी ने त्याग किया, सारे स्वामी करेंगे। सामन्तों का अभिमान जागेगा, उनका स्वाभिमान, अहंकार जागेगा तब प्रव्रज्या का मार्ग इतना सुगम न रह जायेगा। वैशाली के सामन्त इतने बलवान हैं कि आसानी से अपनी पत्नियों को वैराग्य नहीं लेने देंगे। अधिक दिन तक ये क्रम नहीं चलेगा। कुछ–न–कुछ होगा। तथागत के पीछे कुछ परिवर्तन होंगे। उसे भविष्य की आहट सुनाई देने लगी थी। जिस ताव में वह कुलीन, क्षत्रिय व्यवसायी लौटा था, तमतमाता हुआ, वह किसी अनहोनी की आशंका जगा रहा था। उनकी स्त्रियाँ जितनी अकुलायी हुई हैं, उनके स्वामी उतने ही कठोर होंगे। जाने कितनी घुट रही होंगी, वैराग्य लेने को, उन्हें अनुमति नहीं मिल रही होगी।

अम्बा को किसी से अनुमति नहीं लेनी थी। वह अपने मन की, जीवन की स्वामिनी थी। जनपद कल्याणी का उसका कार्यकाल भी पूर्ण हो चुका था। तीन–तीन सत्ताओं, राज–सत्ता, स्त्रीसत्ता, सौन्दर्य सत्ता को भोग चुकने के पश्चात क्या बचा था उसके जीवन में।

वैराग्य का निर्णय उसका था। कोई इस मार्ग का बाधक नहीं बना। वैशाली के नागरिक अवश्य कोलाहल करते रहे किन्तु अम्बा ने जो ठान लिया सो ठान लिया।

उसके भिक्षुणी बनने के बाद तो वहाँ की स्त्रियों में भिक्षुणी बनने की होड़–सी लग गयी थी। जबकि स्त्रियों के लिए ये निर्णय आसान न था।

कुछ पिताओं ने अपनी पुत्रियों को संघ की शरण में जाने की अनुमति दी। ये वे स्त्रियाँ थीं, जिनके हृदय दूसरी भिक्षुणियों के प्रवचन

सुनकर ही बदल गये थे। उन्हें अपने जीवन का दुख बोझ लगने लगा और सांसारिक सुख की खोज से वितृष्णा हो गयी। उनकी चेतना जाग्रत हो गयी थी। उन्हें सांसारिक बन्धनों से मुक्ति चाहिए थी। संघ उनके लिए एकमात्र रास्ता था। स्त्री–मुक्ति का कोई और सुरक्षित व कारगर मार्ग नहीं था। जो मार्ग सबसे सुलभ लगा, वे उस ओर बढ़ चलीं। अम्बा स्त्रियों की इस छटपटाहट को भली–भाँति समझ रही थी। उसके भीतर से यह मलाल जाता रहा कि वह गार्हस्थ जीवन नहीं जी सकीं। गृहस्थ स्त्रियों की हालत सुनकर उसके भीतर का यह अभाव सदा के लिए समाप्त हो गया था।

क्या पता मदन कुमार के साथ जीवन कैसा होता? क्या पता वीणावादक अपनी कला में जितनी करुणा उड़ेलता था, व्यवहार में भी उतना ही करुण होता? कला और व्यवहार में अन्तर सबसे ख़तरनाक होता है। क्या जीवनभर वंशी उसे ही पुकारती या गृहस्थी की चक्की में पिस वंशी बेसुरी हो जाती? वीणा के तार कब के टूट जाते। और सबसे अन्तिम प्रेमी...?

'अन्तिम' शब्द स्मरण करते ही दो चेहरे झिलमिलाये। क्या वह बिम्बिसार को अन्तिम कह सकती है? क्या उसे तथागत से भी प्रेम हो गया था। या तथागत मोहित हुए थे उस पल लौटते समय जब वे अपलक उसे निहार रहे थे। जब उन्होंने आनन्द से कहा था–"यह असाधारण स्त्री है?"

क्या था वह? प्रेम संकेतों में आता है और शूल बनकर धँस जाता है। इन्सान को निर्वासित कर देता है। स्त्रियों के भाग्य में हर हाल में निर्वासन लिखा होता है। चाहे विवाह पद्धति हो या किसी से दुर्लभ प्रेम।

अम्बा स्मृतियों के झंझावात से जूझने लगी थी। वन से आती हुई बनैली पवन उसकी संघाटी उड़ाये जा रही थी। पवन का झोंका आया, संघाटी को कसकर अपने शरीर से लपेट लिया।

प्रेम झोंके की तरह ही उसके जीवन में आते रहे। उनमें लहक थी।

वह प्रेम था या प्रेम की आँधी। एक राजा गंगा पार करके वन–वन भटकता फिरा। उसे एक नगर पर आधिपत्य जमाने की प्यास थी कि उसे प्रेम मिल गया। एक नगर को विजित करने पहुँचा और अपना हृदय हार बैठा।

नहीं विस्मृत होती वे तीक्ष्ण आँखें। प्रथम भेंट में ही हिय में धँस गयी थीं। परदेसी आँखें थीं, लिच्छवि आँखों को तो अम्बा पहचानती थी।

कौन थीं वे...क्या ढूँढ़ती हुई पराये नगर में चली आयी थीं?

प्रेम में कामनाओं का अन्तहीन आवेग तो होता ही है, उसकी खोज भी उतनी ही उत्तेजक होती है। यही दोनों भाव प्रेम को निडर बना देते हैं।

दो अजनबी आँखें, नदी की तरलता से भरी हुई। उनमें मद छलछला रहा था। जैसे कोई गोपन, कोई रहस्य, कोई अबूझ आमन्त्रण हिलोरें ले रहा हो।

अम्बा की मादक आँखों के सम्मुख सम्मोहक धुन्ध छा गयी थी।

सबसे अलग था न जीवन। राग–विराग–अनुराग और बिछोह की करुण–कथा से बना हुआ गुंजलक। समूचा मत रात्रि के जाल में आ चुका था। सारे भिक्षु–भिक्षुणी सो चुके थे।

दो आँखें रात्रि–जागरण कर रही थीं।

प्रेम में मिलन और प्रिय के बिछोह का अनिद्रा से गहरा सम्बन्ध होता है।

इस रात्रि में राजगृह की पहाड़ियाँ दग्ध हो उठी थीं। स्मृतियों की कड़ियाँ जुड़ती चली जा रही थीं। पवन के झोंके कथा सुनाने लगे।

स्वप्न-अनुष्ठान

थेरी अम्बा तक वैशाली का समाचार छन–छन कर आ रहा था। संसार से मोहभंग होने के बावजूद वैशाली को अपनी नसों में बहने से नहीं रोक पा रही थी। ध्यान, प्रवचन और चारिका के बाद सारा समय वैशाली की स्मृतियाँ घेरे रखतीं। राजगृह प्रवास की अवधि में वैशाली और मगध की स्मृतियाँ बहुत घेरती थीं। पहले स्मृतियों को सुन लेती फिर उन्हें झटक देती। बहुत प्रयत्न करती कि वैशाली या मगध के समाचार से स्वयं को दूर रखे। संघ में प्रवेश पायी नयी थेरियाँ उसे वैशाली का समाचार अवश्य सुनातीं।

ऐसा ही समाचार एक दिवस सुना और फिर स्वयं को राजगृह में न रोक सकी। वैशाली के साथ उसके स्वप्न का अन्तिम तार जुड़ा था, अन्तिम कर्तव्य जिसे अनुष्ठान की तरह पूरा करना था। काल की मार से कोई नहीं बच सका है। वह तो काल के भय से ऊपर उठ चुकी थी। अपने काव्य में उसने काल को मनभर कोसा था। वैशाली के उस झोंपड़े से जल की भिक्षा न मिली होती, अपना मुख न देखा होता तो काल की मार का आभास कहाँ होता। काल तथागत को अपने साथ ले गया था। उनके महानिर्वाण की सूचना मिल चुकी थी। संघ में सन्नाटा छा गया था। सन्नाटे में डूबी–डूबी अम्बा चल पड़ी वैशाली की ओर। उसे भी अन्तिम समय वहीं बिताना था जहाँ से बुद्ध ने निर्वाण की घोषणा की थी। उस तक तथागत के अन्तिम शब्द पहुँचे थे।

क्या कहा था तथागत ने–"हे वैशाली, अपने जीवन के शेष भाग में तुम्हें फिर से न देखूँगा क्योंकि मैं निर्वाण की ओर जा रहा हूँ।"

आनन्द से कहा—"रमणीय है वैशाली..."

अपने अरण्य आवासों को देखकर विह्वल हुए थे। अम्बा सुनते ही विह्वल हो उठी। वैशाली के सारे अरण्य आवास उनकी चेतना के ही प्रवास हैं। तथागत वहाँ से गये कहाँ हैं वैशाली में ही हैं। उसकी चेतना में समा गये है। अपनी विह्वलता पर उसे आश्चर्य भी हुआ। माया—मोह के कोमल तन्तुओं को काटकर संघ में अर्हता प्राप्त कर चुकी है फिर भी तथागत के महानिर्वाण का समाचार सुनकर क्यों उद्विग्न हो उठी है। क्यों सदा अपलक निहारते वे दो नैन उसकी चेतना से लिपटे रहे?

एक बार फिर से अम्बा ने कुछ खो दिया था। उसका चित्त स्थिर हो चुका था। शान्त जल क्यों हिल रहा है बार—बार। अपने अश्रुपूरित नेत्र और कपोल नहीं देखना चाहती है। उसे वैशाली लौटना है वापस। उसका कर्तव्य पुकार रहा है। उसका मन पराधीन वैशाली पर क़दम धरने का नहीं हो रहा था। वर्षकार वहाँ मगध का शासन चला रहा है। वैशाली बदल चुकी है। पहले जैसी बात नहीं रह गयी है। भोग—विलास और बढ़ गया है। रूपजीविताओं को लेकर झगड़े बढ़ गये हैं। उसकी शिष्या भी संघ की शरण के लिए अकुला रही थी। वैशाली ने हृदय से उसे स्वीकार नहीं किया था। जाने अब तक क्या—क्या हो चुका होगा। वहाँ पहुँचकर जाने क्या—क्या पता चले। जाना तो होगा। आम्रवन उसे पुकार रहा था। तथागत के बिना कितना सूना होगा। अब कौन मार्ग दिखायेगा संघ को...

आनन्द ने भी पूछा था।

अम्बा के सामने द्युति कौंधी—अप्प दीपो भव—यही कहा था न।

जाते—जाते तथागत कितनी बड़ी बात कह गये। अम्बा जगमगा उठी। उसके समक्ष वृत्ताकार प्रकाश फूटा, उसके आवर्त में स्पष्ट दिखने लगा कि उसे क्या करना है। उसे किसी की अनुमति की आवश्यकता नहीं थी। अन्तिम कार्य का निष्पादन करने वह वैशाली की ओर चल पड़ी।

वैशाली में भोर हो रही थी।

गंगा किनारे कई नौकाएँ इस पार से उस पार आवागमन कर रही थीं। सवारियों में ज़्यादातर व्यवसायी थे। दोनों किनारों पर नयी बस्ती बस गयी थी। अम्बा ने लम्बे अन्तराल के बाद वैशाली को देखा था। उसकी वैशाली दूर से उतनी ही हरी–भरी दीख रही थी। नयी नयी बस्तियाँ बन गयी थीं और नये भवन भी। भूमि और केले के बागान कम हो गये थे। व्यापारियों ने कई ठिकाने बना लिए थे। नावों की जगह बड़े जहाज़ गंगा पर तैरते दिखे जो अधिक सवारियाँ और वस्तुएँ ढोते थे। किनारे पर मानो कोई नगर ही बस गया हो। समय कितना बदल देता है, किसी स्थान को, मनुष्य को। इस बदलाव को वह भली–भाँति पहचान पा रही थी।

क्या वैशाली के नागरिक भी बदल गये होंगे? क्या दासता उनके स्वभाव का अंग बन गयी होगी? विलासिता अब भी उन्हें इतनी प्रिय होगी। स्त्रियाँ अब भी पराधीन होंगी। संघ में उनके प्रवेश के बाद भी क्या समन्ती समाज ने बदला नहीं होगा स्वयं को? स्त्रियों के प्रति उसका व्यवहार पूर्ववत तो नहीं? बहुत कुछ सोचते हुए वह अपने आम्रवन में पहुँच ही गयी थी। तब तक किसी को उसके आगमन का समाचार नहीं पहुँचा था। अपनी कार्ययोजना पर विचारमग्न थी। अप्रत्याशित, कण्ठ से गान फूटा। वह कोई श्लोक गाने लगी थी...

समूचा आम्रवन गूँज उठा। शाखों पर चिड़ियाँ फड़फड़ायीं। पत्तों में प्राण भरने लगे। आम्रवन के पास वाले मार्ग से गुज़रने वाले नागरिक ठिठक गये। कौतुहल से कुछ नागरिक कोकिल कण्ठी आवाज़ को ढूँढ़ने लगे। कुछ आखेटक गुज़र रहे थे, उनके अश्व रुक गये। उनके हाथों से वल्गाएँ छूट गयीं, अपने आप। पैदल जाने वाले नागरिक मुग्ध थे। वे कोकिल कण्ठी को मुग्ध भाव से निहार रहे थे। कोकिल कंठी का मुख वस्त्र से ढँका हुआ था। पीतवसना एक स्त्री विह्वल होकर श्लोक गा रही थी। पूरा आम्रवन नागरिको की पदचापों से गूँज उठा।

अश्व पर बैठा एक नागरिक कोकिल कण्ठी का मुख देखने को उतावला हो उठा किन्तु उसके सामने नहीं जाना चाहता था। उसने अपने साथी को संकेत किया। वह अश्व से उतर ही रहा था कि

मुख पर से वस्त्र हटा। सूर्य की तरफ़ आँखें मूँदे हुए गा रही थी। अश्वारोही चौंक पड़ा।

"ओह, ये तो साध्वी अम्बपाली हैं।"

उसने अश्व को एड़ लगायी और नगर की ओर बढ़ चला। उसे सहसा विश्वास ही न हुआ कि अम्बपाली कभी वैशाली लौटकर आयेगी। उसके हृदय में आशंका उत्पन्न हुई।

ये यहाँ क्यों...?

क्या करने आयी है? क्या चाहिए इसे? बुद्ध के महानिर्वाण के बाद अम्बपाली की यहाँ उपस्थिति किसी राजनीतिक ख़तरे का संकेत तो नहीं? कोई दैवी विपत्ति तो नहीं आने वाली है? कहीं उसका वैशाली में रहना दुष्कर न हो जाये। उसके मुख पर नैराश्य छा गया। अनिष्ट की आशंका से हृदय काँपने लगा।

वर्षकार का कपटी मस्तिष्क भाँति–भाँति के अनुमान लगाने लगा था।

इधर वैशाली के आम नागरिक अपनी भूतपूर्व जनपद कल्याणी को देखकर गद्‌गद हो उठे थे। सर्वत्र कोलाहल होने लगा। साध्वी अम्बपाली का नगर में पुनरागमन हुआ है, यह समाचार फैलते ही उसके प्रशंसकों में प्रसन्नता की लहर दौड़ गयी।

जिसे पता चलता, वह आम्रवन की ओर भागा चला आता। अम्बा के दर्शन के लिए लोग उतावले हो उठे थे। उनकी अम्बा, पाली, अम्बपाली, आम्रपाली, अम्बे, अम्बालिका...कितने नामों वाली अम्बिया अपने नगर वापस लौट आयी है। मानो वैशाली का गौरव लौट आया हो।

स्त्रियाँ, बच्चे, तरुण, किशोर, वृद्ध जन, सब के सब वहाँ एकत्र हो गये। एक तरुण बोल पड़ा–"देवी अम्बा की जय।"

अपनी प्रार्थना समाप्त करने के बाद अम्बा ने अपने पुराने साथियों को देखा। कुछ जाने–पहचाने मुख थे, कुछ नये, अपरिचित। एक पीढ़ी जवान हो चुकी थी जिन्होंने अम्बा के क़िस्से सुने थे, जो अम्बा की एक झलक देखने को उतावले थे। वे दन्तकथा की नायिका को साक्षात देखकर अभिभूत थे।

सबको उत्सुकता हो रही थी कि अम्बा क्यों आयी है? क्या चाहती है? उसके हावभाव से तो नहीं लगता कि वह गृहस्थ जीवन में वापस लौटेगी। किन्तु कोई तो बात है। सबके मन में अलग–अलग तरह की बातें पनप रही थीं। अम्बा चुप थी। वह आँखों ही आँखों में कुछ ढूँढ़ रही थी। उस भीड़ में कोई ढूँढ़ रही थी।

"मैं यहाँ किसी प्रयोजन से आयी हूँ, अब मेरा आवास यही अरण्य होगा। प्रतिदिन उपदेश और प्रवचन के लिए आप नागरिकों का यहाँ स्वागत है। प्रतीक्षा रहेगी। मैं चाहती हूँ कि मेरे स्वप्न–अनुष्ठान में आप सब सहयोग करें।"

"हम करेंगे देवी...हम आपके अनुष्ठान में सदैव आपके साथ हैं। आप आदेश करें।"

अभिभूत होकर तरुण और वृद्ध नागरिक बोल पड़े।

"अतिशीघ्र।"

उसने सबको लौट जाने का आग्रह किया।

उधर देवी शिव्या, आचार्य दिव्य के साथ एक वर्षा रात्रि बिताने के बाद शोक में बैठी थीं। किसी भी क्षण उस समाचार के भय में थीं कि आचार्य दिव्य अपना वचन पूरा करेंगे और संघ की शरण में चले जायेंगे। आचार्य दिव्य की भार्या मंजरिका उन्हें आजीवन दोष देंगी कि उनके प्रेम में विफल होकर ऐसा कठोर मार्ग चुना उन्होंने। देवी शिव्या अपनी गुरु अम्बपाली से मिलने को व्यग्र हो उठीं। उधर आचार्य दिव्य तक अम्बपाली के आगमन का समाचार पहुँच चुका था। वे भी उनसे मिलने के लिए आतुर हो उठे थे। अम्बपाली का आगमन उन्हें देव का आदेश मालूम पड़ा। मानो उनके प्रव्रज्या लेने के लिए ही अम्बपाली वैशाली पधारी हों। एक मेघाच्छादित रात्रि बिताने के बाद उनका चित्त शान्त था। वे अपने दायित्वों को सौंपने में लगे थे। देवी मंजरिका को सब समझाकर उन्हें इसके लिए तैयार कर चुके थे। अम्बा के आगमन की सूचना मिलते ही व्यथित मन मंजरिका आह्लाद से भर उठी थी। उसे भी अम्बा से मिलने जाना था। अम्बा तो अपने आम्र कानन में बैठी, वैराग्य साधना कर रही थी। देवी शिव्या अपने

राजकीय रथ पर सवार होकर वहाँ पहुँच गयीं। देवी मंजरिका और आचार्य दिव्य वहाँ पहले से अभिवादन की मुद्रा में खड़े थे। शिव्या कुछ क्षण के लिए ठिठकी। मंजरिका को देखकर मन विचलित हुआ। कहीं मंजरिका ने कुछ पूछ लिया तो...कुछ आरोप लगा बैठी तो। कहीं वे रो न पड़ें। मंजरिका के त्याग से वे भली–भाँति परिचित थीं। आचार्य दिव्य से अतिशय प्रेम ने उन्हें इतना उदात्त बना दिया था कि दूसरी स्त्री की उपस्थिति को झेल गयी थीं। आचार्य दिव्य ने भी कुछ नहीं छिपाया था। मंजरिका ने उनसे मिलकर आचार्य देव की मनोदशा बताते हुए सदय होने का आग्रह किया था। वे चकित थीं कि कोई भार्या अपने पति की प्रेमिका के प्रति इतनी उदार कैसे हो सकती है। ईर्ष्या स्त्रियों का स्वाभाविक गुण माना जाता है किन्तु मंजरिका जाने किस मिट्टी की बनी हुई थी। यह जानते हुए कि आचार्य दिव्य प्रेम में हताश होकर संघ की शरण में जाने की घोषणा कर चुके हैं, मंजरिका सहज बनी हुई थी। इस समय भी वह सब कुछ जानते हुए अविचल खड़ी थी। कुछ स्त्रियाँ कितनी अद्भुत होती हैं। मंजरिका ने देवी शिव्या के हृदय में विशेष स्थान बना लिया था। इसीलिए वे आचार्य दिव्य के प्रेम को कभी स्वीकार नहीं कर पायीं। वे प्रेम को दो स्त्रियों के बीच शत्रुता में नहीं बदलना चाहती थीं। जिस भगिनी–भाव से मंजरिका ने त्याग किया था, उसी भाव के नाते शिव्या ने आचार्य दिव्य को एक सम्मानजनक दूरी पर रखा। ये बात तीनों जानते थे।

आचार्य दिव्य अविचल खड़े थे। अम्बा ने तीनों की ओर देखा, उनकी मनोदशा कुछ–कुछ भाँप रही थी वह, मुस्कायी। तीनों को पास बुला कर बैठने का संकेत किया।

शिव्या मुग्ध भाव से अम्बा को निहारती रही। मुँह से बोल न फूटे। देवी अम्बा पर आयु का असर नहीं पड़ा था। वे उतनी ही सौन्दर्यमयी लगीं।

"क्षणे–क्षणे यन्नवतमुपैति, तदैव रूपं रमणीयता"

शिव्या को श्लोक याद आया। प्रतिक्षण जो नया लगे वही तो सौन्दर्य है। अम्बा कितनी अलग, कितनी नयी लग रही हैं।

दैवी आभा से भरी हुई अम्बा उसे मोह रही थी। शिव्या ने आचार्य दिव्य की ओर देखा। आचार्य दिव्य उनसे आँखें मिलाने से बच रहे थे। मंजरिका एकटक सबको देख रही थी। उसके चेहरे पर मिले–जुले भाव थे। जैसे बहुत कुछ बोलना चाहती हो मगर ताले जड़ गये हों। उसका मुख स्याह पड़ा हुआ था। देवी शिव्या बिना श्रृंगार के आयी थीं।

तीनों के हृदय अन्दर से काँप रहे थे। बाहर से संयत दिखने की कोशिश हो रही थी। अम्बा सब समझकर भी इस मामले से दूर रहना चाहती थी। उसके सामने विराट स्वप्न था। उसे पूरा करने में लिच्छवियों का सहयोग चाहिए था। जब सामने लक्ष्य हो तो अप्रीतिकर स्थितियों को अनदेखा करना ही उचित होता है। इस समय वह व्यक्ति प्रेम से ऊपर उठकर देश प्रेम के बारे में सोच रही थी। उसके लिए व्यक्ति महत्त्वपूर्ण नहीं था। वह सिर्फ़ आँख मूँदकर ध्यान करने वाली वैरागी नहीं, सचेतन स्त्री है, देश के प्रति कृतज्ञ नागरिक है, देश का कर्तव्य अपने हाथों पूरा करने वापस आयी है।

अम्बा ने मौन तोड़ते हुए कहा–

"तथागत के भस्मावशेष का एक भाग लिच्छिवियों के पास है। मुझे वह दिलाने में सहयोग करें आचार्य देव। मैं वैशाली में एक स्तूप बनवाना चाहती हूँ। वैशाली भगवान की अतिप्रिय नगरी थी। इसी नगरी को ये सौभाग्य प्राप्त है कि उन्होंने अपने निर्वाण की घोषणा यहाँ से की थी। जैसा कि आप समझ सकते हैं, हम मनुष्यों की स्मृति अल्पकालिक होती है। मेरी इच्छा है कि स्मृति को सदा के लिए सहेज लिया जाये। ये हम वैशालिकों का दायित्व भी है। मैं एक बार वैशालिकों को सम्बोधित करना चाहती हूँ। सभागार में आप ये आयोजन कर सकें तो उचित होगा। मेरी बात सभी नागरिकों तक पहुँचे। यथासम्भव नागरिक सहयोग करें। जिनकी आस्था हो, वे आगे आयें। जन सहयोग के बिना स्वप्न अनुष्ठान पूरा नहीं हो सकता।"

आचार्य दिव्य ने सिर झुकाकर कहा–"देवी, आप आज्ञा करें, मैं हर तरह से इसका पालन करूँगा।"

देवी शिव्या ने भी दृढ़ता से आश्वासन दिया–"मैं सामन्तों और तरुणों को जुटाऊँगी। धन की व्यवस्था भी मेरा दायित्व है। आपका अर्जित कोष अभी तक वैसे ही धरा है देवी।"

मंजरिका उत्साह से भरकर बोली–"मैं वैशाली की स्त्रियों को प्रोत्साहित करूँगी। आप तैयारी करें देवी...हम सब तैयार हैं। तथागत का स्तूप हर हाल में बनेगा।"

तीनों का उत्साह देखकर अम्बा का चित्त प्रसन्न हो गया।

बुद्ध का स्मृति-स्थल

वैशाली में स्तूप–निर्माण की तैयारियाँ प्रारम्भ हो गयीं। आचार्य दिव्य स्तूप का प्रस्ताव लेकर वैशाली के प्रशासक वर्षकार के पास पहुँचे। पहले तो वर्षकार ने उपेक्षा का भाव प्रकट किया। उसके हृदय से एक आशंका तो समाप्त हुई किन्तु उसका कपटी मन इतनी आसानी से कोई आग्रह स्वीकारने को कहाँ तैयार होता। उसने आचार्य दिव्य से अनेक प्रश्न पूछ डाले।

उसने आश्चर्य प्रकट किया कि देवी अम्बा के आने से वैशाली के नागरिक इतने प्रसन्न क्यों हैं? वह देर तक विचारमग्न रहा। मन–ही–मन कुढ़ता रहा। आचार्य दिव्य उसकी आज्ञा के लिए खड़े रहे। उन्हें बस सभागार के बाहर अम्बा के नागरिक सम्बोधन की अनुमति चाहिए थी।

दिव्य बोले–"श्रीमन, आप तनिक शंका न करें। देवी अम्बा का आगमन किसी ख़तरे का संकेत नहीं है। गृह वापसी नहीं करेंगी वे। न ही वैशाली पर शासन करने का स्वप्न लेकर आयी हैं वे। उन्हें यही करना होता तो वे आपके मगधाधिपति को बैरंग न लौटा देतीं अपने द्वार से। आप इस सत्य को भली–भाँति जानते हैं, वे वैरागी हैं। उन पर भरोसा करें। वे आपके शासन पर संकट खड़ा नहीं करेंगी। एक बार अनुमति तो दें। मैं वचन देता हूँ कि आपका अहित न होने दूँगा।"

वर्षकार देर तक सोचता रहा। मन–ही–मन हिसाब करता रहा। लाभ–हानि सोचता रहा। क्या पता, अम्बा वैशालिकों को भड़काकर उसके ख़िलाफ़ कर दे। फिर से सबको एकता के सूत्र में न बाँध दे जिसे उसने इतनी मेहनत से छिन्न–भिन्न कर दिया था।

एक स्त्री में इतनी ताक़त होती है कि वह चाहे तो परिवार क्या, देश को भी एकता के सूत्र में बाँध सकती है, बस एक बार उसे नेतृत्व सौंपने की आवश्यकता भर है। अम्बा की उस कूटनीति के तो सभी मागधी कायल हो थे जब उसने बिम्बिसार और वैशाली–पुत्री चेलना का वैवाहिक सम्बन्ध कराया था। उस एक राजनीति चाल ने मगध का इतिहास बदल दिया था। अम्बा कुछ भी कर सकती है। राजपाट भी पलट सकती है। कैसे अनुमति दे। अगर अनुमति नहीं देगा तो नागरिक विद्रोह भी हो सकता है। तब वैशाली पर शासन करने का उसका स्वप्न अधूरा रह जायेगा। वैसे भी अम्बा एक असाधारण स्त्री है। समूची वैशाली उससे प्रीति करती है। प्रीति तो मगधाधिपति अजातशत्रु भी करते हैं। बौद्ध धर्म स्वीकार करने के पश्चात भी अम्बपाली के प्रति उनकी प्रीति उजागर हो चुकी है। कहीं उन तक बात पहुँची तो अनर्थ हो जायेगा। इस समय उसके विरुद्ध जाना ख़तरे से खाली नहीं। मुसीबत मोल लेनी होगा।

बहुत सोच–विचार के बाद वर्षकार ने सभागार के बाहर जनसभा सम्बोधित करने की अनुमति दे दी। साथ ही अपने कुछ गुप्तचर भी वहाँ तैनात कर दिये ताकि सही–सही समाचार प्राप्त हो सके। कुटिल और सशंकित लोग किसी का विश्वास नहीं करते। अपनी परछाईं पर भी सन्देह करने लगते हैं। कुटिलता से अर्जित उपलब्धि सन्ताप ज़्यादा देती है, सन्तोष कम।

उधर सभागार के बाहर अम्बा भारी जनसमूह को सम्बोधित कर रही थी–

"हमारा देश सभी धर्मों का समान रूप से आदर करता है। हम अन्य देशों से भिन्न प्रकृति के लोग हैं। हम पराजय के बाद भी अपनी स्त्रियों, वृद्धों का आदर करना नहीं भूले हैं। हम सब एकता के सूत्र में बँधे हुए हैं। वैशाली धन्य है। संसार में एकमात्र वैशाली को ही यह गौरव प्राप्त है कि तथागत ने यहाँ अपने महानिर्वाण की घोषणा की। उनका वैशाली से प्रेम आप सबको पता है। उन्होंने हमें नया मार्ग दिखाया, मुक्ति का मार्ग। जहाँ बन्धुत्व की भावना सबसे प्रबल है।

भेदभाव समाप्त है। सभी नागरिक एक पंक्ति में बिठाये गये। यह संसार को भगवान की सबसे बड़ी देन है।

"अब वैशाली का कर्तव्य है कि तथागत की स्मृति में कोई ठोस कार्य करे। हम उन्हें क्या दे सकते हैं। बौद्ध मठों के लिए उनके पास पर्याप्त स्थान है। मैं अपनी योजना का खुलासा करती हूँ। मैं वैशाली में भगवान के भस्मावशेष के लिए एक भव्य, विशालकाय स्तूप का निर्माण करवाना चाहती हूँ। मुझे आप सभी नागरिकों का हर प्रकार का सहयोग चाहिए तभी यह पुण्य कार्य सम्पन्न हो पायेगा।

"क्या आप सब तैयार हैं?"

अम्बा की बातें सुनकर नागरिकों में उत्साह आ गया था। वे सब ज़ोर से चिल्ला उठे–

"हाँ, देवी, हम सब तैयार हैं। आप आदेश करें। आप कार्य प्रारम्भ करें। वैशाली की समस्त भूमि में से जिसका चाहे आप चयन कर सकती हैं। कोई बाधा नहीं आयेगी।"

अम्बा ने सबको हाथ जोड़ अभिवादन किया। उसका वैशाली आगमन सार्थक हो गया था।

आचार्य दिव्य ने भी सबसे आग्रह किया–

"देवी अम्बा, पुनीत कार्य के लिए वैशाली पधारी हैं। ये सिर्फ़ उनका नहीं, हम वैशाली के नागरिकों का स्वप्न होना चाहिए कि यहाँ स्तूप का निर्माण हो। तथागत की स्मृति में स्तूप वैशाली में ही बनना चाहिए, उनका हम पर अधिकार था, हमारा उन पर। हम लिच्छवियों ने बहुत लड़कर तथागत की दो वस्तुएँ प्राप्त की हैं, उनका प्रिय भिक्षापात्र और उनका भस्मावशेष। ये पाना बहुत आसान नहीं था। आप सबको विदित होगा कि शाक्यों, मल्लों इत्यादि से कितना लड़ना पड़ा है। युद्ध की स्थिति उत्पन्न हो गयी थी। जिस भगवान ने अहिंसा का पाठ पढ़ाया, उनके लिए हिंसक स्थिति बन आयी थी। आचार्य द्रोण के हस्तक्षेप से आठ भागों में बँटवारा हुआ तब वैशाली को उसका हिस्सा मिला। यह वैशाली का सौभाग्य है। तथागत की वैशाली के प्रति प्रीति को हम सदा के लिए सँभालकर रखेंगे। आप सबका साथ चाहिए।"

वैशाली के सुरक्षा प्रधान के मुख से ऐसी बात सुनते ही वर्षकार के गुप्तचर वहाँ से सरपट भागे। पूरी बात सुनकर अम्बा के आगमन का प्रयोजन समझ में आ गया। किन्तु उसकी भ्रू–रेखाएँ तन गयीं। वैशाली की सारी भूमि या तो किसानों की है या उसके अधीन है। यहाँ तक कि अम्बपाली का सुन्दर सरोवरयुक्त उपवन और घना आम्रवन भी खाली पड़ा था, उस पर भी वर्षकार ने नियन्त्रण कर लिया था। एक इंच भी भूमि न देने के हठ पर वह तन गया। सुरक्षा प्रहरी के सम्भाषण से इतना बौखलाया कि उसके समक्ष भूमि देने से मना कर दिया। इतने से ही चैन न पड़ा तो मन–ही–मन सामन्तों को भी डरा–धमका कर भूमि देने से मना करने की योजना बनाने लगा। उसे अपना सिंहासन डोलता हुआ प्रतीत हुआ। कदाचित अम्बा ने एक बार पुनः वैशालिकों को उकसाया तो उसे वैशाली छोड़नी पड़ सकती है।

वर्षकार के कुटिल मन्तव्यों से अनभिज्ञ, अपने आम्रवन में बैठी अम्बा के दर्शन को लोग आने लगे थे। उसी स्थान पर बैठी थी, जहाँ प्रथम दर्शन के लिए तथागत बैठे थे। पूरा आम्रवन उनकी उपस्थिति से सुगन्धित हो उठा था। वहीं पर अस्थायी बौद्ध विहार बना था। वहीं पर प्रथम बार भिक्षुणी संघ की घोषणा हुई थी। वहीं पर बुद्ध को पराजित और स्वयं के विजयी होने का गर्व लेकर लौटी थी। उसी स्थान पर तथागत ने कहा था–यह असाधारण स्त्री है। यहीं पर उसे अपने विलासी–जीवन की व्यर्थता का बोध हुआ था। यह स्थान उसे अत्यन्त प्रिय है। अत्यन्त पवित्र। यहाँ की हवा में तथागत का प्रवास घुला है, उनकी श्वास घुली है। कई वर्षावास लौटकर अपने आम्रवन को देख पा रही है। टिकोलों से लदे हैं वृक्ष। कोयल कूक रही है। वानरों का उत्पात चल रहा है। वे उछल रहे हैं इधर से उधर। पुष्पों की सुगन्ध हवा में तैर रही है। वसन्त अपने पूरे यौवन पर है और ग्रीष्म की पदचाप सुनाई देने लगी है। शीशम के वृक्षों से घिरा यह आम्रवन कितना धन्य है कि उसके पास तथागत के क़िस्से हैं। जिस स्थान पर बैठी है, वहाँ आसपास तरह–तरह की ध्वनियाँ गूँज रही हैं, नाद सुनाई दे रहे हैं। वैशाली सच में रमणीक है, तथागत ने सत्य कहा था।

प्रथम बार अम्बा ने किसी बाह्य नागरिक की तरह अपने नगर, अपने वन को देखा और गर्व से भर गयी। उसे पुनः लगाव नहीं हुआ, गर्व की अनुभूति हुई कि इसी भूमि पर वह पैदा हुई जो तथागत को अत्यन्त प्रिय थी। अन्तिम दिनों में यहीं रहे। ये सोचकर वह शोक में डूब जाती। जिस जीवन–मरण के दुख से मुक्ति पायी थी, तथागत के निर्वाण से शोक होने लगा था।

मन को समझाती रही। सब तो चले गये, एक–एक कर। जीवन कितना कम बचा है। अन्तिम समय उसका भी वैशाली में ही बीतेगा। उसने प्रण कर लिया। अब अपनी भूमि छोड़कर नहीं जायेगी। जीवन के बचे हुए दिन यहीं उपदेश देते हुए बिता लेगी। यहाँ तथागत की उपस्थिति हर क्षण महसूस कर पायेगी। उनका उपदेश यहाँ की हवा में गूँजता है।

कुछ दिन तक अम्बा इसी मनोदशा में रही। वैशाली उसके भीतर जग गयी थी। व्यग्रता में वनविहार करने लगती। कभी सरोवर के पास जाकर बैठ जाती। उसके स्वप्न के आड़े मगध का प्रशासन आ रहा था। उसकी दुविधा ऐसी कि अजातशत्रु से सन्धि वार्ता भी नहीं कर सकती। अजातशत्रु भी अपने हिस्से का भस्मावशेष लेकर राजगृह लौट चुका था। उसकी योजना का पता नहीं चल पा रहा था। इसके पहले कि कोई और कुछ सोचे, अम्बा स्तूप निर्माण का कार्य प्रारम्भ कर देना चाहती थी। उसकी आकांक्षा थी कि स्वर्ण–मंजूषा में भस्मावशेष को रखकर उसके ऊपर स्तूप का निर्माण किया जाये। इसके लिए वह देवी शिव्या पर निर्भर थी। कुछ दिन से देवी शिव्या वन में आयी भी नहीं थीं। आचार्य दिव्य सुरक्षा–प्रहरी होने के नाते आवागमन कर रहे थे। भस्मावशेष अम्बा तक लाने का दायित्व भी आचार्य दिव्य का ही था।

सोच–सोच कर ही अम्बा मर्माहत हो उठती, जिन्हें साक्षात देखा था, वार्ता की थी, उन्हें मंजूषा में देखना, अस्थियों में देखना, कितना दारुण होगा। एक दिन सबकी यही गति होनी है। जन्म–मरण का चक्र ऐसा ही होता है।

एक सुबह अपनी सोच में डूबी अम्बा चौंक गयी जब एक तरुण ने आकर दो अशुभ समाचार दिये। सुनते ही अम्बा चिन्ता में पड़ गयी। वर्षकार ने एक इंच भी भूमि स्तूप के लिए देने से इनकार कर दिया था। और वैशाली का नाम परिवर्तित करने का प्रस्ताव रखा था। उसने लिच्छवियों की सभा बुलाकर यह घोषणा कर दी थी।

तरुण की बातें सुनते ही अम्बपाली ने कहा–

"नगर का नाम बदलने से उसका स्वभाव, मूल चरित्र नहीं बदलता है। हम पराधीन हैं, किन्तु वैशाली की भावनाएँ कदापि नहीं बदलेंगी। वह मगधपुरा नाम कदापि स्वीकार नहीं करेगी।"

"देवी! वे लोग इस नाम का प्रचार प्रारम्भ कर चुके हैं। मगध के महामात्य (प्रधानमन्त्री) वर्षकार ने घोषणा की है कि राजकाज में इस नाम का उल्लेख किया जाये।"

"नगर हो या नागरिक अगर वह पराधीन है तो उसका नाम परिवर्तित करना महापाप है। क्या उन्हें वैशाली का महत्त्व नहीं पता है? क्या वे राजा विशाल के गौरव को मिटा सकेंगे? बहुत बड़ी भूल कर रहे हैं मगध के महामात्य।"

अम्बपाली ने पलटकर पूछा–"क्या मगध सम्राट अजातशत्रु ने इसकी अनुमति दे दी है। उनका मन्तव्य क्या है? क्या उनके पास उचित तर्क है?"

जो तरुण यह समाचार लेकर आया था उसके मुख पर लज्जा के भाव परिलक्षित हो रहे थे।

उसने सकुचाते हुए बताया–"देवी, वर्षकार ने महाराज को मगध की राजधानी वैशाली यानी मगधपुरा को बनाने का प्रस्ताव भी भेज दिया है।"

अम्बपाली सुनते ही पीड़ा से भर उठी।

"साम्राज्य विस्तार की आकांक्षी राजसत्ताएँ अपनी अक्षमताओं से नागरिकों का ध्यान हटाने के लिए ऐसे बेढब निर्णय लेती हैं। नागरिकों के उत्थान से इसका कोई सरोकार नहीं होता। नागरिकों का दायित्व होता है, ऐसे षड्यन्त्रों की पहचान करें। अहिंसक मार्ग पर चलकर

हम इस निर्णय को अमान्य कर सकते हैं। इसके लिए दृढ़ इच्छाशक्ति की आवश्यकता है। मेरी इच्छा है, सुझाव है, आप सब नागरिकों तक पहुँचा दें कि वैशाली हमारे हृदय में बसेगी। हमारे अधरों पर रहेगी..."

"शीघ्र ही नामकरण संस्कार समारोह का प्रस्ताव भी है थेरी अम्बे।"

"जैसे किसी पुष्प से गन्ध, चाँद से शीतलता, सूर्य से रोशनी अलग नहीं कर सकते, उसी तरह वैशाली से उसका नाम नहीं छीन सकते। काल भी चाहे तो यह क्रूरता नहीं कर सकता। यह तथागत की प्रिय नगरी रही है। यह कोई मामूली नगर नहीं है, यह तथागत की परम प्रियनगरी है, उनकी चेतना का प्रवास सदा यहाँ रहेगा। स्मरण है...क्या कहा था तथागत ने निर्वाण के लिए प्रस्थान करते समय।"

"आनन्द, रमणीय है वैशाली।"

तथागत ने वैशाली को पुकारा था प्रस्थान से पहले और विह्वल होकर इससे वार्ता की थी–"हे वैशाली, अपने जीवन के शेष भाग में तुम्हें फिर से न देख सकूँगा। क्योंकि मैं निर्वाण की ओर जा रहा हूँ।"

वैशाली को पीछे मुड़कर देखा था उन्होंने। उनका हृदय इससे बिछुड़ते हुए कितना उच्छ्वसित हुआ होगा। "आह....वैशाली। तुम कभी अपने परिवर्तित नाम को मत ढोना।"

अम्बपाली का मुख उद्दीप्त हो उठा।

तरुण ने ही जानकारी दी कि कुछ सामन्तों ने इस प्रस्ताव का डटकर विरोध किया था।

इधर वैशाली में अम्बा की कीर्ति सर्वत्र फैल गयी थी। सबको अम्बा का प्रस्ताव पसन्द आया था। सब उत्साहित थे। वर्षकार ने सबको दबाव में ले लिया था। उसके आदेश का उल्लंघन करने का साहस किसी में नहीं था। उसे आचार्य दिव्य की प्रतीक्षा थी। सम्भवतः वे कोई सुझाव दें। अम्बा तो यहाँ से टलने वाली नहीं थी। आशंका से मुखमण्डल धूमिल अवश्य हो चला था। ध्यान में मन नहीं रमा। उपदेश सुनने दूर–दूर के गाँवों से नागरिक वहाँ एकत्र होने लगे थे।

उपदेश सुनने वालों की पहली पंक्ति से एक वृद्ध उठा। मुख घनी दाढ़ी से भरा हुआ था। केश भी बिखरे हुए, लम्बे, अधपके–से।

पहचान नहीं हो सकती थी। काया जर्जर थी। शरीर पर मामूली वस्त्र थे, किसी सामान्य परिवार का मालूम पड़ता था। उसने अम्बा का अभिवादन किया और बोला–

"देवी, वैशाली में आपका स्वागत है। हम सब नागरिक आपको यहाँ देखकर हर्षित हो उठे हैं। आप वैशाली पधारीं, हम सब कृतज्ञ हैं। आपने जो सभागार के सम्मुख प्रस्ताव रखा, वह अत्यन्त प्रशंसनीय है। इसके लिए वैशाली का इतिहास सदा आपको अपनी स्मृति में रखेगा। आपकी दुविधा, चिन्ता हम सब समझ रहे हैं। आप अन्यथा न लें तो हम एक सुझाव देना चाहते हैं।"

वह रुक गया। उसकी आवाज़ भी टूट रही थी। अम्बा को आवाज़ पहचानी–सी लगी। आत्मीय आवाज़...

'कौन हैं ये?'

वह परिचय पूछना चाहती थी।

तब तक आचार्य दिव्य वहाँ पधार चुके थे। वे व्यग्र थे। अम्बा के साथ वृद्ध की वार्ता सुनी थी।

अम्बा के मुख से निकला–"आर्यवर, क्या उपाय है?"

"देवी, आपके पास तपोबल है, आपका मार्ग कोई अवरुद्ध नहीं कर सकता। कोई–न–कोई मार्ग अवश्य निकलेगा।"

आचार्य वृद्ध की ओर घूमे।

"आप कुछ कह रहे थे श्रीमन, कहें..."

अम्बा भी उम्मीद से उधर देखने लगी। अबकी नेत्र टकराये। विद्युत चमकी। ग़ौर से देखा, कमर में बाँसुरी बँधी थी।

वृद्ध बोल रहे थे–"देवी अम्बा, यह आम्रवन आपका है, तथागत को प्रिय था इसलिए आपने इसे संघ को दान कर दिया था, वैशाली जानती है। नियमानुसार दान दी हुई वस्तु पर कोई शासन नियन्त्रण नहीं कर सकता। दान की वस्तुएँ नियमों से परे होती हैं। आपको ध्यान में रखना चाहिए और जहाँ आप बैठी हैं, जिस शिला पर, वहीं पर..."

"वैशाली में स्थान पर विवाद हो सकता है आर्यवर। तथागत तो अन्य कई स्थानों पर भी रहे। सामन्तों की भूमि को भी उन्होंने धन्य किया था। मैं संशय में हूँ...कैसे उबरूँ।"

"आप नहीं जानतीं कि वह पैरों से फूल खिलाया करती थी।"

"कौन?"

अम्बा चौंकी/"किसकी बात कर रहे हैं आप?"

"इस स्थान का चयन तथागत ने जानबूझकर किया था। शायद आप कथा नहीं जानतीं। आप नगर की ये ऊँची–ऊँची दीवारें देख रही हैं। राजा सुमति का शासन समाप्त होने के पश्चात उनका महल खँडहर में बदल गया है। आपने क़िले की प्राचीरें देखी हैं। आपके आम्रवन के समीप हैं। आपका आम्रवन कई युगों से तथागत का साक्षी रहा है। इसका एक छोर खँडहर की ओर जाता है, दूसरा घने वन में। कोई नहीं जानता कि राजतन्त्र समाप्ति के बाद वैशाली में क्या हुआ था, सिर्फ़ तथागत को मालूम था। आपको एक रहस्य की बात बताता हूँ। आप समझ सकेंगी कि यह आम्रवन क्यों उपयुक्त स्थान है। मुझे उचित जान पड़ता है कि आपको कथा सुनाऊँ।"

अम्बा किंचित चिन्तित मुद्रा में उनके साथ बैठकर उनकी कथा सुनने लगी...

एक ऋषि थे, जो घाटियों और गुफाओं में छिपकर अकेले निवास किया करते थे। जल्दी बाहर नहीं निकलते थे। उनके बाहर आने की तिथि, मुहूर्त सब निश्चित था। वे केवल वसन्त ऋतु के दूसरे महीने में शुद्ध जलधार में स्नान करने के लिए गुफा से निकलते थे। एक बार वे उस निर्जन जलधार में स्नान कर रहे थे कि एक मृगी उसी समय पानी पीने आयी। ऋषि के प्रताप से वह मृगी गर्भवती हो गयी जिससे एक कन्या का जन्म हुआ। कन्या इतनी अनुपम सुन्दरी थी कि उसके जैसी कोई दूसरी कन्या पृथ्वी पर ढूँढ़े न मिले। दैवी आभा से युक्त उस कन्या में एक ही ऐब था कि उसके पैर मृग जैसे थे। ऋषि ने मृगी से उस बालिका को ले लिया और उसका लालन–पालन करने लगे। उस एकान्त गुफा में अपूर्व सुन्दरी कन्या पलने लगी। ऋषि की तरह वह भी बाहरी दुनिया से एकदम कटी हुई थी। उसकी दुनिया गुफा तक थी। इससे ज़्यादा दुनिया उसने देखी न थी। कहीं अन्यत्र उसका आना–जाना न हुआ था।

धीरे–धीरे वह कन्या बड़ी हो गयी। एक दिन ऋषि ने उससे पहली बार कहा कि कहीं से थोड़ी–सी अग्नि ले आओ। बाहरी दुनिया से एकदम अनजान, अनभिज्ञ, अग्नि की तलाश में वह कन्या भटकते–भटकते दूसरे ऋषि की कुटिया में पहुँच गयी। बाहर की दुनिया में पहली बार उसके क़दम पड़े थे। अपनी गुफा से निकलकर पहली बार घने जंगल में पैर रखा था। गुफा से बाहर जंगल, हवाओं में घुली गन्ध सब कुछ उसे भा गया था। अचरज से जंगल के सौन्दर्य को निहारती हुई, अपने में मगन वह दूसरे ऋषि की कुटी तक पहुँच गयी। वहाँ पहुँचने तक रास्ते में क्या हुआ, कन्या एकदम अनभिज्ञ थी। दूसरे ऋषि चकित रह गये, उन्होंने जो देखा, वह अकल्पनीय था। उन्हें अपने नेत्रों पर भरोसा न हुआ। जिन रास्तों से गुज़रकर कन्या वहाँ तक पहुँची थी, उन रास्तों पर कमल के फूल खिल उठे थे। ऐसा जादू, चमत्कार अपनी बरसों की साधना के बावजूद उन्होंने न देखा था।

मासूम कन्या उनसे अग्नि माँग रही थी, अपने पिता के लिए अग्नि लेकर वापस गुफा में लौटना था। इधर ऋषि हैरान थे, वे अग्नि के बदले फूल माँग रहे थे।

ऋषि ने कन्या से एक शर्त रख दी और कहा–"मेरी कुटी के चारों ओर प्रदक्षिणा कर, तब मैं तुझको अग्नि दूँगा।"

अबोध कन्या को भला क्या समस्या होती। मृगनयनी ने बिना अचरज, सवाल किये, उनकी शर्त पूरी कर दी, कुटी के चारों ओर प्रदक्षिणा कर ऋषि से अग्नि लेकर लौट गयी। ऋषि की कुटी के चारों तरफ़ कमल खिल उठे थे।

उसी समय ब्रह्मदत्त नामक राजा जंगल में शिकार करने पहुँचा। जंगल में शिकार की खोज करते हुए राजा ने देखा कि कमल के फूल क़तार में खिले हुए हैं। राजा को हैरानी हुई। इस तरह खिले हुए कमल कभी नहीं देखे थे उन्होंने। उन्हें उत्सुकता हुई कि इसका भेद जानें। आख़िर ऐसे कैसे खिले कमल। मानो किसी के निशान हों। राजा ने कमल की क़तारों का पीछा करना शुरू किया। कमल के फूल एक गुफा के द्वार पर जाकर ख़त्म हो गये। द्वार पर आहट

सुनकर कन्या बाहर निकली। राजा उसे देखते ही अवाक् रह गये। ऐसा अलौकिक सौन्दर्य उन्होंने समूची पृथ्वी पर नहीं देखा था। खुले, घने केशपाश, उलझे हुए, मृगनयनी, भौंहें कमान–सी तनी हुई, पंखुड़ियों–से नरम, भरे–भरे गुलाबी होंठ, बाँहें चन्दन की शाखों–सी, बदन पर कंचुकी, कमर में लिपटा छाल–सा कोई वस्त्र। अलग–से पैर, मानो अभी कुलाँचे भरकर लौटी हो।

जैसे शिल्पकार ने अभी–अभी तराशकर छेनी रख दी हो। वह राजा को सामने देखकर भयभीत हो गयी। राजा देर तक मोहित अवस्था में खड़ा है। तभी ऋषि बाहर निकल कर आ गये। राजा का लाव–लश्कर दूर खड़ा सारा तमाशा देख रहा था। किसी की हिम्मत न पड़ रही थी कि राजा को होश में लाने का यत्न करता। ऋषि को देखकर राजा को होश आया। तब तक राजा कन्या के प्रेम में पड़ चुके थे। प्रेम ने उन्हें साहस दिया और वे ऋषि के आगे झुक गये। उनकी कन्या को रानी बनाने का प्रस्ताव बेधड़क उनके सामने रख दिया। कन्या ने राजा को देखा, पहली बार अपने मन में कुछ खिंचाव–सा महसूस किया। घनी मूँछों वाला, चमकीली पोशाक पहने,हाथ में तीर–धनुष लिए, चेहरे पर अनुराग की लाली। मृगकन्या को लगा, उसे कोई सूत बाँध रहा है। गुफा से बाहर ले जाने को खींच रहा है। वह वापस अँधेरी गुफा में जाने को तैयार नहीं थी। हमेशा अपना चेहरा पानी में देखा था, पहली बार किसी और के नेत्रों में झिलमिला उठी थी। नसों में कुछ तड़कने लगा था। पहली बार उसने ऐसा महसूस किया था। उसके अधर काँप उठे थे। कहने न कहने के बीच ऐसी ही कँपकँपी होती है।

ऋषि ने दोनों की मनोदशा को देखा और कन्या को राजा के साथ उसी शिकार–रथ पर विदा कर दिया। ऋषि जानते थे कि इस जंगल और गुफा में रहते हुए उनकी पुत्री के लिए इससे बेहतर कोई सम्बन्ध द्वार चलकर नहीं आ सकता। कन्या की भलाई समझकर उन्होंने राजा के हाथों अपनी पुत्री सौंप दी।

महल में पहुँचते ही वहाँ पूर्व रानियों में खलबली–सी मच गयी। ज्योतिषियों ने पहली बार ऐसी अद्‌भुत कन्या देखी थी। राजा ने राज

ज्योतिषी को बुलाकर कन्या का भाग्य जानना चाहा। ज्योतिषी ने बताया कि इस रानी से आपके हज़ार पुत्र पैदा होंगे। इतना सुनते ही राजा ख़ुश हो गया। कण्ठहार निकालकर तुरन्त राज ज्योतिषी के हाथों में थमा दिया। यह ख़बर समूचे महल में, रनिवास में फैल गयी। रानियों को घोर ईर्ष्या हुई। वे उसके ख़िलाफ़ षड्यन्त्र करने लगीं। नयी रानी के रूप सौन्दर्य से पहले से ही उन्हें डाह होती थी। राजा को भी वे सन्तान नहीं दे पायी थीं, सो पहले से दुखी थीं। वे जानती थीं कि हज़ार पुत्र पैदा करने वाली ही महारानी बनेगी।

नयी रानी गर्भवती हुई, उस पर कड़ी निगाह रखी जाने लगी। रानियों ने चारों तरफ़ से उसे घेर लिया था। नयी रानी के गर्भ से कमल का एक ऐसा फूल पैदा हुआ जिसकी हज़ार पंखुड़ियाँ थीं। प्रत्येक पंखुड़ी पर एक नन्हा बालक बैठा हुआ था। रानियों ने ऐसा अचरज न कभी देखा, न सुना। उन्हें अनिष्ट की आशंका हुई। वे राजा को भड़काने लगीं–"यह अनिष्ट घटना है, यह राज्य के लिए उचित नहीं। इसे नष्ट कर देना चाहिए।" चारों तरफ़ निन्दा होने लगी। राजा निन्दा से डर गया और रानियों के बहकावे में आ गया। उसने वह फूल गंगा नदी में फेंकने का आदेश दिया। कमल के फूल को सन्दूक़ में बन्द करके नदी की धार के हवाले कर दिया गया।

उस दिन से महल में वीरानी छा गयी। दो अनुरागी मन टूट गये। दोनों के बीच का विश्वास भरभराकर ढह गया।

"मैं आपकी कन्या का सदा ख़याल रखूँगा, मैं तुम्हें पटरानी बना कर रखूँगा..." ये सारे वचन लोप हो गये। मृगकन्या के चेहरे पर हँसी न लौटी और न फिर उसके पैरों से कमल फूल खिले।

इधर सन्दूक़ बहते–बहते एक दूसरे पड़ोसी राज्य में पहुँच गया। वहाँ के राजा शिकार करते हुए नदी किनारे पहुँचे तो उन्होंने देखा, एक पीला–सा सन्दूक़ बहता हुआ उनकी ओर चला आ रहा है। राजा ने तपाक–से नदी से सन्दूक़ को उठा लिया। उत्सुकता से सन्दूक़ खोला तो हैरान रह गये। सन्दूक़ में हज़ार बालक कुनमुना रहे थे। राजा उन्हें अपने महल में ले आये, पुत्रवत उनका लालन–पालन करने लगे।

वे बच्चे बड़े होकर बहुत पराक्रमी निकले। उनकी वीरता के क़िस्से चारों दिशाओं में गूँजने लगे। अपने बल पर उन्होंने अपने राज्य का विस्तार करना शुरू किया। उन्होंने अपनी सेना इतनी बड़ी कर ली कि वैशाली राज्य को भी जीतने का संकल्प ले लिया। राजा ब्रह्मदत्त तक ये ख़बर पहुँची कि पड़ोसी राजा चढ़ाई करने आ रहा है और उसके पास बहुत बड़ी सेना है। वीर बलवानों से लैस है उसकी सेना जो लगातार कई राज्यों को जीत चुकी है। वे जानते थे कि वैशाली की सेना उसके सामने कभी नहीं टिक पायेगी। राजा सम्भावित पराजय की कल्पना से भयभीत हो उठे थे। राजा चिन्तित हो उठे। उन्हें इस हालत में देखकर मृगपाद कन्या यानी नयी रानी सब कुछ समझ गयी उस तक भी वीर सेना की ख़बरें पहुँची थीं। राजा ब्रह्मदत्त और उनकी रानियाँ भूल चुकी थीं, लेकिन मृगपाद कन्या समझ गयी थी कि पड़ोसी राज्य के वे हज़ार वीर बालक कौन हैं।

आत्मविश्वास से भरी हुई रानी ने राजा को कहा–"जवान लड़ाके सीमा पर पहुँचने वाले हैं। परन्तु आपके यहाँ के सभी छोटे–बड़े लोग साहसहीन हो रहे हैं। आप आज्ञा दें तो आपकी ये दासी कुछ कर दिखाये। ये दासी उन वीरों को जीत सकती है।"

राजा को उसकी बात पर विश्वास न हुआ। होता भी कैसे। कहाँ वे वीर लड़ाके, कहाँ ये कोमलांगी सुन्दरी। बुझे मन से राजा ने आज्ञा दे दी। रानी सीमा पर पहुँची और नगर की सीमा पर बनी दीवार पर चढ़कर खड़ी हो गयी। वहाँ पर वह चढ़ाई करने वाले वीरों का रास्ता देखने लगी। वे हज़ार वीर, अपनी–अपनी सेना के साथ आये, नगर की दीवार को घेरने लगे।

मृगपाद कन्या ने उनको सम्बोधित किया–"विद्रोही मत बनो मेरे पुत्रो। मैं तुम्हारी माता हूँ। तुम मेरे पुत्र हो।"

उन लोगों ने उत्तर दिया–"हम नहीं मानते। इस बात का क्या प्रमाण है?"

मृगपाद कन्या ने अपना स्तन दबाया, उसमें से दूध की हज़ार धाराएँ निकलीं और हज़ार पुत्रों के मुख में समा गयीं।

दोनों तरफ़ की सेनाएँ चकित रह गयीं। योद्धाओं ने युद्ध के दौरान ऐसा वात्सल्यपूर्ण दृश्य नहीं देखा था जो उन्हें भावुक कर जाये। सबने हथियार वहीं रख दिये और हज़ार पुत्रों की माता को उसके खोये हुए पुत्र मिल गये। युद्ध बन्द हो गया और वे हज़ार पुत्र अपने घर वापस लौट आये। दो दुश्मन राज्य एक–दूसरे के सम्बन्धी बन गये।

राजा ब्रह्मदत्त को ज्योतिषियों की भविष्यवाणी याद आयी, फिर वह गर्भ से निकला कमल का फूल और उसकी हज़ार पंखुड़ियाँ याद आयीं जिन पर हज़ार शिशु कुनमुना रहे थे। वे दुष्ट रानियाँ याद आयीं जिनके बहकावे में आकर उन्होंने घोर पाप किया था। राजा पश्चात्ताप से भर कर मृगपाद कन्या रानी के सामने क्षमाप्रार्थी हो उठे।

मृगपाद कन्या ने बस इतना कहा–"अनुराग की गहरी खाई में भरोसा हो तो ही छलाँग लगानी चाहिए थी महाराज। आपके एक अविश्वास और भय ने इतने साल आपको पुत्र सुख से, वैशाली को उत्तराधिकारी से और आपको मुझसे दूर रखा।"

वैशाली के इसी स्थान पर बुद्ध ने टहल–टहल कर भूमि में चिह्न बनाया और उपदेश देते समय लोगों को सूचित किया–"इसी स्थान पर मैं अपनी माता को देख अपने परिवारवालों से जा मिला था। आपको मालूम होगा कि वे हज़ार वीर ही इस भद्रकल्प के हज़ार बुद्ध हैं।"

कथा समाप्त कर वृद्ध चुप हो गये।

अम्बा और आचार्य दिव्य दोनों धड़कते हृदय से उन्हें सुन रहे थे। वृद्ध उठे, कुछ क़दम आगे बढ़े। उस स्थान की परिक्रमा की। अपने पीछे से बड़ा–सा बोरा घसीटकर सामने लाकर खोला। अन्दर हाथ डाल कर उसमें से कुदाल निकाली। सारे हतप्रभ होकर वृद्ध की लीला देखते रहे। एक कुदाल अम्बा के हाथों में थमा दी।

"आप इस कथा की सत्यता का प्रमाण न ढूँढ़िए देवी। संकटकाल में वैशाली की सदा स्त्रियों ने ही रक्षा की है। इस कथा का मूल समझें। यह कथा सदियों सुनाई जाती रहेगी, जब भी कोई संकट की घड़ी आयेगी, स्तूप और वैशाली गढ़ की दीवारें सिर्फ़ दो स्त्रियों का स्मरण करेंगी–"

"एक वह जो पैरों से फूल खिलाती थी, दूसरी आप...अम्बा, जनपद कल्याणी।"

"आइए...आचार्य दिव्य, वैशाली से बुद्ध का सम्बन्ध कई जन्मों से है। वह युग अन्धकार में डूब चुका है। सत्यता की खोज उचित न होगी।"

"देवी अम्बा, इस शिला के आसपास भूमि पर कुदाल चलाइए... यहाँ खुदाई करिए। यहाँ पर स्तूप की नींव रखिए। इससे पवित्र भूमि समूची वैशाली में नहीं मिलेगी। विलम्ब न करें देवी...यहाँ आपके समर्थक नागरिक उपस्थित हैं, आप खनन करें।"

अम्बा ने तीर और तलवार बहुत चलाये थे। कुदाल चलाने की परिस्थिति कभी न आयी थी। एक कुदाल उसके विराट स्वप्न के अनुष्ठान का औज़ार बन गयी थी। वृद्ध की आँखें चौंधिया रही थीं। उनका उत्साह देखते बनता था।

अम्बा अभी कथा के मोह से बाहर नहीं आयी थी। उसके मष्तिष्क में मृगपाद कन्या घूम रही थी। कितनी रहस्यमयी है उसकी भूमि। कैसी–कैसी वीर कन्याएँ पैदा हुईं इस भूमि पर।

अम्बा ने कुदाल उठायी और भूमि पर प्रथम प्रहार किया। खनन प्रारम्भ हो गया। नागरिकों ने तीसरी बार अम्बा का भव्य रूप देखा था। इससे पूर्व दो बार देख चुके थे–प्रथम अवसर, जब अपनी शर्तें रखी थीं और गण परिषद् का डटकर सामना किया था; द्वितीय अवसर, जब वसन्तोत्सव में प्रथम बार जनसाधारण के लिए नृत्य किया था तथा तृतीय अवसर सबने देखा।

अम्बा ने कुदाल उठायी, शिला की परिक्रमा की और शिला के बीच में खड़े होकर वहाँ की भूमि पर प्रथम प्रहार किया। वहाँ उपस्थित जनसमुदाय जय–जयकार कर उठा। भगवान बुद्ध की जय! देवी अम्बा की जय! अम्बा के प्रहार के बाद वहाँ खनन प्रारम्भ कर दिया गया। अपार जनसमूह उमड़ पड़ा। सबके हाथों में भवन बनाने के औज़ार थे। कोई खुदाई कर रहा था, कोई मिट्टी हटा रहा था। कोई क्षेत्र का नाप ले रहा था।

वर्षकार तक समाचार पहुँचा तो वह बौखला उठा। उसे वैशाली में अपनी सत्ता हिलती हुई दिखाई देने लगी। वह जानता था कि वैशाली में अम्बपाली की कितनी महत्ता है। यहाँ के नागरिक उसका कितना मान–आदर करते हैं। उसका कहा टालना आज भी कठिन है नागरिकों के लिए। कहीं देवी अम्बा ने मगध शासन के विरुद्ध बिगुल बजा दिया तो उसका टिका रहना असम्भव था। वह मामूली स्त्री नहीं है। कुछ भी कर सकती है। उसके हठ, उसकी सूझ और वैशाली के प्रति उसकी निष्ठा को सब जानते हैं। कहीं उसे फिर से एक न कर दे ये अम्बा। मन–ही–मन बौखलाया वर्षकार, अम्बा के कार्यों में विघ्न डालना चाहता था। उसने अपने सलाहकारों की आपात बैठक बुलायी। वह अम्बा के लिए सज़ा का विधान ढूँढ़ना चाहता था। बिना अनुमति के कैसे वैशाली में स्तूप–निर्माण कर सकती है अम्बा?

आम्रवन पर अम्बा का अधिकार समाप्त हो चुका था। वैशाली का प्रशासन उस पर अधिकार जमा चुका था। तथागत की अनेक स्मृतियाँ वहाँ से जुड़ी हुई थीं। कूटागारशाला कैसे कोई भूल सकता था जहाँ तथागत ने कई वर्षावास किये थे और जहाँ भिक्षुणियों ने उनके लिए भोजन पकाया था। जहाँ वानर–प्रमुख ने तथागत को मधु अर्पण किया था। यहीं पर तथागत सम्भावित परिनिर्वाण की घोषणा की थी। अम्बा या वैशाली कैसे विस्मृत कर सकेगी। स्तूप के मार्ग में ये वर्षकार कोई भी रोड़ा अटकाये, जनसमुदाय साथ है तो किसी का भय नहीं। अम्बा जीवन में कभी भयभीत नहीं हुई थी। अपने कर्तव्य पथ पर चलने वाले कभी भयभीत नहीं होते। उसका मार्ग सही था। उस पर चलते हुए वह किसी भी तरह का दण्ड भुगतने को तैयार थी। वह जानती थी कि कुटिल वर्षकार आसानी से चुप बैठने वाला नहीं है। किन्तु वह निर्भय थी। निर्भयता उसे अपने पुरखों से मिली थी।

अम्बा ने आचार्य दिव्य को तथागत का भस्मावशेष और स्वर्ण मंजूषा लाने का कार्यभार सौंपा था। गण परिषद् के सभागार में बड़ी पवित्रता और कड़े पहरे में रखा गया था उसे। सदा चार सुरक्षा प्रहरी उसकी सुरक्षा करते थे। गण–परिषद् अभी इस पर निर्णय नहीं कर

पायी थी कि अम्बा वैशाली में प्रकट होकर स्तूप निर्माण में लग गयी थी। स्तूप के लिए धन की कमी किसी ने नहीं पड़ने दी। औरतें, बाल–बालिका, पुरुष जिसे समय मिलता, अपना योगदान देने आ जाता। अम्बा का निर्माण कौशल अद्भुत था। स्तूप के लिए पूरा नक्शा पहले भूमि पर बनाया, रेखाओं से और फिर कार्य प्रारम्भ हुआ था। देखते–ही–देखते आम्रवन का खाली हिस्सा स्तूप में बदलने लगा था। अम्बा ने कोई भी आम्र वृक्ष कटने नहीं दिया था। आम्रवन का बीच का हिस्सा खाली था, जहाँ अस्थायी डेरा डाला था संघ ने। समूची वैशाली में अम्बा की चर्चा होने लगी थी।

उधर निर्माण कार्य ज़ोरों पर था, इधर वर्षकार उस योजना को ध्वस्त करने की बड़ी–बड़ी योजनाएँ बना रहा था। किन्तु इस बार उसके सलाहकारों ने उसे समझाया तब जाकर कहीं वह शान्त हो सका। मन–ही–मन ये मनाता कि स्तूप निर्माण के बाद अम्बा वैशाली से राजगृह वापस चली जाये। अपने गुप्तचरों को अम्बा का मन टटोलने के लिए लगा दिया। वे अम्बा के साथ निर्माण कार्य में लगे रहते और भाँति–भाँति के प्रश्न पूछते। अम्बा उन्हें सुनकर मौन लगा जाती। मन–ही–मन मुस्काती।

एक प्रश्न पर वह मुस्करा न सकी। मिट्टी और गारे में सने थे अम्बा के हाथ। ब्रह्मदत्त नामक गुप्तचर ने उससे पूछा–"देवी, इसी भूमि का चयन क्यों किया आपने? वह स्थान भी तो उपयुक्त हो सकता था, जहाँ पर भगवान बुद्ध ने खड़े होकर अन्तिम बार वैशाली को देखा था। या कुछ चैत्य और हैं। आम्रवन तो ऐसे नष्ट हो जायेगा...एक न एक दिन। किसकी मति मारी गयी थी जिसने आपको इस स्थान की सलाह दी...कौन था वह, आचार्य दिव्य...?"

अम्बा के हाथ रुक गये। सतर्क होकर एक ओर खड़ी हो गयी

"कौन हो तुम, ऐसे प्रश्न क्यों कर रहे हो, इस प्रश्न का स्तूप–निर्माण में क्या औचित्य। किसने भेजा है तुम्हें..." अम्बा ने अपने क्रोध पर नियन्त्रण रखते हुए पूछा।

ब्रह्मदत्त उत्तर दिये बिना स्तूप की दूसरी दीवार की तरफ़ चला गया।

अम्बा का माथा ठनक गया। उसने आसपास कार्य में जुटी भीड़ में किसी को तलाशने का प्रयत्न किया। जिन्हें ढूँढ़ रही थी, वे दो दिन से नहीं दिख रहे थे। अम्बा कार्य में इतनी तल्लीन थी कि सुध न रही। कहाँ ढूँढ़े, उस वृद्ध को। किसी अनिष्ट की आशंका से मन घबराया। दो दिन पहले ही वृद्ध ने धीमे से कहा था–"देवी, आप खनमान खनित्रै हैं। आप द्वि–वर्णिक हैं। खुदाई जैसे श्रमसाध्य कार्य में निपुण हैं, उपदेश देने में भी निपुण।"

अम्बा के मुख पर सौम्य हँसी दिखाई दी।

"आर्यवर...खनमान खनित्रै तो सिर्फ़ अगस्त्य ऋषि हुए। उनसे कहाँ हमारी तुलना हो सकती है। मैंन तो तक्षशिला में ज्ञान प्राप्त करने भी नहीं गयी। जीवन की पाठशाला में जितना पढ़ सकती थी, पढ़ा। फिर मुझे तथागत का सान्निध्य मिला। दर्शन–ज्ञान तो उन्हीं से सीखा। जिसके गुरु भगवान स्वयं हों, वह स्त्री विलक्षण तो होगी...क्यों...?"

अम्बा हँस पड़ी। वृद्ध मोहसिक्त उस हँसी का पान करता रहा।

"हाँ देवी, वह असाधारण होगी।"

"वह असाधारण तो बाल्यकाल से ही थी, यह तो मैं जानता हूँ..." बुदबुदाया वृद्ध।

अम्बा के कानों तक हल्की ध्वनि आयी।

"आपने कुछ कहा आर्यवर...? वैसे यह सत्य है कि अब मैं उपदेशिका हूँ, गुरु हूँ, तथागत से दीक्षित हूँ, आने वाले समय में स्त्रियाँ इसी रूप में मिलेंगी आर्यवर, उन्हें स्वीकारने के लिए और अपने व्यवहार में सुधार के लिए सामन्तों को तैयार रहना होगा अन्यथा भिक्षुणियों की संख्या को रोकना कठिन हो जायेगा।"

"सामन्त नहीं समझेंगे तो संघर्ष भीषण होगा। स्त्रियाँ जीतेंगी देवी...आप तो सदा से विजयिनी रही हैं।"

"मैं पराजित विजयिनी रही आर्यवर, हारकर विजयी हुई, विजयी होकर पराजित होती रही, ये कौतुक मेरे जीवन का सार है...अद्भुत कौतुक है न...तू डाल–डाल, मैं पात–पात...जीवन..."

ये सुनते ही वृद्ध करुणा से भर उठा। ऊपर–ऊपर सामान्य। उसके मुख का भाव घनी दाढ़ी और लम्बे उलझे केश छुपाने में समर्थ थे।

दोनों हँस पड़े।

दो वृद्ध देर तक साथ–साथ दबी–दबी हँसी हँसते रहे। स्मरण आते ही अम्बा ने वृद्ध की खोजबीन प्रारम्भ की। किसी ने उन्हें दो दिन से नहीं देखा था। कोई उन्हें पहचानता भी नहीं था। सिवाय आचार्य दिव्य के। वे एक–एक नागरिक को पहचानते थे।

अम्बा उस वृद्ध को स्मरण कर व्यग्र हो उठी। चिन्ता घनी हुई। आचार्य दिव्य जिस कार्य से गये थे, उसे पूरा करके ही लौटने वाले थे।

जब आचार्य देव भस्मावशेष स्वर्ण–मंजूषा में लेकर प्रकट हुए तो अम्बा ध्यान में थी। सारे नागरिक उमड़ पड़े थे। आचार्य दिव्य के साथ देवी शिव्या और उनकी भार्या मंजरिका भी थीं।

देवी शिव्या के हाथों में जल–पात्र था। अम्बा की ओर बढ़ाते हुए निवेदन किया–

"देवी, स्तूप निर्माण स्थल के अभिषेक के लिए अभिषेक पुष्पकरिणी सरोवर का जल है।"

मंजरिका की अँजुरी में कुमुदिनी के पुष्प थे।

गण परिषद् के कई सदस्य आ पहुँचे थे। सारे नागरिक भावुकता में बहे जा रहे थे। उनके भगवान की अस्थियाँ सदा के लिए स्तूप के अन्दर सुरक्षित रखी जा रही थीं। अम्बा ने अपना दायित्व निभाया और वैशाली की मर्यादा का निर्वाह किया। सबके हाथों में रंग–बिरंगे पुष्प थे।

अम्बा ने आचार्य दिव्य के हाथों से मंजूषा ली। पूरा शरीर काँप उठा। दोनों हथेलियों से चमचमाती मंजूषा में अपलक देखते हुए तथागत का मुख उभरा। अधरों पर हल्की स्मिति और नेत्रों में आश्चर्य–"तुम असाधारण स्त्री हो आर्या अम्बा।"

अम्बा के नेत्रों से झर–झर आँसू बहने लगे। हिचकी रोकती हुई मंजूषा को माथे से लगाया, स्तूप की खोह में उतर गयी। वहाँ उसे स्थापित कर बाहर निकली तो समूचा संसार वीरान मालूम पड़ा। मानो हवा मन्द पड़ गयी थी, पुष्पों से रंग उड़ गये थे, तितलियाँ उड़ना भूल गयी थीं, भ्रमर गाना भूल गये थे, आम की शाखें मौन खड़ी थीं। एक बार फिर उसका कुछ खो गया। जिससे भी प्रीति हुई, उसे खोया।

सारा संसार थम गया था। काल का पहिया थम गया था। उसने सूर्य की ओर देखा। पहर बदलने वाला था। अम्बा ने गण–परिषद् के सदस्यों के साथ मिल कर मंजूषा की खोह को ईंट गारे से बन्द किया। उसी विकलता में अम्बा ने सबके चले जाने के बाद धीमे से आचार्य दिव्य से वृद्ध के बारे में पूछा दिव्य ने बताया–"वे आ नन्दग्राम में रहते हैं, प्रख्यात बाँसुरीवादक मदन कुमार। मुझे लगा, आप जानती होंगी उन्हें। आपके कार्यकाल में वे लोक–उत्सवों में बहुत सक्रिय रहते थे। कुछ बरसों से उन्हें किसी ने नहीं देखा था। आपके आने के पश्चात उन्हें पुनः वैशाली में देखा गया।"

"क्या अब भी वे बाँसुरी बजाते हैं...?" अम्बा का स्वर काँप रहा था।

"नहीं, कहते हैं, सुर वैरागी हो गया है।"

"ओह..." अम्बा के मुख से शीतल साँस निकली और हवा में विलीन हो गयी।

"देवी..."

"मुझे प्रव्रज्या दें। मैं पूरी तैयारी करके आया हूँ। मैंने सुरक्षा प्रधान के पद से त्यागपत्र दे दिया है। मैं आज से इस महाजनपद का सामान्य नागरिक हूँ।"

"आपने देवी मंजरिका और देवी शिव्या के बारे में सोचा है?"

अपनी पीड़ा से बाहर आते हुए अम्बा ने प्रश्न किया।

"थेरी अम्बा...!"

दिव्य के नेत्र आश्चर्य से फैल गये।

"आप ऐसे प्रश्न न करें देवी। मेरा सौभाग्य है कि आप जैसी थेरी मुझे प्रव्रज्या देगी। अब तक मैं इसलिए रुका हुआ था कि स्तूप के निर्माण में कहीं बाधा न पहुँचे। सुरक्षा प्रहरी होने के नाते मैं स्तूप में आपका सहयोग कर सका। सुरक्षा प्रहरी रहते ही भस्मावशेष आप तक पहुँच सके। अन्यथा, मैं तो उसी मेघ की रात के पश्चात प्रव्रज्या ले चुका होता। आप नहीं थीं तो क्या। यहाँ संघ के प्रमुख तो थे। उनकी शरण में चला जाता। अब आप हैं, आप मुझे प्रव्रजित करें। मुझसे अपनी वासनाओं का बोझ नहीं ढोया जा रहा है।"

"कहीं आप प्रीति को वासना तो नहीं कह रहे हैं दिव्य!"

"नहीं देवी, नहीं!"

"आप दो सम्बन्धों में बँधे हुए हैं, कैसे मुक्ति पायेंगे। उन दो स्त्रियों का क्या दोष जो आपसे निष्कलुष प्रेम करती हैं। उनमें कोई द्वेष नहीं, ये कितनी प्रीतिकर बात है। उनमें एक–दूसरे के प्रति सौत भाव भी नहीं है। आश्चर्य की बात है..."

"ऐसी महानता स्त्रियों में ही देखी जा सकती है देवी, वे आसानी से दूसरी स्त्री की उपस्थिति स्वीकार लेती हैं। घुटती हैं, झेलती हैं, सब कुछ सहती हैं, सम्बन्धों से बाहर नहीं होना चाहतीं। सम्भवतः वे सम्बन्धों में ही अपना स्थान तलाशती हैं। सम्बन्धों में अपना बन्धन बाँधती हैं। उन्हें स्थायित्व चाहिए होता है। हम पुरुषों का स्वभाव अलग होता है।

"मैं दोनों का सम्मान करता हूँ, समान रूप से प्रेम करता हूँ... उनके साथ नहीं रह सकता। किसी एक के साथ नहीं रह सकता। ऐसा करना पाप होगा। मुझे मुक्ति का मार्ग दिखायें देवी..."

"आप ग़लत सोच रहे दिव्य, स्त्रियाँ भी एक साथ अनेक प्रेम कर सकती हैं। यह मानवीय स्वभाव है। कई बार हम आधे–अधूरे होते हैं। हृदय का कोई कोना सूना पड़ा रह जाता है। कई बार हमारे हाथ नियमों में बँधे होते हैं। कई बार प्रेम टुकड़ों में प्रेम आता है, चला जाता है। कभी प्रेम होता है, कभी प्रेम करते हैं। प्रेम होने और प्रेम करने के मध्य ही हम भटकते हैं। शरीरी और अशरीरी प्रेम का भी बहुत फ़र्क है स्त्री–पुरुष के मध्य।"

"थेरी अम्बा मैं आपकी तरह ज्ञान–दर्शन नहीं जानता। मुझे अनुमति दें, संघ में प्रवेश की।"

अम्बा ने हाथ उठाकर उन्हें सहमति दे दी। वे थक चुकी थीं। उन्हें सोचने–विचारने के लिए समय चाहिए था।

अगले दिन भिक्षु दिव्य ने देखा कि थेरी अम्बा चारिका पर जाने को तैयार हैं। उनके साथ कुछ और भिक्षुणियाँ थीं। सिंहा और विमला पीछे से वैशाली आयी थीं। तीनों भिक्षाटन के लिए निकल पड़ीं।

भिक्षु दिव्य को आश्चर्य हुआ कि वैशाली के नागरिक स्वयं संघ में आकर दान दे जाते हैं। किसी वस्तु की कमी नहीं है। स्तूप का काम सुचारु रूप से चल रहा है। वर्षाकाल के आने से पूर्व निर्माण पूरा करना था। जेठ में असमय वर्षा से स्तूप बनाने वाले लोग चिन्तित थे। वे जल्दी ही उसे पूरा करना चाहते थे।

अम्बा स्तूप के लिए अब निश्चिन्त थी। सुबह–सुबह भस्मावशेष वाले हिस्से में धूप जलायी। दीये जलाये। पुष्प चढ़ाकर भिक्षाटन के लिए निकल गयी।

ग्रीष्म की हल्की गरम–नरम हवा चल रही थी। लबादेनुमा चीवर ओढ़े तीनों थेरियाँ वैशाली के धूल भरे मार्ग पर चली जा रही थीं। वसन्त के बाद सूर्य का रूप प्रचण्ड हो जाता है। हरी–भरी वैशाली की वह पतली–सी सड़क आनन्दग्राम की तरफ़ जाती थी। लम्बे मार्ग पर काष्ठ पादुकाएँ पहनकर चलना दुष्कर कार्य होता है।

तीनों थेरियाँ नंगे पाँव ही चल पड़ी थीं। तीनों वैशाली की धूल से प्रेम करती थीं। उसमें खेलकर बड़ी हुई थीं। धूल ने ही पाला था उन्हें। सुबह की धूल नरम थी, पाँव तपे नहीं। अम्बा को कहाँ परवाह थी। उसे सुधि नहीं थी। चली जा रही थी। एक मील चलना था। आनन्दग्राम के छोर पर उसे उस झोंपड़ी में भिक्षा माँगनी थी, जहाँ वैशाली त्यागने से पूर्व गयी थी। मार्ग सप्तखण्डीय अट्टालिका दिखी, उसने अनदेखा किया। नेत्रों में वैराग्य के सिवा भी कुछ जमा हुआ था। उसे भी समाप्त करना था आज, सदा के लिए। पूर्ण मुक्ति तभी मिलेगी।

उसके भीतर एक और काव्य जाग रहा था। लौटकर काव्य लिखेगी। रूप–सौन्दर्य पर विलाप से अलग हटकर।

बस उस झोंपड़े से भिक्षा मिल जाये। इस बार न जल लेगी न अन्न। दानपात्र आगे रखकर कुछ माँगेगी...उसे लिए बिना नहीं लौटेगी।

झोंपड़ा पहले से और जर्जर हो चुका था। बाहर झाड़ियाँ उगी हुई थीं जिनमें लाल, पीले रंग के पुष्प खिले थे। ऐसा लगता था, कोई उनकी परवाह नहीं करता। वे अपनी जिजीविषा के दम पर

फल–फूल रहे थे। कनेर का बड़ा–सा वृक्ष था। पीले–पीले कनेर खिले थे। वसन्तोत्सव में इन पुष्पों का कष्ठहार बनाकर दिया था, मदन ने। सभी सखियों को पहनाया था। केशों में, कलाइयों में, गले में...कनेर भरकर वे सब कनेर हो जातीं। कनेर पुष्प तोड़कर लाने का दायित्व मदन और उसके साथियों का होता।

झोंपड़े की काष्ठ–किवाड़ लगभग अधखुली पड़ी थी। अन्दर से अर्गला नहीं लगी हुई थी। भिक्षाटन के समय अन्दर जाना मना होता है सो वे तीनों बाहर ही ठिठक गयीं। भिक्षा के लिए अम्बा ने आवाज़ लगायी।

"भिक्षां देहि।"

कोई बाहर न निकला। कई बार पुकारा, कोई बाहर न निकला। अम्बा का हृदय प्रकम्पित हो उठा। कोई अनहोनी न घट गयी हो। एकल, निर्वासित जीवन जीने वाले व्यक्तियों के प्रति आशंका होती है।

अम्बा ने नाम लेकर पुकारा–"मदन...कुमार...बाहर आइए...हम भिक्षा के लिए आपके द्वार पर आये हैं। लौट गये तो फिर न आयेंगे..."

"एक बार जो गृह हमें खाली हाथ लौटाता है, हम वहाँ दुबारा नहीं जाते। सुन रहे हैं मदन कुमार...? आर्यवर...हम आपको पहचान गये हैं, बाहर आइए...हमें आपका आभार प्रकट करना है। आपने इतना सहयोग किया हमारा..."

"भिक्षुणी संघ आपको कृतज्ञता ज्ञापित करता है..." सिंहा बोल पड़ी।

विमला ने आगे बढ़कर किवाड़ खोल दिया। अम्बा रोकती इससे पहले ही यह घटित हो चुका था। अम्बा के मुख से कराह–सी निकली...

"मदन..."

अन्दर से कोई प्रत्युत्तर नहीं। वैसे ही सन्नाटा छाया रहा। अब अम्बा का हृदय ज़ोर से धड़का। हिय को कड़ा करके किवाड़ से अन्दर प्रवेश कर गयी। सिंहा और विमला बाहर खड़ी रहीं। उनके हाथों में भिक्षापात्र थे।

पिंजरा खाली था। सुग्गा उड़ चुका था। जाने कहाँ। कोई नहीं था। छोटा–सा तख्त पड़ा था जिसके ऊपर थोड़े–से सूखे कनेर और

एक पुरानी बाँसुरी पड़ी थी। अन्दर कुछ बर्तन थे, कुछ कपड़े। जैसे कोई तपस्वी रहता हो।

अम्बा ने काँपते हाथों से बाँसुरी उठायी। उसके गात की समस्त शिराएँ झंकृत हो उठीं और अकस्मात यह झंकार की लय ठिठक गयी। मानो कोई दुर्लभ स्वरलहरी विच्छिन्न होकर खो गयी हो। उसने बाँसुरी को भिक्षापात्र के ऊपर रखा, बाहर निकलने को हुई।

किवाड़ के पास की मिट्टी खरोंची हुई थी। ऐसा लगता था किसी ने खरोंची थी। उसके पास पैरों के घिसटने के निशान थे। मानो किसी को यहाँ से घसीटकर ले जाया गया हो।

तो क्या वर्षकार ने उसे सज़ा दी? क्या मदन को मालूम था कि मैं उसे ढूँढ़ती हुई यहाँ तक अवश्य आऊँगी? उसने जानबूझकर निशान छोड़े। और ये सूखे कनेर...धूल से लिपटी बाँसुरी।

अम्बा बाँसुरी को भिक्षापात्र के ऊपर रखे हुए अपलक देखती रही। उसमें से पुरानी धुन निकल रही थी। जिसमें करुण पुकार और प्रतीक्षा थी।

उसका भिक्षापात्र जल से भर रहा था कहाँ से आया इतना जल। वह तो वीतरागी और अपरिग्रही थी। आवश्यकता से अधिक दान नहीं लेती थी किसी से। फिर भिक्षापात्र में अश्रुजल के दान में भाग्य ने नियम तोड़ दिया था। उसमें अश्रुजल उफन रहा था। उस जल में झाँकना चाहा...उसमें कोई छवि न थी। जल में आलोड़न था। निरन्तर आलोड़ित जल और थरथराते हुए उसके प्राणों में घुलता जीवन।

कुछ क्षण पश्चात वहाँ विश्रान्ति थी, नीरव शान्ति!!

साभार-सन्दर्भ

1. *वैशाली की दत्तक पुत्री*–शिव कुमार कौशिक
2. *चारिका–बुद्ध की आध्यात्मिक यात्रा*–शान्तिप्रिय द्विवेदी
3. *थेरी–गाथा*
4. अम्बपाली *(नाटक)*–रामवृक्ष बेनीपुरी
5. *वैशालिक*–सम्पादक–डॉ. हरेकृष्ण
6. *ह्वेनसांग की भारत–यात्रा*
7. *फाहियान का यात्रा–वृतान्त*
8. *Manual of Buddhism*
9. *बुद्ध चरित*
10. *द लाइफ़ ऑफ़ बुद्धा*
    और ज़िला गजेटियर और अम्बारा गाँव (वैशाली ज़िला) के लोग
11. बुद्ध–प्रमोद कुमार शाह
12. दी लीजेंड ऑफ़ आम्रपाली–अनुराग आनन्द

महत्त्वपूर्ण जानकारियाँ

लिच्छवि कुल में कुल आठ जातियाँ थीं उन सबको मिलाकर वृज्जि संघ बना था। राजतन्त्र की समाप्ति के बाद।

अम्बपाली के कई नाम थे जैसे–अम्बा, अम्बी, अम्बपाली, पाली, अम्बे, आम्रपाली, अम्बापालिका, अम्रा, लिच्छवि कुमारी, वृज्जि कुमारी, देवी, जनपद कल्याणी इत्यादि।

वृज्जिसंघ की संसद–संघागार, सभागार। सभागार पर आठ गुम्बद वृज्जियों के आठ कुल के प्रतीक थे।

संघ के 7,707 सदस्य थे वे सभी राजा थे, जो एकत्र होकर परामर्श और निर्णय करते थे।

संविधान पुस्तक–प्रवेणी।

इस पुस्तक के आधार पर अन्तिम निर्णय हो जाने के बाद उसका विरोध कोई नहीं कर सकता था। विरोध करना देशद्रोह और पाप माना जाता था।

महामात्य–प्रधानमन्त्री

अमात्य–मन्त्री

लिच्छवि–कुल।

❐❐